有爱的青春陪伴者

遇夏
叶荔枝 著
江苏凤凰文艺出版社
JIANGSU PHOENIX LITERATURE AND
ART PUBLISHING

图书在版编目（CIP）数据
遇夏 / 叶荔枝著. -- 南京 : 江苏凤凰文艺出版社,
2025. 11. -- ISBN 978-7-5594-9935-6
Ⅰ. I247.5
中国国家版本馆CIP数据核字第2025YR0892号

遇夏
叶荔枝 著

责任编辑　王昕宁
责任印制　杨　丹
特约编辑　周丽萍
出版发行　江苏凤凰文艺出版社
　　　　　南京市中央路165号，邮编：210009
网　　址　http://www.jswenyi.com
印　　刷　长沙鸿发印务实业有限公司
开　　本　880mm × 1230mm　1/32
印　　张　10.5
字　　数　399千字
版　　次　2025年11月第1版
印　　次　2025年11月第1次印刷
书　　号　ISBN 978-7-5594-9935-6
定　　价　42.80元

目录

目录

第一章
岁月迢迢

又到了一年一度的毕业季。

今年六月的江坞市，雨水总是突如其来。

淅淅沥沥的雨来得毫无征兆。

段圆圆驱车路过江坞大学外，看着穿着学士服、手拿学位证在校门口拍照的学生们，颇为感慨。

她和万千学子一样，在毕业前夕胸怀理想，总想用大学四年所学的专业知识为祖国建设添砖加瓦。

直到初入社会，才明白理想和现实的差距。想找份专业对口的工作实属不易，不是投一份简历就能被录用。

段圆圆大学学的是海洋药学，虽然听起来冷门，但当年报考时，还是侥幸擦线被录取的。

她从小在小渔村长大，家门口就是大海，直到父母离婚后才跟着妈妈搬到了江坞市上学。

她本想毕业后找份专业对口的工作建设家乡，可这专业实在不好找工作。她一来没有实习经验，二来在学校也没有参加什么社团活动，奖学金也仅仅获得过一次，因此，投的很多简历都石沉大海。

无奈之下，她选择了另一条路——考研。

她这次没有选择考本专业，而是选择了一个“万金油”专业——汉语言文学。

也算她幸运，她报的学校竞争不太激烈——她是跨专业考研，竟然初试、复试都顺利通过了。

但因为跨了专业，她读研期间压力挺大的。读文献读到头晕眼花，写论文写到头秃的时候，她开始试着在网上写恐怖小说解压。

最开始她写小说是自娱自乐，只是为了满足自己，写给自己看。

可后来追她的小说的网友越来越多，甚至有编辑私信她想要签约出版。

这也算是段圆圆走上编剧道路的开始。

小说意外的卖得很好，让她积累了不少人气。她还没毕业就做起了实习编剧。

毕业后她进了一家影视公司，正式成为一名编剧。

她这一路走得比圈内很多人都顺利，做编剧的时间不算久，就有了成绩还算不错的作品。

倒车，停稳，段圆圆拉开车门准备下车。

她将那些回忆感慨统统收起。履历看起来光鲜亮丽，背后的艰辛，只有她自己才知道。

今晚有个晚宴邀请，公司很重视，还让造型师过来给她做妆造。

这次晚宴级别很高，据说请了各行各业不少知名人士。

按理说以段圆圆的资格还不够参加，可最近在筹拍的一部关于海洋保护的电影，段圆圆是指定的编剧之一。

这种天上掉馅饼的好事，段圆圆想了好几天也没弄明白，不是她妄自菲薄，而是将资历尚浅的她和一众编剧大佬放在一起，确实不搭。

她思来想去，唯一的可能，也许是因为她本科的专业和电影的主旨稍微对口，所以上面才在编剧名单上加了她？

“圆圆，睁眼，别眨眼，往上看。”

造型师的声音打断了段圆圆的思绪。

“还画下眼线啊，没必要吧。”段圆圆每次画下眼线都会忍不住流眼泪，“我又不是演员，再怎么好看也没人请我做女主角。”

“就你这颜值做女主角绝对没问题，而且老板特意交代了，今晚一定要让你展现公司的整体形象来。”

不是造型师说恭维话，而是段圆圆确实长得不输女明星。

皮肤白皙，干净的脸上连一颗痣也没有，毛孔、痘印更是不存在。

她是精致的瓜子脸，额头饱满，鼻梁高挺，笑起来唇边还有梨涡，眼睛永远水汪汪的，看起来像装了很多故事。有故事的女人不论好看与否，永远有魅力，更何况段圆圆本身就长得好看。

段圆圆因为在化妆，努力咧嘴笑了笑。工作后，和所有人打好交道已经快要成为她刻在 DNA 里的态度了。

在这个圈子里，十年河东，十年河西，有些人爆红甚至都不需要用十年。

和所有人维持着或虚伪或真实但总归看起来良好的人际关系，是她入行的必修课。

她换了一条祖母绿的丝缎长裙，纤细的肩带，摇曳修长的裙摆，腰腹部几层面料缠绕着，设计精巧，凸显身材。

据说设计师的本意是致敬电影《赎罪》，可这条裙子对身材的要求很高，少有女明星敢穿。

段圆圆对着镜子转了半圈，裙子背后是露背设计，但是没有像原版电影里一样露到将近后腰。

背后是细细的交叉绑带设计，刚好露出蝴蝶骨，不会过分妖娆，出席正式场合穿刚刚好，惊艳且明媚，走起路来裙摆袅袅，美得不可方物。

“要不你先坐着歇会儿？一会儿曾总就过来了。”

段圆圆摇了摇头：“这裙子的面料太容易皱，我站着等会儿就行。”

今天穿的高跟鞋鞋跟少说也有六厘米，段圆圆穿得不太习惯。

就在段圆圆犹豫要不要先找双拖鞋穿一下的时候，曾总到公司了。

曾新城一进化妆室就看到段圆圆半倚着墙，手肘和小腿微微撑着墙，柔柔地站在角落里。

“怎么不知道坐下歇会儿？”

段圆圆立刻露出微笑，任谁也看不出她现在脚掌酸痛，她说：“这不是等您来接我，一起去晚宴嘛。”

曾新城眼里的欣赏藏不住，作为影视公司老总，见惯了漂亮的女明星，可像段圆圆这样美丽大方的，也不多见。

有着过硬的实力，还有着堪比女明星的美貌，却从来不以自己的美貌作为筹码，这样的人少之又少，着实让人发自内心地欣赏。

“车就在外面，走吧。”

段圆圆跟上曾总，说：“曾总，您也知道，这种场合我是第一次来，我今晚就跟着您了。”

曾总点点头：“放心，别紧张，既然邀请你了，那你就别怕。”

曾总又看了一眼段圆圆，说：“更何况你今天不输女明星，我就等着他们今晚问我，‘今晚跟你一起来的是不是你们公司新签的艺人’了。”

段圆圆被曾总的幽默逗笑了，紧张的情绪缓解了些。

“这部电影涉及海洋方面专业性的内容，上面特意找来一位专家，听说是香港有名的专家。”曾总看向段圆圆，语重心长道，“你既然在编剧名单里，而且你大学的专业也涉及这方面，那少不了要和这位香港来的专家打交道。我虽说没见过这位专家，可你知道的，他们这些专家，难免傲岸自恃，不好沟通，尤其是他们讲‘港普’，普通话不好也很正常，沟通中你一定要多些耐心。”

段圆圆在听到最后一句“普通话不好”时愣了几秒，却无法窥见她在想些什么。

随后她认真回复道：“您放心，我懂的。我也很敬佩他们，肯定会和他们认真沟通的，而且我英语也 OK 的，实在不行我用英语跟他交流。”

“据说那位专家今晚也会来，到时候你和编剧组的其他老师，还有这位专家，都好好交流一下。别紧张，如果真的交流困难，我帮你请个粤语教师。”

段圆圆被曾总的话逗笑：“您放心，我晓得的。”

最近接连下了几场雨，地面到处落满了被雨水打落的花瓣，昼夜温差加大，空气里除了泥土的清香，仿佛还有了点初秋的味道，弄得人心情也开始有些不平和。

段圆圆深吸一口气，这是她第一次参加这么高级的晚宴，她想着，可不能紧张，更不能露怯。

大厅门口聚集了一堆人，这一堆人中有一位个子格外高挑的男人。

从段圆圆的角度望去，只堪堪能看到一个后脑勺。

周围不少女明星从“后脑勺”身边经过后还不由自主地频频回头，其中有一位甚至是影后。

段圆圆猜想，她们大抵是在看那位“后脑勺”。看来他长得不错，难道是什么新晋小鲜肉，被邀请来撑门面的?

眨眼的工夫，那位“后脑勺”消失在段圆圆的视线内，应该是进入了会场。段圆圆也提起裙摆，虚挽着曾总的手臂，走向层层台阶。

晚宴内觥筹交错，他们的进入并没有吸引旁人多少目光。

段圆圆本来还有些紧张，可进入大厅后，那些紧张感顿时都消散了。

段圆圆小心打量着会场内的人员，她在看哪位看起来上了年纪，能够称得上是“专家”。

可宴会内场人来人往，看了一圈也没有找到目标人选，段圆圆放弃了。

她又在想，要不要找找刚刚那个“后脑勺”，好不容易来晚宴一趟，至少要看看，能让见惯娱乐圈内各个类型男人的影后也频繁回头看的那个男人，正脸究竟长什么样子。

曾总带着段圆圆和几位他还算相熟的圈内老板打招呼，算是把段圆圆介绍给他们认识。

不出曾总所料，那几位老板见到段圆圆的第一眼，都以为她是曾总新签的艺人。

而当他们得知段圆圆仅仅是一位编剧时，又表现出了不一样的赞赏。

段圆圆的脚踝处一直有些不太舒适，特别是今晚走路时脚踝处和高跟鞋细带摩擦，感觉有点疼，虽然这样的疼痛可以忍受，但还是不太舒服。

她脚踝处本就有泡，再这样一磨，估计已经磨出血了。

她把身体的重心放在脚趾和前脚掌上，走路时尽力保持着稳定。

段圆圆开始庆幸今天的裙子裙摆够长，可以遮住高跟鞋，只要她保持着面部微笑，维持体面，没有人会知道她的脚踝被磨得血肉模糊。

曾总看段圆圆在这个场合里还算放松，就让她自己随便转转，认识些人。

今晚来了不少年轻人，还是得他们自己打交道才行，而且段圆圆单身，今晚被邀请的嘉宾都是经过筛选的，那么多优质男性，说不定就能聊出爱情的火花呢。

段圆圆不知道曾总想得这么多，她现在只想去卫生间，看看自己的脚踝还好不好。

去卫生间要穿过一道长长的走廊。

长廊的灯光暗得发灰，段圆圆抬眸轻扫了一圈，长廊内没有人。

她长舒了一口气，扶着墙壁，找了个舒服的走路姿势，脚踝处的摩擦稍微减轻了一点，不过走起路来还是能看出微微有点瘸。

还好现在长廊内没有人。

她走了几步，才将将到长廊中部。

蓦地，她的眼前出现一道黑影，黑影定定地站在她眼前，拦住她继续向前走的路。

段圆圆被突如其来的黑影吓了一跳。

是一个比她高不少的男人。

淡淡的阴影覆在段圆圆眼前。

长廊的灯忽明忽暗，段圆圆看不清眼前男人的长相，只能闻到他身上有一股淡淡的、似有似无的味道。

段圆圆可以确定这不是香水味，而更像是一种她熟悉又陌生的洗衣液的味道。

熟悉又陌生。

段圆圆有了这个认知，微微皱了皱眉，忽然想到了普鲁斯特效应——大意是指只要闻到曾经闻过的熟悉的味道，就会开启属于当时特有的那段记忆。

段圆圆闻到这个味道，脑海里瞬间出现了什么记忆呢？

是无数张刚从印刷厂搬回来还有余热的混合着刺鼻油墨味的新试卷，是教室里吱吱转个不停的老旧风扇，是她在一群穿着一模一样的校服的人中一眼便能认出的背影，是她曾经成百上千次想要忘记的那张脸……

这些画面在她脑海里循环播放。

她的心脏忽然间不受控制地怦怦跳个不停。

段圆圆抬头看着面前的男人，昏暗灯光下无法窥见他的全貌，可总能看个大概。从她这个角度看去，能看到棱角分明的、如刀削般的、熟悉的下颌线。

也许世界上有些人就是会不停地遇见又不停地分别，即使他们没有结局，可他们总要交织在一起。

想来面前的男人也是被邀请来参加晚宴的。

她正犹豫着是否该寒暄一下，手心里就被对面的男人塞进了一个薄薄的东西。

与此同时，男人的声音在昏暗幽长的长廊内响起，他的嗓音充满磁性，好听得有些不真实，一开口便是字正腔圆的普通话：“给你。”

长廊不远处传来窸窸窣窣的交谈声。

大抵是有人朝这边走过来了。

眼前的男人没有再继续说话，转身消失在她的视线里。

长廊的灯光依旧昏暗。

段圆圆扶着墙，忍住脚上的不适感，一点点走到卫生间内。卫生间灯光明亮，她才看清，原来他刚刚递到她手心里的，不是创可贴，而是专门用来贴到脚上的防磨贴。

她将防磨贴握在手心里，微微有些发愣。

可她什么也没想，只是盯着手心发呆。

察觉到自己在发呆，段圆圆自嘲地摇了摇头。

她查看并清理了一下脚上的伤，随后动作利落地将防磨贴贴到脚踝处。

做完这一切，段圆圆站在洗手台前，对着镜子，嘴角上扬，弯出了一个光彩照人的营业式微笑。

随后，她直起身来，款款绰绰地走回晚宴会场。

曾新城看见段圆圆，冲着她招招手：“来，咱们去见一下那位特别邀请的专家。”

段圆圆露出适宜的微笑，点点头，跟着曾新城走。

曾新城认识这部电影的其中一位投资人，由他牵线，大家互相介绍认识一下，日后合作起来也方便些。

“老陈，我来介绍一下，这是我们公司的王牌编剧段圆圆。”曾新城又笑着看向段圆圆，“这是著名投资人陈安畅。”

段圆圆在心里乐得想笑，公司里人才辈出，她无论是论资历还是论作品，都称不上是公司的王牌编剧。但她还是把这份夸奖照单全收，她知道这些场合需要适时地“浮夸”一下。

段圆圆微笑着和陈总握手问好。简单的寒暄之后，陈安畅说：“我把那位你一直想见的专家叫来，大家认识一下。”

随后陈安畅在场内环视一周，目光定定地落到某处，他拿着红酒杯朝那处走了过去。

段圆圆和曾新城也顺着陈安畅的目光看过去。

曾新城在心里嘀咕，哪里有什么上了年纪的专家？那位专家穿着西装，身形挺拔，背影看上去分明是个年纪不大的小伙子嘛。

只见陈安畅站在那位西装男旁边，态度恭敬，那男人听到后，转身侧目，朝着段圆圆他们的方向望了过来。

刚刚段圆圆就发觉，那位所谓专家的背影，实在有些熟悉，不只是背影，她还发觉，这位专家的后脑勺也有些熟悉。

思索几秒后，段圆圆这才想到，这不正是刚刚在门口时，让不少女人都频频回头的那一位嘛。

段圆圆的目光竟就这样直直地和他撞上。

不过现在看来，果然这熟悉感不是她的错觉。

觥筹交错的宴会厅，播放的是和氛围相符合的圆舞曲，华丽又高调。

不远处的男人伴着圆舞曲的和弦一步一步向这边走来。

距离越来越近，男人的眼眸愈加漆黑深邃。只不过他们中间隔着些许距离，她看不清他眼底的深意。

陈安畅很快和他一起走过来。

"我来介绍一下，这位是万华影业的曾总，这位是他们公司的著名编剧段圆圆。"陈安畅又向身边的男人笑了一下，随后对曾新城和段圆圆说，"我身边的这位就是为了这部电影特意请来的专家，Kreis，纪预。"

现在，他就站在段圆圆面前，穿了一身裁剪得体的西装，高奢品牌纯手工定制，面料质感看起来就十分高级。

领带和袖口一看便出自一个系列，领带上低调的暗纹让他的气质看起来更加稳重。

他的皮肤是冷白调，眉骨优越，鼻梁高挺，眼眸明亮清澈，下颌棱角分明。

此刻的他看起来清雅又贵气，说他是政界新贵也一定有人相信。

曾总热情又有些拘谨地和他握手，口中说着些热络的场面话。

但纪预的目光却若有若无地向曾总身边瞥去，更确切地说，是在看段圆圆的脚腕。

裙子太长，遮住了，看不到是否贴上了防磨贴。

段圆圆略微不自然地转动了一下脚腕。

曾总人精一般察觉到了，立刻不着痕迹地将话题转移到段圆圆身上："这是接下来要和您合作的、我们公司的编剧段圆圆。"

曾总用眼神示意段圆圆赶紧和纪预打招呼，别再一直站在旁边做背景板了。

段圆圆心想，不轻不重地打个招呼便算了，他们似乎没什么握手的必要。

可没想到，对面的男人主动向她伸出手，骨节分明的手指撞入她的视线。

男人的手指白皙修长，青筋微微突起，指甲是很健康的淡粉色。

这双手对于她来说并不陌生，高中时，她只需要微微偏头便能看到。她看了足足两年。

她曾经无比迷恋这双骨节分明的手。

男人的声音低沉好听：“你好。”

只是一句简单的“你好”，没有别的。

就仿佛他们早就熟稔到不需要做过多无谓的介绍。

段圆圆讨厌他这样自以为是，高高在上，像他这样在大都市成长的天之骄子，被那么多人捧着，走到哪里都不乏关注的目光，总是习惯以自我为优先，想做什么就做什么，就连半句解释也不会有。

就像他当初的不告而别。

段圆圆眼神清荡，内心早就了无波澜，就如同对面真的只是一位要合作的专家，她与他再无其他关系。

“您好，纪总。”段圆圆淡淡地开口，语气中听不出任何情绪。

但是段圆圆没有伸手去回握纪预的手，她的右手自然地垂在身侧，手腕处戴的手链银光闪闪。

虽然她知道自己这样非常不专业。她自始至终压根就没低头，装作没有看见纪预主动伸出的手。

纪预的手就在空中直直地僵住。

但他也不恼，笑着收回了手。

这分明是一件看起来有些尴尬的事情，可他的动作依然显得矜贵，俨然一位贵公子，完全看不出刚刚发生了什么。

曾总在一旁笑着打了个圆场，这件事便就这么过去了。

几个人互相加了个微信，寒暄了几句，但大部分的时间都是纪预和曾总在说。

除非是万不得已必须要她说话的时候，其余时候，段圆圆都没有接话。

没多久又有人来找纪预，纪预便转身离开了。

纪预一离开，还未走远，曾新城和陈安畅就按捺不住心中的好奇。

曾新城悄悄问段圆圆：“你和纪总之前就认识？”

纪预和段圆圆之间，有一种微妙的氛围。

那是一种他们自己难以察觉到，但旁人一眼便能感觉到的他们之间的熟悉感。

段圆圆略微有些意外，为什么曾总会这么问。她眸光一转，甚至都没有思考，便很干脆坦然地回答：“我们不认识。”

不远处的男人脚步一顿，他开始怨恨自己现在的听力为什么这么好。

他们的对话清晰无比、一字不落地传进他的耳朵里。

就连想欺骗自己也做不到。

他的心忽然泛酸。

明明只要说一句“认识”，只要曾新城和陈安畅信了，就能给她的事业带来许多方便。

她的老板会待她更好，即使没有这些，说一句“认识他”，也能让她在影编人员里多一些话语权，这些简单明了的道理，他不相信段圆圆不知道。

可段圆圆宁愿毫不犹豫地撒谎，也不想实话实说，承认他们两个人认识。

而且不只是认识而已。

纪预抬起脚，继续向宴会内场走去，他要把刚刚听到的话都甩在身后。

仿佛他刚才的脚步一顿只是转瞬即逝的幻觉。

他们两个人接下来还要继续合作电影，还有的是时间。

可他心底仍然酸涩苦闷，像是被人紧紧扼住，那诡异的、难以言说的情绪支配着他的心脏，怎么甩也甩不掉。

他无法继续自欺欺人下去。

岁月迢迢且漫漫，原来她是真的不想再认识他了。

第二章

原来他叫“纪预”

他们的故事开始的时间，段圆圆曾经一度以为是在世界末日传说流传得最广的那一年。

那一年，关于世界末日的传说在学生之间流传得沸沸扬扬。

每次有不会做的题目，遇到讨厌的人，碰到很凶的老师，零花钱不够用……遇到这些情况，大家总是用“世界末日十二月就要来了”这个听起来不切实际，但在悲伤来袭时又希望它有那么一点点真实性的玛雅传说来安慰自己。

已经接受过九年义务教育的学生们，一定不会彻底相信地球会毁灭的虚假妄言，但他们需要寻求一些心理安慰。

这样的自我安慰在学生中广泛流传，他们从年初不知疲倦地讲到暑假来临。

“特意给你炖的花生核桃瘦肉汤，听他们讲，对大脑可好了。”

段圆圆拿起碗中的白瓷勺舀了一小勺汤，碗口还冒着白腾腾的热气。

“热。”段圆圆吹了口气，抿了一小口，“妈，你是不是又没加姜片？”

段圆圆的母亲杜文娟女士在一旁连连摇头：“哎哟，这个汤哪里能加姜片，而且我都提前尝过了，一点也不腥。”

看段圆圆完全不想继续喝，杜女士继续在一旁说：“你懂什么叫‘殊途同归’‘条条大路通一中’吗？既然上天让你去江坞一中的总校区,那就好好学，最后考个重本！”

江坞一中是江坞市的重点高中。

它有两个校区，分别为一中总校区和一中分校区，两个校区离得很远。虽然都挂着“江坞一中”的名字，但内行的人都知道，总校区才是真正的江坞一中。

总校区基础设施完善，师资力量雄厚，教学质量高，每年至少能出二十个考上全国排名前三的大学的学生。

但是一中总校区招生极为严格，对外地学生的限制更多，所以大部分学生便退而求其次，进入分校区或者选择其他高中。

但是这几年，一直有传言说分校区的土地要被征用，然后重新规划。这个传言流传得十分广泛。既然校区要拆迁，那拆迁后不就统一合并到总校区了吗？

于是不少学生家长又动了把孩子送入分校区的念头，说不定等到高二或者高三，就能搬到总校区了呢。但是抱着这样的念头的家长，他们的孩子绝大部分仍然继续在分校区读完了高中。

土地征用的消息直到去年才尘埃落定。

段圆圆幸运地赶上了总校区和分校区的合并。

合并后的江坞一中大规模扩招，总校区的许多条件都有了改变，学校致力于让更多的学生进入重点大学。

按合并后的要求，段圆圆能进入江坞一中。

杜文娟女士听到这个意外之喜后，高兴得连吃了两碗饭。

果然他们家是有些“拆迁运”在身上的。

他们不是江坞本地人，段圆圆从小生活在一个小渔村，那里靠海，风景秀丽，当地居民的收入来源基本靠捕鱼和海鲜养殖加工，还有一部分人做珍珠养殖。

旅游业在当时还没有发展起来，但是在段圆圆小学四年级那一年，他们村被规划为新型旅游基地，所以他们拿到了一笔可观的补偿款。

那是一笔放到现在来看仍然很多、很可观的补偿款。

所以他们完全不考虑择校费的问题，只要段圆圆能够进入江坞一中就行。

谁还没有个望子成龙、望女成凤的愿望了？

虽然成了母亲，没有了当状元的机会，但她希望自己的孩子能成为人中龙凤。

段圆圆吃了两个水煮鸡蛋，那碗汤被她推到一边：“既然都能上一中了，还报什么辅导班。”

“你懂什么，就算今年真是世界末日，你也得学到世界毁灭的前一秒。”杜女士又把那碗汤推回段圆圆面前，“快，喝了汤就去成魁教育。”

杜女士说完，把围裙摘了下来，一身职场西装让她看起来利落又果决，她眨着眼睛冲段圆圆讲：“一会儿你去上课，我去公司，我们都有光明的未来。”

为了不让孩子输在高一的起跑线上，杜女士给段圆圆报了新高一预科班，也就是成魁教育。这种制造焦虑的辅导班在刚刚结束中考的孩子的家长中格外有市场。

段圆圆压根不想去，但拗不过杜女士，只能在她的“压迫”下求生存。

成魁教育离段圆圆现在住的地方很近，走着去就行。

为了方便段圆圆读书，杜女士和段圆圆搬到了一条巷子里。

巷子有一个很文艺的名字——回南巷。

回溯三千里，江天南飞雁。

江坞的夏季闷热难耐，太阳如同火球一样挂在头顶，云朵在周围几秒就消散得无影无踪。

段圆圆刚出门，没走几步路呢，身上就热出了薄薄一层汗，黏黏腻腻的，短袖贴在身上，并不舒服。

她低着头走在路上，宽大的遮阳帽遮住了大部分脸颊。

其实她不喜欢“回南巷”这个名字。

她想到了回南天。

每年冬春交际之时，空气里渐渐有了生机勃勃的暖意，但伴随暖意一同而来的是无穷无尽的潮湿。

一切的一切开始发霉，开始变质腐烂，墙壁上有渗不完的水珠，衣服摸上去总是湿漉漉的。

那一眼望不到尽头的雨雾，就如同她现在看不到方向的人生。

看不到人生的方向，但能看到辅导班的大门。

成魁教育的老师站在大门口，满脸微笑，段圆圆和老师问好后坐到了她的座位上。

她的位置靠窗，能一眼看到回南巷的巷尾。

回南巷从高处看去是窄窄的一条街。

厚重的石墩，茂密的国槐，还有高高细细的电线杆。

有人骑着自行车在巷子里穿过，段圆圆甚至能听到他们拨动手把处铃铛的清脆声响。

本就不宽敞的巷子看起来更加狭窄了。

段圆圆完全没有在听课，她的目光无聊地跟着自行车随意飘散着。

那人骑着自行车到了巷子的尽头，那里竟然有一个段圆圆从来没有注意到的篮球场。

现在这么热的天，估计篮球场上也不会有人。

段圆圆想要看得更加清楚一些，但是她坐在座位上，视野有限，这已经是她能看到的极限了。

“……已知 α 是第二象限角，那么 $\alpha/2$ 是第几象限角？段圆圆，你起来回答。”

段圆圆突然被老师点到名，但是她刚刚在走神儿，哪里知道老师讲到了第几题、第几象限……

她猛然被点到名后，心脏跳得厉害，从座位上站起来，低头看着卷子不说话。

老师见段圆圆连刚刚讲过的知识点都答不上来，有些恨铁不成钢，擦了把头上的汗，开始在讲台上踱步："你们不要觉得辅导班不是正式上课，就不用认真学了。你们知不知道高中的时间有多么宝贵，你多学会一个知识点，多做一道选择题，就能高五分。你们知道五分对于高考而言是什么概念吗？那是上百万人啊……"

段圆圆站在座位上，这段话辅导班老师已经讲了很多次，她早就倒背如流了。

她站起来后，才发现自己的视野开阔了许多。

刚刚坐着看不清的篮球场，现在也清楚很多。

炎热的酷暑，就连夏蝉也会觉得燥热。

现在篮球场上空空如也，没有什么人。

段圆圆印证了自己心里的猜想，有些心满意足地准备坐下。

可就在她刚刚准备坐下，弯曲的双腿和及膝的长裙刚刚碰到凳子时，她看到从篮球场边缘处，忽然滚进了一个篮球。

伴随着小小的篮球一起出现的，是一双修长的腿。

穿着黑色运动裤，踩着一双黑色的帆布鞋。

段圆圆自己都觉得诧异，她的视力竟然好到在这么远的距离都能看出来他穿的不是篮球鞋。

篮球场上的男生逆着光，距离又有些远，段圆圆看不清他的上半身和他的长相。

但莫名地，心里有一个抑制不住的想法即将破土而出——

她想立刻冲出教室，去回南巷巷尾的篮球场。

就现在。

下课铃就在这时响了，老师难得没有拖堂。

因为是辅导班，学习时间没有在学校时那么紧张，距离下节课有二十分钟的休息时间，如果来回小跑，时间完全够用。

段圆圆打开的课本都来不及合上，起身时推动桌子的动作有点猛，墨蓝色的水性笔被她的裙子带到了地上，"啪嗒"一声落在段圆圆脚边，她也没有捡起来。

她走出了教室。

成魁教育是一家规模不小的辅导机构，涵盖了初中和高中所有学段，整栋建筑一共有六层楼，段圆圆所在的教室在四楼。

她的手掌扶着楼梯扶手，找到支撑点后，脚下台阶一级一级地挪动得飞快。

一层又一层。

她在二楼和三楼中间的台阶处骤然停住。

心脏因为短时间内剧烈的运动和情绪的变化“怦怦”地跳个不停。

段圆圆站在原地深吸了一口气，静了几秒后，她放弃继续向下走，转身，上楼，重新回到教室。

刚刚掉在地上的笔被辅导班的同学捡起来放回了桌上。

段圆圆左手胳膊撑在窗台上，托着脸颊，右手百无聊赖地转着笔。

一圈又一圈。

她右手手腕处戴的手链随着转笔的动作发出“叮叮”的声响，在嘈杂的课间显得格外清脆又响亮。

段圆圆没有按捺住心中的好奇，伸出手推开窗户，向巷子深处的方向探出头。

窗户打开的一瞬间，热浪扑面而来，但是探出头后视线比之前好了许多。

空荡荡的篮球场上现在仍然只有一个人。

他的头发在阳光下泛着淡淡的光，不太像纯黑色，而是有些偏深棕栗色。身上穿了一件很简单的黑色T恤，没有过多的装饰，看得出来身材比例不错，至少从这个角度看去，他的个子很高。

他的侧脸线条流畅锋利。

段圆圆的身体在空调屋内，脸颊却经受着热浪的洗礼。

这样的冷热交错让她不受控制地打了个寒战。

但她仍然没有关上窗户，继续探头看着不远处的篮球场。

男生的手指轻松地抓着篮球，双腿微微屈膝，随后跳起，篮球从手掌中飞跃而出，划过一条流畅的抛物线后掉进了篮筐。

篮球又从地上弹起。

一个干净利落的三分球。

男生反手扣住从地面弹跳的篮球，段圆圆笔也不转了，托着腮，安静地等待着男生投入第二个三分球。

一阵微风吹过，楼外的香樟树的枝叶被风吹得簌簌作响。

第二个三分球迟迟没有落下，男生始终没有投篮。

许是烈日下的篮球场太过空旷，许是对他人的注视太敏感，又或许是因为段圆圆自己心底说不明的情绪，她似乎感觉到男生盯着远处轻轻笑了笑。

随后他转过头来，两人的视线隔着半条巷子、平地和四层楼的距离。

他们就这样直直地对视。

阳光太刺眼，逆着光，她看不清男生的脸。

可段圆圆却仿佛能看到他的眼睛。

那也许是一双冷峻、清澈的眼睛。

但那清冷的眼睛里的目光却又像是炽热的、滚烫的，灼烧得她下意识地低下头，浑身僵硬，眼眸慌张地向四周飘忽。

她的血液在一瞬间仿佛停止流动，心脏要从嗓子里跳出。

男生又似乎压根儿没往这边投来目光，他低头看了眼手机，随即向篮球场外走去。他的脚步慵懒，篮球在他的指尖上转着圈。

上课铃这时候刚好响了，段圆圆不得已坐回到座位上。

这节是物理课。

段圆圆各科成绩很平均，算得上不错。

虽然高一不分文理科，但她本人早已经有了想法，她更想在高二分文理科时选择文科。

所以物理课她并不打算多么认真地听。

老师讲的是匀变速曲线运动，在黑板上画了一组抛物线图例。

段圆圆看着黑板上的抛物线，莫名地联想到了刚刚那个男生投出的完美的三分球。

好不容易挨到放学，段圆圆这次毫不犹豫地向她家的反方向——巷尾走去。

篮球场上来了一拨人，大家都穿着统一的篮球服，应该是附近学校篮球队的学生们。

段圆圆很确定，这里面并没有刚刚那个男生。

段圆圆带着失落的心走回家。杜女士离开前把空调关了，一进门，家里也热得很。

空调遥控器不知道被杜女士扔到哪里去了，段圆圆最后是在鞋柜里找到遥控器的。

她打开空调后，从冰箱里拿出半边西瓜，坐在沙发上，用勺子一口一口地挖着吃。

晚上段圆圆躺在卧室的床上，深夜，窗外安静，身下的凉席冰冰的，她闭着眼睛，但毫无睡意。

她总是莫名地回想起今天见到的那个男生。

虽然她看不清他的模样，也不知道他的名字，但那双清澈又炽热的眼睛，一直在她的脑海里挥之不去。

接下来的几天，段圆圆开始不再厌倦去成魁教育。

就连去辅导班的路上，每日必经的那条她不喜欢的小巷，她也哼着歌，戴着太阳帽，悠闲地走过。

但是无论晴天还是多云，这个暑假她在教室里眺望篮球场，都没有再看到过那个男生。

仿佛那日篮球场上浅浅一眼，只是这个夏天一闪而过的专属错觉。

八月中旬，江坞一中将每一位学生的录取通知书邮寄到家。

随通知书一起寄过来的，是一份全科试卷。

江坞一中开学第一天，要进行一次考试，这份试卷和第一天要考的题型类似，可以作为复习的参考。

段圆圆收到这封通知书后，有一种她要进入江坞一中的真实感了。

她一字一句地看完了录取通知书，想知道自己被分到几班，但这上面并未详细说明分班情况，只是说明了开学考试的考场和考号。

开学前的最后一个周末，段圆圆和她的好朋友周热一起吃了顿饭，纪念彼此高中前最后的自由。

她们是初中认识的好朋友，两个人都考入了江坞一中，自然也希望高中能像初中一样继续做同班同学。

周热："听我哥说，一般开学考试考场里的同学，大概率就是一个班的同学，他们之前就这样。"

"真的吗？我在第八考场，你呢？"

"好巧啊，我也是第八考场啊！"

两个女生激动地在冰粉店内笑着，同在一个考场的喜悦冲散了她们对高中未知的担忧。

很快到了开学这天，那是一个晴空万里的艳阳天。

江坞一中将总校区和分校区合并后第一次大规模扩招，招生人数增多，这次的高一新生足足分了二十个班级。

段圆圆和周热一起进了考场，找到自己的座位后安心地坐了下来。

段圆圆和周热的位置离得不算近，在教室里呈一条对角线，两个人对视一眼，默契地笑了笑，不约而同地开口，无声地说了一句"加油"。

离考试还有十分钟，考场里的学生基本都到齐了，监考老师开始发试卷。

段圆圆拿到试卷后第一件事就是写名字和考号。

她写完名字后，不经意地抬头一瞥，她斜前方的凳子还空着。

段圆圆心想，江坞一中竟然也会有学生第一天就迟到？

随后她没作他想，继续低头落笔开始认真答卷。

教室里瞬间安静，只剩笔尖和试卷摩擦的"沙沙"声，还有风扇"吱吱"转的声音，在安静的教室内，这些细微的声响被无限放大。

数学题很难，段圆圆废了大半张草稿纸才算出来最终的结果。

她长吁一口气，填好答案，准备继续看下一题。

突然，教室的门被推开，发出“咯吱”一声，这声音在安静的考场格外明显。

考场上大部分学生被突如其来的声音吓了一跳，大家一齐抬头，看向门口。

段圆圆也被门口的声音吓了一跳，她的手一抖，在草稿纸上画了长长的一道，这还好是在草稿纸上，要是在试卷上就麻烦了。

她有点不开心，抬头看向门口的罪魁祸首，想看看究竟是谁，迟到还这般明目张胆。

教室门口站了一个男生，穿了一件纯黑色T恤，发型清爽干净，眉骨高挺，眼睛是漂亮的丹凤眼，眼尾微微上挑，眼神凌厉冷漠却又清澈。

段圆圆心底毫无由来地一颤，刚刚的不开心瞬间烟消云散，随之而来的，是被一种巨大的惊喜所裹挟的感觉。

这双眼睛，她在这个暑假里暗自期待了很多次，想要再见一见，却再也没有见到过。

直到现在，此刻，在江坞一中的教室里。

这是段圆圆第一次看清楚篮球场上那个男生到底长什么样。

他的个头很高，目测至少有一米八八，下颌线流畅，只需要看一眼，就能看出他的五官组合在一起十分和谐，这张脸十分帅气，长得比电视上的许多明星都还要好看。

教室里不少女生没有按捺住，坐在座位上倒吸一口气，“哇”地赞叹了一声。

一身黑色的穿着让他看起来冷漠，又有些桀骜不驯。

监考老师问了他的姓名，他站在教室门口，漫不经心地开口：“纪预。”

他的声音清脆干净，带着些许慵懒的沙哑，如一阵风拂过，让听到的人不经意恍惚。

教室里不少女生忍不住和旁边的同学交流，一时间没有刚刚那么安静，段圆圆没太听清楚，他究竟是叫“际遇”，还是“季雨”，又或者是什么其他的字。

但是，不论他叫什么，总归又一次见到他了。

窗外的蝉鸣声不止，虽然已经进入八月末尾，但天气仍然闷热。

段圆圆在夏末秋初第一次感受到了一种从未有过的无穷无尽的喜悦。

这种喜悦让她的心底瞬间裂开了无数的细纹，淡粉色的快乐因子止不住地漫溢而出，如肆无忌惮的野火般燎原，毫无顾忌地填满了她的整颗心脏。

监考老师仔细对比了一遍考生座位表，口吻有些严厉：“纪预是吧，开学第一天就迟到，赶紧过去坐好考试吧，你知不知道你这样多影响其他同学答题。”

男生根本不在意老师说了什么，他的手里只拿了一支中性笔和一支涂卡笔。

段圆圆看到了他手里露出的笔帽，心微微一紧，又下意识地握紧了自己手里的笔。

她只看了一眼笔帽，就认出男生手里的中性笔和她现在正在答题用的笔是同一个牌子，同一个颜色，一模一样的墨蓝色中性笔。

除非是重大考试，规定必须用黑色中性笔，其余时间段圆圆喜欢用墨蓝色的中性笔，她的同学们更喜欢用黑色或者蓝色，平时像她这样用墨蓝色的，她很少见到。

像是察觉到了什么不可言说的秘密，她紧张到心脏都漏跳了一拍。

段圆圆看着他走到了她的斜前方，两支笔随意地放到桌子上，修长的手指拉开凳子，坐下后没有立刻答题，而是先翻看了一遍试卷，随后他轻笑了一声。

从段圆圆的位置上，刚好能将他嘴角的笑看清楚，她心想，他是不会做这些题，还是觉得题目太简单了？

她更希望是后一个答案。她隐隐地确定，一定会是后一个答案。

已经恢复安静的教室里猛然响起一道低沉慵懒的声音，打破了教室的宁静：“倒数第二题出错了，给的条件是矛盾的。”

两位监考老师对视一眼，其中一位老师走到他身边，又轻声让他仔细说一下。

教室里的同学们也都竖着耳朵，想听听他怎么说。

男生没有继续开口，而是拿着笔，在试卷上圈出了两处地方，语气仍有些漫不经心：“这两处，是矛盾点。”

段圆圆的目光无法集中在自己的试卷上，她也像考场里绝大部分的同学一样，目光紧紧地盯着他。

她紧紧握在手中的墨蓝色中性笔也蒙了一层薄薄的汗珠。

监考老师又从走廊上叫来了一位老师，他们窃窃私语，还时不时地向教室里瞥一眼，随后又露出赞扬肯定、无比欣赏的眼神。

几分钟后，一位老师站到讲台上：“同学们，咱们先暂停一下手里的笔，倒数第二题需要改一下，我把正确的题干写到黑板上，等下大家按照黑板上的题干来答题。”

写完后，老师像是没忍住似的，在讲台上开口说道：“这其实是我们数学组老师故意出的一道题，就想看看大家暑假有没有认真预习，学习到哪里了，平时细心不细心，咱们考场的这位同学是整个年级第一个发现的。”

教室里顿时又不安静了，窃窃私语声和感叹声同时响起，在大家还看不太懂题目的时候，有人已经能发现题目出错了，这人与人之间的差距可真是大。

刚刚考场里的女生对他的看法仅仅停留在“他好帅”，现在所有人都知道他是一个长得好看的学霸了。不说其他科目如何，至少在数学这一门学科上是学霸。

监考老师立刻整顿纪律，让大家安静下来。她也想不明白，怎么第一天入学，大家连对方叫什么都不知道，却能聊到一起去。

教室安静了，但段圆圆后半场考试怎么也静不下心来，总是忍不住低低抬眸，望向刚刚那个男生的方向。

他的试卷被风扇的风卷起，写着名字的一角刚好撞入段圆圆的视线。

他的字笔锋顿挫明显，有些龙飞凤舞，却又清晰好认。

原来他叫“纪预”。

不是“际遇”，也不是“季雨”，而是“纪预”。

纪念的“纪”，预期的“预”。

他很快将卷起的卷角压平，带着名字的一角只一瞬就被他压在了胳膊下。

但段圆圆只需要一眼就牢牢将他的名字记在了心里。

这时候的段圆圆怎么也想不到这简单的两个字将和她纠缠一生。

段圆圆最后稀里糊涂地交了卷，试卷上写了些什么她自己都不清楚。

数学考试结束后有十五分钟的休息时间。

有不少女生想去和纪预搭话，但是纪预交完试卷后，都没管讲台上的监考老师是否离开，就毫不在意地趴在桌子上睡了过去。

以前考完试，段圆圆总忍不住和同学们对一下答案，聊一聊试卷上的题，但现在，她和好朋友周热就在一个考场，却完全忘记了要讨论题目这件事。

她坐在自己的座位上，低着头，像是在为了下一场考试做准备。

可时不时抬起的双眼和快要跳出喉咙的心脏，彻彻底底地将她出卖。

“刚才的题好难啊，我都没做完，你呢？”

周热的声音将段圆圆从自我沉浸的世界中捞回。

段圆圆故作镇定，努力维持平静：“确实是很难，好几道题我也不会呢。”

周热把她从椅子上拽起来：“难的话大家都觉得难，都已经考完了，还看草稿纸研究什么？去厕所吧。”

她们现在的位置离教室的前门更近一些，段圆圆被周热挽着手臂向教室前门走去，要从纪预身边经过。

刚好段圆圆在靠近纪预的那一侧。

她的心底莫名泛涌上一种紧张与期待交织的感觉，这样的感觉让她的步伐都有些不自然。

三步，两步，一步。

段圆圆从纪预的身边走了过去。

纪预仍然趴在课桌上补眠，对此毫无察觉。

她的指尖甚至不经意擦过他搭在桌子外侧的黑色短袖。

指尖的触觉并不敏感，但刚刚段圆圆甚至每一根神经末梢都微妙地察觉到了他的衣服的质感——是很舒服的纯棉布料。

纪预似乎睡得很熟，他完全没有察觉到有一个女生从他身边走过。

直到出了教室，周热才发现段圆圆有些不对劲儿，她轻轻皱了皱眉头，说：“圆圆，你现在很热吗？要不咱们快点回教室吧。”

段圆圆下意识地“啊？”了一声，随后回复道：“我还好吧，考完数学心都凉了，也没有很热啊。”

周热大大咧咧地说：“看你的脸红了，还以为你热呢。”

段圆圆微微一滞，手心抚了抚脸颊，确实有些烫，她有些不自然地说：“也是，今天这天气是挺热的哈。”

女厕所里现在已经有不少人，甚至还需要排队。

果然，女厕所是世界上八卦最多的地方。

段圆圆很敏锐地捕捉到了“大帅哥”“纪预”这两个关键词。

她隐隐有一种心脏被悬吊着的不适感。

回到教室时，段圆圆特意拉着周热从教室的后门进去。

纪预仍然趴在课桌上。

直到监考老师来教室发卷子，他才快快地起来。

考试的时间过得很快，老师等到截止时间，收完卷子后，站在讲台上笑盈盈地对大家说：“同学们，恭喜大家考试结束，正式进入高中生活。你们的分班情况贴在教室门口了，大家收拾完自己的东西就可以去找新班级了，祝大家都拥有一段难忘的、美好的高中时光。”

段圆圆听闻后有些诧异地抬起了头，教室里还有不少同学和她一样感到诧异。

有同学问出了段圆圆心底想说的话：“老师，考场不就是按新学期的班级分的吗？怎么还要重新分班啊？”

这位同学将疑惑说出后，不少同学都表示附和。按照江坞一中一贯的传统，他们坐在同一间教室里，以后就是同一个班的同学才对啊。

讲台上的老师仍面带微笑，像是提前预料到他们会这么问一样，缓缓地开口道：“因为今年是总校区和分校区合并的第一年，很多往年的规则都改了，新学期新气象嘛，同学们，你们可都是第一批吃螃蟹的人呀，要珍惜这个机会呀。”

听到老师的解释，同学们仍然不满意。

可即使他们不满意也无法改变已经重新分班的事实，只能收拾好自己的文具，去教室外看自己的新班级。

段圆圆的心瞬间跌入谷底。写着分班情况的红纸前围着一群人，她没兴趣挤进去。

周热倒是很兴奋地冲到前排，仔细看了一圈名单，随后声音里都带着失落：“啊，圆圆，好遗憾我们没法继续做同班同学了。”

段圆圆听到后心情更加低落了。

“你别这么难过啊。”周热见段圆圆脸色都不太对劲了，立刻安慰她，“我们虽然没法在一个班，不过呢，咱们两个班离得还是很近的！”

“真的吗？”

现在人少了很多，段圆圆凑到红纸前面，从上到下挨个找她的名字。

人往往专注于自己潜意识里想要看到的。

她第一眼看到的不是她自己的名字，而是纪预的名字。

纪预的名字后面紧跟着的是“高一（10）班”。

她的心微微一颤，牢牢地记住后，又继续找，终于找到了她自己的名字，她被分到了高一（9）班。

十班、九班，只有一墙之隔。

周热怕段圆圆还没有找到她的名字，指给她看：“你看！你在九班，我在十班，我们高中虽然不在一个班了，可还是紧挨着呢。”

段圆圆知道自己不该贪心。

本来不可能再遇见他，但今天擦肩一面的遇见，她就已经感到很满足了。

如果入学考试没有和他同一个考场，那么能和他分到隔壁班，她也应该满足了。

瞧，安慰大法还是管用的，设想一下更糟糕的情况，再看看现在，她是应该满足的。

段圆圆深呼吸了几下，调整了一下心情，微微笑着对周热说：“嗯，你说得对，隔壁班也不错啦，我们现在顺路一起去新班级吧。”

高一（9）班和高一（10）班紧挨着。

周热和段圆圆在教室外拥抱了一下，就各自去自己的新班级了。

段圆圆走进九班的教室，找了一处中间偏后但是靠窗的座位坐了下来。

她刚刚坐好，同桌的位置就立刻有人坐了下来。

是一个很明艳的女生。

段圆圆看她有些眼熟。

她也很快认出了段圆圆："我们刚刚在一个考场的，我叫许净欢，你叫什么？"

段圆圆有些慢热，友好地笑了笑："我叫段圆圆。"

许净欢还想说些什么，她们的班主任就到教室了。班主任是一位头发不多的中年男性，个子倒是不矮，看起来颇具威严，大概四十岁。

"我姓胡，古月胡，全名胡时磊，是你们的数学老师兼班主任，至少在未来一年内将和在座的各位一起努力，希望我们的奋斗目标是一致的。我，为了你们的好成绩努力；你们，为了自己的好成绩努力。"

胡时磊声音洪亮，很有感染力，一眼就能看出来，他一定是位好老师。他继续说："那么剩下的时间，大家做一下自我介绍吧。在未来一年或者更久的时间里，你们将是同学、朋友、对手和战友。"

大家的自我介绍都没什么特色，无外乎姓名之类的，一圈介绍下来，段圆圆并没有完全记住所有同学。

胡时磊："大家没有记全也没关系，明天正式开始军训，你们还能慢慢认识。"

高中第一天就这样结束了。

因为是开学第一天，所以没有晚自习。放学的时候，夕阳半落未落，天空金澄一片。

学校之前发的校服和军训服，杜女士都洗好晾干了，段圆圆闻了一下，除了洗衣液的味道，还有一种经过太阳暴晒后的特有的芳香。

夜晚她躺在床上，微凉的风透过窗户钻进她的卧室，她闭上眼睛，怎么也睡不着。

白天发生的一切就像影片一样一幕幕地在她的脑海里浮现。

她的指尖似乎仍保留着擦过纯棉布料的错觉。

想到这里，她忍不住将手指藏进夏凉被内，弯了弯手指，害羞地握拳。

她的脸微不可察地在黑夜里变红了。

第二天仍是个明媚的晴天，可要军训的高一学生们并不喜欢这样的天气。

高一（9）班和高一（10）班都被分到了篮球场上，两个班的位置离得很近。

大家都穿着迷彩短袖、军绿色的长裤，腰间系着深棕色的腰带，脚上穿着绿色胶鞋，学校还贴心地给每个人都发了一顶军绿色的帽子。

这样的打扮让大家看起来都朝气蓬勃，但由于一模一样的打扮，再加上被帽子遮住脸颊，不怎么能分出谁美谁丑。

即使大家现在都是"平均脸"，可仍有人能在一群人中脱颖而出。

昨天胡时磊没有重新排座位，大家就按照自己的选择坐下了。段圆圆和许净欢仍是同桌，两个人自然更亲密些。

许净欢激动地拍了拍段圆圆，说：“你快看，斜对面十班第一排的那个男生。”

段圆圆抬眼望去，第一排站了至少十五个男生，可她一眼看到的，就是站在第一个位置的纪预。

他身姿挺拔，气质不凡。

分明穿着和大家一模一样的军训服，可她一眼就能看到他。

也只能看到他。

旁边的人，在段圆圆眼里都成了模糊的背景板。

许净欢见段圆圆没有反应，继续激动地说：“是不是超级帅！”

段圆圆迅速收回目光，平视前方，故作镇定地轻轻点了点头。

在烈日下站军姿并不轻松。一中的室外篮球场很大，在这里军训的不止他们两个班级，但他们两个班站军姿的时候正好面对面。

段圆圆站在女生里的第一排，她的前面还有两排，是他们班的男生。

这两排男生前面空了一块场地，紧接着就是高一（10）班。

纪预站在高一（10）班的第一排。

段圆圆他们班男生普遍不矮，至少比她高了有半个头那么多。

军训的时候普遍是男生站在前面，这样能为后面的女生遮一点太阳。

当然，这只是教官安慰大家的说辞，空旷的篮球场，连树都没有，烈日就在头顶，均匀地落在每个人头上。

段圆圆站在第三排，前面男生的后背挡住了她的视线。她能看到的，仅仅是自己班上的男生。

她心里有些遗憾，要是能站在第一排就好了。

在烈日下站军姿，实在不是一件舒服的事情。

在酷热的太阳下，没多久，额头上就冒出了细密的汗珠。

杜女士特意给段圆圆准备的高倍数防晒霜，没多久就在阳光下和汗水混合到一起。

段圆圆甚至能感受到汗珠顺着额头向下流淌。

她在心里祈祷：千万不要流进眼睛里。

她甚至在教官背过身子的那一瞬间，悄悄张开嘴向上吹了吹，想把汗珠吹偏。

可她失败了，夹杂着防晒霜的汗珠流进了她左眼的眼角。

轻微的刺痛让她左眼瞬间紧闭，脑袋也下意识地转动了一下。

就在这一刻，她的视野里不再是站在她面前的同班男生。

透过前排人与人之间的缝隙，她刚好能看到对面，看到十班第一排的纪预。

少年在烈日下站得挺拔笔直。

这时，教官突然严厉地开口：“我刚才有没有说过，想动要提前打报告！”

段圆圆的心悬了起来，教官是在说她吗？

“说的就是你，第二排的那两个男生，站军姿还窃窃私语，不如你们两个出列，让大家都听听你们在说什么！”

段圆圆在心里松了一口气，还好不是她。

被教官点到名字的两个男生不得不站出去。教官让他们站到九班与十班中间的位置。

教官明显是想在军训第一天杀鸡儆猴，对着自己挑出来的这两个“典范”，站在他们身边说道：“这时候怎么不说了呢？刚刚看你们说得不是挺欢的吗？”

班级里其余的同学明显是看热闹的心态，站军姿的姿势也比刚才放松了许多。

他们的目光的焦点都在被点到名的这两个男同学身上。

段圆圆向前看，对面十班已经在原地休息了。

在十班的好朋友周热看到了她，还冲她挥了挥胳膊。

趁着场面略微混乱，段圆圆也回给周热一个微笑。

十班在休息，安静的篮球场一下子有了嘈杂的聊天声。

教官让被点到名字的两个男同学各做十五个俯卧撑，做完后他们班才能休息。

这两个男同学只好趴下，开始做俯卧撑。

班里的男同学们一个一个地给他们数着：“……九、十、十一……”

洪亮的男声吸引了对面十班同学的注意，甚至有不少同学围过来看热闹。

段圆圆看到纪预也向前走来。

她的心蓦地停了一拍。

可纪预并没有像他们班的同学一样围过来，而是走到放水瓶的地方拿起了自己的水杯。

他喝水的动作很好看，左手握着水瓶，侧脸微微仰起，喉结一上一下地滚动着。

只是喝水而已，但他即便只是喝水，身上也散发着光。

“十五！做完了，可以休息了！”

做完十五个俯卧撑，段圆圆他们班终于也可以休息了。

许净欢和段圆圆一起坐到一旁。段圆圆拧开自己的水杯，里面泡的是杜女士特意准备的菊花茶，败火、解暑。

许净欢半开玩笑地说：“我刚刚看见你冲着十班的方向笑，你是不是也觉得对面男生的颜值明显比咱们班要好？”

段圆圆立刻认真地解释："不是的，是我的好朋友在十班，我只是在跟她打招呼。"

许净欢心中了然："原来如此，不过你的好朋友不应该在你身边吗？"随即她还把脸凑到段圆圆面前，冲段圆圆大笑。

少女之间的友谊很纯粹，很简单。

一个微笑、一句话，或者一件事都很容易让她们迅速建立起友谊。

譬如一起上厕所。

许净欢和段圆圆一起向教学楼的卫生间走去。

临起身前，段圆圆借着放水杯的动作，装作不经意地向十班的方向看去。

纪预在一群人中依旧恣意夺目。

"我看过天气预报了，最近一周也不下雨，你说咱们多放几遍萧敬腾的《王妃》管不管用？"许净欢站在水池前，用冷水洗了一把脸。

"当然不会管用的啦，台风'海葵'出现的时间和他演唱会的时间重合只是巧合罢了。"段圆圆也冲了冲手，水冰冰凉凉的，暑热瞬间缓解了不少。

"要是真的就好了！"许净欢叹了口气，"咱们回去吧，该集合了。"

"好。"段圆圆甩了甩手上的水，有几滴落到了许净欢的脸上。

"哇，好凉快，你试试。"许净欢故意把手上的水甩到段圆圆的脸上。

两个人边笑边闹地出了卫生间。

拐角处，段圆圆仍然侧着身和许净欢打闹，没有看前面的路。

结果她不小心撞到了对面的同学。

额头撞到对方的胸口处，段圆圆吃痛地"啊"了一声，扶了一下额头，随后连头也没抬起来便立刻道歉："同学，对不起。"

"没关系。"

是很好听的男声。

段圆圆的心跳在听到这一句后骤然加快。

她抬起头，她没有听错，竟然真的是纪预。

他的嘴角含着笑意，没有段圆圆设想的被人撞到的不悦。

天气本就燥热，两个人近距离的接触让她瞬间被热浪包裹住。

她还想再说句抱歉的，力的作用都是相互的，她的额头现在还在痛，而她刚刚结结实实地撞了纪预，他一定也很痛。

可她看向纪预时，他的脸清爽干净，段圆圆猛然回忆起来，刚刚，他的胸前似乎有很好闻的清香。

纪预的表情淡淡的，丝毫看不出疼痛或者其他不适的症状。

话在嘴里还没来得及说出口，纪预和他旁边的男生就继续向前走了。

段圆圆仍站在原地。纪预旁边的同学一定是以为她们早已经离开了。因为段圆圆听到纪预旁边的男生突然对纪预说了一句："啧啧，这是投怀送抱啊。”

“别乱说。”纪预的声音很认真，很严肃，完全没有调侃，没有不尊重女生，“以后这样的话不要再乱说了。”

纪预旁边的男生还有些不服气：“我怎么乱说了，这两天都多少女生故意往你身边凑了，只不过这是唯一成功的一个罢了……”

纪预又很认真地重复了一次，语气很严肃，大有一种“如果你再乱说，我们以后就不再是同学”的架势：“刚刚她只是不小心，你以后不要再乱说了。”

即使他们的声音随着距离的拉远而越来越小，可段圆圆仍然将他们的这段对话听得一清二楚。

“你的头还疼吗？”许净欢紧张地问段圆圆。

段圆圆吸了一口气：“我没事了，净欢，我们回去吧。”

许净欢调侃着笑道：“好，不过刚刚，你撞到的是十班的大帅哥啊！有什么感觉吗！”

滚烫、坚硬、有温度。

段圆圆的额头像是被火灼烧过一样炽热。

虽然他看起来很瘦，但一定是网上说的那种“穿衣显瘦，脱衣有肉”的类型。

刚刚的那一下，不像是撞到了额头，更像是撞到了段圆圆的心上。

“感觉就是……挺疼的。”段圆圆低着头，忍不住又用指尖碰了碰额头。

许净欢：“啧。”

接下来的军训中规中矩，教官之前“杀鸡儆猴”的效果明显很好，大家都乖乖地听指令行动。

好不容易挨到一天的军训结束，许净欢拉着段圆圆立刻奔向食堂。

“快跑起来，趁着高二高三还没下课，咱们先过去，不用排队。”

江坞一中不愧是重点高中，就连食堂都有四层，而且食物种类很多，味道也都不错。

段圆圆和许净欢找了一个人少的窗口排队。

“我们争取九月份就把食堂吃个遍。”

“哈哈哈，圆圆我们不愧是好朋友，想到一起去了！”

段圆圆和许净欢到得早，前面没有几个同学排队，她们很快就打好菜了。

她们找了一处还没有被同学放上发卡等等各种可以占位的物品的空桌子坐下。

段圆圆一边吃饭，一边感慨道：“学到了，明天咱们也用皮筋提前占个位置。”

许净欢喝了一口汤：“我没想到，你在吃饭这方面话这么多。”

段圆圆因许净欢这句话冷不丁地呛了一下，立刻咳嗽了两声，脸颊被呛咳而变得通红。

许净欢抬手帮她拍了拍后背，结果还没拍两下，就悄悄附在段圆圆耳边对她讲：“你快看最东侧的云吞面的窗口。”

许净欢的语气里充满了八卦的味道。没有人不爱八卦。

段圆圆的咳嗽止住了，她向最东侧的窗口看去。

有一个穿着校服的学姐在仰着头和纪预说话。

随后不知道纪预回了一句什么，学姐就失落地离开了。

“本来就是想让你看看学姐要学弟的联系方式，没想到竟然又是十班那个帅哥。”许净欢不停地感叹着，“军训才第一天就开始了，以后这得有多少啊。”

江坞一中除用胸牌区分不同的年级之外，各年级的校服颜色也是不同的。

现在夏季的校服，高二是淡蓝色，高三是淡黄色。

段圆圆他们这一届要穿的应该是白色校服。

刚才的学姐穿的是淡蓝色的短袖，是高二的学生。

段圆圆有些好奇：“你怎么知道学姐是去要联系方式的？”

“那当然啦。”许净欢笑着说，“不然还能是去问学弟食堂什么饭好吃吗？而且你看那个帅哥只说了一句话，学姐就垮着脸离开了，肯定是被拒绝了。你还记得今天在卫生间那个男生的同学说的吗，这两天都多少女生往他身边凑了……”

段圆圆默默地吃了一口盘子里的菜，江坞一中食堂的菜哪有传说的那么美味，味道也不过如此。

虽然还在军训，但他们仍要适应高中生活，要开始上晚自习。

只不过平时要上两节晚自习，军训期间只上一节。

高一的课本都已经发了下来，段圆圆在所有书的扉页上都写好了姓名和班级。

老师没有布置任务，这几天晚自习就让他们自由预习。

夜晚的风带着微凉的舒爽，段圆圆从书包里拿出了她的日记本。

一本在暑假刚买的、还算崭新的、只写过两句话的日记本。

她翻开，看到了自己在暑假时写的那几句话。

遇见他的第一年

07/23

辅导班很无聊，但我今天看到了一双好看的眼睛，希望明天还能遇见他。

她在日期前加了一句“遇见他的第一年”，这样的年份记法对于段圆圆来说更有纪念意义。

08/26

今天是开学第一天，我终于又遇见他了，这是我收到的最好的开学礼物，原来他叫纪预。

晚风吹得教室外的香樟树树叶簌簌作响，段圆圆提起笔，又在日记本上写下了一句。

08/27

他对我说的第一句话是“没关系”，不知道我们以后还有没有说第二句话的机会。

八月的晚上很舒服，星光点点，就连风都是温柔的。

许净欢和周热都是住校生，段圆圆是走读生。

回南巷离江坞一中不远，而且学校里应该也有很多走读生都住在回南巷。

高一（9）班的教室在三楼，高一（10）班的教室在最西侧，楼梯在十班旁边。

还有一侧楼梯在最东侧，如果去校门，走东侧的楼梯会近一些。

许净欢问段圆圆要不要一起顺一段路，段圆圆说她和十班的朋友约好了一起走。

她其实没有和周热约好。走西侧楼梯能路过十班。

可真的路过十班时，段圆圆仍然看着前面的路，目光分毫也没有向十班的教室里看去。

“圆圆！等等我。”经过十班时，后门突然有人叫住她，是周热。

段圆圆在十班的教室后门处停下来，周热想和她一起下楼。

周热坐在教室的倒数第二排靠后门的位置，而她的后桌，竟然就是纪预。

段圆圆站在十班的后门门口，抬起头，这才大方地看向十班的教室内。

纪预就在离她两步远的位置。

他的注意力都在面前的书上，不是高中课本，而是段圆圆完全看不懂的编程。

段圆圆在心里想，如果他回头的话，他一定会看到她。

那她要不要说什么？

她要不要再说一下，今天白天真的对不起？

但是，他还会记得她吗？

周热打断了她此刻的思绪：“我收拾好啦，咱们走吧。”

少年的侧脸线条流畅，手中握着墨蓝色中性笔不停地演算着什么。

他的目光聚焦在草稿纸上，仍然没有抬头。

段圆圆就这样和周热离开了教室。

段圆圆忍不住开口问周热：“你们班后门的那个男生，是你后桌？”

“你说纪预？对呀。”周热笑出声，“你不是都看见了吗！”

段圆圆抿了抿唇：“我刚刚不小心看到他做的题，都不是高中的内容。”

“这我就不知道了，我只知道他没有中考成绩，好像是外地转学过来的。”周热像倒豆子一样对段圆圆说，“你知道吗，从分班之后到今天，我都看到好几个别班的女生过来悄悄看他了。真的有这么帅吗？我没觉得呀。”

“你眼里除了二次元还能有谁呀。”段圆圆听到很多女生来看纪预之后，其实已经没有太多感觉了，早就知道的事实，再多听一遍，也只是更加麻木而已，“那他呢？”

“谁？你说纪预？他都面无表情地没搭理她们，不过好像他越是这样冷脸，那些女生就越兴奋啊，我真搞不懂……”

纪预冷着脸？

是吗？

段圆圆在心底摇了摇头，可是今天他对她说“没关系”的时候，嘴角分明是含着笑的。

第三章

黑暗逼仄的小巷里多了一道光

江坞一中住在回南巷的走读生确实很多，许多家长为了让孩子有个良好的学习环境，不舍得让他们住校，即使江坞一中的宿舍环境也非常好。

走读生大部分都是高二和高三的学生，可是现在这两个年级的学生还在上晚自习。

这条幽静漆黑的小路上现在只有段圆圆一个人。

漆黑的夜晚，路灯并不算明亮，氛围有些阴森。

段圆圆双手攥紧衣摆，晚上的风吹得她心慌。

她不由得加紧了回家的步伐。

她回到家的时间甚至比平常早了五分钟。

但是现在家里仍然是漆黑一片。

杜女士还没回家，段圆圆看到了桌子上的字条，杜女士出差了，大后天才回来。

和字条一起留在桌子上的，是一沓现金。

段圆圆在心底默默地叹了口气，本来还想让她明天晚上放学去接一接自己的，现在看来也没可能了。

临睡前，她找出了家里的手电筒，准备明天带去学校，等晚上放学路上用。

不知道是不是许净欢天天把萧敬腾的《王妃》挂在嘴边哼唱起了作用，第二天一早天竟然阴了。

乌云压城，浓黑一片，看着像是要下雨的光景。

今天的军训内容是走队列，同学们多少有些心不在焉，大家都在心底默默祈祷，快些下雨吧。

不到一小时，大家的祈祷就初见成效，天空飘起了毛毛细雨。

雨不算大，但看这架势大概会越下越大。

他们的军训场地上根本没有可以暂时躲雨的地方，教官只好让他们回教室。

军训场地上一阵欢呼声，持续了好几十秒，都是同学们发自内心的欢呼声，足够证明他们有多想快些结束军训。

段圆圆他们班的军训场地离教学楼更近一些，如果她现在跑回去，一定会和纪预错开。

她借着和许净欢拿水瓶的时机，故作漫不经心地向十班的方向看了一眼。

他们班刚刚解散，比起段圆圆他们班，动作会慢一些。

段圆圆心底瞬间涌上一股失落，他们在楼梯处碰不到了。

她现在似乎多了一种超能力，总能在一群穿着一模一样的衣服的人当中，一眼就找到纪预的位置。

段圆圆转身前看了纪预一眼，从她的角度望去，细雨打在他的脸颊上，他的脸被蒙上一层淡淡的雾。

段圆圆和许净欢回到教室，衣服无可避免地被雨水打湿。

衣服湿漉漉地贴在身上，潮湿黏腻。

再加上教室的空调制冷系统似乎出了什么问题，最低温度只能调到二十八摄氏度，在人群密度极大的教室根本不起作用。

老旧的电风扇在头顶一圈又一圈地转着。

教室里混杂着男生的汗水的味道，汗味在闷热的空气里不停地发酵。

段圆圆坐了没有三分钟，就有些受不住了，她问许净欢："我要去卫生间，你去吗？"

"我先不去了。"许净欢说完，把椅子向前拉了一点，身体向前倾斜，让段圆圆出去。

他们这一层的卫生间在最西侧，楼梯将班级和卫生间隔开。

如果要去卫生间，就要经过十班。

段圆圆用余光扫了一眼十班，教室里仍有空位，剩下的同学应该还在回来的路上。

刚刚那一眼，她没有看到后门最后一排的位置，或许是空的吧，段圆圆在心里猜想。

她其实没有多想去卫生间，只是觉得教室里实在是过于闷热，想出来透透气罢了。

在卫生间简单地洗了洗手，凉爽的水柱从水龙头中倾泻而出，她的手心感受到了阵阵凉意。

心也静了不少。

比起刚才的喧闹，走廊上现在可以算是安静的。

可她没想到，在楼梯的拐角处，又碰到了纪预。

他独自一人走向卫生间的方向。

而段圆圆要回教室，就这样和他直直地对上。

走廊空荡，现在只有他们两个人。

少年在离段圆圆两三步距离的时候停下脚步。

后面有同学叫他，他停下脚步的同时回头看。

段圆圆只能从他身边绕过去。

距离很近，她的衣袖甚至不小心碰到了纪预的衣袖。

纪预身上有淡淡的柠檬味和薄荷味混杂的香气，清爽干净，和教室里的那些臭男生截然不同。

两个人没有一丝一毫的眼神和言语交流。

他分明没有看到自己，只是恰好停住脚步罢了。

可段圆圆的心脏就像是要跳出胸口，她甚至屏住呼吸，尽量降低自己的存在感。

“嗯。”他的嗓音低沉又充满磁性，还带着笑意，明明是对着不远处的同学说的，可段圆圆却被他的声音吸引。

这时候用来形容声音的网络词汇还很匮乏，不像几年后有什么气泡音、夹子音之类的各种形容声音的词汇。

段圆圆现在心里就一个想法：这声音比电视上的主播的声音还要好听。

回到教室后，段圆圆不知道该如何形容自己的心情。

明明他根本不认识她，她对他来说也许只是随意路过的同学，无足轻重，完全不会多费心去注意，可她却每时每刻地想一直关注他，甚至能一眼就找到他。

她甚至非常羡慕十班的同学可以和纪预一个班，可是明明分班的时候，她还觉得，隔壁班也很好。

人果然都是贪心的吧。

她拿出课本，默默地读着课本上的文字，开始努力让自己静心学习。

高中的氛围的确和初中不一样，分明还没有正式开始上课，但上课铃响了之后同学们都很自觉地待在座位上学习。

只不过段圆圆这样的想法，没超过三分钟就被打破了。

三分钟过后，教室里有些同学见没有老师来教室，刚刚装模作样学习的样子立刻消失不见，很快，教室里出现了和谐的、其乐融融的聊天场面。

班主任老胡进来时正看到这一幕。

没有几个人在安静学习，大部分的同学都在三三两两地聊天。

老胡就站在教室门口，他也不说话，就等着看同学们到底什么时候能注意到他来了。

很快，没多久，大家就注意到班主任老胡正站在门口，目光阴沉地盯着他们。

连半秒钟都不到，教室里就安静到连一根针落到地上都能听见。

即使刚刚大家吵闹时，段圆圆也在看书，但由于突然的安静，她还是好奇地抬起了头。

老胡站在讲台上，先是扫视了教室一圈，虽然一句话没说，但是压迫感极强。

随之而来的不是同学们想象中的大发雷霆，老胡以一种讲道理的方式，对全班同学说："大家知道今年江坞一中扩招后高一有多少个班级吗？"

"二十个。"

"有二十个，高一级部为了更好地让大家有面对高考的紧张感和重视度，又将这二十个班级分为两个分部，每次考试，不仅仅是每个班级之间的竞争，同时也是两个分部之间的竞争。如果你们不想学习，给自己班级拖后腿，关上教室的门，都是咱们自己班自家人的事。"老胡顿了顿，"但是你们考虑过第一分部的其他九个班级吗？他们想被你拖后腿吗？"

老胡的话果然起到了作用，至少班级里大部分同学都低下了头。

谁也不想在开学没几天内就被老师指责。

而且虽然仅仅开学几天，可他们之间有一种隐形的集体荣誉感，他们九班是一个整体，自己的班级可不能被其他班级看扁。

老胡的话所起的效果不知道能持续几天，但至少今天上自习的时候，教室里是安静的。

今天下了一上午的雨，有些同学没有带伞，不想淋雨去吃饭，就仍然待在教室。段圆圆没有带伞，只好留在学校里。

"中午你还去吃饭吗？"段圆圆问许净欢。

其实她是想吃的，如果许净欢不去，她就自己一个人去。

"当然，人是铁饭是钢，吃饭不积极，就是脑子有问题好不好！"许净欢看了一眼窗外的雨，"咱们都没带伞，跑着去吧。"

段圆圆点了点头："还好雨不算大，跑着去淋不到太多。"

这一路上所有人都在小跑，段圆圆仍在找纪预的身影。

"淋过雨后想吃点带汤的热面条。"

"我也是这么想的！"许净欢指了指不远处的一个窗口，"一楼好像只有云吞面啊，吃这个怎么样？"

段圆圆点了点头，她早就发现一楼只有云吞面，加上今天下雨，餐厅的瓷砖地板上也因为来来往往的学生而沾上些水，不好走，她们肯定不会再多走几步去楼上吃。

她记得昨天在餐厅遇到纪预，他就是在云吞面的窗口排队。

她今天如果也吃云吞面的话，不知道能不能遇到他。

可是很遗憾，今天没有在云吞面的窗口看到纪预。

她吃了一口面，没想到学校餐厅做的云吞面味道竟然很正宗。

和她小时候去香港吃过的不相上下。

上天的确很偏爱他们这一届新生，等到段圆圆和许净欢吃完饭出来后，下了一天的雨竟然停了。

现在还不到七点，天色还没有黑。

金色晚霞照了半边天，余晖与微风轻轻笼罩整片校园。

学校里有一个书店，不只卖辅导书和习题集，还卖高中女生们最爱看的杂志。

段圆圆和许净欢走进书店，因为刚刚下过雨，许多人留在了教室，书店内并没有很多人。

她们两个在书店内逛了逛，各自挑了两本不同的杂志，这样等到她们看完后还可以互相换着看。

段圆圆和许净欢在一个晚自习内看完了四本少女杂志。

她们对一些故事情节非常不满意，许净欢从本子里撕下一张纸，在上面写了几个大字：这一篇气死我了！

然后将纸条连带着摊开的杂志一起递到了段圆圆的课桌上。

段圆圆接过纸条，在上面写了一句：我也是！这一篇的结尾男主怎么能挂掉！猝不及防！

随后又把纸条推到许净欢的手边。

两个人看完后相视一笑。

少女的默契和友谊，在晚自习，在少女杂志里，在纸条里，无声滋长。

即使许多年后，她们早已忘记了那本少女杂志里的故事到底讲了什么内容，也早已记不清她们悄悄传的纸条里具体写了什么，可她们永远记得那一晚温柔的风，永远记得教室外不止的蝉鸣声，永远记得教室里的灯光很明亮，永远记得彼此那默契的澄澈一笑。

晚自习下课后，段圆圆仍然选择了昨天走的楼梯。

路过十班后门，她鼓起勇气站在后门门口，抑制住飞速跳动的心脏，轻轻地喊了一声：“周热。”

她今天没有那么好运。

第一眼她就注意到，纪预不在座位上。

他已经放学离开了吗？

可是昨天这个时间他还在教室里做题。

他是有什么事情才提前离开的吗？

他是因为今天淋了雨不舒服了吗？

周热开口打断了段圆圆的思绪："圆圆等我一下，我马上就好。"

周热和段圆圆仍然在校园里就分别，周热回宿舍，段圆圆自己一个人走回家。

下过雨后的天空繁星闪闪，空气里都是雨水特有的潮气，夹杂着香樟树和蔷薇花淡淡的清香。

回家的小路依然漆黑，路边的路灯幽暗，因为下了雨，黑暗中多添了一丝凉意。

段圆圆拿出手电筒，还好她昨天晚上回家后机智地找出了手电筒。

可是她昨天找到手电筒后就放到了一边，根本没有试一试手电筒亮不亮，而且她还忘记查看手电筒里有没有电池了。

手电筒握在手里，没有电池，一点光也发不出。

无奈，她只得加快回家的脚步。

小路很安静，只有段圆圆踏在雨水坑里的脚步声。

可就在快要到巷子里的时候，背后传来了隐隐的透着轻浮笑声的男人的声音。

莫名有些瘆人。

段圆圆脑海里瞬间闪过了最近治安不好，有团伙深夜抢劫的新闻，她可不想明天就出现在报纸上。

她只得再次加快脚步。说来也不巧，雨滴又开始落下了。

一滴、两滴，夹杂着初秋微寒的雨点开始落在段圆圆的脸颊，没入脖颈，可雨水带来的寒意远不如背后的声响来得刺骨。

昨天要是检查一下手电筒有没有电池就好了。段圆圆心想。

段圆圆从不知道八月末的寒意竟然可以让人战栗到在肌肤上激起一层薄薄的鸡皮疙瘩。

寒意夹杂着无助的害怕，她除了加快脚步，别无他法。

人在对现状无措而瞎想的时候，害怕的情绪最是容易被放大。

段圆圆因为脚下的步伐加快，左脚踩到了右脚，摔倒在了巷子里。

巷子里很安静，安静到段圆圆双手撑在地上都能听清身后有人骑自行车即将经过她的身旁。

车轮一圈一圈转动的声音由远及近，在段圆圆估摸着即将经过她身边时，她大胆地回头看了一眼。

她在心里猜测应该是江坞一中的学生，如果是的话那最好了，如果不是也没关系，她可以跟在这辆自行车后面。

这样这段路就不再是她一个人走了。

段圆圆磕到了膝盖，手心似乎被磨破了皮，隐隐作痛。

她撑在地上，回头看了一眼。

回头的那一瞬间，巷子里依旧是黑暗的。

可是骑着自行车的少年在黑夜里仍然意气风发。

逼仄黑暗的小巷里多了一束光。

飒沓如流星。

即使在黑暗里，段圆圆依然第一秒就认出，那一定是纪预。

眼前有一束流星般的因为纪预而出现的光。

这束光耀眼且夺目，却永远不会为她停留。

段圆圆自嘲地摇了摇头，她有些想哭。

为什么每次遇到纪预都是这么糗的时刻？

眼眶漫上一层淡淡的水雾，段圆圆僵硬着身体，想等纪预骑自行车过去再起来。

他应该看不到吧。

段圆圆在心里祈祷他千万千万不要注意到。

不要注意到她摔在了地上。

巷子里的地面是略微潮湿的。

她都能想象到，她现在的样子一定很糗，一定不好看。

自行车的声音没有如段圆圆预料的那般经过她身边后越来越远，而是在她身边戛然而止。

自行车停在了她的身边。

“需要帮忙吗？”

低沉的声音在黑夜里响起，段圆圆像是收到了命运馈赠的礼物。

纪预停下车，他站在了段圆圆身边。

段圆圆双手僵硬，但她很快用尽全身的力气，以最快的速度站了起来：“谢……谢，不用了。”

她用尽全力让身体不颤抖。段圆圆低着头，她想，还好现在是夜晚，不然他看到她红透的脸该怎么办才好。

巷子里现在只剩下安静，嘈杂声和那些瘆人的声音此刻全部消失了。

“你的手电筒掉了。”纪预帮段圆圆捡起掉在地上的手电筒，递给她，“给你。”

“谢谢。”段圆圆完全是凭借本能机械性地说出这句道谢，随后从他手里接过了手电筒。

她怕纪预猜想，她为什么不开手电筒。

随后指了指手里的手电筒，主动开口，她的声音并不大，可在寂静的夜里仍然很清楚：“我忘记装电池了，所以它……没法正常工作。”

这样幼稚的事，实在不应该是一个高中生做出来的。

纪预听到后却并没有如段圆圆所料的那样发出嘲笑的声音，他淡淡地笑了一声，段圆圆将这声笑听得非常清楚。

她再一次脸红了。

纪预的笑并没有任何恶意，接下来他没有骑着车离开，而是推着自行车和段圆圆并肩一起走。

他没有为自己的行为做解释。他和段圆圆还算不上认识，他并没有说“女孩子晚上一个人不安全”“刚刚看到你摔倒我担心你”“我送你回家”这一类没有分寸感的话，而是十分自然地和段圆圆并肩走在一起。

仿佛他的手里没有自行车，仿佛他原本就是打算这样走着回家。

仿佛他们只是下晚自习后在路上偶遇的走读生。

事实上，他们的关系也仅限于此。

这条小巷十分安静，两个人也没有其余的交流。

回南巷的路灯报修了很久，一直没有人来修。

倏地——

从纪预的手里传来了“啪嗒、啪嗒”的声音。

随之而来的，是微弱的一闪而过却又再次重燃的火苗。

纪预不知道从哪里变出来一个打火机，他一只手推着自行车，一只手按着打火机，动作随意又慵懒。

“啪嗒、啪嗒”，一声又一声。

火苗在他的手里灵动地跳跃着。

他们眼前的视线不再是黑暗的，而是随着火苗的出现有了暖黄色的明亮。

段圆圆忍不住去看火苗。

火苗摇曳，一下又一下地跳跃着，点燃了她的心。

她盯着微弱的火苗，不知怎的脱口而出：“我试试，可以吗？”

她想这是她今天最有勇气的时刻了。

她不确定纪预是否听到了，听到她在黑夜里仍然微弱的声音。

纪预没有说话，只是将打火机静静地摊在掌心，示意段圆圆去拿。

段圆圆低着头，犹豫了半秒钟，飞速又小心地从他手里拿起打火机。

可指尖还是在这一瞬间隐隐约约地擦过他的手掌，段圆圆被那一瞬间的微麻刺激到浑身血液静止，整个世界像是被按下了静音键。

只剩手里的打火机“啪嗒、啪嗒”地响着，一声又一声。

他们没有再说一句话。

纪预没有问她叫什么名字，或许是不在意，又或许是怕她尴尬。

毕竟纪预今晚见到了她摔倒在地上的尴尬的一面。

纪预甚至很有教养地没有过多地注意段圆圆的长相。

段圆圆注意到了这一点，她心想，纪预一定是怕她尴尬，他一定是觉得女孩子无措的一面并不想让其他人看到。

段圆圆甚至很感激纪预这样做。

这样，纪预可以不将她和摔倒在地上的女孩画上等号，那么等到明天，那么等到以后，她再次在学校里见到纪预时，她仍可以以最好的模样出现在他面前。

从前的段圆圆总是想，为什么回南巷的这条路这么长，这么长，她要走好久。

可是今天，她想，为什么这条路这么短，这么短，短到往前面再走几步路就到她家了。

“我到家了，今天谢谢你。”段圆圆低着头，飞速地说完这句话后转身离开。

今天她说了无数次的谢谢。

她甚至没有看清纪预是什么反应。

她在小院子里透过门缝向外看，纪预骑上了他的自行车，很快消失在她的视线里。

回南巷又一次回归逼仄与黑暗。

少年带来的那束光，随着他的离开，也渐渐地一点一点消失在远方。

只剩那个黑色的打火机，安静地留在段圆圆手里。

段圆圆握着它，一下又一下地按着。

火苗一闪又一闪，填满了段圆圆的心。

今夜，段圆圆的日记本上多了几行短短的文字：

08/28

谢谢他今晚一路上的沉默，跳跃的火苗，逼仄黑暗的小巷里那道从天而降的光，是我永生难忘的景色。

江坞市今年似乎提前进入了雨季。

这几天雨水淅淅沥沥断断续续地下个没完。

阴雨连绵，少见阳光，段圆圆不喜欢这样一直下雨的天气。

但是因为下雨，军训以及最后的军训会演都取消了。

学生们听到这个消息后高兴得在教室里欢呼起来。

可高兴不过十秒钟，他们就接到一个噩耗——

既然不需要再军训，那他们自由自习的日子也就结束了，这意味着紧张的高一生活正式开始了。

上课的时候，段圆圆听得很认真，不像在暑期辅导班时那样敷衍。

数学课枯燥无趣，做了许多例题，到下课时还没讲完，还好老胡没有拖堂的习惯，三言两语结束了今天的数学课。

下课后许净欢迫不及待地拉着段圆圆去厕所："数学太难了，刚才在课上我都快睡过去了，出去透透气。"

"好啊。"段圆圆回答得有些心不在焉。

昨晚发生的一切还在她的脑海里盘旋。

她的私心让她将纪预的打火机藏在了家里，想要再还给纪预一个崭新的。

她想悄悄地留一些关于他的纪念，将这当作她自己的独一无二的小秘密。

段圆圆不确定纪预是否能认出她。

或者说，纪预会站在她的立场，替她考虑，猜测她一定不希望被他在学校里认出来。

毕竟摔倒在雨水中有点丢脸。

但经过一夜，段圆圆也有些矛盾。

她一方面盲目地希望可以和纪预有更多的交集，所以希望他能认出她；一方面又不希望她在纪预的印象里是雨夜的狼狈形象,所以希望他不记得她。这样的矛盾交织在段圆圆的脑海里。

所以今天早上，她特意买了一个新的打火机。

如果他认出她了，问她要昨晚的打火机，她就把这个全新的给他。

从来没有哪一次这么紧张。在路上怕遇见纪预，又怕遇不见纪预。

经过十班时，许净欢大大咧咧地向十班教室内看去："让我找找纪预在不在教室里。"

"纪预？"思绪处在半游离状态，并且精神极度紧张的段圆圆还是敏锐地捕捉到了"纪预"这两个字。

许净欢没有察觉到段圆圆的不对劲，说："是啊，十班那个帅哥，我打听到了，他叫纪预。"

段圆圆小声地"哦"了一下："这么盯着十班看不太好吧。"

段圆圆平时路过十班时，向里面多看一眼，都要做好久的心理建设，并且还要预先在脑海里模拟一下，如何看才能让动作看起来不突兀，不显得奇怪。

即使这样，她也只会悄悄地看十班一眼，不会像许净欢这样，一路上挽着她的胳膊保持平衡，根本不看前面的路，眼睛直直地盯着十班看。

"这有什么的，难道你没注意到，这几天也有很多人向咱们班教室里看吗？"许净欢看段圆圆现在呆呆的样子可爱极了，她笑得狡黠，"看你这样就一定不知道，他们都是看你的呀。"

段圆圆有些吃惊，不可思议地开口向许净欢确认道："我？"

许净欢点点头，开始对段圆圆讲："是啊，你的位置靠窗，这一层好多男生都知道咱们班靠窗的位置有个美女！”

段圆圆的皮肤白皙，找不到一丝毛孔，鼻子小巧精致，睫毛卷翘，有时候许净欢在教室里偶尔偏头看向她，都能看到段圆圆眨眼时眼睑下的淡淡阴影。

段圆圆是真的没注意过。

从小大家会夸她乖，夸她懂事，但真的没有几个长辈会夸她生得好看。

许净欢这样乍然一说，段圆圆羞得红了脸：“你也很好看啊，他们也一定是看你的。”

段圆圆也没有乱说，许净欢美得明艳张扬，像一朵盛开在烈阳下的凤凰花。

两个女生相视一笑，说话的工夫，就已经路过十班了。

但是并没有看到纪预。

从卫生间出来到回到教室的这一段路，段圆圆也没有看到纪预。

接下来的两天，段圆圆一直没有遇到纪预。

不论是在走廊上，还是下了晚自习放学时，又或者是在回南巷里，半点纪预的身影也没看到。

段圆圆很好奇纪预去了哪里，为什么这几天一面也见不到，她实在没忍住，准备在放学时隐晦地向周热打听一下。

可还没等她准备好措辞，周热就像是知道她心中所想一样，拉着她不停地说：“我们老师给我换同桌了，我竟然被调到教室靠后门的最后一排了。”

“最后一排？”

段圆圆和周热的个子都不算矮，即使坐在教室的最后一排，对上课看黑板也没有影响。

她刚才那一瞬间感到惊讶，是因为她瞬间想到了纪预，他也坐在十班的最后一排，并且本来和周热是前后桌。

“是啊，我同桌现在成纪预了，你上次放学见过的，就是坐在我们班后门的那个男生。”周热语气有点不爽，“你是不知道，课间有多少女生来我们班看他，还给他送东西，有的时候都会堆到我的桌子上，我课间想补眠都不行。”

周热是打心眼里觉得和纪预同桌是一件很麻烦的事情。

毕竟现在才开学一周，慕名来看纪预的人就这么多了，以后还不知道会怎么样呢。

但段圆圆此刻很羡慕周热。

周热觉得麻烦的、嫌弃的，在她眼里却是可望而不可即的、羡慕不已的。

她暂时不知道该如何向好朋友开口，直到最后她也没有问周热，纪预这两天课间去了哪里。

即使好朋友和纪预成了同桌，段圆圆除了羡慕，也丝毫没有借机套近乎、和他打招呼的想法。

周末两天转瞬即逝，很快到了新的一周。

第一节课是地理课。

地理课上周并没有上，这也是段圆圆高中生涯里的第一节地理课。

但段圆圆在英语早读时发现，她竟然忘记带地理课本了！

她不想第一节地理课就没有课本，这听起来并不是一个好的开始。

而且据学长学姐们说，这位地理老师很凶很严格，谁也不能在她的课堂上走神，更别提不带课本这种事了。

段圆圆在英语老师拖堂下课后，飞快地走到十班的后门处。

他们两个班级是同一个地理老师，所以她打算借周热的地理课本。

十班课间不安静，有在教室里悄悄吃早饭的，有在交流错题的，还有在教室里聊八卦的，段圆圆站在他们班的后门处并不显眼，没有人注意到。

除了纪预。

段圆圆的眼睛看向周热的桌子，周热并不在教室。

但是纪预在。她紧张得心脏“怦怦”直跳，比早读时发现没带课本的那一刻还紧张。

“是来找周热吗？”纪预的声音平和，还略微带着些慵懒。

段圆圆听到后耳尖忍不住一颤：“嗯，她去哪里了？”

纪预的声音在吵闹的课间显得更加清朗好听：“她去语文组送作业了。”

语文组在另一栋教学楼，两栋教学楼之间有连廊，一来一去至少要五六分钟。

段圆圆估摸了一下时间，应该等不及周热回来了。

她低着头，声音隐隐有些发颤：“能麻烦你帮我把周热的地理课本找出来吗？等她回来你跟她说一下就可以，谢谢你！”

纪预点了点头，很快就从课桌上拿起一本地理课本。

“给你。”他的声音温和，却透着些带着笑意的慵懒，“地理课本可不在地里。”

“谢谢你！”段圆圆听到纪预这句话，不好意思继续盯着地面看，她只好抬起头，红着脸颊直视纪预。

一眼就能看到纪预面部流畅的线条和高挺的鼻梁，他们这一届的校服是公认的最好看的白色，纪预穿着白色的校服，整个人看起来充满朝气。

遇夏

段圆圆红着脸颊接过课本，用清甜但是无比紧张的声音道了一句谢，没等纪预再说什么，便害羞地回到教室了。

段圆圆刚到教室坐下，上课铃就响了。

地理老师简单地做了自我介绍，并且强调了地理的重要性以及上课该如何记笔记，就正式开始讲课了。

周热的课本是崭新的，连名字都没写。

段圆圆在想，这么新的课本，她直接在上面记笔记好像有些不太好，但她又怕被老师发现没有记笔记，于是干脆从笔袋里找了一支铅笔，用铅笔在课本上记笔记。

这位地理老师有她独特的讲课风格，她先让大家看地理课本里附带的世界地图。

段圆圆听话地打开了附录页的地图。

本以为只是普普通通的一页，可没想到她手里的地理课本在地图的这一页，有用墨蓝色的笔写下的四个字——眺看世界。

段圆圆很熟悉周热的字体，很明显，这四个字不是周热写的。

这四个字笔锋顿挫有力，字体潇洒如龙如蛇，都说字如其人，想必能写出这般好看的字迹的人也是一位恣意洒脱之人。

段圆圆脑海里一下子就浮现出了纪预的身影，以及入学考试时段圆圆轻轻一瞥看到的纪预在试卷上写的名字。

她现下可以百分之百地确定，这一定是纪预的字。

所以这本地理书并不是周热的，而是……是纪预的？

纪预刚刚拿课本时，段圆圆一直低着头，所以她并不清楚纪预拿的究竟是谁的课本。

那么纪预是拿错了，还是知道他拿的课本不是周热的而是他自己的呢？

段圆圆想到这里，脸颊隐隐地泛红了。

但这是在课堂上，她强迫自己赶紧冷静下来。

她看着纪预在地图的空白处写的四个字——眺看世界。

纪预的字真的很好看，是段圆圆见过的所有人中字写得最好看的。

而且他在写“世”的时候，用的是小楷的写法，这样的写法段圆圆曾在王羲之的书法里见到过。

他将“世”写成了上下结构，上半部分类似于一个“+”，下半部分类似于一个“廿”。

这样的写法段圆圆觉得特殊又好看，和其他人都不一样。

一如少年的模样。

她忍不住从本子上撕了一张纸，悄悄地模仿纪预的字迹。

她最先练习的便是“世”字。

这个字写起来并不难，掌握好技巧后多练习几次，段圆圆很快将这个字写得有模有样。

可笔画多的字模仿起来便没有那么简单了，段圆圆练习了很多次，但画虎画皮难画骨，模仿他人的字体也是一个道理，无奈最后只好放弃了。

她又撕下了一张纸，覆在纪预的字迹上面，把它当成书法字帖里的临摹纸，悄悄地、一笔一画地描摹纪预写的这四个字。

临摹的字和纪预的字迹相似度很高。

段圆圆躲避着老师的视线，又这样悄悄地写了几次，最后她小心翼翼地将这张临摹过的和纪预的字迹无二的纸藏在了她的日记本里。

地理老师的严厉确实是名不虚传。

她站在讲台上，一句话也不说，淡淡的目光扫过全班同学，一眼就能看出谁没有认真听课。

段圆圆在这样的目光的逼视下，也不敢不做笔记。

她右手拿着铅笔，小心且谨慎地在纪预的地理书上一笔一画地写字。

右手手腕上的手链偶尔因为写字的动作碰撞到桌子，发出“当当”的微微声响。

杜女士从小就让段圆圆临摹书法字帖，硬笔和软笔都有练习，可惜段圆圆在写字方面没有什么天赋，靠着多年的苦练，字只能称得上是规整娟秀，不丑，勉强能拿得出手，但到不了像纪预的字这样好看的程度。

段圆圆因为一手娟秀的字得到老师的表扬时、在各种大小型考试中拿到满分的卷面分时，她都没有过于喜悦，但此刻，她却无比庆幸她的字迹不潦草扭曲，这样，最起码等到纪预看到他的地理课本时，她能给他留下一个好印象。

她也希望纪预再想到她时，不再是“哦，那个在厕所拐角处撞到我的女同学”，也不再是“下雨天跌倒在雨水里的女同学”，而是“一个字写得还挺工整的女同学”。

段圆圆怀揣着这样的小心思，每一个字、每一笔、每一画都写得无比认真。

有不满意的字，她甚至还要用橡皮擦掉，接着重新写一次。

地理老师正在讲的知识点是三圈环流。

她用一张彩色的地图作为示例，拿着电子笔，在白板上的图例上圈圈画画。

段圆圆看了一眼白板，又低头翻开了地理书里的地图页，手指忍不住摩挲着“眺看世界”这四个字。

她的思绪忍不住飘散，下课还书的时候她该对纪预说些什么？

遇夏

要不要说一下自己叫什么？

毕竟纪预还不知道她的名字，已经借过纪预的课本了，不说一下名字，显得不太礼貌。

可是贸然过去对纪预说“同学你好，我叫段圆圆”，这样又太奇怪了，而且还很尴尬突兀。

段圆圆实在找不到一个两全的办法，既能让纪预知道自己叫什么，又不会让场面太尴尬。

她找出了自己放在桌洞里的便利贴。

那是她用来随手记录零散的知识点的。

她找出墨蓝色的中性笔，在便利贴上认真地写下：

谢谢你借给我地理课本。

段圆圆

便利贴是淡黄色的，正方形，还有淡淡的薄荷香气。

段圆圆把这张小小的便利贴贴到了地理课本的封面上，她怕便利贴的胶不够黏，还用力按了按，直到确定便利贴不会中途掉下来，才放心地松开了手。

好不容易挨到下课，段圆圆拿起地理课本，还有一块草莓软糖——她现在手边实在没有别的可以道谢的小礼物了。

她深吸一口气，做好心理建设，告诉自己不要紧张，随后向高一（10）班的后门走去。

高一（10）班也已经下课了。

周热坐在座位上，她的位置是离后门最近的地方。

她一眼就看到了段圆圆。

“来找我吗？”

“不是的……”段圆圆声音很小，还有些不好意思，又有一点藏不住的小雀跃，“热热，帮我叫一下你同桌好吗？”

周热有些诧异，可她还是用笔轻轻地敲了敲纪预的桌子，纪预正在低头专心做题。

纪预闻声后抬起头，略微有些迷茫，他顺着周热手指的方向朝后门望去。

段圆圆脊背挺得很直，可她此刻有些局促。

偶尔有十班的同学从后门出去，看向她的眼神似乎在说：啧啧，又是一个来咱们班看纪预的。

可事实并不是这样，她只是单纯地来还课本。

看到段圆圆站在后门，纪预从座位上站起来，向段圆圆走去。

他的额前散落着几根碎发，看起来有些慵懒随意，他的腿很长，这几步路走起来也似乎带着风。

纪预和段圆圆没有堵在教室的后门门口，走了两步到了走廊上的栏杆处，纪预漫不经心地靠着栏杆，低头轻笑一声："来还书？"

刚刚下了第一节课，还不到九点钟，这时候的太阳正明媚地升起在纪预身后的那片蔚蓝天空，橘色的晨光正惬意蔓延。

如阳光般的明朗少年站在段圆圆面前，他的脸清爽干净，眉眼之间尽是帅气；他的气质极佳，即使一只手臂漫不经心地撑在栏杆上，也依然如翠竹般挺拔。他的校服散发着淡淡的专属于他的好闻的味道，段圆圆的脑海里骤然浮现出一句话——

一切白的东西都会因和你相比成了黑墨水而自惭形秽。

这句话用来形容纪预真的再合适不过了：一切白的东西都因和他相比成了黑墨水而自惭形秽，一切无知的鸟兽都因为不能说出他的名字而绝望万分。

最初段圆圆并不能百分之百地对这句话感同身受，直到此刻她才真正地意识到，原来这世界上真的有人能让周遭的一切都变得虚无。

段圆圆的脸颊微不可察地浮上绯红，她双手拿着地理课本，将它放到纪预面前，说："谢谢你。"

课本上贴着淡黄色的便利贴，上面还有一块粉红色的草莓糖果。

纪预看到了。

他先拿起那块草莓软糖，段圆圆注意到了，他的手指骨节分明，手背上微微突起的血管让他的手更具魅力，即使是撕开包装纸这样一个简单的动作，也称得上是赏心悦目。

段圆圆的目光有些难以从纪预的手上离开。

纪预将草莓软糖放进口中，又从段圆圆手中接过他的地理课本，嘴角微微勾起，刚想开口说些什么，还没来得及说，段圆圆便红着脸开口："地理老师上课太严了，所以我在你的课本上用铅笔记了笔记，如果你不喜欢可以擦掉，谢谢你肯借给我课本。"

段圆圆一股脑儿说完这么长的一句话，甚至都没怎么断句。

她的心脏"扑通扑通"地跳个不停。

以至于纪预含着笑意说了一句什么，她也模模糊糊地没有听清楚。

直到段圆圆回到教室，坐回了自己的座位上，她的心脏仍然跳得厉害。

她没有勇气送出礼物。

她的喜欢，只是她一个人的独角戏。

她没有告诉她的朋友们，也没有告诉……纪预。

她把它藏在云里，藏在风里，藏在每一个眼神和心跳里。

第四章

运动会上的惊喜

因为课间找纪预还书的事情，段圆圆第二节课时心情特别好。

哪怕是让她头痛不已的物理课，她也听得无比认真，甚至还觉得这节课比暑假时在辅导班学的简单多了。

周一早上的第二节课后是每周一次的升旗仪式，全校三个年级的全体师生都必须参加。

楼梯上挤满了刚刚下课的学生们。

段圆圆和许净欢并肩向楼下走着，两个人聊着天，以龟速缓缓地在楼梯上向下移动着。

段圆圆向下面的楼梯看了一眼，不确定为什么现在楼梯处会被堵住。

这一眼就如同有魔力一般，她一下子就看到了纪预的背影。

普通的白色校服穿在他身上，显得格外清爽，少年的背影在一群穿着一模一样的校服的学生中仍然分外挺拔。

段圆圆的目光紧紧地追随着纪预，舍不得转开。

纪预似乎察觉到有视线落在他的身后，他漫不经心地抬了抬头，眼皮轻轻掀起，动作自然地抬头看了一眼。

段圆圆的目光就这样和纪预猝不及防地相对，段圆圆浑身像是被电流过了一遍，心虚又害羞地立刻偏了偏头，下意识地将视线转移。

不知道是不是段圆圆的错觉，在目光转移的那一瞬间，她似乎看到了纪预嘴边含着淡淡的笑。

段圆圆总觉得纪预笑起来少年感十足，像刚刚打开的汽水，细小绵密的二氧化碳小气泡争先恐后地从瓶底向上钻出，让你在这瞬间对面前的汽水毫无抵抗力。汽水含入口中，是冰冰凉凉的香甜，是浓浓的橘子清香，能化解这个夏天最炙热的燥意。

升旗排队时，全校师生人数众多，各个班级之间的距离很近。

十班就在九班的旁边，两个班级队伍从远处望去，看起来就像没有距离。

段圆圆眼角的余光能瞥见十班最外侧的男生。

十班最外侧的男生的队伍就在她这一列的旁边，距离近到两列队伍中间的间隔，只能侧着身才能通过。

纪预很高，应该站在了最后。段圆圆心想，那么他是不是有可能看到自己的背影？

段圆圆想到这里时，呼吸都停滞住了，似乎她的后背被一道灼热的目光锁定，一阵又一阵火辣辣的。

她下意识地将后背挺直，站得更直了些。

她想，站得直一些，这个角度的背影应该是好看的。

随后她又自嘲地笑了笑。

明明更有可能的是，纪预压根儿就没有向她这边看。她做这些干什么呢？

可即使段圆圆意识到了这一点，她的后背仍然挺得笔直。

校领导讲话结束后，升旗仪式才算结束。

段圆圆的后背一直绷得很直，就像是在练一个舞蹈动作。

升旗仪式结束后，各个班级原地解散。

段圆圆希望在回去的途中还能遇到纪预，可以远远地看到他，毕竟两个班级离得这么近。

可是没有。

纪预被他们班的班主任叫走，似乎有什么话要单独对他说。

段圆圆和许净欢回到教室。

每周的周一总是让人感到疲惫，一个崭新的开始，意味着后面还有四天的课要上。

步入高中的新鲜感，在看到老师拿着课本走上讲台的那一瞬间消失殆尽。

作为学生，怎么也逃不出学习、做题、考试这三座大山。

这节课是老胡的数学课，作为班主任，他和同学们之间总有一种特殊的亲近感。

老胡告诉大家一个天大的好消息，要开运动会了。

可随后又说国庆假后要月考。

考、考、考，老师的法宝。

这在学生中广为流传的“语录”果真半点不假，正式上课还没几天呢，连月考的时间都定下来了。

高一没有分文理科，月考要考全部的科目。

这复习简直是一项巨大的工程。

段圆圆在心里默默规划了一下，随后翻开课本，认真地听老胡讲课。

段圆圆分心去想纪预的时间也变少了。

但高一（10）班是她每次去厕所的必经之地，怎么也绕不过，段圆圆每次经过时，都按捺不住想要借这个时机遇到纪预。

不用面对面撞见，能远远地看到他就好了。

可今天很不巧，即使每个课间段圆圆都和许净欢出去，也没有遇到纪预。

他不在教室里，段圆圆也无从得知他课间去了哪里。

直到放学后和周热一起走时，段圆圆才从周热的口中得知，原来纪预被他们班主任叫走，是让他准备省里的数学竞赛。

“数学竞赛？”段圆圆有些震惊和不解，“可是咱们开学才几天，甚至还没有考过试……”

连一次正经的考试都没有过，就让纪预准备参加数学竞赛吗？

而且竞赛至少也要高二的学生吧，高一的学生也可以参加吗？

“不知道我们老师是怎么打听到的，他貌似初中就很厉害，而且开学测试那次，他是全年级唯一考满分的。”

段圆圆的吃惊只维持了半秒不到，很快就做到了逻辑自洽。

的确，纪预就是这样优秀的人。在别人身上看起来像是奇迹一样的事情，在他身上却再正常不过了。

他简直优秀到不真实。

回到家里，段圆圆的日记本摊在她卧室的写字台上。

杜女士从来不会乱动乱看她房间里的东西，所以她大摇大摆地将日记本放在写字台上也很安心。

但现在，此刻，段圆圆突然不想再这样随意地把日记本放到写字台上了。

她想把日记本认真地藏起来。

从第一次记录到今天，其实日记本上只写了几句话。

段圆圆现在不想和任何人分享她的小秘密，纪预是她自己的、一个人的、难以言说的小秘密，就连说给日记本听也不可以。

她今天的心情很复杂，大起大落，但在日记本上只淡淡地记录了几个字。

09/03

眺看世界。

写完后，段圆圆把今天地理课上模仿纪预的字迹的纸条夹到了日记本里。

纪预在地理课本的地图上写的那四个字，像是刻在了段圆圆的心里，简简单单的四个字，组合到一起，却有种磅礴的魔力，让人想要即刻出发，环游世界。

段圆圆写在日记本上的“世”字，也是仿照纪预的写法写下的。

段圆圆找了一个带密码锁的小箱子，把纪预那个黑色的打火机和她的日记本一起放进了箱子里，然后锁了起来。

月亮藏在云层中，星光黯淡，晚风徐徐，树叶随风摇曳飘落，窗外的路灯一闪又一闪。

段圆圆躺在床上，身下的竹凉席还没有撤去，屋外飘来淡淡的栀子花香，她在花香和风声中进入梦乡。

段圆圆虽是走读生，但也要上早自习。

第二天到教室后，教室里已经有不少同学了，但是大家都没在学习，而是在讨论运动会报什么项目。

雨水不停地落下，打落在地上，溅起小小的水花。

直到中午，雨还在下。

段圆圆没有带伞，中午没法回家了。她是走读生，没有宿舍，所以今天中午她只能待在教室。

两栋教学楼之间有一个露台，如果不下雨，上面的风景还不错，可惜现在也去不了。

段圆圆不想午睡，所以她漫无目的地在教学楼里闲逛。

现在的教学楼空荡荡的，安静得都能听到脚步的回音，估计没有几个学生在。

直到段圆圆听到不远处飘来了钢琴声。

似乎是从顶楼传来的。

顶楼有艺术生的教室，有琴房、画室和自由活动的地方，但段圆圆从来没有去过顶楼。

段圆圆被钢琴声吸引，顺着楼梯向上走。

是她从来没听过的钢琴曲。旋律悠扬婉转，继而又澎湃激荡，极为动听。

段圆圆想知道这是什么曲子。

她循着声音走到顶楼，透过教室的窗户，看见一个穿着校服的男生坐在黑色的钢琴琴凳上，脊背挺直，眼神认真，神情专注，无比沉醉地弹着钢琴。

他的面前没有琴谱，左右手修长的手指灵活地在钢琴的黑白键之间跳跃穿梭，时而和弦，时而轻音，时而重音。

钢琴声像是被赋予了灵魂，不断地振动外涌，汇成了动人的乐章。

雨还在淅淅沥沥地下，顶楼的走廊外只有段圆圆一个人。

她没想到弹钢琴的同学竟然会是纪预。

纪预微微低着头，面部没有过多的表情。他的侧脸线条流畅，浓密修长的睫毛一眨一眨，在他的眼睑下落了淡淡的阴影。

纪预的手指在琴键上跨八度演奏，段圆圆甚至能看到纪预手背上突起的青筋。

他的皮肤很白，是冷白调，衬着手臂上淡淡的青色血管，有一种说不出的吸引力。

段圆圆不喜欢下雨天，这总让她想到回南天。

她害怕回南天那种钻入骨髓的潮湿，害怕一切开始发霉，害怕腐烂变质，害怕一切从美好变成虚无。

但现在，她无比感激下雨天。

因为下雨，天空乌云满片，阴沉沉的，没有太阳，蒙蒙细雨不断落下，屋外一片雾蒙蒙的景象。

可段圆圆的心却充满喜悦。

在琴房内，有一束光。

这束光扫去了段圆圆心中的阴霾。

纪预指尖下的钢琴声无比动听，像春天的一阵暖风。温暖扑面而来，尤其今天还是下雨天，这样舒服的感觉更加明显。

琴声甚至好听到段圆圆在不知道是谁弹的情况下就被吸引到顶楼。

可现在知道弹钢琴的人是谁，段圆圆却不敢进去问他弹的曲子叫什么了。

段圆圆靠坐在琴房外，认真地听纪预弹琴。

她不知道纪预是和她一样因为没有带伞，所以没有回家，还是每天都会来琴房。

纪预弹了很久，一整个午休时间他都在弹。

段圆圆一直默默地在琴房外听着。

直到琴声戛然而止，段圆圆看了眼手腕上的手表。

快上课了。

她立刻起身，在纪预走出琴房之前离开这里。

她怕纪预看到琴房外的她。

纪预在琴房弹钢琴，这是段圆圆一个人的小秘密。

纪预的同学们都不知道，只有段圆圆一个人知道。

察觉到这一点的段圆圆，一整个下午心情都很好。

她上课的时候都忍不住低头轻轻抿了抿嘴。

虽然雨持续下了将近一整天，但还好晚上放学前雨停了。

即使雨停了，回南巷里也有些积水。

段圆圆走得很小心，她怕自己再次跌倒。

正式开学后，他们高一也要上完整的晚自习，和高二高三的学生一起放学，所以放学后这条路上的走读生就多了起来。

可是说来也奇怪，她再也没有在放学的路上遇到过纪预。

段圆圆回到家后就把雨伞放到了书包里，她担心第二天继续下雨。

如她担心的那样，第二天仍然淅淅沥沥地下着雨。

段圆圆带了伞，她本想撑伞走回家，可临到上午下课放学的那一瞬间又犹豫了。

她想知道纪预今天还会去琴房弹钢琴吗。

段圆圆把雨伞藏到了桌洞的最内侧，依然一个人在教室里，等待着所有人离开。

直到教学楼又从喧闹恢复安静，她悄悄地上了顶楼。

每上一层楼梯，段圆圆的心脏就“怦怦”地跳跃一下。

她期待，她紧张，她渴望。

还好，上天今天依然眷顾她。

她在琴房外听到了悠扬的钢琴声响起。

段圆圆今天拿了一本书，是《鲁迅全集》的其中一卷。

她翻开书，靠在琴房外安静地看。

雨声滴答，但她一点都不觉得烦闷，她的指尖翻阅了一页又一页。

正如书中所说，“绝望之为虚妄，正与希望相同”，她在纪预的琴声中听到了希望。

她从来没有奢求过能和纪预有什么故事。

纪预能知道她的名字，对她来说已经是意外之喜了，但现在她心底希望的火焰又悄悄燃起，在雨声中，在琴声中。

她默默地恳求上天，拜托拜托，让他们多一些、再多一些交集。

可上天并不是每一次都会眷顾听话的小孩。

连着下了两天的雨，接着就像重新回到了夏天。

艳阳高照，雨水的痕迹消失得一干二净。

段圆圆每天中午没有理由再一直留在教室里。如果她再继续留在教室里，杜女士都该察觉到不对劲了。

可是段圆圆仍然期待着，什么时候能再听到纪预的钢琴声。

期待之所以被称为期待，是因为有很大的概率会落空。

接下来的几天，段圆圆没有任何理由在午休时间留在教室。

她在课间遇到纪预的次数越来越少，毕竟前几天她得到的快乐太多了。

虽说学习的日子过得很慢，但大家都期待的运动会就像是诱人的奖品在前方吸引着他们。

尤其是老胡还拿来了运动会的赛程安排表，贴在了教室里的公告栏上。

段圆圆和同学们一起凑到公告栏前，她看到了纪预的名字，纪预报了男子 1,500 米。

她有些吃惊，在她看来，跑步是世界上最累的体育项目了，没有之一。

她没想到纪预的体力这么好。

她默默地记住比赛时间，不知道纪预能否进入决赛，她想她一定不会错过纪预的每场比赛。

运动会这天学校不强制穿校服，并且还不需要上早自习。

段圆圆毫不犹豫地从衣柜里拿出了一件纯黑色的卫衣，卫衣的设计很简单，而且并不算厚，这个季节穿刚刚好。

高一的观赛场地被安排到了学校操场主席台两侧的阶梯上，九班和十班依旧作为兄弟班级，位置紧挨着。

等到段圆圆和许净欢找到他们班的位置时，才发现只剩下后面视线不太好的位置了。

段圆圆和许净欢只好坐在他们班的最后一排，也是最高的一级台阶上。

"不好意思圆圆，都怪我，不然咱们俩肯定不会坐到最后面的。"许净欢有些懊恼地擦着手里的眼镜，"这里好像离得有些远，看不太清，偷偷溜走也不太方便。"

段圆圆脸颊微红，像是一路小跑过来喘成这样的，又像是被太阳晒的，但仔细看看，好像又都不太像。

她拍了拍自己的脸颊，侧过头对许净欢说："怎么会呢，这里位置很好啊，俗话讲'站得高，看得远'嘛！"

许净欢抱了抱段圆圆："你说得有道理！"

段圆圆的视线一直微微看向旁边的班级，是十班。

在段圆圆的位置，刚好能一眼就看到纪预。

纪预的身后没有人，没有任何遮挡视线的存在，段圆圆能很清楚地看到他的背影。

纪预今天穿了一件黑色的短袖，手肘随意地撑在他身后的台阶上，阳光落在纪预的发梢，他的整个背影看起来潇洒恣意。

段圆圆的头时不时转动一下，她故作自然地看着纪预的背影，随后她下意识地拽了拽自己的袖口。

她为数不多的几次见到纪预穿的非校服，都是以黑色为主的，所以她今早猜测纪预在运动会上也会穿黑色的衣服。

她在挑衣服的时候，毫不犹豫地选择了黑色的卫衣。

明明今天早上挑衣服的时候很果断，但现在自己心里的猜想被印证后，段圆圆反而害羞了。

他们两个人一个穿的是长袖，一个穿的是短袖，除颜色相同之外没有其他任何的相似之处，但段圆圆还是抑制不住心跳加速。

她在心里不停地默念：这不是情侣款，这只是两件完全不相关的衣服。

她紧紧地拽着自己的袖口，努力让自己尽快恢复平静。

纪预戴着耳机，白色的耳机线随意地落下。

不知道他听的是什么歌。段圆圆默默地想。

她们现在在台阶的最上方，整个台阶上坐满了学生，如果想从主席台两侧的楼梯上下去，还有一段距离，所以她们选择了最近的路，直接从她们跟前的台阶上下去。

这样就不可避免地要从十班经过。

段圆圆路过纪预所在的那一级台阶时，假装毫不在意地从他身边经过，但余光不可避免地看向他。

段圆圆站着，纪预坐着。

她刚好瞥见他高挺的鼻梁和低垂的眼眸。

阳光落在纪预手指尖，段圆圆的心跳莫名地加快。

九月末的天气在夏天和秋天之间徘徊，既像夏天，又像秋天。

阳光很刺眼，段圆圆睁不开眼睛。

1,500 米比赛即将开始，许净欢拉着段圆圆到一个视野很好的位置，在那里可以将比赛看得更清楚。

纪预穿着黑色短袖和黑色长裤，站在 1,500 米参赛者的队列中，后背上别着参赛编码牌，是红色的数字，11001——高一（10）班第一位运动员。

他旁边的男生就是林晨安。纪预的耳机已经收起来了，他站在阳光下，揉了揉手腕，又转了转脚踝，在做赛前的热身。

段圆圆的目光望过去，纪预穿了一双白色的运动鞋。

她低着头，看了看自己的脚下，也踩着一双白色的板鞋。

这样的默契让她莫名地开心。

其实不只是九班和十班，周围已经有不少女生的目光都落在纪预身上。

有几个女生开始悄悄地小声说："十班的纪预好帅啊，课间操下楼的时候我在楼梯上见过他好几次。"

原来不只是段圆圆，还有这么多的人都在默默地关注着他。

九班和十班做课间操时的位置是挨着的。

按照身高排队，纪预在他们班的最后面。

段圆圆只有在转身时才能明目张胆地看到纪预，可看到的只是纪预转过身去的背影。

等到课间操结束，回教室的途中，段圆圆才会偶尔从他身边经过。

可就是这样不经意的路过，也足够让她的心脏“扑通扑通”地跳个不停。

1,500 米的参赛选手早就到齐了，不少女生拿出手机偷偷地拍纪预。

比赛还没开始，从段圆圆的角度能看到队列中有的同学已经开始跺着脚不耐烦地四处张望。

只有纪预，站在人群中，不骄不躁。

阳光洒落在纪预身上，泛着朦胧的光晕。

这一幕没有被手机拍下来，可段圆圆却记了很久很久。

随着一声枪响，选手们飞快地冲了出去。

就算她没有参加比赛，但在这种氛围里也有些紧张。

段圆圆看到了纪预，纪预站在跑道的外侧，起跑并没有优势，她默默地为纪预捏了把汗。

纪预跑步的姿势很帅，他的步伐迈得很大，看起来跑得毫不费力。

段圆圆在心底给纪预加油。

明明应该给自己班的体委加油，可她就是不希望纪预输掉。

虽然在起跑的时候没有优势，但是纪预很快就冲到了几个选手的最前方。

林晨安紧紧地跟在纪预的身后，大概落后他一个身子的距离。

跑 1,500 米，差不多是围绕学校的操场跑四圈。

段圆圆只是想想就觉得累，她打心眼儿里觉得报名这个项目的同学都很厉害。

段圆圆看纪预跑得很轻松，丝毫不像她想象中的那样费力，而且一直在第一名的位置。

他的脚步轻盈，手臂放在腰侧，随着步伐自然摆动。

一圈，又一圈。

随着时间的流逝，纪预并没有出现体力不支的状况，林晨安本来只是落后他一个身子，但渐渐地，差距越来越大。

纪预领先的优势越来越明显，他在这些选手中一骑绝尘。

旁边的女生都在小声感叹：“第一名真的好帅好帅啊。”

不只是她们，坐在看台上的很多学生都目不转睛地盯着跑道。

她们的视线都紧紧跟随着在第一名的纪预。

段圆圆有些后悔，后悔她实在是太听班主任的话了，老胡说不让带手机她就真的没有带，要是她今天把手机带来就好了。

她真的好想记录下纪预在赛场上跑步的样子。

她的目光一直跟随着纪预，没有注意到许净欢在她身边，举着手机拍了好多张照片。

“圆圆，我们自拍一张吧，我发现这里拍照好好看。”许净欢摇了摇段圆圆的胳膊，没等段圆圆回答，便挽着她的手臂拍了一张。

为了避免逆光，许净欢是转过身子和段圆圆拍的，背景是后面的跑道。

段圆圆的注意力一直在操场上，还没等她反应过来，照片就已经拍好了。

许净欢查看刚刚拍的照片，不由得发出赞叹：“哇，圆圆你这个角度太美了，你站着别动，我再给你拍一张。”

许净欢按动拍摄键，又给段圆圆拍了好几张照片，段圆圆还没来得及摆一个好看的表情，许净欢便已经拍完了。

段圆圆拉着她继续看跑道上的比赛。

比赛已经进入最后的 100 米冲刺阶段。

纪预依旧遥遥领先，没有任何被后面选手反超的可能性，他甚至比最后一名选手领先接近一圈。

这场比赛的结果虽然毫无悬念，可段圆圆的心依然高高悬起。

她在想，他们班的体育委员是体育特长生，会不会在冲刺阶段来一个大爆发，如果反超了，纪预该怎么办?

这分明仅仅是初赛，只要跑进前五名就能进决赛。

可段圆圆的目光还是一直紧紧追随着跑道上的纪预。

正如段圆圆所想，最后 50 米，林晨安开始发力冲刺。

但纪预也没有示弱，没有给林晨安丝毫反超的机会。

所有人都没想到，纪预冲刺的速度比林晨安这个全市第一名的体育生还要快。

纪预额前的碎发迎着风向上翘起，他在赛场上冲刺的步伐意气风发，背后用曲别针别着的号码牌被风带起，白色的衬布上印着的红色的“01”在风中格外显眼。

“01！加油！”

“01！加油！”

操场上空飘荡着的加油声此起彼伏，连续不断。

林晨安背后的号码牌也是 01，两个人冲刺速度极快，看得大家热血沸腾，许多同学都站起来，自发地为他们加油。

他们在这一刻感受到了竞技体育的魅力。

拼搏、向上，永不气馁。

段圆圆她们站的这一小片位置，所有的女生都知道纪预的名字，甚至有女生大胆地喊：“纪预，加油！”

而且段圆圆很确定的是，这个女生不是十班的同学。

段圆圆有些羡慕那位女同学，因为她可以毫不避讳地在人群里、在烈日下大声为纪预加油。

但段圆圆却没有这样的勇气。

她怕喊出这句“纪预，加油”后，她藏在心底的秘密就会被所有人知晓。

许净欢也在一旁大声地喊着“加油”。

但旁边给纪预加油的女同学们的声音实在是太大了，许净欢喊九班体委的名字的声音在这样的对比下就显得格外微弱，到后来她干脆不喊名字了。

“圆圆，你也来给咱班体委加油啊，不能因为她们喊纪预的声音大，咱们就不喊了。”许净欢拍了拍段圆圆，继续大声地喊，“九班！加油！加油！”

段圆圆深吸一口气，鼓起勇气，双手放在嘴边，摆出小喇叭的形状，发自内心地大喊了一句：“加油！”

加油，纪预。

我在为你加油，你听得见吗？

很快，纪预如风一样第一个冲过终点。

他额前的碎发被汗水打湿，他伸手拽了拽胸口处的短袖，走到成绩登记区，等待着裁判记录他们的成绩。

他是第一名，站在队伍的最前列。

他看起来丝毫没有跑完步的疲惫，他身后的同学有的直接坐在地上大口喘气，有的撑着头，看起来状况很不好。

可纪预依旧挺拔地站在那里，像是一棵青松，淬着淡淡的疏离的寒意。

要不是他额头上微湿的碎发，哪能看出来他刚刚参加完极度消耗体力的长跑项目？

林晨安输给了纪预，他走到纪预身边，拍了拍纪预的肩膀。这分明是两个人的第一次对话，可他却有些自来熟：“嘿，哥们儿，走着瞧，决赛我一定不会输给你的。”

纪预淡淡地笑了笑，面对林晨安的挑衅，他开口道：“那我拭目以待。”

随后他又戴上耳机，隔绝掉嘈杂的运动场。

段圆圆的视线一直追随着纪预。

“喏，刚刚拍的照片，你看看是不是特别美。”许净欢忽然拍了拍段圆圆，把刚才拍好的照片放到段圆圆面前。

段圆圆回过神来，看了看许净欢手机里的照片。

前几张在比赛前拍的还挺好看的，可后面许净欢拉着她拍的，她都还没反应过来呢，就拍完了。

拍的时候她没有微笑，表情看起来呆呆的。

尤其是她自己一个人的那几张。

“这几张，我也太呆了点吧。”段圆圆一边笑着一边滑动屏幕看照片，“这几张都帮我删了吧，把咱们俩的自拍发给我就好。”

许净欢有些不赞同段圆圆的眼光，把手机拿过来，指着这几张照片说：

"这些多好看啊，这就是传说中的'半边明媚，半边忧伤'，我才不删除呢，等着我把这些照片都发给你。"

许净欢的手指落在一张段圆圆刚刚没有看到的照片上。

段圆圆想反驳，可话酝酿在喉间，怎么也没说出口。

她的视线落在一张照片上，这张照片的背景是塑胶跑道。

1,500 米的比赛正在进行，以第一名的成绩遥遥领先的纪预闯进了这张照片内。

他在跑步，跑步的姿势帅气，但是他的速度太快，所以照片照出来有些模糊，但侧脸英俊，段圆圆一眼就认出那是纪预。

照片中段圆圆的眼神其实不是呆愣，而是放空。

就像她和许净欢爱看的少女杂志封面上的书模，眼睛在娓娓地叙述着迷人的故事。

段圆圆爱上了这张照片，不是因为她有多好看，而是因为这张照片只有段圆圆和一个模糊的纪预。

这是他们两个人的第一张"合照"。

虽然是以一种不经意的方式。

"谢谢净欢帮我拍照，那这些都发给我吧。"

许净欢点点头，想回到家再发给她。

段圆圆犹豫了一下，开口道："要不现在就发吧，我怕你回家就忘记了。"

她和纪预也有"合照"了呢。

这是她今天第二开心的事情。

第一开心的事情是看到纪预比赛跑了第一名。

段圆圆想到这里，下意识地想要去看一眼纪预。

但是她没有看到。

纪预原本坐的位置此刻空荡荡的，不知道他去了哪里。

不只是纪预，这会儿很多同学都悄悄溜走了。

可能是回教室里学习去了，也可能是在校园里闲逛。

"要不我们也回教室吧，外面好热。"许净欢悄悄地说，"我们回教室还可以看电视剧，我手机里下载了《甄嬛传》呢。教室里的风水养人，必不会叫你玉减香消，圆爱妃，我们快点回去吧。"

段圆圆听到许净欢这么说，笑得眼睛弯弯的："没问题，一切都听皇上的安排。"

两个人你一句我一句地聊着电视剧的剧情，聊得十分投入，路过篮球场时也没注意篮球场上有人正在打篮球。

那篮球像是长了眼睛一样，直直地冲着段圆圆飞了过来。

篮球在空中做抛物线运动的时候，段圆圆和许净欢发现了它。许净欢惊呼，让段圆圆闪开，段圆圆下意识地赶紧向旁边躲开，躲到安全的位置。

但就是这么巧合，篮球本来落不到段圆圆头上，可是她向旁边一躲，那个篮球歪打正着地落到了她的头顶。

这是什么天降灾难啊。

难道是老天爷看她今天过得太快乐了吗？

被从高空中掉落的篮球实打实地砸一下疼得很，段圆圆甚至被砸到眼前一花，捂着头蹲到了地上。

罪魁祸“球”从她的头上又弹落到地上，有人一只手扣住了篮球。

这只手，手指修长，骨节明显，是很好看的手。

“谁干的！”许净欢看向篮球场。

现在篮球场上只有两个人在打球。

“哎呀，真不好意思，刚刚那一下没事吧？”说话的人是他们班的体育委员林晨安，“我投偏了，要不陪你去医务室看看吧，那一下挺用力的，要是脑震荡那就麻烦了。”

“你会不会说话！什么脑震荡啊，不会说话就别说话。”

“圆圆，你没事吧？”许净欢蹲下来，凑到段圆圆耳边。

不只是眼前发黑，段圆圆现在感觉听力都出问题了，为什么她好像听到了纪预的声音？

被篮球砸中还能带来这种好事吗？

“我送你去医务室吧。”清澈的男声又在段圆圆耳边重复了一次。

似乎不是幻听，真的是纪预的声音。

和林晨安打球的人是纪预？

林晨安：“分明是我砸中的，怎么还要预哥陪着去医务室？”

段圆圆一顿，是啊，为什么纪预会这么说？

“我们班老师让我去医务室领明天比赛要用的葡萄糖。”纪预淡淡地开口，又看向林晨安，“你们班的班主任没说？”

“哎哟，要不是你说起来我还真忘了这件事。”林晨安拍了拍脑袋，“那咱们一起去吧。”

“你这个罪魁祸首肯定跑不了。”许净欢看了林晨安一眼，又扶起段圆圆，“圆圆，我陪你去医务室。”

于是四个人一起走在去医务室的路上。许净欢扶着段圆圆，纪预和林晨安跟在她们身后。

其实许净欢和段圆圆都有些好奇，为什么林晨安会和纪预一起打球。

他们在 1,500 米比赛的时候还不认识，赛后，林晨安甚至还去“挑衅”纪预。

林晨安听到许净欢这么问，咧着嘴笑着说：“啧，友情来得太快就像龙卷风，没办法。”

他又勾了一下纪预的脖子：“你说是吧，预哥。”

段圆圆在听他们对话的时候也一直低着头，长这么大她还是第一次被篮球砸中，没想到会这么痛。

而且以这个姿势，她刚好能从余光中瞥到纪预的脚步紧紧地跟在她的身后，一步又一步。

段圆圆努力保持自然地顿了一下脚步，左右脚换了一下，这样她的步伐就和纪预一样了。

他们同时迈出左脚，也同时迈出右脚。

一模一样的步伐。

她在去医务室的这一路上都在看她和纪预的脚步。

他们还没走到医务室，半路上林晨安就被他的教练叫走了。

临走前他还很认真地又一次和段圆圆道歉。

段圆圆也从来没有怪过他，这只是个巧合而已。

接下来就只有纪预和她还有许净欢三个人，纪预不再继续待在段圆圆身后，他走到了段圆圆的另一侧，离她很近的距离。

段圆圆低着头，看着纪预一步一步走到她身边。

她现在都能听到自己的心跳声。

她甚至害怕心跳声被纪预听到。

还好很快就到了医务室。医务室内没人，校医临时有事不在办公室，只有他们三个人。

许净欢原本就想回教室上厕所，这一路她忍了好久，好不容易到医务室，她悄悄趴在段圆圆耳边告诉段圆圆她先离开一下，一会儿就会回来。

现在医务室就只有纪预和段圆圆两个人。

校医还没回来。

段圆圆坐在椅子上，纪预默默地站在她身边，就像是家属陪同病人看医生一样。

纪预站在她身边，身侧有淡淡的阴影落下，覆在段圆圆的眼睛上，还有些压迫感。

段圆圆的心跳得更厉害了。

沉默几秒，段圆圆主动开口：“要不然，你先坐一会儿吧。”

纪预坐到了段圆圆身边的椅子上，开口问她：“头还疼吗？”

段圆圆下意识地摇了摇头，随后又点了点头。

纪预的手里忽然像变魔术一样多了一个手机，手机上连着耳机。

段圆圆不禁想到了那晚漆黑的回南巷。

纪预也是这样像变魔术一样，变出来了一个打火机。

医务室内的光线明亮，淡黄的光芒飘进室内，是金灿灿的琐碎温和。

纪预把耳机放到段圆圆眼前，低沉的嗓音在她耳畔响起：“要听歌吗？”

白色的耳机在纪预的手掌心内，只有一只，是左耳的，就在段圆圆眼前。

右耳的耳机在纪预的另一只手里。

这时候还没有开始流行蓝牙耳机，都是有线耳机，两只耳机被白色的耳机线连接着。

段圆圆犹豫了一下，先是下意识地用手拽了拽卫衣右手处的袖口，随后才伸出手拿起耳机。

她把耳机戴到耳朵上后，纪预的手指在手机上轻轻点了两下。

应该是在选择歌曲播放。

可是几秒钟后，段圆圆侧头看向纪预，略微有些害怕地开口，她的嗓音甚至微微发颤：“怎么会没有声音？我不会被篮球砸得听不到了吧。”

明明清楚地看到纪预打开了音乐播放器的。

纪预听到段圆圆这么说，嘴角微微勾了勾：“是在切歌。”

纪预的话音刚落，耳机里就响起了温柔的前奏。

“怎么去拥有一道彩虹，怎么去拥抱一夏天的风……”

耳机里传来温柔的歌声，纪预坐在段圆圆的身边，他的右耳戴着另一只耳机。

阳光透过玻璃倾泻进室内，落在桌面上，落在纪预的指尖。

他的手指很白，被阳光镀上了一层朦胧的光晕。

耳机里的歌曲还在放着。医学专家说，左耳是靠心脏最近的地方。现在段圆圆的左耳酥酥麻麻的，连带着她的心脏也跳得厉害。

此刻段圆圆心想，世界上最美丽的彩虹现在就在她的身旁。

她和纪预两个人现在同在一片蓝天下，沐浴着同样的阳光，被同一抹微风抚慰着。

他们看到的是同一轮太阳。

这样的情节段圆圆以前从来不敢想象，有一天她竟然能和纪预分享一个耳机。

这在她看来是好朋友之间才会做的事情。

也许是纪预看她被篮球砸中太可怜了，想借音乐转移一下她的注意力。

又或许是校医现在还没回来，他们两个如果一直不说话也很奇怪，不如用听歌来缓解一下无言的氛围。

但无论如何，细细的白色耳机线在他们两人中间，静静地将他们连接。

两个人谁也不开口说话，缠绕的耳机线是他们之间唯一的联系。

她穿着纯黑色的卫衣，他穿着纯黑色的 T 恤。

看起来像是默契地约好了似的。

墙上的挂钟的秒针“嘀嗒嘀嗒”地转，一下又一下地落在段圆圆的心间。

哪怕戴着耳机，她也好似能听到纪预若有若无的呼吸声。

耳机里的歌曲还在唱着，明明字字句句曲曲调调里都是遗憾，可段圆圆现在才明白什么是知足。

因为和她一起分享这首歌的人，是纪预。

一切的遗憾都烟消云散，不复存在，此时此刻，心脏都被填满了浓浓的满足。

一首歌播放结束，校医才回到医务室。

这首歌只有五分钟左右的时间，但这五分钟是段圆圆从来不敢想的五分钟。

她和纪预一句话也没有讲，可她却紧张到心脏“怦怦”跳，紧张到忘却了头被篮球砸中的阵痛。

段圆圆摘下耳机，伸手还给纪预。

在这一瞬间，她的视线和纪预毫无预兆又猝不及防地交织，纪预神色平平，可段圆圆的心脏像是被一双手用力扼住，她紧张到无法自拔。

耳机线的长度有限，所以两个人之间的距离并不远。

此时此刻她在纪预的眼睛里看到了自己。

她下意识地躲开对视的视线，目光转移到桌子上的预防流感的传单，默默地读着上面写的一条又一条措施，想要平复一下自己的心情。

可过了好几分钟，她一个字都没记进去。

校医来了：“这位同学，你身体哪里不舒服？是发烧了吗？脸这么红。”

校医说完就从桌子上找出体温计给段圆圆。

她的话音刚落，段圆圆的脸更红了：“不是的，我是被篮球砸到头了。”

校医知道后，简单地问了问段圆圆多久前被砸到的，头是不是还疼，还有没有恶心或者其他难受的症状。

段圆圆都一一答了，她有些心慌和头晕，但是并不恶心。

最后校医让段圆圆去床上休息，观察半个小时。

段圆圆实在不好意思再麻烦纪预继续在这里陪她等半个小时，于是说：“我朋友一会儿就回来了，其实我自己在这儿就可以，如果你还有事的话就先回去吧。”

因为下午纪预还有比赛项目，纪预看了一眼时间，像是在想半个小时后是几点，他的声音低沉：“校医说你要待半个小时，我陪你等你的朋友回来。”

他好像对自己的比赛一点也不着急。

他是忘记比赛了吗？

段圆圆犹豫了一下，说：“可是……你的比赛不会来不及吧？”

酒精和医用消毒水的气味混合在空气里，混合成略微刺鼻的味道。

段圆圆躺在医务室的病床上，盖了一层薄薄的被子。

她努力维持镇定，但在被子下，她的手指抠着掌心。

纪预听到她这么说，抬头看了她一眼，随后，清澈干脆的声音响起：“放心，不会的。”

段圆圆闭上眼睛，她心慌得厉害。

不像是被篮球砸到后的症状，倒像是没吃早饭外加一天都没正经吃东西造成的低血糖。

纪预见段圆圆脸色发白，还以为她这样是因为被篮球砸到了：“你还好吧？”

段圆圆摇摇头，刚想说她没事，没想到肚子下一秒就“咕咕咕”地叫了起来。

病房内空荡荡的很安静，她的肚子的叫声很明显。

她的脸火烧火燎地红了起来，心想，不该为了穿上牛仔裤而不吃饭的。

为什么她每次遇到纪预，总要发生一些糗到让人尴尬的事情。

段圆圆脸红到想钻到被子里。在被子里的手掌攥得更用力了，掌心留下了深深的指甲印，但她丝毫不觉得痛。

倒是纪预，像是没听到她肚子的叫声似的，面部一点多余的、不合时宜的表情都没有。

他从口袋里掏出两颗糖，默默地放到段圆圆伸手就能够得到的地方。

段圆圆把糖果飞快地握在掌心里，小声地说了一句“谢谢”。

她撕开其中的一颗糖果，是草莓味的，酸酸甜甜的。

纪预没有再继续听歌，他坐在段圆圆的床边，从段圆圆的角度看过去，更像是家属在陪同了。

纪预似乎是怕段圆圆尴尬，拿着手机在玩数独游戏。

段圆圆现在才注意到纪预的手机和她的手机是同一个品牌、同一个型号，甚至连颜色都一模一样。

原来他们之间有这么多的相似之处吗？

墨蓝色的中性笔，还有同样款式的手机，是不是证明他们在某些方面的眼光是相同的？

段圆圆想到这里，心底荡漾起许多欢乐的小气泡。

数独对于段圆圆来说其实挺难的，跟数学、逻辑挂钩的她都觉得不简单，她觉得这不是做游戏，完全就是做题。

但现在她看纪预的指尖一直在手机屏幕上点击着，换题的速度很快，完全没有觉得数独是多么难的题目，倒像是课余的放松。

人和人之间的差距真的很大。

难怪老师让他高一就参加竞赛。

纪预认真思考的样子真的很帅。

段圆圆看得有些入迷，就连许净欢回来她都没注意到。

段圆圆看向纪预，还没开口，纪预就主动开口，他的嗓音依旧清冽透彻："你的朋友回来了，那我就离开了。"

段圆圆把她刚刚在心里模拟过无数次的话说出来："谢谢你，纪预。"

就连说出他的名字，段圆圆都会心跳不已。

纪预嘴角微微上扬："小事而已，不用放在心上。"

说完他就离开了，空荡的病房里只有段圆圆和许净欢两个人。

怎么会是小事一桩。

又怎么可能不放在心上。

段圆圆一直在被子里紧紧握着的手终于松开。

掌心被抠出几道深深的指甲印，手掌心汗涔涔的，可是她却毫无察觉。

"人都走啦。"许净欢摆了摆手，"还盯着门看呢。"

段圆圆像是做坏事被抓住了一样，有些局促："还没有吧，你看透过玻璃还能看到有一个高高的影子。"

"我记起来了，他不是说要来医务室领葡萄糖吗？"许净欢走到门边，蹑手蹑脚地拉开门，看着门外。

的确是纪预和校医。

门被许净欢打开了一条缝隙，他们的对话段圆圆也能隐隐约约地听到。

纪预的嗓音淡淡的："医生，她确定没事吧？"

"怎么了，把人家砸到了，害怕了？"校医笑着打趣纪预，"观察一下，半个小时后无碍那就是没事了。"

听到校医这么说，他也没有反驳，又回了一句什么，但是段圆圆听不太清。

随后纪预就填表领取葡萄糖。林晨安被教练叫走前拜托他把九班的也领了。但纪预最后拿走的葡萄糖分量并不多，只有一个班的分量而已。

刚刚的对话许净欢也听了个大概，许净欢等到纪预走了才对段圆圆说："看不出，他还挺关心同学的，果然谣言不可尽信。"

段圆圆抿了抿嘴，躺在床上，手指又在被子下抠了抠掌心。指甲印迹带来的刺痛能让她恢复平静，不然她怕她如擂鼓般的心跳被听得一清二楚。

半个小时过得很快，校医确定段圆圆身体无碍后就让她们离开了。

她们正好赶上了1,500米决赛。起跑位置是按照初赛的成绩排的，纪预在最内侧，他旁边就是林晨安。

林晨安像是跟纪预较劲一样，一直咬牙紧紧地跟着纪预，但总是落后他那么一点。

九班和十班的同学的热情比其他任何一个班级的同学都高。

林晨安和纪预较着劲，九班和十班的同学也较着劲。

加油声此起彼伏，各不相让，一定要把对方压下去一头才算赢。

尤其是当纪预和林晨安经过九班、十班面前时，两个班级的加油声震天响，引得旁边班级的同学们都忍不住频频回头看。

他们这个年纪就是这样热血沸腾。

一切美好的形容词都可以用来形容这个年纪的他们。

被这样的氛围包裹着，段圆圆的加油声也一句又一句地喊了出来。

分不清是给谁的。

比赛到最后300米，纪预和林晨安还在胶着，纪预偏着头看了林晨安一眼，随后他突然开始提前冲刺。

一般最后100米或者50米才开始冲刺，没想到纪预在最后300米就开始冲刺。

尤其是今天已经跑过一次1,500米了。他的体力竟然这样惊人。

太阳已经不再那么刺眼，淡蓝的天空也多了一抹金色的云霞。

林晨安和纪预的差距越来越大，纪预在金光笼罩下遥遥领先。

很快，纪预冲破终点。

又是毫无悬念的第一名。

此刻要比初赛的时候凉爽一些，纪预的额头上甚至都没有出汗。

比起其余大汗淋漓的选手，他称得上是神清气爽。

林晨安在纪预身后："预哥，不愧是你，我算是服了。"

纪预和林晨安今天才认识，可两个人也称得上是投合。

纪预没有像初赛时那么冷淡，他微微冲着林晨安扬了扬头，下巴微微扬起，下颌线的弧度更加流畅分明。

他的眼神凌厉澄澈，眉骨高挺，整个人清爽帅气极了。

林晨安拧开手中的矿泉水瓶盖，说："啧啧，我认证，你的帅气只比我差一点，你就是一中第二帅。"

林晨安这话说得极其不要脸，后面的同学都听不下去了，那同学也是体育生，和林晨安认识，他说："我说，你是不是眼睛出问题了，就你还一中第一帅？第一傻还差不多。"

随后两个人又拌了几句嘴，直到裁判来统计成绩才彻底安静下来。

运动会的第一天就这样结束了。

运动会期间，学校规定可以只上一节晚自习。

这一节晚自习，明明桌子上摆着整理好的数学错题本，可段圆圆一道题也没看下去。

她一直在回忆今天白天的事情。

放学后回到家，路过回南巷时，段圆圆注意到巷口有一个功德捐款箱。

段圆圆掏遍全身，把牛仔裤口袋里仅有的二十元都放进了捐款箱里。

她这一天见到纪预太多次，默默恳求这样的快乐能长久一些，能延长再延长。

她害怕如果她不做点什么好事，老天爷会收回对她的恩赐。

杜女士给她的零花钱很多，她平时都没有什么需要花钱的地方，那些钱捐出去可以帮到有需要的人也好。

段圆圆回到家，第一件事就是拿出手机，登录QQ，把许净欢发给她的照片都保存下来。

尤其是她和纪预的“合照”。

这是他们的第一张“合照”，段圆圆小心翼翼地按下保存键。

她带着笑意翻看着手机相册，忍不住把这张照片放大，又恢复到原本的尺寸，把手机拿近看，又拿远看，找到一个最佳视角，就这样来来回回看了许多次。

今天纪预在段圆圆的床边放了两颗糖果。

段圆圆只吃了其中一颗，她把另一颗糖拿出来。糖纸的包装很好看，段圆圆笑着撕开糖纸，把糖放进嘴里，竟然也是草莓味道的。

难道纪预喜欢草莓？

段圆圆把糖纸和纪预的黑色打火机放在了一起。

手机里不停地放着歌，她设置了单曲循环。伴着《知足》的歌声，段圆圆找出她的日记本，翻开后刚好到了崭新的一页。

09/27

我们穿了同样色系的衣服，有了第一张“合照”，我喜欢“我们”这个称呼。

09/27

他会弹钢琴，他跑步很快，他擅长数独，他的学习成绩很好，他的家教很好，他很优秀，我也想悄悄地向他靠近。

09/27

爱上了草莓味道的糖果。

09/27

他分了一只耳机给我，我们第一次用一个耳机听歌，这是我第一次觉得被篮球砸到并不是一件坏事。

09/27

他是夏天的风，他是一道彩虹，他让我明白什么是知足。

这还是段圆圆第一次在日记本上一口气写了这么多话。

她将所有关于纪预的秘密一笔一画地记录在了日记本上。

九月末的晚上很凉爽，卧室里的窗子开着，晚风悠悠地吹进来，像是带着催眠的功效，段圆圆很快便进入了梦乡。

第五章
手机里的照片

因为国庆要放小长假，所以不用上晚自习，运动会结束后就可以放学离开了。段圆圆回到家的时候天色还早。

她趴在卧室的床上，浏览着 QQ 空间动态，有很多同学都上传了运动会的照片到自己的空间相册里。

包括她的好朋友周热，她几分钟前刚刚上传了一个相册，还没有人给她点赞。相册的标题简洁明了，就叫“高一（10）班运动会”。

段圆圆给她的相册点了一个赞。现在只有她一个人给相册点了赞，点赞后会显示网名，她的网名很简单，叫“〇〇”，不是英文字母“O”，也不是图形圆圈，而是汉字“零”。

点完赞后她翻看着 QQ 相册，很快就找到了她想看到的照片——

纪预在男子 1,500 米比赛时的照片。

单反相机拍出来的照片要比手机清晰许多，纪预的发梢、额间的汗滴、手臂上微微突起的血管都被记录了下来。

初赛和决赛两场比赛的照片都有。

照片里的纪预下颌线流畅，鼻梁高挺，身姿挺拔，从比赛的照片中能看出他跑步的姿势很标准帅气。

段圆圆看着相册里的纪预，把他的每一张照片都保存了下来。

段圆圆看完了相册里的每一张照片。有些照片的主人公不是纪预，但是会拍到纪预的侧影或者背影，段圆圆一眼就能认出纪预的身影。

这些有纪预出镜的照片，她也默默地保存了下来。

将照片全部保存好后，段圆圆返回到自己的手机相册，把刚保存的照片一一进行裁剪。裁剪的原则很简单，那就是剪掉多余的部分，只留下纪预的身影。

她只想把纪预存在她的手机里。

国庆放假，她和许净欢约好去市图书馆学习。

段圆圆去市图书馆要坐公交车。公交车的车站在巷子的另一端，去公交车站要经过篮球场。

自从暑假过后，段圆圆每次经过巷尾的篮球场时都会忍不住想同样的一个问题：这次会遇到纪预吗？

今天，篮球场上的人比平日里多了许多。平时安静的篮球场，现在充斥着大家进球后的欢呼声，以及篮球击打地面时发出的“咚咚”的撞击声，快乐在篮球场上蔓延。

段圆圆路过篮球场时，目光不经意地看了过去，篮球场上很多人，但是她只需要一眼就能够知道，这些人里并没有纪预。

“嘿，前面的两位朋友，没想到咱们会在马路上相遇。”

听着有些熟悉的声音从她们身后响起，段圆圆和许净欢一起回头看去。

她们俩都没想到从图书馆出来居然会遇到林晨安。

“体委，这么巧啊。”许净欢笑着打了个招呼，“怎么，你也是来图书馆学习的？刚刚我们没看到你啊。”

她和段圆圆刚走出图书馆不远。

“是啊，备战月考，怎么，你们不信？”

许净欢摇了摇头，她确实不相信，林晨安这种靠优异的特长成绩进入江坞一中的学生，还会为了月考努力准备吗？

“好吧。”林晨安低着头笑了笑，“你们想得没错，我没去图书馆，我是来附近的体育场训练的。”

林晨安紧接着又提议：“相逢即是有缘，你们是去吃午餐吗，要不然咱们一起？”

三个人选择了附近有名的烧烤店。

点的菜都上齐后，林晨安冲段圆圆讲：“咱们几个也算是不打不相识了，今天正式再和你道个歉。”

“真的没事，不用放在心上，而且你都道过好几次歉了。”

“那咱们三个今天算是正式认识啦。”

“干杯！”

杯子碰到一起，玻璃撞击出清脆的声音，三声轻快的“干杯”不约而同地响起。

林晨安干了杯中的饮料后，又倒了一杯，说：“其实现在是三缺一，应该是四个人。”

许净欢有些疑惑："还有谁？"

"纪预啊。"林晨安说得理所当然，还有些不敢相信许净欢的记忆力竟然这么差，"当时咱们四个人一起去医务室的，后来是他把你们送过去的，你不记得了？"

段圆圆听到林晨安的话后，倒是没觉得疑惑，她一下子就猜中了林晨安说的应该是纪预。

她倒饮料的手颤抖了一下。

"体委，我记得，你 1,500 米初赛刚结束时和他还不认识呢，怎么现在时刻把纪预挂在嘴边了？"

林晨安一边给炉子上的烤串翻面，一边开口："这很简单啊，我的人格魅力感化了纪预，让他只需要一场比赛就能擦亮眼睛发现原来隔壁班还有这么厉害一帅哥。"

林晨安说完，段圆圆和许净欢都捂着嘴笑了。

得嘞，林晨安这人现在说的一定是反话。

这家烧烤店的味道真的很不错，五花肉在烧烤炉上被烤得滋滋冒油，一口咬进嘴里，特别满足。

林晨安摇了摇手里的手机："我跟他说好了，过几天我们四个再出来吃一次。"

手机屏幕上是他和纪预的 QQ 聊天记录。

许净欢第一眼不是看聊天记录，而是注意到了林晨安用的手机："哎，咱们的手机都是一样的？"

许净欢和段圆圆的手机型号相同，只是颜色不同，但现下许净欢发现，林晨安的手机除了型号和她的一样，就连颜色都是一样的白色。

段圆圆和许净欢把手机拿出来，三个人的手机确实是一模一样的。

林晨安也有些意外，三个人的手机型号竟然能完全一样，他说："哎哟，还挺巧。"

在少年时期，发现同学和自己用一款手机，或多或少总会有些反应。

他们觉得这是友谊的一种体现：瞧，他们还不认识对方的时候就不约而同地买了同一款手机。

段圆圆之前还觉得如果世界上只有她和纪预用一样的手机就好了，但这样的想法只是一闪而过。

她觉得很幸运，能和纪预用同一款手机，也和自己的朋友许净欢用了同一款手机。

段圆圆扫了一眼林晨安拿在手里的手机，看不清他和纪预的聊天记录，而且林晨安已经给纪预备注了名字，无法得知纪预的 QQ 昵称是什么。

但她看到了纪预的头像，很显眼，是一片湛蓝色的海。

纪预也喜欢大海吗?

段圆圆一边吃烤串，一边思考。

她小时候在小渔村、在海边长大，海天一色的风景她看了许多年，对海再熟悉不过了。

这顿饭他们吃得很慢，天南海北地聊了许多。

林晨安说他高考要通过体育上重点大学，虽然他文化课的成绩不算拔尖，但也不差，再加上体育成绩，一定会有一加一大于二的效果。

许净欢和段圆圆听完都觉得有些不可思议，她们都以为，体育特长生都是因为文化课成绩不够好才去练体育的,没想到林晨安的文化课成绩也不错。

许净欢的目标也很高，段圆圆被他们两个的话鼓舞了：“你们说得有道理，古人云：‘取乎其上，得乎其中；取乎其中，得乎其下’，还有三年，那我也要考上重点大学！”

等到他们吃完，就差不多快到图书馆下午开门的时间了。

段圆圆和许净欢要回图书馆写作业，林晨安下午还要继续训练。

仅仅是一顿饭的时间，三个人很快从半陌生到熟悉。

他们顺路，一路上打打闹闹，就连空气里都充斥着青春的气息。

到了图书馆，许净欢比上午更认真了。她不知道林晨安的具体成绩，但她不想被林晨安超过。

段圆圆和许净欢一直在图书馆学习到日落才离开。

夕阳的余晖铺满了天空，郁郁葱葱的树影在斜阳下变得狭长。

虽然国庆假期她们没有出去玩，但她们依然过得充实、快乐，有意义。

段圆圆从图书馆回到家，没有继续学习，而是奖励自己玩手机，因为今天在图书馆学习状态极佳，效率很高。

她抱着手机刷 QQ 空间的时候，又一次看到了周热的 QQ 空间动态。还是那组相册照片，但是不同于之前的没人点赞，现在已经有几十个人给她点赞了。

在这条相册动态的点赞里，段圆圆和周热的共同好友的“赞”并不多，大多数都是她没有备注过的名字，都是他们的昵称。

所以段圆圆在心里猜测，应该都是高一（10）班的同学。

那么这里面会有纪预吗?

段圆圆看着那几行各式各样的昵称，有“給尔蕞温柔の拥 bao”这种非主流的，有“坐看云起时”这种文艺风的，也有“不考第一不改昵称”这种展现雄心壮志的……大家的 QQ 昵称五花八门，风格各异。

段圆圆在其中看到了一个简简单单的昵称，这位同学的昵称只有一个字——归。

这个昵称在她的点赞后面。

紧紧挨着。

这一个字的昵称格外显眼。

会是纪预吗?

段圆圆在心里默默地猜想，如果这几排赞里有纪预点的赞，那她希望这个“归”是纪预。

很简洁的昵称，不花哨，不冗杂，干干净净的，让段圆圆一下子想到了穿着白色短袖校服的纪预。

她默默地点开归的QQ空间主页。没有任何权限，段圆圆很顺利地进入了。

点开后能看到主页的头像是一片湛蓝色的海。

空间没什么内容，只是七月份转发了一条新闻：7月4日，欧洲核子研究中心（CERN）宣布发现了被称为“上帝粒子”的“希格斯玻色子”（Higgs boson）。

只凭借这一条动态和那个从林晨安手机上匆匆一瞥见到的一模一样的蓝色海洋头像，段圆圆可以百分之百地确定，这就是纪预的QQ空间。

段圆圆像是窥见了什么不可和旁人分享的秘密，脸颊微微泛红。

纪预的QQ空间没有留言，也没有评论，可段圆圆还是在这个几近空白的页面停留了许久。

随后，她做的第一件事不是选择添加好友，而是开通QQ黄钻。

杜女士从来不会在零花钱方面对段圆圆吝啬，但是段圆圆也几乎不会把零花钱花在装扮QQ空间上，但是此刻，她却毫不犹豫地选择了充值黄钻，不为其他，就是为了删除她在纪预的QQ空间上的访客记录。

她不想被纪预知道，她访问了他的QQ空间。

哪怕纪预压根儿不会看访客记录。

吃烧烤的时候，林晨安建了一个QQ聊天群，拉了她和许净欢，这样他们三个人聊天也方便些。

林晨安还给群起了一个很有趣的名字，叫“江坞一中龙虾小分队”。

但是很奇怪，林晨安竟然会在群里发假期的数学作业：这道题有人会做吗?

数学老师不知道从哪里找来了一些奇奇怪怪的难题，其中有不少是超纲的，特别难，段圆圆在草稿纸上解了两步就放弃了。

许净欢也一样。

段圆圆发了一个猫咪晕倒的表情包。

许净欢也紧跟着发消息说好难啊。

林晨安发了一个嘲笑的表情包，随后跟着一行字：我就猜你们做不出来，没想到吧，我做出来了。

他还没有来得及把解题的步骤发到群里，群里又多了一个回答，很简单的一张图，是这道题的解题步骤，寥寥几步，答案在纸上跃然而出。

发消息的不是别人，正是纪预。

段圆圆愣住了，明明吃饭的时候群里只有三个人。

群聊人数是什么时候变成四个人的？

林晨安是什么时候把纪预也拉到群里的？

她不知道。

她疯狂地滑动着屏幕查看消息记录，邀请新人进入群聊是会有消息提醒的，她为什么没有注意到？

翻到下午那会儿，她还在图书馆和作业拼搏斗争，许净欢和林晨安在群里有一搭没一搭地聊天，还发了很多表情包，段圆圆当时没有仔细看，邀请纪预入群的消息也被淹没在了这些表情包里。

这是段圆圆意想不到的她和纪预之间可以存在的交集。

纪预果然是她猜测的“归”。

头像是一片湛蓝色的静谧的海洋。

林晨安的解题步骤也很快发到了群里。

林晨安：欸，不愧是纪预，你是我的哥，是我唯一的哥！这题我解了好久，还用了好多步，没想到还可以这么解！

几分钟后，纪预又发了一张照片，是林晨安发的图片，他圈出来了一处：添加辅助线后这一步可以省略。

林晨安研究了一下，立刻回复：豁然开朗！

这道题林晨安说完后，段圆圆就拿着试卷开始研究，一直没有做出来。

即使看过答案，也还是一知半解，有些地方仍然有些模糊。

这也许就是她和纪预的差距。

纪预可以在很短的时间内找到最优解，但她连详细的解题步骤都研究不透彻。

段圆圆仍然没有添加纪预为 QQ 好友。

能在一个群里，她已经很高兴了。

林晨安在群里发的这道题，成为鞭策段圆圆的教鞭。

段圆圆在假期接下来的几天里像是打了鸡血一样，注意力高度集中，很认真地百分之百地投入到了学习里。

她想在月考中取得一个好成绩，她想缩小和纪预之间的距离。

即使她知道，这不简单。

假期过得很快，等到了月考这天，段圆圆还是无可避免地紧张了。

因为她的假期没有荒废，她很认真地复习了，所以她对这次月考有期待。

人一旦对某件事情有了期待，就很难再用平静无澜的心态去面对。

考完试大家都回到自己的教室，老胡早就在教室里等着他们了。

“看你们一个个垂头丧气地走进教室，就知道你们对自己这次考试的发挥不满意。”老胡平静地扫视全班，“那就在接下来的学习中努力，不要懈怠，月考考过了就翻篇了，你们之后还会有期中考试、期末考试，以及最重要的高考，大家永远不要放弃。”

全班所有人上课听得都很认真，在考试过后的一两天，大家的学习热情总是空前高涨的。

老胡下课后很满意地点了点头：“大家的学习状态不错，明天也要继续保持住啊。”

月考成绩出得很快，成绩单被张贴在了教室前面的公告栏上。

年级第一是纪预。

他以一骑绝尘、遥遥领先的分数，和年级第二拉开了差距。

段圆圆一眼就看到了纪预的名字。

她仔细看着他各科的分数。

纪预的数学、物理都是满分，生物、化学和英语几近满分，加起来扣了也就十分，历史、政治还有地理的成绩也很优秀，完全不存在偏科的现象。

不少人对着纪预这个像是抄了答案一样的完美成绩咋舌。

纪预这个名字对于他们来说并不陌生，但绝大多数人听到的可能是他长得帅，或者是运动会上表现好，又或者有极少数人知道他入学考试的时候找出了试卷的错误。

但大家都没想到，他的成绩竟然这么好。

段圆圆心底涌上一股莫名的自豪感——明明纪预的成绩和她毫无关系。

她只是在想，她默默暗恋的人，是顶顶优秀的。

段圆圆顺着往下看了一页又一页，找到了自己的名字。

年级第二百零一名。

很巧，她的名字是第六张成绩单上的第一个。

她和纪预的距离，隔着两百人、六页纸。

段圆圆在成绩单面前记录下自己的分数，随后很快坐到座位上。

她有些沮丧，明明设想进年级前一百，可偏偏连年级前两百名都没进去。

江坞一中人才济济，她要更努力才能向前进步。

段圆圆认真地复盘她的成绩，把每一门成绩都认真地写在本子上。

在分数的下方，她飞速地写了一个个数字——是纪预的分数。

她刚刚看了一眼就牢牢记住了。

她和纪预在分数上的差距，是每科都相差不少的分数汇聚而成的六页纸的差距。

段圆圆认真地分析了一下她这次考试的分数。

语文比她预想的高；数学和物理在考场时就觉得难，分数烂成这样也是预料之中；生物和地理的分数比她想象的好；化学、历史和她预想的差不多；让她意外的是政治和英语，分数很高，政治甚至只比纪预低了三分，这是他们之间分数相差最少的一门。

段圆圆很清楚地看出来了，她的优势在文科。

认真复盘过后，段圆圆的心情并没有刚刚那么沮丧了。

胜败乃兵家常事，她在心里安慰自己，而且也找到了接下来努力的方向。

月考成绩给了心气浮躁的同学们一记狠狠的提醒，成绩下来后，大家都收心了不少。

在教室里能格外明显地感受到这一变化。

往日里嘈杂喧闹的课间变得安静，就连课间时说话，在这样只有翻书声的氛围里都觉得充满罪恶感。

所有的同学都在认真学习，为下个月的期中考试做准备。

对段圆圆来说，这是再普通不过的高中生活了。

这是青春偶像剧和小说里不会过分着墨的高中生活，是平凡又千篇一律的、日复一日的、并不起眼的高中生活。

没有同学之间的钩心斗角、霸凌欺诈，也没有男女之间的暧昧和互生情愫。

太阳每天照常升起，照耀着他们每一个人。

大家穿着一模一样的校服，每个人收起自己的棱角，在人群中变得并不起眼。

他们的校园生活里只有做不完的数学题，背不完的英语单词。

学习占据了段圆圆的绝大部分时间。

草稿纸写完了一张又一张，好不容易得以休息片刻。

段圆圆抬头看向窗外，夕阳落在天边，云朵一片一片地叠在一起，像橘子味的棉花糖。

她的视线望过去，刚好能看到隔壁的教学楼。

透过方方正正的窗子，隐隐约约可以看到教室里的学生和她一样，趴在书桌前，把头埋在题海里。

这就是学校设置月考的意义吗？

段圆圆课间出去上厕所的次数越来越少，路过十班的次数也越来越少。

见到纪预的机会……也越来越少。

对于段圆圆来说，纪预本就是她平平无奇的生活里的一束微光。

可现在，她见到光的机会越来越少。

段圆圆想到这里，微不可察地叹了口气，找出新的习题册，继续做题。

各科老师会根据月考成绩找部分学生进行交流谈话，段圆圆这几天一直在心里默默祈祷，千万不要找到她。

但往往怕什么来什么。

物理老师在自习课间找段圆圆谈话。

物理组是一间很大的办公室，里面全都是物理老师，不像历史组和政治组的老师一样共用一间办公室。

段圆圆他们班的物理老师的办公桌刚好在办公室门口的位置。

“蔡老师。”段圆圆手里拿着物理试卷，很拘谨地站在物理老师的办公桌和办公室的门之间。

蔡老师很和善，给段圆圆拉来一把椅子，说：“坐吧。”

“别紧张，放松点，只是随便聊聊。”蔡老师继续笑着对段圆圆说。

段圆圆只坐在了整张椅子的三分之一，手指不自然地抠着掌心。

虽然蔡老师让她别紧张，可被老师叫到办公室谈话，心里难免会紧张，更何况她这次考试的成绩还不好。

蔡老师说物理不该成为她的弱项，随后又问她想选文科还是理科。

“……文科。”段圆圆的声音弱弱的，在物理老师面前不自信地说着。

“就算决定选文科，那也不能不学物理了啊，物理是很美妙的一门学科。”蔡老师对段圆圆的选择没有做出任何评价，他拿着段圆圆的物理试卷，“你看你这道应用题，不是不会做啊，要用到的公式分明都写出来了，为什么数值却没代对呢？明明都在题干里写了。”

蔡老师指了指段圆圆的试卷，段圆圆顺着蔡老师的手指看过去，其实那道题段圆圆并不是很会，写上物理公式也只是为了看看阅卷老师会不会“善心大发”，赏给她两分的“步骤分”。

段圆圆低着头，恰好这时候她身后的办公室门被推开了，有同学来找蔡老师。

“蔡老师，您给我的试卷我做完了。”

男生的声音在段圆圆头顶响起，段圆圆心里蓦地一颤。

她都不必转身抬头，就知道现在在她身边说话的人一定是纪预。

那是一种刻进血液里的熟悉感，只需要听见一个音节，就能很清晰地辨认出——

他一定是纪预。

段圆圆突然记起来，蔡老师是九班和十班的物理老师，所以纪预来找蔡老师，也并不奇怪。

可段圆圆总觉得头顶火辣辣的。

她现在变成了懦弱的胆小鬼。

她怕纪预看到她，看到她被蔡老师找来谈话，看到她的物理成绩一塌糊涂，可她又不希望纪预完全没有注意到她，这样会显得她毫无存在感。

明明他们是见过面的，不是吗?

此刻她心情复杂。

她的月考试卷还在蔡老师手里，红色签字笔批注出来的圆圈在大面积的空白处显得格外刺眼。

她害怕纪预看到。

段圆圆早就想好了选文科，所以物理、化学还有生物这三门理科科目对于她来说，就是得过且过，结业水平考试不挂科，能顺利拿到高中毕业证书就可以了。

可是现在，纪预站在她身边十厘米左右的位置，他一低头，就能看到蔡老师手中的物理试卷。

段圆圆此刻才真真正正地意识到，物理没考好，是一件多丢人的事情。

蔡老师接过纪预交过来的试卷，又从抽屉里拿出一份试卷递给纪预。

从纪预进办公室到他离开，前前后后满打满算也不超过一分钟。

可这短暂的一分钟，对于段圆圆来说，漫长且缓慢。

她从来没有哪一刻比现在更希望自己能有一个漂亮的物理成绩。

纪预来交给蔡老师的，应该不是普通的物理试卷，按照蔡老师刚才话里的意思，应该是某届竞赛的试卷。

段圆圆连月考都不及格，可是纪预已经开始做竞赛题了。

他们的距离越来越远。

段圆圆像是被什么击中了，她一下子想通了。

她下定决心，忽然开口，声音不大却又坚定且充满力量："蔡老师，我以后会认真学物理的。"

"好，这样想就对了，你终会发现，这是一门奇妙的、有魅力的学科。"蔡老师继续笑着说，"而且你要相信你自己，你的实力不止于此，物理不该成为拖你后腿的科目。"

你的实力不止于此。

蔡老师的话在段圆圆的脑海里回响。

等她坐到教室里，这句话依然在她耳边回放。

蔡老师带过很多届毕业班了，是位有经验的老师，看人一定很准。

而且才刚开学一个多月，他就发现了纪预在学习方面的天赋，这更证明了蔡老师看人很准。

那他说自己"你的实力不止于此"，就说明自己真的有学好物理的能力吧。

段圆圆想着这些。

蔡老师的话给了段圆圆很大的信心。

为了不辜负蔡老师的信任，也不希望纪预对她有“物理成绩很差”的印象，她也想找到渠道证明自己的能力——她是可以学好物理的。

而且开学才一个多月而已，欠缺的物理知识，她肯定能补上。

种一棵树最好的时间是十年前，其次就是现在。

一切都不算晚。

一切都还来得及。

周六的自习课一结束，就意味着一周就这样过去了。

离自习课下课还有一段时间，林晨安在他们四个人的 QQ 群聊里 @ 全体成员：放学后一起出去吃饭吗？

自从运动会过后，班里悄悄带手机上学的同学越来越多，段圆圆也每天都将手机带到学校。

江坞一中月考过后要求全体学生周六上半天的自习，老师不在教室，全凭学生自觉。

段圆圆和许净欢趁着快放学了，悄悄拿出手机，不约而同地看到了这条消息。

许净欢和段圆圆回头，看了林晨安一眼。

林晨安规规矩矩地坐在课桌前，右手拿着笔，面前铺着试卷，完全一副认真学习的好学生模样，哪里看得出，他的手机就藏在课桌洞里呢。

段圆圆和许净欢看到林晨安的“伪装”后悄悄笑出了声，两个人对视一眼，在群里回复“OK”。

让段圆圆和许净欢诧异的是，本以为依旧是只有他们三个人的聚会，没承想，纪预竟然也破天荒地同意了。

段圆圆看着群里紧挨着的三个对话框，三个“OK”从上至下。

一阵风刚好从窗户吹进来，带起桌上试卷的一角。

初秋的风带着些许凉意，却不刺骨，是一种很舒服的温度。

风拂过段圆圆的面颊，带着甜甜的秋天特有的味道。

这一切美好得像是一场氤氲幻觉。

第六章

好友申请和拍立得照片

因为刚好是周末，又加上是放学时间，商场里人不少，几乎所有的餐厅都是人满为患。

他们挑了一家不需要等位太久的餐厅，没等待太久就叫到了他们四个人的号。

人和人之间的缘分究竟可以有多奇妙，段圆圆想象不到。

因为运动会的交集，他们四个人现在能坐在同一张餐桌上吃饭，对她来说已经十分神奇了。

没错，对段圆圆来说，就是“神奇”。

她和许净欢坐在一边，林晨安和纪预坐在餐桌的另一边，和她面对面坐着的，就是纪预。

只要一抬头，她就能看到他。

段圆圆不自然地低着头，甚至还有些害羞。

这顿饭虽然还没开始吃，但对段圆圆来说，已经可以列入她最难忘的聚会 TOP3 了。

点餐的时候，主动权交给了段圆圆和许净欢。

段圆圆右手拇指扣着手中的圆珠笔，努力保持镇静：“你……你们有什么忌口吗？”

“没有。”纪预的声音敲击着段圆圆的耳膜。

林晨安几乎是和纪预同时开口说的“没有”，但林晨安的声音已经被段圆圆自动忽略了。

段圆圆拿着圆珠笔在纸上写着要点的菜。

她写得很认真，像是在考场上写作文一样，她害怕纪预会看过来，她想给纪预呈现出一个好的形象。

段圆圆认真到仿佛自己把字写得好看些，厨师就能把菜做得更美味一点。

她甚至还在脑海里模拟了一下，从纪预的角度看过来，她写的字会是什么样子。

想到纪预可能会将目光投过来，段圆圆的后背都不自然地悄悄地挺得更加笔直了。

恰逢周末，店内吃饭的人不少，他们的菜陆陆续续地被端了上来。

最先被送上来的是美龄粥。

第一道菜没有放在餐桌中间，而是被放在了离段圆圆和许净欢近的一侧，更偏向段圆圆。这道美龄粥差不多就在段圆圆面前。

他们四个人的位置靠着窗户，能看到商场外的风景，段圆圆和纪预坐在内侧。

菜只上了这一道，他们谁也没有动筷。

有林晨安和许净欢在，是注定不会冷场的。

等菜期间，大家你一句我一句，交谈甚欢。

段圆圆时不时将目光瞥向玻璃窗上。

那是一整面落地玻璃窗。

窗外的风景繁华美丽，马路上车水马龙，高楼大厦鳞次栉比，对面就是江坞市地标性建筑南归大厦。

许净欢戳了戳段圆圆："圆圆，你发什么呆呢？"

"没有啦，随便看看。"段圆圆有些不好意思地侧过脸颊。

段圆圆哪里是发呆，她是在看一旁玻璃上倒映出的纪预的侧脸。

她不好意思直接抬头看纪预，所以不知不觉、不由自主地就被玻璃上映出的模糊侧颜吸引了。

林晨安听到许净欢的话，抬起头看过去，说："晚上亮起灯来更好看。"

纪预的话并不多，坐下来后也没说太多，但并不会让他们三个人觉得他这个人很难相处。

许净欢正是察觉到了这一点，才笑着对纪预说："话说我们还没有加联系方式呢，现在加一下吧。"

纪预点点头，拿出手机。

段圆圆也拿出了自己的手机。

余光悄悄看过去，纪预手里的手机和她手里的看起来一模一样。

林晨安也注意到了这一点，他拿出自己的手机，笑着说："看，咱们四个人的手机竟然是一样的呢。"

纪预听闻后也抬头，笑着点了点头。

段圆圆的耳尖瞬间就红了。

他们四个人的手机虽然是一样的，但是颜色不同。

她和纪预，他们两个人的手机颜色是一样的。

像是心底有什么秘密被纪预窥破，她害羞极了。

好在他们没有察觉到段圆圆的脸红了。许净欢在屏幕上点了几下，对纪预说："OK，我的好友申请发过去了。"

段圆圆也准备打开手机，找出他们四个人的聊天群。

添加纪预为好友，要先从群成员里找到他。

QQ 的页面刚打开，左下角多出来一个小红点。

是一条好友申请的消息提醒。

段圆圆下意识地先点开小红点。

让她没想到的是，竟然是纪预发来的好友申请。

段圆圆的心一颤，是纪预主动添加了她。

她立刻通过了好友申请。

点击同意后，她抬头看了纪预一眼。

纪预正侧着头和林晨安说话。

纪预里面穿着白色的短袖校服，外面简单地穿了件外套。

少年的下颌线棱角分明。

纪预像是察觉到了对面投射过来的目光，又或许是刚巧和林晨安结束了刚刚的话题，总之他的脸颊似乎有转动过来的迹象。

段圆圆在纪预即将转过来的这一瞬间，飞速地将视线转移。

纪预在添加好友的时候没有备注，段圆圆也没有回复自己的名字。

她想，纪预应该知道自己知道他叫什么，才没有留备注。

而且段圆圆想，纪预应该也知道她叫什么吧？

当时还地理书的时候，她还在便利贴上写了自己的名字。

纪预的记性不至于这么差。

他们见过几次面，纪预也不会那么……不在意吧。

菜刚巧在这时候上齐了，四个人点了满满一桌子的菜。

"你十一放假的时候回老家了，当时只有我们三个人出来吃的。"林晨安看着纪预，随后举起手里的杯子，"现在咱们四个人聚齐了，这是咱们四个人的第一顿饭，干杯！"

四个人的杯子碰撞到一起，发出清脆的声响。

在杯子碰撞的那一瞬间，若有若无地，段圆圆的手指轻轻地碰到了纪预的手指。

温热瞬间传递至段圆圆全身的每一个角落。

段圆圆喝了一口刚刚盛的美龄粥，垂着头，就连头发都快落到碗边。

九班和十班大部分的任课老师都是一样的，所以聊起各科老师时并不会有太多冷场的时刻。

在学校里分明想要快些逃离天书一般的课程，想要奔去没有函数、没有配平、不需要记单词的世界，可当朋友们凑到一起，还是会不由自主地讨论学校里的事，讨论哪个老师讲课有趣、哪个老师上课好凶。

他们点的招牌盐水鸭被摆放到了餐桌的最外侧，段圆圆夹起来有些不方便，于是她微微向许净欢的方向靠了靠。

即使和纪预同在一张餐桌上吃饭，段圆圆也不想委屈了自己的胃。

对她来说，纪预很重要，吃饭也很重要。

而且如果她只喝离她最近的美龄粥，会更奇怪吧。

段圆圆挪动身体的动作很轻，正在吃饭的许净欢没有注意到。

正当段圆圆想要夹菜时，那盐水鸭的盘子上骤然多了一只手，手指修长，将盘子向内侧移动了一下。

是纪预。

纪预左手拿着玻璃杯，右手很自然地把远处的盘子移动到离段圆圆近一点的地方。

整个动作自然流畅不刻意。

段圆圆很轻松地夹到了盐水鸭。

她心跳加速，心脏“怦怦”地跳个不停，小声对纪预说：“谢谢你。”

纪预眉头轻挑，淡淡地传来一声略带疑惑的：“嗯？”

随后反应过来段圆圆为什么向他道谢，他笑了笑，言语间带着清脆的笑意：“嗯，不用客气。”

纪预似乎是出于餐桌礼仪，出于个人良好的教养，做了一件微不足道的、不值得道谢的小事。

段圆圆下意识地轻轻“嗯”了一声，随后低着头，认真地吃着刚刚夹的盐水鸭。

盐水鸭肉质软嫩，咬一口唇齿留香，真不愧是招牌菜。

而且味道竟然比之前任何一次来吃的时候都好，是厨师厨艺精进或改良配方了吗？

等到他们都吃得差不多的时候，餐厅的服务员过来告诉他们今天店内有活动，单桌消费满两百元可以免费为他们拍一张拍立得照片。

服务员将桌上的餐盘收走，拿来拍立得，为他们四个人拍下了他们的第一张合照。

四个人的人影在相纸上缓慢地显现，由浅至深，直至清晰明朗。

“这张照片放在你们谁那里？”林晨安对着许净欢和段圆圆说。

他默认了他和纪预不需要留存这种照片，应该由两个女孩子保存。

段圆圆心底是想珍藏起这张合照的，这张她和纪预并排的合照。

可她怕她的心意暴露得太过明显，所以一直沉默着不开口。

“圆圆，放在你那里保存可以吗？”许净欢有些不好意思地开口，“我月考没考好，所以其实今天我和爸妈说我去上自习了，我怕被他们看到我出来玩。”

段圆圆努力抑制住向上翘的嘴角，点点头，拿起桌上的拍立得照片，说：“不如扫描一下，发到咱们的群里，然后这张照片就放在我这里。”

许净欢：“我也是这么想的！”

林晨安对于许净欢和段圆圆对照片的仪式感没有太大的感觉，对他来说不过就是一张照片而已，他们四个人几乎天天都能见到，为什么对一张照片这么执着？

他觉得，纪预的想法一定和他一样。

但让林晨安没想到的是，纪预竟然说了一声：“好。”

他们四个人吃饭的时候都把外套脱了，都穿着白色的短袖校服。

拍立得拍出来的照片没有那么清晰，胶片质感的滤镜完美地凸显了他们这个年纪的青春活力。

吃完饭回到家，段圆圆第一件事就是把今天的拍立得照片拿出来。

小小的一张照片，被放置在她的手心里。

因为他们身后是玻璃窗，最后照片呈现出的效果可能稍微打了一点折扣。

可段圆圆依旧很满意。

这不同于他们在校运会上因机缘巧合而拍下的合照，而是一张正式的、纪预也知道它的存在的合照。

纪预在照片里的眼神澄澈自信，白色的校服也掩饰不住他的帅气。

段圆圆坐在写字台前，手中拿着笔，在相纸的背面一笔一画地认真记录——

10月20日摄于江坞市×××××。

夕阳西下，落日透过窗牖洒落在段圆圆的写字台上，台上的相纸被覆上一层朦胧的金黄。

一切都是这样的美好。

和纪预有关的每一天每一秒每一刻，都值得被认真记录。

周末这天，段伟城和段圆圆一起吃了顿饭。

“最近学习累吗？”

听到段伟城这么问，段圆圆忍不住鼻头一酸。

他没有问她的学习成绩怎么样。其实段伟城知道他们不久前月考了，可是他也没有问她考试排名是多少，而是问她，最近学习累吗。

这世界上所有人都在逼着你不断向前，但总有人会问你，一路艰辛，你累吗？

段伟城见段圆圆低着头不说话，还以为是这段时间学习太累了，于是他微微叹了口气，心疼地说：“要学会劳逸结合啊，我们圆圆这么优秀，爸爸相信什么困难都难不倒你的。”

“真的吗？”段圆圆垂着头，“可是我可能没有你想象中的那么好。”

“怎么会呢？”段伟城很意外段圆圆会这么说，“圆圆，是不是最近学习压力太大了？你要知道，你一直是爸爸妈妈的骄傲，虽然我和你妈妈分开了，但是我们对你的爱一点也不会少。

“是因为月考没有发挥好，情绪才这么低落吗？刚刚开学一个月，各方面还很不适应，这都是正常的，重视学习是好事，但是太过重视就会有负担，会压得你喘不过气的。”

段圆圆有些疑惑：“可是……高中生不就应该认真学习吗？”

段伟城语重心长地讲：“不只是高中生啊，人这一辈子都要不断学习的，我现在也要努力学习才不会被时代甩下，要不断汲取新知识。但是除了学习，人也要有喘息的时候，不然活着多累啊。”

老师们只会对段圆圆讲，作为学生，首要任务是学习，从来没有人像段伟城这样告诉段圆圆，即使是高中生，也不能让学习占据生活的全部。

段伟城给段圆圆看了他不久前去旅游的照片，巍峨壮阔的山岭，如梦如幻的日出，可惜祖国的大好河山很难用相机拍出全貌。

这些美景都不如亲自去看来得震撼。

“如果你妈妈同意，寒假我带你出去旅游几天。”段伟城一边讲述他在新疆看到的美景，一边跟段圆圆说。

吃过饭后，段伟城叮嘱段圆圆一定不要太累，也不要给自己太多压力，学习要一步一步来。

段圆圆回到家，心情确实放松了许多。

她找出英语试卷，开始背诵试卷里的单词和短语。

段圆圆的英语成绩还算不错，她渐渐总结出了一套适合自己的学习方法。英语最重要的就是单词，她喜欢在语境中背单词，在一篇阅读理解里结合上下文去记单词，会比把单词单拎出来记得更牢固。

好记性不如烂笔头，她通常都是在草稿纸上边写边记，最后再把印象不深刻的单词记录到她的单词本上，便于日后复习，加深印象，而且在做听力练习的时候她也常常拿着笔写原文，听一句写一句，最后再对照原文进行修改和背诵词组。

单词的基础牢固后，再做阅读理解时就会游刃有余。其实做阅读理解题时，很难遇上全篇一个生词也没有的情况，但即使有个别不认识的单词，也不会影响做题。而且段圆圆喜欢先看问题，看完问题后带着问题再去看文章内容，这对她来说是很舒服的做题方式，并且做题的正确率也变高了。

因为英语成绩好，所以她觉得学习英语很轻松，平时花在英语学习上的时间更多了，这样的“良性循环”让她的英语成绩更好了。

但学物理就没有像学英语那么简单了。

段圆圆叹了口气，翻开物理课本。

她还在心里给自己打气：没什么大不了的嘛，就薄薄的一本课本而已啦！

段圆圆想在期中考试考一个好成绩，不要再次发生被物理老师叫到办公室谈话并且还被纪预撞到这样尴尬的状况了。

而且……她现在和纪预也算是正式认识了吧，她总是想在纪预面前展现自己最好的一面，所以学起物理来分外用心。

虽然物理对于段圆圆来说还是有些困难，但是她相信，题海战术总会有效果的。

可题海战术的效果不是一天两天就可以看出来的。周末的时间过得很快，新的一周开始，教室里的气氛有些沉闷，大家明显对上学有抵触心理。

如果世界上没有星期一的存在就好了。

段圆圆把早自习的课本拿出来，看了一眼时间，还算充裕，她从座位上起身去卫生间。

段圆圆其实刚刚坐在座位上的时候就在想，如果一会儿遇到纪预，要和他打招呼吗？

会不会显得太刻意了？

会不会有些奇怪？

会不会被他发现，她其实在暗恋他？

明明还没有走出教室门，明明或许根本碰不到纪预，明明这一切都是段圆圆自己脑补出来的，可段圆圆还是像被蚂蚁挠心一样，忍不住胡思乱想。

走出教室，段圆圆忍不住自嘲地笑了笑。

现在教学楼的长廊上空无一人。

她刚刚假设的一切都不存在。

十月底的天气变冷了，洗完手后不擦干的话，风一吹，手就容易皲裂。段圆圆低着头，一边走路，一边用卫生纸仔细地擦着自己的手。

可即使她低着头走路，余光也能察觉到对面有人朝她走过来。

对面的同学穿着一双白色的 Air Force 1。“空军一号”在学生中很流行，平日走在校园里能看到不少学生穿，不是什么很少见到的鞋子。可段圆圆却能根据面前这双在学校里至少有上百人穿的鞋确定，对面的人一定是纪预。

她手足无措地揉捏着手里的卫生纸，被水浸湿的卫生纸在她手中变得更皱了。

她是抬头还是不抬头？要不要打个招呼？

都碰到了，什么也不说也不太好吧。

如果什么都不说，装作没看到直接擦身而过，那纪预会不会误会自己对他有意见？

“怎么，装不认识？”

段圆圆还没有想好该怎么开口，她的头顶便传来少年清澈的嗓音。

是纪预。他竟然主动和自己打招呼了！

段圆圆拼命遏制住心底的喜悦和忍不住上扬的嘴角，故作自然地抬起头，对着正走过来的纪预努力维持着自然的语气：“啊，哪里，我刚刚低着头没有注意到，早上好啊。”

早上好啊，纪预。

崭新的一天，上午的阳光给人朝气蓬勃的感觉，穿过走廊，一束光落在少年英俊的脸庞上。

少年的背后是湛蓝如海的天空。

或许是段圆圆的表现太自然，又或许是纪预出于家教礼貌没有揭穿女孩子当前的窘境。

纪预很自然地指了指手腕处的手表：“小心迟到了。”

段圆圆点了点头，又冲他挥了挥手。

纪预也没有多说什么，等到段圆圆在教室后门忍不住偏向十班一侧看纪预的时候，已经看不到纪预的身影了。

唯有空荡荡的走廊，仿佛刚刚一切什么都没有发生过。

回到教室，在座位上，正在涂护手霜的段圆圆仍然觉得刚才那一幕太不真实。

那是只有他们两个的走廊，只要有纪预在的时刻，就连秋天微微刺骨的寒风都变得温柔起来。

段圆圆觉得刚刚那甚至不到一分钟的时间，是上天单独为他们创造的，是超脱在一天的 1,440 分钟之外的、不属于其他任何人的、只属于他们两个人的时间。

“怎么今天呆呆愣愣的？”许净欢戳了戳段圆圆，“是不是让人厌恶的周一来得太突然，完全没有做好心理准备？唉，究竟是谁偷走了我的周末。”

刚进教室的段圆圆的确是这么想的，在她眼里星期一的天空都是灰色的。

可此时此刻这样的想法早就灰飞烟灭了。

她从来没有觉得星期一这么幸福。

段圆圆现在心底像是打翻了甜滋滋的气泡水，泛出许多绵密的气泡，这些气泡汇聚着她一整天的好心情。

因为纪预，她一整天的心情都变得特别好。

段圆圆后来偶尔碰到纪预，在走廊上，或者在学校食堂里，都会和他打招呼。

可是即使她和纪预碰到过许多次，每次遇到时也还是会抑制不住地心跳加速。

他们没有什么多余的交流，二人之间的关系似乎止步于四个人的QQ小群。而且显而易见，纪预和林晨安的关系更熟一些。

段圆圆在食堂远远地看到过好几次他们两个人一起吃饭。

平淡才是高中生活的主基调。

双十一的时候商场促销打折，杜女士给段圆圆买了不少冬天的衣服和鞋子。

“妈，你怎么买了这么多？”段圆圆有些惊讶，很少见到杜女士一口气买这么多，“我现在一周七天有六天半都在穿校服，你给我买这么多也穿不过来啊。”

“商场大促，买得越多省得越多。”杜女士在一旁打开一个鞋盒，“快来试试这双鞋子合不合适。”

鞋盒上印着标志性的对钩标志。

段圆圆走上前，让她意外的是，杜女士手里的鞋，竟然是一双白色的“空军一号”。

她一下子想到了纪预。纪预也有一双一模一样的鞋子。

江坞市最近的气温越来越低，学校为了学生的身体健康着想，大课间由做课间操改为跑操。

按照班级顺序排列，九班在十班的前面。

段圆圆没有办法再在做课间操转身动作的时候回头看纪预了。

自习课上，他们四个人在群里悄悄约好了去之前说的那家新入驻南归大厦的米其林餐厅“Romantische Erinnerung”，餐厅名是德语，“浪漫记忆”的意思。

离放学大概还有二十多分钟，许净欢开始在网上搜索这家店有什么好吃的，在做攻略，还忍不住给段圆圆看。段圆圆对吃什么并不在意。

他们四个人，她和许净欢关系好，林晨安和纪预关系好。

而其中，许净欢和林晨安的性格有点像，他俩相处得还算不错，但林晨安和她完全就是因为运动会她被他的篮球打中才有那么一点接触。

说到底她和纪预还有林晨安都算不上太熟，是私下里话都说不上几句的那种，更不用说单独吃饭了。

或许如果不是因为许净欢，可能林晨安和纪预都不会带她一起玩。

段圆圆和许净欢的感情很好，女孩子之间建立友谊是很神奇的一件事。

她们之间的缘分不需要多么厚重的时间去证明，虽然她们才认识三个多月，可感情却好得不得了。

段圆圆忽然有些羡慕许净欢明媚的性格。

和她的慢热不一样。

这时候许净欢凑到段圆圆身边小声地说：“评论里说鱼子酱虾球不错。”

许净欢看出段圆圆有些走神，问道：“圆圆，你想什么呢？”

段圆圆这才回过神来，犹豫了一下，要不要告诉许净欢她刚刚想的。

段圆圆顿了顿，才开口道：“我在想，纪预和林晨安他们两个会叫我一起吃饭，是因为我和你关系好吧。”

许净欢听完有些不可思议：“你怎么会这么想？”

段圆圆就简单地说了一两句她心底的想法。

“当然不是！我还觉得是因为你他们才和我一起吃饭呢。”许净欢转了转眼珠，悄声笑着说，“尤其是纪预，总感觉他对你不一样。”

段圆圆像是听到了什么鬼故事一样，瞪大双眼：“怎么可能！他话都很少说，和我更是不怎么说话。”

“嘿嘿，反正我就是觉得不一样。”许净欢继续说，“咱们四个人既然能玩到一起，那就说明少了谁也不行啊，圆圆你别想太多呀。”

段圆圆点了点头：“净欢，有你真好。”

段圆圆低头的时候才发现，许净欢今天也穿了一双“空军一号”。

杜女士给她买的那双“空军一号”，她从来没有在学校穿过，只是周末出门的时候穿。

她总是害怕心底的秘密会被人发现。

如果是在纪预穿这双鞋之前她就买了，她绝对不会有这种担心。

就像他们用一样的手机，她还会在心底觉得庆幸。

可现在，她是看到纪预有了这双鞋之后，杜女士才给她买的这双鞋。

虽然只是巧合，虽然学校里有很多人都穿着一样的鞋，但她还是害怕被人发现，害怕别人发现她隐藏在心底的小心思。

她自己就会觉得心虚。

在公交车上，段圆圆和许净欢坐在一起，并排的座位不够了，纪预和林晨安分开坐着。

从段圆圆的角度刚好可以看到纪预。

少年随意地看向窗外，白色的耳机线从他的耳朵蜿蜒向下，连接到他的手机上。

他的耳机里在播放什么歌？

段圆圆看他看得入迷。

像是察觉到了她的视线落在他身上，纪预微微转身，向段圆圆的方向看了过去。

段圆圆的目光和他碰到一起，她飞速地扭头，偏开视线，看向窗外，假装刚刚无事发生。

“到站了，该下车了。”许净欢提醒段圆圆。

原来只是到站了。

段圆圆看向前方，果然，纪预从座位上起身。

那刚刚纪预回头，也只是要下车时自然地回头罢了。

段圆圆又有些庆幸，还好刚刚纪预没有发现她在偷看他。

如果被纪预发现她在暗恋他，那纪预一定不会再继续和她像这样一起吃饭了吧。

到站后，纪预便收起耳机。

和别人说话的时候，纪预从来不会戴着耳机。

林晨安看了眼手机，有些不好意思地挠挠头：“我爸妈要给我送钥匙，他们临时回老家，你们先过去，我等下去找你们。”

说完，林晨安就风风火火地跑了。

现下就只剩下段圆圆、许净欢和纪预。他们三个人并排走着。

纪预很绅士，不会特意走在前面或者后面，他不会让段圆圆和许净欢觉得尴尬。

即使他一路上话不多。

快到的时候，许净欢接了一个电话，是她妈妈打来的，让她赶紧回家，家里出国多年的姨妈回来了，一家人要出去吃个团圆饭。

许净欢带着歉意对段圆圆和纪预说了这件事。

段圆圆目送许净欢离开，她现在才后知后觉地觉得有些尴尬——

现在，就只有她和纪预两个人了。

从餐厅名字上就能看出来，这是一家很有情调的浪漫西餐厅，有不少情侣来打卡，如果是四个人一起来，段圆圆绝对不会像现在这样手足无措。

她和纪预一进餐厅，就有服务生把他们领到了预订好的座位处。

四个人的座位，纪预和段圆圆面对面坐着。

纪预把菜单递给段圆圆：“想吃什么？”

“我们等林晨安到了再点吧，他应该也快了。”

“他今天不来了。”

段圆圆本以为纪预会说“好”，她连“到时候一起点”这句话都酝酿好了，可万万没想到纪预会说林晨安不来了！

“他……他不是拿完钥匙就过来吗？”

纪预指了指手机，是林晨安在群里发的消息：“他爸妈带他一起回老家了。”

段圆圆看了眼他们的群聊消息，的确是的，而且时间就在五分钟前。

那个时候，她和纪预刚刚走进餐厅。

段圆圆咬着嘴唇，犹豫了片刻还是缓缓开口：“那今天……就只有我们两个人？”

段圆圆在心底想，要不干脆说今天不吃了，或者换一家，这家店的浪漫氛围实在不适合他们两个人。

“嗯。”纪预像是猜透了段圆圆心底在想什么，“听说这家餐厅挺难预约的。”

段圆圆一听纪预这么说，就打消了心底的念头。

是啊，有那么多人都预约不到呢。

段圆圆翻开菜单，价格让她有些意外。

四个人均分还算好，但是两个人均分的话，价格对学生来说有些偏高。

虽然杜女士给她的零花钱也够用，但这家餐厅的价格对她来说还是有些贵。

“鱼子酱虾球吧，听净欢说这道菜评价不错。”

“还要其他的吗？”

段圆圆摇摇头：“你看看你吃什么？”

纪预问段圆圆：“有忌口吗？”

“没有。”

段圆圆一边回答，一边在心里想，纪预真的很有教养，就连点餐也想得这么全面。

纪预随即直接翻到菜谱的某一页：“之前抽奖中了一张代金券，可以兑换这份套餐。”

段圆圆看了一眼，纪预说的是一份双人餐。

等餐的时候，段圆圆开口：“可惜净欢和林晨安了，不然是咱们四个人一起吃。”

纪预的嗓音清澈：“以后还有机会。”

简简单单的六个字，从他嘴里说出来却那么动听。

段圆圆总是因为纪预的嗓音心跳不已。

餐厅里播放着一首粤语歌。

段圆圆是第一次听到这首歌，但她觉得这个男歌手的声音有些熟悉，只不过一时间想不起来是谁。

忽然，段圆圆的对面也传来淡淡的轻唱，纪预看着窗外，像是因为无聊而漫不经心地随便哼着。

“……生生不息的凄美爱情逾越物质跨过世纪，文明能压碎，情怀不衰，无论枯干山水……”

纪预的嗓音和背景音乐重合，他的声线少年气浓厚，和餐厅里播放的低沉的男声不同，却又完美地融合在一起，丝毫不会突兀。

段圆圆有些意外，纪预的粤语竟然会这么标准。

至少对于她这个只在港剧里听到过粤语的人来说，纪预的发音简直和原唱一模一样。

纪预随意唱了一两句，回过神不再看向窗外的时候，就没有继续唱了。

段圆圆仍然沉醉在纪预的歌声里。

这张餐桌上就只有她和纪预两个人，纪预好像是在给她一个人唱歌。

他说粤语的时候比平时更有魅力。

这首歌播完后，餐厅里又切了另一首粤语歌，还是刚刚的男声，是同一个歌手。

段圆圆鼓起勇气，故作闲聊般问纪预：“这家餐厅一直都在放同一个人的歌吗？”

纪预嘴角含着笑意：“是啊，都是陈奕迅的。”

原来是陈奕迅。

难怪段圆圆会觉得熟悉。

但段圆圆对陈奕迅的了解并不多，最近对他的印象还是他和王菲一起合唱《因为爱情》。

刚好他们点的餐上齐了。

段圆圆有些庆幸又有些懊恼。懊恼的是为什么她之前没有多听一些陈奕迅的歌，如果多了解他一点，会不会在纪预哼唱的那一瞬间就能和他聊起这个话题？

所以她又有些庆幸，庆幸服务员的上餐打断了这个话题，关于陈奕迅的讨论也戛然而止。

两个人吃饭比四个人安静很多。

纪预的话向来不多，段圆圆又害羞到不好意思说太多。

秉持着“食不言，寝不语”的优良传统，两个人虽然话不多，却不会觉得尴尬。

段圆圆觉得这是属于纪预的人格魅力。他身上有一种神奇的魔力，和他待在一起会觉得很舒服，就算不说话也不会坐立难安。

这意外的和纪预一起吃饭的时光，比段圆圆想象中的还要幸福。

她从来没想过平淡的高中生活会出现这样的奇迹。

就像诗里写的那样："我们准备着深深地领受那些意想不到的奇迹，在漫长的岁月里忽然有彗星的出现，狂风乍起。"

纪预对于她而言就是漫长岁月里如彗星闪耀般的奇迹。

段圆圆回到家后的第一件事就是找出陈奕迅的粤语歌，一首一首地听。

她没有记住纪预哼唱的那首歌的歌词，但她记得旋律。

她没办法用歌词搜索，只好一首一首地听。

她没想到陈奕迅有这么多粤语歌曲。

她听了好多首，才找到纪预今天唱的那一首歌，歌名是《七百年后》。

段圆圆兴奋地下载了这首歌，并且立刻设置单曲循环，一遍又一遍地听。

段圆圆有一个歌单，名字叫"关于他"。

里面只有一首歌，是五月天的《知足》。

现在，歌单里又多了一首，是陈奕迅的《七百年后》。

段圆圆找出她的日记本，手中拿着笔，耳边是陈奕迅磁性的声音。

她在写日期的时候才发现，不知不觉，已经到了十二月。

12/01

今天是十二月的第一天，很幸运地和他单独吃了饭，也很幸运听到了他的歌声，这是属于我的"浪漫记忆"。

很幸运的是，十二月的我还在继续悄悄喜欢他。

第七章

世界末日

期中考试的成绩出来了，与月考相比，段圆圆进步了八十个名次，物理成绩在期中考试里也小有提升。

纪预还是意料之中的年级第一，可段圆圆也用期中考试证明了她离他的距离可以越来越近。

段圆圆甚至想到了高二选择理科。

段圆圆并不是心血来潮，而是认真分析过的。她的化学、生物成绩还算稳定，物理也有进步，照这样的趋势，再努努力，未来两年一定会进步得更多。

大学报专业的时候，理科的选择也比文科多一些。

而且……要是选理科的话，是有机会和纪预在一个班的。

高二的尖子班是按期末考试的成绩来分的，但目前不确定前一百名的同学里选文科和理科的分别有多少人。

纪预现在在准备竞赛，他大概率是选理科的，所以考进年级前七十，选择理科，和纪预在一个班的可能性就大一点。段圆圆现在的排名是一百二十名，期末考试至少要再进步五十个名次才能有把握和纪预在一个班里。

随着气温的不断降低，十二月的江坞冬天的氛围感更强了。外面灰蒙蒙一片，就连落叶都消失不见了。

学校的小卖部里提前一周摆上了包装精致的平安果和小礼物，提示着所有的学生们：平安夜、圣诞节就快要来临。

一位同学走到段圆圆身边说：“段圆圆，外面有人找你。”

段圆圆走到教室门口，可教室外根本没有人。

她有些奇怪地又等了半分钟，才确定外面根本没有人找她。

段圆圆走到刚刚叫她的那位同学旁边：“你确定刚刚外面有人找我？”

“当然啊，这点小事我骗你干什么。”

段圆圆知道同学误会了她的意思，认真解释道：“可是我出去的时候教室外面根本没有人啊。”

同学听完段圆圆的话，打了个寒战：“你可别吓我，刚刚那两个找你的女生……肯定是人啊！”

段圆圆被同学的反应逗笑了：“你先别害怕，估计是她们有事先走了吧。”

段圆圆很快把这件小事忘在脑后。

可接下来的两三天里，段圆圆总觉得有人在角落里默默地盯着她看。

为了确定这不是她学习太累而产生的错觉，她在课间的时候问许净欢：“净欢，你有没有觉得，这几天总有人在盯着咱们看。”

“原来你才注意到？”许净欢眯着眼睛拍了拍段圆圆的肩膀，“不是盯着咱们，都是看你的啦。”

“看我？为什么？”段圆圆有些诧异原来许净欢早就知道，更诧异的是，什么叫都是来看她的？

“实在没想到你的消息这么不灵通。”许净欢看段圆圆是真的一点也不知道，开始跟段圆圆讲事情始末，“因为上次你跟纪预单独吃饭，被高二学生部的一个学姐看到了，那个学姐之前又追过纪预，但是纪预根本不搭理她，她没有追到，就误会你们……”

许净欢眨了眨眼：“你懂的。”

“我不懂。”段圆圆还是有些困惑，小心翼翼地试探着说出自己的想法，“该不会是她们误会我和纪预……”

在、交、往。这三个字堵在段圆圆的喉咙里，不停地打着转，可她却怎么也说不出口。

她从来没想过，“在交往”这三个字会把她和纪预串联在一起。

“没错，就是这样。”许净欢悟到了段圆圆没说完的话，点了点头，“那个学姐不是学生部的嘛，刚好她们部门也有咱们高一的学生，就一传十、十传百地传开了。纪预可是全校有名的大帅哥，大家都好奇，来偷偷看纪预的‘绯闻女友’长什么样子喽。”

许净欢继续说：“看你这几天这么淡定，我还以为你不在意呢，原来你竟然才察觉到。”

段圆圆：“可你分明知道那天我们两个为什么会一起吃饭，还不是因为你和林晨安有事。”

当“我们两个”从她嘴里说出，用来描述她和纪预的时候，段圆圆忍不住心脏“怦怦”跳。

“那纪预……和林晨安知道这件事吗？”段圆圆其实只想问纪预知道吗。

如果他知道的话，会不会觉得和她做朋友是一种负担？

“肯定不知道啊，纪预一向不理会这些事情，而且如果林晨安知道的话早就在咱们四个人的群里咋呼开了，这都是女孩子之间的事啦。”许净欢想了想，“不过她们肯定也会知道你和纪预其实没什么啦，估计过几天就没人再来啦。”

段圆圆想到了不久前同学告诉她有人来找她，但她出去后发现教室外没有人。大概率也是为了来看看她长什么样子吧。

段圆圆也希望那些女生快点忘记这件事。

好不容易到了星期五，可段圆圆没想到物理老师又找她了。物理老师看段圆圆最近进步很大，又针对她的作业指导了一下，希望她之后能更喜欢学物理。

从物理组出来，段圆圆没想到，在楼梯拐角处有两个女生拦住了她。

对面的女生倒是不说废话，开头就是一句：“你是不是在和十班的纪预交往？”

段圆圆被突然挡在她面前的女生吓了一跳，不知道她们找她干什么。但听到她们这么说，段圆圆就知道她们的来意了。

本来还以为会像许净欢说的，过几天大家的新鲜劲就没有了，可她万万没想到，居然会有人专门在楼梯上堵她。

段圆圆压根儿不想搅进她们说的话题里去，淡淡地抬眸，什么话也不说，准备继续往楼梯上走。

可段圆圆的不愿理会，在那两个女生眼里却成了不屑的挑衅。

她们两个人拦住段圆圆，段圆圆下意识地后退，竟被她们逼进了楼梯平台上的角落里。

“那你是不是喜欢十班的纪预？”

“我……”段圆圆下意识地开口。

没有果断地否认就是变相地承认。

“你还不承认，你就是喜欢纪预！”

那两个女生的声音太大，段圆圆有些害怕被其他人听到。

而且那两个女生步步紧逼，段圆圆抬起右手挡了一下，可谁想到她们竟然拽开她的右手。

段圆圆右手上一直戴着手链，被她们这样一拽，右手的手链瞬间断裂。

手链上的串珠一颗颗掉落到地上，“叮叮当当”地滚落了一地。

段圆圆的右手手腕处有一个小时候被烫伤而留下的疤痕。

那是她小时候不懂事，无意间打翻了热水壶而被烫伤的。随着年龄的增长，疤痕越来越淡，但肉眼还是能看到，所以她这么多年来习惯在右手上戴着手链。

那两个女生也看到了段圆圆手腕上的疤痕。

虽然她们没开口说话，可她们的眼神里分明透出对段圆圆手腕上的疤痕的嘲笑和歧视。

那眼神分明在说：你的手腕上有这么丑的疤痕，也敢喜欢纪预？

这样的眼神，段圆圆小时候见到过很多次，她早就练出了强大的心脏。

小时候手腕的疤痕比现在要明显得多，被路人用异样的目光打量的次数也比现在多得多。

有段时间甚至到了夏天她都不喜欢穿短袖，渐渐长大后她才变得不那么在乎了。

可为什么她现在仍然感觉心像被针扎过一样，酸酸涩涩地疼着。

不远处三三两两地围着几个看热闹的同学，可谁也没有上前制止。

“你们三个，到我办公室来！”

教导主任的声音响起，那两个女生吓了一跳，转身就想跑，但来不及了。

办公室内，教导主任紧盯着那两个女生。

“又是你们两个？”他拿着手里的茶杯，吹了吹才继续说，“咱们都眼熟了吧。”

那两个女生扭着头不说话。

随即他又转向段圆圆：“刚刚那一幕我都看到了，你认识她们吗？”

“不认识。”

段圆圆虽然表面看起来很平静，但其实此刻她心里很害怕。她害怕教导主任弄清事情原委后会叫纪预过来。

“你们两个的检讨上周刚交过一份，怎么这周又……”教导主任有些恨铁不成钢，“为什么去扯断不认识的同学的手链？”

原来主任只看到了其中一幕。

段圆圆竟然莫名地松了口气，还好主任没有听到她们之前的对话。

但段圆圆只在心底庆幸了一秒钟。

教导主任缓了缓，慢慢地对段圆圆开口：“你来说说是怎么回事。”

段圆圆之前总认为她的高中生活很平淡。

直到今天，她才知道，这些小概率的，没有理由的欺凌，一旦落在你的身上，就成了百分之百的可能。

她不该也不能为了自己的私心隐瞒事情的经过，让施暴者沾沾自喜，继续横行霸道。

今天的她还算幸运，恰好被经过的教导主任看到。

如果主任没经过，她自己都不确定会发生什么。

“她们两个在楼梯上拦住了我，我不认识她们。”段圆圆在思考怎么说才既不会把纪预卷进这场风波，又可以让教导主任知道经过，“她们误会了我和其他班的同学的关系……”

教导主任虽然是个中年男人，但他带高中部许多年了，女孩子们之间的弯弯绕绕、高中生敏感的心理他都了解，段圆圆把话说到这儿，他就明白了。

“你是哪个班的同学？”

“九班。”

教导主任早就知道那两个女生是几班的同学，他叫来了两个班的班主任。

老胡一进来就看到段圆圆眼眶泛红，他也心疼，自己的学生莫名其妙就被人欺负了。

自己带的学生什么样他心里都有数，他很清楚段圆圆从来都不是和这些事情沾边的学生。

教导主任也问了那两个女生，她们也承认了自己做的事情。

教导主任和老胡都没有问她们“其他班的同学”是谁。

他们尊重学生的隐私。

最后的处理结果是那两个女生写检讨外加记过一次，因为她们已经不是初犯，而且如果下次再有类似的情况发生，就要被记入档案。

教导主任当场就让她们给段圆圆道歉，还要她们赔偿段圆圆的手链。

“道歉我接受，手链就不用了。”段圆圆完全不想要那两个女生碰过的东西，真给她，她也觉得晦气。

“圆圆，别害怕。”

“老师，我没有。”

“如果觉得心里不舒服，过一会儿再回教室也可以，有什么想说的来找老师说也可以，这件事从头到尾都不是你的错，咱们别委屈了自己。”

段圆圆的心瞬间就软了，她是典型的吃软不吃硬。

老师这样对她说，她才觉得眼泪在眼眶里要圈不住了。

“嗯。老师我先走了。”段圆圆低着头，努力不让老师看出她的异样。

她没有回教室，而是去了天台。

现在天台上没有人，只有她自己。

十二月的寒风刺骨，呼啸而过，刮得人生疼。

段圆圆的眼泪随着一阵寒风落下。她蹲在地上，眼泪在眸底汇聚，止不住地流出来。

可她害怕被其他同学听到她抽泣的声音，强忍着让自己无声地哭。

她为什么会哭？

是因为害怕吗？好像不是的。

她只是觉得，努力想要掩藏的心思藏不住了。

虽然纪预还不知道，可段圆圆自己已经做不到再用朋友的身份继续在他身边了。

她怕纪预哪天知道，会觉得她的心思太深，会被她暗恋他的想法吓到。

她只是觉得，失去纪预这个朋友，有点可惜。

还有点难受。

一想到这里，她的心像是被揪裂般疼痛。

凛冽的风将段圆圆的头发吹得一片凌乱，光秃秃的树枝摇晃不止，寒风无情地刮过她的脖子和脸颊，连天空都是灰蒙蒙的。

天台上现在依然只有她一个人。

段圆圆擦掉眼泪，视线不再模糊。

起身的时候腿有些发麻，她撑着天台的栏杆，无意间看到了学校里的大屏幕，屏幕上是高三的高考倒计时。

原来今天就是二十一号。

今天就是他们常常挂在嘴边的玛雅人预言的世界末日。

是啊，今天对于她来说，确实是如假包换的世界末日。

第八章

人潮人海里的烟花

可哪里有什么世界末日呢。

太阳照常从东边升起，甩却黑暗，普照众生。

许净欢周五就发现段圆圆的不对劲，段圆圆眼眶红红的，可她当时只对许净欢说，是外面的风太大了。

许净欢虽然不知道发生了什么，但她知道段圆圆心里不舒服，什么也不想说，便也没有继续追问。

她知道段圆圆想说的时候会告诉她的。

周六，照例是一上午的自习。

段圆圆难受了一夜，才努力地调整好自己的状态。

许净欢昨晚回到宿舍也听说了一些，因为那两个女生在他们年级实在是太“有名”了。

但她只以为段圆圆的不开心是因为这场“天降横祸”。

许净欢在自习课上悄悄写了小纸条，小心翼翼地放到段圆圆的试卷上：圆圆，别难过啦，不要理会那些莫名其妙的人，今天也要元气满满地加油噢。

段圆圆今天分外沉默，就连课间也都坐在座位上一动不动。

林晨安来找许净欢讨论数学题，发现了段圆圆的不对劲。

“她……今天怎么了？”林晨安小声地问许净欢。

许净欢冲他摇了摇头，示意他先别说话了。

林晨安的声音再小，可就在她们身边，只要段圆圆耳朵没出问题，肯定能听得一清二楚。

林晨安没看懂许净欢的意思，他误会段圆圆是到了女生每个月都要经历的那一周。

“要不……喝点热水？”林晨安说得很真诚，完全没有任何调侃的意味。

段圆圆和许净欢都被他这个样子逗笑了。

许净欢三言两语地把那两个女生找段圆圆的事情告诉了林晨安。

段圆圆本想补充两句，可她发现许净欢已经把能说的都说了。

她分明什么也没有跟许净欢说：“净欢，你怎么了解得这么清楚？”

“因为人家关心你嘛！”许净欢眨眨眼，“其实是那两个女生太有名，而且又把纪预拉了进来，所以不少人都知道这件事。不过她们只知道有两个女生为了纪预去找另一个女生的碴儿，结果被教导主任抓住了，不知道那个女生就是你。”

段圆圆心里说不清什么滋味。那这样，纪预是不是也知道这件事了？

林晨安听完有些不好意思地摸摸头，这件事确实和他那天的离开有些关系。

但他没想到，不过是两个人单独吃了一顿饭，怎么会闹出这样的风波。

林晨安：“那这件事你跟纪预说了吗？”

段圆圆：“不，千万别告诉他。”

“为什么不告诉他？”许净欢和林晨安都不明白，“拜托，你可是因为他才被那两个女生堵住的啊。”

“哎呀，没什么大事，而且都过去了，就不用让他知道了。”段圆圆摇摇头，“而且快期末考试了，我也想这件事赶紧翻篇，好好学习，全心全意地备战期末考试。”

这件事就像是他们三个人之间背着纪预所共有的秘密。

友谊就像玄学，从这天以后，段圆圆和林晨安的关系亲近了许多。

他们俩不再像是之前那种“隔着朋友的朋友”的关系，偶尔林晨安到座位上找许净欢讨论题，许净欢不在，段圆圆和他也能很自然地讨论起来。

虽然谁也没明说，但他们都能察觉到，他们之间的友谊比之前更深了。

这一年已经步入尾声，一个普通的周一，因为平安夜，学生们平淡的高中生活似乎有了不一样的仪式感。

星期一早上刚一走进教室，就觉得气氛和往常不同，往日沉闷的周一今天变得热闹起来。

同学们三三两两说着话，不是讨论周末作业，也不是讨论周末去了哪里玩，而是在讨论平安夜有没有准备礼物。

送给亲密的朋友，或者送给……心仪的同学。

热络的讨论在教室里持续了一整天。

晚饭时间，平日里根本不用排队的小卖部人满为患，上周还只卖五元一个的平安果今天变成了十元一个。

可即使价格翻倍也挡不住大家购买的热情。

回到教室，段圆圆从书包里拿出一个包装好的苹果，封口处还系着粉色蝴蝶结：“送给你，净欢，每天都要快乐平安哦，不止今天。”

“爱你！”许净欢拿出自己带的苹果，“送给你，圆圆，不过没有包装。”

段圆圆接过许净欢手中的苹果，咬了一口：“很甜。”

段圆圆拿着一个包装同样精致的平安果走去十班。

今天晚自习课间，教室外的走廊上人来人往，比平时多了不少人，大家都互相送着礼物。

“热热。”段圆圆到十班后门叫周热。

“你收到了那么多平安果啊。”段圆圆刚刚注意到周热的桌子上堆了大大小小至少十个包装不一样的平安果，“那我这个你也一定要收下呀。”

“谢谢我的圆圆！”周热兴奋地接过段圆圆手中的平安果，“这是我今天收到的第一个平安果。”

“第一个？”段圆圆不解，“那你桌子上那些礼物是？”

“都是送给纪预的。”周热摇了摇头，“我快被纪预气死了，那些女生分明都是送给他的，但是他都拒绝了，一个也没要，那些女生又不敢往他桌子上放，就全放到我桌子上了，谁让我现在挨着后门，她们一伸手就能放过来。”

“那你……放到他桌子上不就好了？”段圆圆小心翼翼地说。就算是面对最好的朋友，她也害怕被周热发现她对纪预有什么不一样的感情。

“要不怎么说我要被纪预气死了。”周热完全没察觉到段圆圆的小心翼翼，继续对她说，“我把苹果给纪预，但是纪预跟我说：‘她们放到你桌子上，就是给你的，我对苹果过敏。’这什么和什么嘛，他哪里对苹果过敏了，他带到学校来的水果都精致地切成小块，难道他对切成小块的苹果不过敏，对一整个苹果过敏吗？”

周热不停地吐槽。段圆圆从周热口中听到了一个她接触不到的纪预——他会果断拒绝不喜欢的女生送的礼物，他会和同桌开玩笑。

段圆圆一直很羡慕周热可以和纪预做同桌。

周热继续喋喋不休地抱怨：“真不知道那些给纪预送礼物的女生是怎么想的，跟他同桌真的会被他气死。”

段圆圆听到后被口水呛了一下，忍不住咳嗽：“咳咳……咳。”

周热贴心地顺了顺段圆圆的后背。

缓过来的段圆圆问周热：“今天……有很多女生给他送礼物吗？”

如果只是十个苹果，应该不会让周热这么生气。

“不止书桌上，我的书桌洞里也有苹果，椅子下面也有苹果，她们真的不怕苹果摔坏吗？”

遇夏

段圆圆有些意外，却又很快觉得这是情理之中。

她还是忍不住将话题拐到纪预身上：“但我刚刚看纪预不在教室。”

“哦，应该是老师因为竞赛的事情找他吧。”周热不在意地说，“他晚自习常常被老师叫走。”

原来是这样。

他是老师眼里的竞赛尖子，而自己要很努力才能在物化生上有进步。

原来，他们之间的距离还有好远。

她们又一起去了厕所，等到出来的时候，上课铃已经响了。

周热的位置就在教室后门，她很快地跑回教室。

段圆圆没有跑回教室，只是走路的速度比平常快一点。

她在对面走廊不远处看到了纪预。段圆圆在心底估算着，这个速度刚刚好能在进教室前和纪预擦肩。

明明在心底告诉自己，不要再靠近纪预了。

可当真的再次遇到他的时候，要很努力才能克制住。

这太难了，至少今天她失败了。

纪预也看到了段圆圆，上课铃都响了还没到教室。

他率先开口：“老胡今天值班，不怕被他抓到啊。”

段圆圆没想到纪预会主动和她说话。她有些惊讶，有些兴奋，这些复杂的情感汇聚到一起让她现在一句话也说不出来。

纪预还以为她是被老胡值班吓到了才一句话也不说。

纪预很随意地冲段圆圆挥了挥手：“走了啊。”

完全就是朋友之间的、坦坦荡荡的交流。

段圆圆在心里想，纪预一定不知道上周那件事，不然纪预那么聪明，一定会察觉到她在悄悄喜欢他。

如果他察觉到了，那么从此以后，他对待她的态度，是不是也和那些给他送平安果的女同学一样？

段圆圆不希望这样的事情发生，她告诉自己，以后一定要克制，再克制。

她要把她的小心思谨慎地藏在心底最深处。

不让任何人知晓。

周热回到教室后，从教室门后找到一个空的纸箱，是之前用来装牛奶的。

她把那些女同学送给纪预的平安果都放到了里面，纸箱竟然装满了，她都没想到竟然会有这么多平安果。

她把纸箱放在她和纪预的桌子中间，她的桌子上还放着段圆圆送给她的平安果。

纪预回到教室，对着他们桌子上的那一箱苹果指了指：“周热，一个课间，你进货去了？”

“拜托，你搞搞清楚，这些苹果可都是她们送给你的。”

纪预也没想到会有这么多，他印象中就只有三四个而已，而且他都拒绝了的。

但他不知道的是，那些不过是大胆的、敢直接找他的女生送的。

更多的女生是听闻他的冷淡之后，直接把平安果放到了周热的桌子上。

“那你桌子上的这个怎么不一起放进来？”

“这可是圆圆送给我的。”周热两只手捧着平安果，“我才不放进去呢。”

纪预听闻后有些欲言又止，那样子像是在问周热：她……没有送给我吗？

他快速地扫视了一圈纸箱里的苹果，确实没有和周热桌子上相同包装的苹果。

周热倒没注意纪预的眼神：“圆圆还是和我关系比较好噢，听说你们一起吃饭，她也没有送给你平安果吧，也是，不是所有女生都想给你送礼物的。”

纪预默默地把那一箱苹果放到地上，拿出老师刚刚给他的竞赛练习试题，开始安静地学习，没有再继续和周热说话。

最近快到期末考试，老师布置的作业比之前要多。偶尔晚自习做不完，段圆圆会带回家继续做。

段圆圆今晚回到家，打开书包，书包比往常要重一些，她把要继续学习的材料、书籍拿出来，摆放到写字台上。

最后，她从书包里拿出一个平安果，和送给许净欢、周热的包装一模一样，只不过这个平安果包装上的蝴蝶结是深蓝色的。

学习占据了段圆圆每天的绝大部分时间。

高一的第一学期已经接近尾声，她现在大部分时间都在备战期末考试。

在整理地理知识点的时候，不知不觉地就在写满一页的笔记本上写下了“眺看世界”这四个字。

回过神的段圆圆怔怔地盯着那四个字。

随后，她翻开了新的一页。

可是学习的思绪已经被这不自觉写出来的四个字打断。

地理对于段圆圆来说有些难，她刷了不少题，可总感觉地理还是不简单。

反倒是化学，最近她渐渐感受到了化学这门学科的美妙，化学物质的分类和转化在她眼里是神奇的、有趣的。

晚自习的时候，老胡带给他们一个重大消息——

学校推进素质化教育改革，要保证本届学生的本科率，并且要提高重本率，所以高一下学期就要分文理班，全面为高三冲刺。

“圆圆，你选什么？”

“我有点纠结……”段圆圆收起刚刚做完的试卷，“我刚开学是准备选文科的，但这一个学期下来我感觉如果选理科，也是个不错的选择。”

“确实，你的成绩都不差哎。”

段圆圆是走读生，晚自习回到家就跟杜女士说了，杜女士建议她选文。

可段圆圆下意识地接着说：“其实我……物理成绩最近也不错的。”

“那怎么了，你历史成绩更好！你选文科高考一定轻轻松松就能考高分。”

“但是我地理……唉，其实文科也不简单。”

段圆圆这才意识到，选文科还是选理科，哪里有什么好纠结的，她内心的天平早就偏得彻底。

“不是妈说你，这小姑娘家家的，学理科哪里能比得过那些小伙子。”

段圆圆不喜欢听她妈妈这么讲话，可老一辈人似乎有不少都是这样的想法。

在他们眼里，女孩子该干什么，男孩子又应该干什么，像有条线画在男女中间似的，谁也不能越界。

段圆圆随即反驳道：“妈你这话怎么说的，女生怎么就不能学理了，女生学理科也不比那些男生差,那去年江坞的理科状元还是个比我小的妹妹呢。”

“你既然知道人家比你小，从小跳级，那就知道人家是神童，但你是吗？”

段圆圆皱着眉不说话。

杜女士开始走温情路线：“当年你妈妈我，语文成绩是班里第一，老师都夸我是个‘小作家’，但是高考没发挥好，没有考上大学，你看我现在，也不是什么作家，但是妈妈觉得你能行。”

“可是我一点也不想当作家，不如你现在报个老年大学，说不定还能圆了你的作家梦。”

“你……”杜女士被段圆圆怼得半天说不出话来。

最后，段圆圆关上自己的卧室门，那张意愿填报表就在桌子上。

她想到了刚刚杜女士的话，以她的成绩，学文科一定不会差。

她握着笔，犹豫片刻，在纸上落下一个“、”，那是“文”的第一笔。

可她随后很快将“、”改成“一”，很顺畅地、毫不犹豫地写完了“理”。

写完后，她像是完成了什么大事，顺心地松了口气，心满意足地躺在床上。

卧室里暖气很足，一点也没有冬季室外的寒凉，软绵绵的被子贴在身上，一夜好眠。

第二天一大早，段伟城就从杜女士那里知道了这件事。

但他的态度和杜女士截然不同，他不在乎段圆圆学什么，他觉得他的女儿学什么都能学好，还悄悄地帮段圆圆在意愿填报表上签了字。

虽然这学期已经到了末尾，段圆圆、许净欢、纪预、林晨安他们四个人聚餐的次数变少了，但是大家在群里聊天还算活跃。

活跃的主要是林晨安和许净欢。

林晨安迫不及待地告诉他们，他选理科。

许净欢在后面紧跟着发：我也是选理科。

段圆圆一想到有可能还和许净欢同班，笑着回复：我也是。

让她没想到的是，在她发送出这条消息后，纪预也在她的下面回复了一句：我也是。

在 QQ 群聊中发送两条一样的消息，对话框旁边会显示“+1”，段圆圆见到“+1”基本都是在过年的时候，大家互相拜年，说着一样的“新年快乐，恭喜发财”。她从没觉得这有什么。

可今天，她想把很快消失在对话框旁边的“+1”当成她和纪预共同的默契。

期末考试很快就到了，段圆圆感觉自己像是什么也没准备好，又像是什么都复习到了。

这次考试她很紧张。她的排名还要再进步一点，被分到理科尖子班的可能性才更大一些。

这次考试对于不少像她这种成绩在尖子班和平行班边缘的同学来说，都是背水一战。

老师们加班加点地批改试卷，期末的成绩很快就出来了。

老胡照例将成绩单贴在了教室的公告栏上。

很多人喜欢猜测年级第一是谁，可今年的高一学生更喜欢猜测年级第二是谁。

毕竟年级第一毫无悬念，永远是成绩一骑绝尘的纪预，倒是年级第二，几次考试都是不同的同学。

段圆圆紧张地站在期末成绩单面前。

第一页，没有她。

嗯，意料之中，她没有进年级前四十。

第二页……

段圆圆紧张地看着第二页。她没有从上至下，而是从下至上地一个一个地挨着看，生怕把自己的名字看漏了。

她害怕这一页也没有她的名字。

可是在学习上的努力一定会有收获。

她是倒着看的，很快就找到了她的名字。不多不少，她竟然正好考了年级第六十名！还是一个挺吉利的名次。

段圆圆又顺着往上看，在自己名字的上面找到了许净欢的名字。

她考了年级第五十五名。

许净欢为了确保自己能被分到理科尖子班，在考试前一个月疯狂地背诵历史和政治，就连去食堂排队的时候手里也拿着写满知识点的小纸条。

“净欢，咱们都进前七十了！”段圆圆兴奋地和许净欢握着手，“下学期咱们还能继续同班了！”

“太棒了！”

让他们都感到意外的是，林晨安竟然也考进了年级前一百名。

“原来你之前没吹牛啊。”许净欢有点意外地看着林晨安，“你这成绩练体育不觉得可惜吗？”

“我可是咱们这一届体育生里学习最好的，而且还是年级前一百名里跑得最快的，我简直酷毙了好不好。”

怎么有人可以这么自恋，许净欢还挺佩服的：“拜托，我记得有些人运动会的时候可是没有跑过纪预的好不好。”

段圆圆看着许净欢和林晨安不停地斗嘴，又看了一眼贴在公告栏上的成绩单，她和纪预的位置，从最初的六页纸，到现在的两页纸。

这是她用一个学期的认真学习换来的好成绩。

早自习结束后才是早餐时间，早餐过后还有早读，早读生也要参加早自习和早读。

最近这两个月，江坞市的早上冷极了。

一大清早她就被推开门的寒风刮醒了。

就这样的天气，段圆圆每天早上仍然按时起床。她在路上走路时，耳机里一直放着英语听力。每天晚上，段圆圆晚自习后回到家，还要再学半个小时到一个小时才睡觉。

临睡前的这段学习时间，她也通过学习不同的科目摸清了自己学什么效率最高，充分利用了这段时间。

再加上去食堂的路上、排队的时候，许净欢拿着纸条背诵历史政治，她也会在脑海里过一下英语作文例句。

段圆圆这一学期的努力没有白费，物理、化学、生物三科的总分从第一次月考的一百多分，到期末考试的两百多分。

足足涨了一百多分。

在学习上坚持努力真的能收获显著的结果。

坚持不放弃地学习，会有超乎意料的收获，没拿到汇总成绩前，就连段圆圆自己也没想到会进步这么多。

一切成功都不是一蹴而就的，而是无数量变引起的质变。

段圆圆很庆幸努力没有白费，她期待着下学期一切还会更好。

寒假生活就这样无波无澜地开始了。

让段圆圆意外的是，纪预竟然主动在他们四个人的群里发消息，问他们要不要趁刚放假再聚一次。他两天后就要回老家。

许净欢和林晨安都没意见。

倒是段圆圆，看到这条消息的时候，她坐在客厅的沙发上，另一只手中的电视遥控器没拿稳，“哐当”一下掉在了地上。

她明明在心底告诉过自己，不要再这样继续和纪预一起聚会了，早晚有一天，她的心思会藏不住的。

可她还是忍不住地想见他，忍不住地想靠近光。

她还在犹豫着该怎么回复群里的消息，刚巧这时候杜女士下班回家，告诉她这几天要回外婆家，过年的那几天段伟城要带段圆圆出去旅游。

段圆圆有些意外，段伟城工作这么忙，还把要带她旅游这件事记得这么清楚，而且她还以为杜女士会觉得寒假出去旅游会影响学习，不会同意的。

原来她也会以她的想法去揣摩父母，就像父母某些时刻的理所当然的“对你好”一样。

可段圆圆忽略了，她的爸爸妈妈是世界上最爱她的人，是希望她成长的每一天都充满快乐的人。

段圆圆抱着杜女士的胳膊撒娇：“谢谢你，妈妈，你太好啦。”

“哎哟，太肉麻了，让你出去玩就是好，让你学文科就跟我生气。”

选文理科这件事杜女士也想开了，还是要尊重段圆圆的想法。

“哪有啦。”

她在群里告诉他们，她明天要回外公外婆家，所以聚餐她去不了了。

他们三个人聚餐的时候，段圆圆已经到了外公外婆家。

她正躺在院子里的摇椅上，院子里的蜡梅开花了，若有若无的香气飘散而来。

“不冷吗？”外婆叫段圆圆进屋，“切好水果啦，快进来吧。”

段圆圆从摇椅上坐起来，蹦蹦跳跳地进屋。

外婆看着段圆圆，摸了摸段圆圆的后背：“我们圆圆还是小孩子呢。”

许净欢特意拍了他们三个人点的大餐，发到群里给段圆圆看。

段圆圆回了个流口水的表情包。

随后段圆圆就去和外公外婆还有杜女士一起包饺子了，没有再看手机。

直到晚上吃完饭，段圆圆才看到许净欢给她发来的消息。

遇夏

许净欢：圆圆，快看看我给你发的消息呀！

许净欢下午给她发了消息，她一直没回复。

时间看起来像是他们聚餐结束后不久。

有几行字看着像是学习方法，段圆圆看得不太仔细，她被其中一条消息吸引了目光。

许净欢：之前你不让我和林晨安告诉纪预的事，纪预已经知道了。

段圆圆：？

许净欢立刻发过来一大段话：纪预不知道怎么听说了那件事，但是不知道主人公就是你，结果林晨安大嘴巴说漏了，纪预后来就很沉默，他觉得你不来吃饭是因为他，你是想特意避开他。

段圆圆：不是的……

许净欢：我已经都告诉你啦，你自己去找纪预说吧。

段圆圆这才注意到，纪预也给她发了消息。

还是好几条。

没看手机的这段时间QQ给她推送了太多新闻和广告，让纪预的消息被压到了下面。

纪预：以后不会再有这样的事情发生了。

纪预：别害怕。

纪预：对不起。

按照发送消息的顺序，“对不起”这条消息在最后，也是在消息的显示框内，段圆圆没有点开对话框，就能看到这一条“对不起”。

段圆圆的心像是被人揪住，密密麻麻的酸楚涌上心头，纪预完全可以不用这样的。

做错事情的不是他，自始至终从来都不是他。

把她堵在楼梯上的不是他，扯断她手链的不是他，施暴者不是他。

他完全不需要对她道歉。

他们只是吃了一顿饭，是朋友之间正常的交往，没有任何不对。

可纪预却把这一切的源头归结到他自己身上。

段圆圆说不清楚，他为什么会这么做。是他从小接受的教育让他敢于承担，还是出于对这段友谊的珍视，或出于对她遭受这样的事表示同情？

无论何种原因，纪预都是段圆圆从小到大从来没有见过的那一类男孩子。

有良好的教养，尊重身边的人，对朋友真诚。

这样的人即使没有帅气出众的长相，也仍然是顶顶优秀的人。

他是她眼中最完美的男孩子。

段圆圆的眼眶有点酸，纪预总是可以轻松地让她心跳加速，情绪无限蔓延扩大——无论悲伤还是喜悦。

她的世界会因为他开始无限澎湃。

这样的男孩子，被人暗恋是再正常不过的吧。

段圆圆打下一行字：为什么要道歉？做错事情的并不是你。

她犹豫片刻，删除了，接着手指在键盘上飞速点击，又迅速按下发送键：谢谢你。

纪预的消息回复得很快，就像是一直守着手机似的：谢我什么？

隔着屏幕，段圆圆仿佛都能脑补出纪预清澈的双眸和漫不经心的语调。

想到这里，心跳不自然地加速。

谢谢他得知真相后没有选择避而不谈，而是用一种段圆圆没有想到的态度去解决。

暗恋者暗恋一个人，很多时候只喜欢自己脑海中的幻影，把自己脑补的很多片段都投射在他身上，当发现现实和虚幻稍有出入时，对自己而言，就是他人设崩塌的时刻。

所以段圆圆也谢谢他，他满足了她脑海中一切美好的幻想。

纪预甚至比想象中还要完美，还要让她着迷。

这些话段圆圆当然没有告诉纪预。

她发送了很中规中矩的一句话：谢谢年级第一的化学学习诀窍，我争取下学期进步三十名。

随后段圆圆怕冷场，又发了个卖萌的表情包。

许净欢、林晨安还有纪预吃饭的时候，许净欢问纪预怎么学化学。他们都选的理科，纪预也跟他们讲了讲他的学习方法。

来自年级第一的学习方法，许净欢也分享给了段圆圆。

段圆圆向上翻着聊天记录，其实除却之前发送拍立得照片的消息，她和纪预基本没有私聊过。

老家的冬日，屋外寒风呼啸声不止，太阳早已落下，夜幕低垂，漆黑一片。

但抱着手机的段圆圆已然忘却窗外的凛冬。她的心此时此刻如置身春日，和煦温热的细流窜遍身体的每一个角落。

和纪预的每一次交集都会让她心动不已。

段伟城和段圆圆父女二人的旅行以江坞市为起点，一路南下。

旅行的这一路上气温逐渐升高，风景美不胜收。

她看到了地理书上讲述的祖国山河的美好景色，也体会到了地理书上说的气候变化，她从温带季风气候区到了亚热带季风气候区，又到了热带季风气候区。

身上的衣服从厚重的羽绒服换成了毛衣，又换成了连衣长裙，最后换成了清爽的短袖。

这是段圆圆从小到大第一次在外旅游这么久，总说“读万卷书，行万里路”，她这次真切地体会到了。

在广袤无际的蔚蓝的海边，在空旷幽静的清爽的山谷，在日出照耀的洁白的雪山……

在旅途中，没有背不完的单词和例句，也没有整理不完的错题本，更没有做不完的试卷和真题。

在旅途中，只有自由和向往，只有生命在大自然面前的渺小。

这一路上她忘却了很多烦恼，也拍了很多照片。

她想把照片分享给纪预，想告诉他日出下的雪山是如何熠熠生辉，想告诉他湛蓝海畔的日落又有多么治愈，这一路上的美好风景她都想和纪预一起分享。

可她最后还是忍住了，只是默默地把一部分照片传到了QQ空间相册里，随后期待他能看到。

临近年关，父女二人到了香港。

段伟城有生意要去香港谈，所以这次旅行的最后一站定在了香港。

香港的气温没有那么高，穿不了短袖，段圆圆又穿上了外套。

这几天他们并没有去什么著名景点，而是在酒店休息。

这几天，段伟城都在和他生意上的合作伙伴一起谈事情，所以段圆圆基本上都是自己一个人在周边逛，她一个人没有敢走太远。

二月十一号这天，在维多利亚港有一年一度的贺岁烟花表演，段圆圆很想去看。

她不想孤零零地在酒店过一个孤独的年。

段伟城也知道自己这几天太忙，忽略了对段圆圆的陪伴，现在他生意上的事情都忙完了，所以很痛快地答应了段圆圆的要求，并且提出早一点去维多利亚港，占个看烟花的好位置。

他们在傍晚五点左右到达尖沙咀的海边，烟花秀是八点开始，他们以为到的时间还算早，可是没想到早已经有很多人在等待了。

“他们会在这里求财、求运、求来年顺利。”段伟城带着段圆圆找到一个合适的位置，“那爸爸希望你天天开心，开学之后也要像这几天一样快乐，新的一年学业顺利。”

段圆圆坐在段伟城带来的小板凳上，用力地点了点头。

晚八点，烟花秀正式开始。

漫天的火树银花在繁华的霓虹下闪耀，璀璨无比的烟花照亮香江。

今夜的尖沙咀人头攒动，大家看着漫天烟火，不停地发出“哇，好美”的赞叹。

所有人在欢呼声中欢庆新年，这是充满希望的崭新的一年。

段圆圆拿着手机录了一段视频，这里的烟花太美了，她多希望这一幕凝聚成永恒。

烟花秀的压轴部分更是美丽到让人震撼，无数烟火冲向天空，闪闪发光。夜幕璀璨，烟火又如流星般缓缓坠落，落进在场的所有人的心里。

段圆圆想到刚才段伟城对她说的，很多人会在这里许下自己诚恳的心愿。

她对着漫天烟火，在心里默默地祈祷：

希望新的一年，她能和纪预分在一个班。

在对着一闪而过的烟花许愿的短暂时刻，段圆圆下意识地想到纪预。

在意识到这一点后，她自己都愣了愣。

随后她充满负罪感地在心里默念着补充：希望新的一年，爸爸妈妈身体健康，自己学业顺利，学习进步，争取进入年级前二十！

这一幕烟花太美，段圆圆看得入迷。

烟花在夜空中绽放到最盛大的那一瞬间的画面，被定格在了段圆圆的手机相册里。

她忍不住想和纪预分享这盛大的一幕。

但是她没有任何理由去找纪预。

段圆圆默默地找到他们四个人的小群，把最盛大的烟花发到了群里。

段圆圆：[图片]

段圆圆：新年快乐！

可是现在人员过于密集，网速变得很慢，照片十几秒钟都没有发出去。

段圆圆看了几秒，有些遗憾地收起手机。没有办法立刻看到纪预的回复了。

即使她不知道纪预现在忙不忙，能不能秒回消息。

她放手机的瞬间，随意地看了看烟花下密集的人群，她似乎看到了一个熟悉的背影。

瘦瘦高高的背影，穿着黑色的冲锋衣，人太多，所以看不清他的脸。

可是，即使看不清脸，段圆圆也觉得那个背影好像纪预。

随后她自嘲地摇摇头，笑了笑。

这里是香港，不是江坞，遇到纪预的概率几乎为零。

回到酒店，吹了一晚上冷风的段圆圆打了好几个喷嚏，还有点发烧。

段伟城给她煮了热汤，让她好好休息。

段圆圆简单洗漱了一下，很快就睡了。

第二天段圆圆还是昏昏沉沉的，不过也好，这次旅行已经结束，也算是画上了圆满的句号。

段伟城买了机票，带段圆圆回家，在家休息会好得快一点。

航班是下午的。傍晚时分，段圆圆就已经回到家里，躺在她熟悉的卧室里。

她甚至觉得这一切有些神奇梦幻。

昨天这个时候，她在尖沙咀星光大道上看烟花，耳边夹杂着普通话、粤语等等不同的语言。

但是现在，她躺在舒服的小床上，耳边是段伟城和杜女士刻意压低声音的对话。

“姑娘出门的时候还好好的，怎么回来就病恹恹的？”杜女士不满的声音响起。

“这不是赶紧带她回来了吗。”段伟城的声音略低，话语间是掩饰不住的心疼，“已经吃过药了，也不发烧了，回来这一路上给她穿得特别暖和。”

杜女士随后又说了些什么，但是段圆圆已经听不清了，她在两个人的对话声里昏昏沉沉地睡了过去。

现在不是她平常睡觉的时间，睡得不是很踏实，等她睡醒，才刚刚凌晨。

段圆圆拿出手机，想要看看群里的消息。

从昨晚到现在她一直没看手机。

其实晚上没有发出去的图片在她没注意的时候已经发送成功了，群里的另外三个人也都很快回复了。

群里有不少消息，段圆圆从未读的地方开始一条一条地看。

许净欢：新年快乐！好美的烟花啊。

林晨安：朋友们，新年快乐！你这里好美啊！

段圆圆躺在床上，懒得起床去开灯，就这样捧着手机，笑着想要回复个喜庆的表情包。

紧接着她看到了纪预的消息，让她当下无法分心再去做其他的事。

纪预：新年快乐。今晚我也在尖沙咀。

纪预又发了一段视频，是昨夜段圆圆在现场看到的烟花。

段圆圆揉了揉眼睛，确保她不是因为刚刚睡醒还有些眼花。

这两条消息还安静地显示在她的手机屏幕上。

什么？纪预竟然也在尖沙咀！

段圆圆手里的手机没拿稳，“啪嗒”一下砸到脸上。她顾不得手机砸到鼻子有多痛，现在只想看看接下来的消息。

段圆圆快速地翻看着他们的聊天记录。

原来纪预不是去香港旅游的，他的家就在香港。

所以林晨安之前说纪预没法聚餐是因为回老家了，就是回香港了吗？

那昨晚她看烟花的时候看到的熟悉的背影，会不会真的就是纪预呢？

段圆圆出生在香港回归的那一年，所以提起香港，她总有种莫名的亲切感。即使她只去过几次，即使她并不太了解。

她对香港的寥寥印象，是紫荆花，是粤语，是 TVB 和香港电影……

现在又增添了一个，是纪预。

段圆圆又想到了这一学期她在食堂排过最多的窗口——云吞面。

不是因为云吞面的窗口在一楼，方便，省下来的时间可以用来学习；也不是因为学校餐厅的云吞面做得格外好吃。

只是因为，她常常能在这个窗口见到纪预的身影。

之前段圆圆只知道纪预喜欢吃粤系菜肴，这一刻她才知道为什么。

段圆圆继续看着消息，纪预在群里问她：明天打算去哪里玩？

林晨安立刻在群里回复：预哥，我现在飞过去你能带我玩玩不？

纪预干脆甩了个表情包。

段圆圆知道纪预这句话的意思，东道主尽地主之谊。

她明明知道这是出于对朋友的关心——这再正常不过了，有外地的朋友来到江坞玩，即使不是来找她，她知道的话，也会问一问对方有没有时间，要不要见个面。

可她看到纪预说这样的话，心里还是忍不住泛起绵密的快乐的小气泡。

凌晨，在她没有开灯的黑漆漆的卧室里，她甚至都能从屏幕上看到自己笑得有多腼腆和灿烂。

只可惜，她已经回到江坞了。

如果昨晚她没有生病，或者她昨晚就看了手机，那她会不会因为这条消息在香港多停留几天？

段圆圆不知道。

如果她留在香港，她该怎么对段伟城讲，她要单独去见一位男同学？又或者段伟城同意了，她见到纪预，两个人单独相处，她大概率会害羞得说不出话。

但这一切都是假如。

段圆圆：我才看到消息［哭］，昨晚有些发烧，现在已经回家了。

随后她又发了一个晕倒的表情包。

段圆圆发完这些，在漆黑的深夜里长舒了一口气。

现在是凌晨，他们三个人，尤其是纪预，应该不会在线吧。

疲惫又席卷而来，发完消息的段圆圆又昏昏沉沉地睡了过去。

等她再次睡醒后，瞬间又想到了纪预的消息，她感觉身上因为感冒带来的疲惫感全部消失了。

她是带着笑意醒来的，这个年她过得很幸福。

虽然她和纪预是隔着屏幕祝福彼此新年快乐，但是他们却在同一个地点看了同一场烟花，四舍五入也算是一起看的吧。

段圆圆悄悄地把这理解为，这是她和纪预共同拥有的回忆。

怀着这样的想法，段圆圆一整个寒假都很快乐。

开学那天，段圆圆到学校的时候，教学楼一楼的大厅里已经人挤人了。

分班的信息张贴在大厅里，她努力挤了好久，也没有从人山人海中挤到前排公告栏面前。

或许是在维港许下的愿望得以成真，段圆圆真的和纪预一个班，他们四个都在一个班，而且班主任还是老胡。

新年新气象，老胡换了个发型，显得他的头发更少了，段圆圆差点没认出他来。

老胡看了一眼时间，又扫了眼教室里坐着的同学们，现在教室里基本已经坐满，同学们差不多都到齐了，除了纪预。

三月份的阳光和煦，虽然现在的气温还不算太暖和，可整个教室里也洋溢着属于新学期的喜气。

高中剩余的时光对于此刻的他们来说是未知的青春。

就在老胡正激情地对着在座的同学们讲述着未来的学习规划时，教室的门被推开了。

“吱啦——”一声显得格外突兀。

教室里几乎所有的同学都抬头望了过去——是纪预。

段圆圆已经一整个寒假没有见到他了。

猛然见到，心脏骤然跳个不停。

纪预穿着冬季校服，领口拉链随意地拉开。他依旧瘦瘦高高。阳光刚好落在他的头顶，他的头发微微有些凌乱，他的眼神依旧清澈。

一个寒假没见，他好像又变帅了，这样的他帅到有些不真实。

段圆圆想到了入学时的分班考试，纪预也是这样，到得有些晚，引起了整个考场的同学们的注意。

老胡因为讲话被打断，微微皱了皱眉，可看到门口站着的同学是整个年级最优秀的学生后，也没有批评他，只是让他快点找位置坐下。

教室里的空位不多，段圆圆和许净欢身后还有空位，纪预径直走了过去。

段圆圆看着纪预离她越来越近。

三步，两步，一步。

纪预从段圆圆的身边走过去。

太久未见，段圆圆对他有一种陌生的熟悉感。

明明上个学期就认识了，可现在像刚刚认识一样。

段圆圆全身都有些不自然地紧张。她努力地维持着镇定，不让任何人发现不对劲。

老胡语重心长地开口道：“同学们，从今天起，我们的目标是星辰大海，是六月的高考，大家都是因为足够优秀才被分到这个班的，那今后我们一起努力。”

语毕，是全班同学激动的掌声。

新的环境，亦是新的起点。

老胡还说，因为他目前还不太了解大家，所以暂时按照现在的位置坐，有不合适的他再慢慢调整。

他话音刚落，班里又是一片欢呼声。

因为刚刚分班，很多学生对老胡并不了解，但是他的这一番话让不少学生很高兴。

现在坐在一起的大部分都是互相认识的，到了新的环境也不至于太过孤单。

这样，段圆圆和许净欢还是同桌，而纪预和林晨安就坐在她俩身后。

让段圆圆没想到的是，他们的物理老师依然是蔡老师。

蔡老师上学期对她的帮助很大，这也让段圆圆意识到，一个好的老师，能对学生产生多么巨大的影响。

或许是新学期的缘故，又或许是他们这个班级聚集了年级最优秀的理科生的缘故，教室里课间不再有打闹和闲聊声，都是同学们小声讨论题目的声音。

就连平时活跃的林晨安，也认真地坐在座位上学习。

他的成绩在年级里还说得过去，可在高手如云的一班并不算靠前，他准备趁月考悄悄惊艳所有人。

纪预在新班级里一如既往地受欢迎。

虽然他们是理科班，但男女生人数差不多，基本五五开，甚至女生还比男生多了几个，而且他们这一层还有两个文科班，细算下来这一层的女生并不少。

已经有不少女生特意路过他们班，偷偷地看纪预了。

隔着窗户的视线依旧灼热，他们坐在教室里，也不是没有察觉。

林晨安忍不住冲着纪预坏笑道：“咳咳，预哥，又有人看你呢。”

许净欢也早就发现了，八卦的她悄悄将椅子后挪，后背贴到椅背上，准备听听纪预怎么说。

明明纪预才是当事人，可他却对这类事毫不关心。

他右手握着墨蓝色的中性笔，在试卷上圈圈写写，连头也未抬。

林晨安自觉无趣，便随意地扫了一眼纪预正在做的试卷，哪想到他完全看不懂：“这……这不会是咱们要学的吧？”

林晨安的语气充满怀疑、震惊和难以置信：“预哥，我严重怀疑我失忆了，不然我怎么一点也看不懂？”

段圆圆一直低着头，没有参与他们的对话。

下节课需要的课本此刻正摊放在她的课桌上，看起来她正在埋头预习，但一整个课间一页也没有翻动。

她的耳朵控制不住地想要去听纪预说了什么。

“放心吧，你没失忆，这些高中不学。”纪预淡淡地开口，他正在做题的右手并未因为开口说话而停下。

“预哥，厉害。”林晨安发自内心地赞叹了一句。

在大家为高考焦头烂额的时候，有人已经开始做和高考不相关的题目了，这是对自己有多大的自信啊。

可在纪预身上，一切都是那么的合情又合理。他就该是这么优秀的、自带光环的人啊。

对段圆圆来说，今天就像做梦一样。纪预竟然就坐在她身后。

一整天的课程都结束了，她还觉得如此不真实。

段圆圆开学这几天都有些沉默少言，一是有些紧张不知道说什么好，二是怕自己说多错多，如果在纪预面前暴露对他的小心思就得不偿失了。

老胡走进教室，所有的同学都以为老胡要说些和学习有关的安排，没想到老胡看向纪预的方向，欣慰地开口：“纪预，你开学那天救助的小朋友的家长给你送来了感谢信，贴在了一楼。”

老胡说话时语气平和，简简单单的一句话，包含的信息量太大。

全班同学在回味这句话的含义后，都不可思议地看向纪预。

段圆圆也下意识地转身看向纪预。

纪预坐在座位上，微微低着头，薄唇微抿，黑长而浓密的睫毛在眼下覆盖着淡淡的阴影。

他没有骄傲或者炫耀。

今天的阳光并不刺眼夺目，但纪预坐在那里，身披万丈光芒。

本来她以为开学那天只是因为围在公告栏前看分班表的人太多了，所以纪预才迟到了。

但她万万没想到，纪预竟然是因为救助了一个小朋友才迟到的！

而这几天纪预丝毫没有对他们提起过半个字，如果不是老胡，他们完全不知道这件事。

现在的他们不过才十六七岁，在段圆圆看来，这是非常了不起而且勇敢的一件事情！

不是所有人遇到了都有勇气去这么做的。

“我也是家长找到学校才知道，纪预开学当天在路上看到一个摔倒在路边不能动的小朋友，他一直等到120来，联系到小朋友的家长才离开的。

“小朋友的家长本来以为她家孩子丢了，都要报警了，结果没想到是摔倒了，而且纪预在联系到家长后就离开了，也没有告诉那位家长他的名字。”

老胡语气里都是对纪预的欣赏：“纪预同学很优秀啊，做好事不留名，值得表扬。”

“胡老师，那么那位家长是如何找到纪预的？”

班里有同学太好奇故事的经过了，忍不住一个劲儿地问老胡。

“很简单，开学那天纪预穿着咱们学校的校服，咱们学校的校服不是三个年级三个不同的颜色嘛，那位家长后来找到了咱们年级主任，把事情跟他讲了，又大概描述了一下纪预同学的长相，也多亏咱们纪预同学长得还不错。”老胡说到这里，全班同学都心照不宣地笑了。

“所以主任一下子就知道是谁了，再拿照片确认一下，的的确确就是咱们班的纪预同学。”

对被救助的小朋友和他的家人来说，纪预是如同英雄一样的存在。

但对纪预来说，他只是出于本能——任何时刻，他都会尽全力去帮助有需要的人。

班里骤然响起阵阵掌声。

班里的同学设身处地地想，如果遇到这件事的是他们，他们会怎么办？

其实并不是所有人都会像纪预一样，义无反顾地去帮助需要帮助的人。

他们也许会害怕，也许会怯懦，也许会觉得事不关己。

少年澄澈的赤子之心，最为珍贵。

老胡还告诉他们月考时间定下了。自从大家知道月考的时间后，班里的学习氛围比开学后那几天还要浓厚。

他们班学生的理科成绩本来就是年级里最好的，每个人都有股不服输的劲儿，谁也不想成为班里的倒数。

即使在一班是倒数，在年级里也算是不错的成绩。

段圆圆被选为英语课代表，她从英语老师办公室回来后，手里拿了一摞试卷，是他们班晚上的英语作业。

段圆圆数好每一排的试卷后给他们发了下去。

回到座位后，许净欢拿着一道化学题问她：“圆圆，这题我不会，你教教我吧。”

其实许净欢的化学成绩比段圆圆好，不过段圆圆还是拿过来看了看。

她只读了一遍题就知道答案了，段圆圆甚至有些意外：“这一看就是金属置换反应，净欢，你最近怎么了？”

许净欢眨着大眼睛：“你把答案写出来嘛。”

段圆圆拿着笔，十几秒就写出了正确答案：$Mg+ZnSO_4=MgSO_4+Zn$。

段圆圆把试卷放到许净欢面前：“我可不信你这么简单的题都不会噢。”

“圆圆，你知道这是什么吗？”

“嗯？”段圆圆愣了一下，“还能是什么，镁置换锌啊。”

“错！”许净欢笑得很甜，“是你的美（镁）偷走了我的心（锌）。”

段圆圆一愣。

“呵呵，还好意思说我呢。”林晨安坐在后面把段圆圆和许净欢的对话听得一清二楚，“你也够腻歪人的。”

“你懂什么，这是我和圆圆的情调，谁跟你一样，你懂什么是学习里的浪漫吗？”

“我不懂，但我知道我对你的鄙视就像圆周率。”林晨安故意坏笑着说，“没有尽头。”

“你！去！死！吧！”许净欢生气地推了推林晨安课桌上的书。

随后许净欢抱住段圆圆，娇滴滴地开口：“圆圆，安慰安慰人家嘛。”

有关于学习的情话，段圆圆也会说。

如果在平时，她一定不吝啬地对许净欢说好多。

但现在，不论她说话的声音多小，都一定会被纪预听到。

这会让段圆圆有种感觉，就好像情话是说给纪预听的。

“圆圆，快点嘛！”许净欢继续闹着段圆圆。

段圆圆没办法，只好压低声音说了句：“我对你的喜欢是 $\sin^2x+\cos^2x$，无论如何，始终如一。”

$\sin^2x+\cos^2x=1$，是他们学过的三角函数定理。

“亲亲圆圆！”

段圆圆的耳尖微微泛红。这更像是将想对纪预说的心里话，借着这个机会说了出来。

段圆圆怕纪预听到，又怕他听不到。

林晨安“啧啧”两声，拍了拍纪预：“预哥，你看她们两个女孩子，这些情话哪儿来的，一箩筐一箩筐地说不完，听得我牙都快倒了。”

纪预眼角含笑，声音清润又温柔：“是啊。我现在 PH 值一定小于 7，挺酸的。”

原来他都听到了。

段圆圆这下从耳尖到脸颊，都泛起羞赧的绯红色。

高中的学习生活是苦乐并存的。虽然很累，但有朋友常伴身边，让人无比珍惜这段时光。

“你们看新闻了吗？陈奕迅要开世界巡演了！”

林晨安在晚自习的课间偷偷玩手机，随后向他们透露一条最新的娱乐新闻。

新闻上说 EASON'S LIFE 世界巡回演唱会将在香港红磡体育馆开始首演。

陈奕迅要开演唱会了！

听到林晨安的话后，段圆圆的第一反应不是她想去看演唱会，而是想：纪预很喜欢陈奕迅，那么他一定会去吧。

许净欢也有些好奇："那其他的城市呢，在香港开完后会来咱们江坞开演唱会吗？"

难得的是，今天纪预也在等林晨安看完关于演唱会新闻的全部内容。

"新闻上没说，不过如果来江坞的话，肯定会提前通知的。"

段圆圆在心里犹豫片刻，还是鼓起勇气开口："纪预，你……会去吗？"

纪预闻声抬眸，前后桌的距离很近，甚至要比大众认知的社交距离还要近。

此刻段圆圆甚至能从纪预的眼睛里清楚地看见自己的身影。

这样的认知让她迅速避开和纪预对视的视线，她手指僵硬着握住椅背，努力地转移注意力，可她还是忍不住想要再看一眼纪预的眼睛。

纪预的眼神很清澈，像是蕴藏了一汪清澈见底的泉水。

这是天底下最澄澈的双眸。

只是悄悄看了一眼，段圆圆就心甘情愿地溺死在这场只有她一个人知晓的暗恋里。

纪预笑着开口道："我今年暑假不一定回家。"

"啊？不回家的话那你是要留在江坞吗？"

段圆圆有些小惊喜，如果纪预要留在江坞，那是不是说明，暑假她也有机会见到他了？

"对。"纪预点了点头，"家里人有计划来江坞，所以我今年可能不用回去。"

段圆圆点点头，垂着眸没有说话。

只是悄悄在心里对自己说，这样真好。

第九章

祸兮福所倚，倒数第一

段圆圆这段时间学习特别认真，甚至比上学期备战期末考试的那段时间还要认真。

最近的天气还不算太暖和，清晨寒气料峭，被窝里的温度和室内全然不同。段圆圆伸出的胳膊在接触到卧室内空气的那一瞬间又立刻缩回被子里。

她忍不住又拽了拽被子，半睡半醒间朝着卧室外说了一句："我再睡五分钟啦！"说完又进入了梦乡。

补眠的时间过得很快。

段圆圆睡醒后还慵懒地躺在被窝里，她想，闹钟响后再睡过去的五分钟绝对是世界上最幸福的五分钟，就像睡了一个小时那么幸福。

段圆圆不紧不慢地睁开眼，看了一眼时间，瞬间清醒。

自己分明只睡了"五分钟"啊，怎么现在都已经快七点了！

"怎么这么晚了？"段圆圆盯着闹钟喃喃自语，不可思议地揉了揉眼睛。

但很遗憾的是，时针依然指在"6"和"7"之间。

她饭也没吃，立刻出门赶去学校。

今天的早自习直接没有去，等到了学校，估计早餐时间也过了，如果快一点到教室的话，那么早读还不至于迟到。希望不要被老师发现。

段圆圆到教室的时候还是迟到了，她悄悄来到后门，发现语文老师已经在教室里了。现在直接进去吗？段圆圆有些犹豫，又有些担心。

这还是她第一次迟到呢，该怎么进教室才不会被老师发现？

她的位置在教室靠近走廊的最外侧，空空的位置很明显。尤其是她身后也空着，两个空空的位置更显眼了。

不对，为什么她后面的座位也空着？难道纪预今天也没来吗？

"怎么还不进去？"

段圆圆正盯着教室里在座位间来回巡视的语文老师，猛然听到从背后响起的声音，吓得哆嗦了一下。

她全神贯注地观察着教室里的情况，甚至都没有听清刚刚背后的人跟她说了什么。她闻声回头看过去，竟然是纪预。

纪预身高大概一米八八，比段圆圆高了不少。他穿着黑色的打底衫，段圆圆刚好能看到他校服的拉链头。银白色的拉链头就在段圆圆眼前。

她下意识地避开了视线。

纪预总是能把普普通通的校服穿得格外好看。

纪预的手里拿着清洁工具，看样子应该是刚刚打扫完他们班负责的室外卫生区。

男生的嗓音温柔，淡淡的话落在段圆圆耳畔："迟到了？"

段圆圆眼下忘却了迟到的苦恼，心脏抑制不住地疯狂跳动。

纪预笑着把手里的清洁工具递到段圆圆手里。

段圆圆还呆呆地愣在那里。纪预的手指骨节分明，依稀还带着寒气，触感冰凉。

他在把清洁工具放到段圆圆手里后紧接着将手掌收回，随后他又很自然地接过段圆圆手里抱着的物理练习簿——是昨晚段圆圆回家后继续做的物理真题。

段圆圆这一刹那甚至分不清这触感到底是源自他的指腹，还是手里冰冷的清洁工具。

她看到物理练习簿在纪预手中，而她的手里，已经被换成了清洁工具。

纪预很自然地开口："还愣着干什么，进去吧。"

刚巧这时候又过来了两个打扫卫生区的同学，他们看到纪预还在教室后门处站着，有些奇怪："纪预，刚刚你不是说你不去卫生间直接回教室吗，怎么我都出来了你还没进去？"

纪预笑着摇摇头："进去吧。"

段圆圆跟着打扫卫生区的同学一起进教室。

"报告。"

"老师，报告。"

语文老师看到他们手里都拿着清洁工具，点点头："快点进来吧，下次干活利索点。"

他们教室最内侧有一个阳台，阳台上有一间小的储物间，平时清洁工具或者班级杂物都会堆放在里面。

"给我吧。"纪预又很自然地接过段圆圆手中的清洁工具，放到了阳台的储物间里。

段圆圆坐到座位上，心脏还在"怦怦"地跳个不停，甚至手掌心都酥酥麻麻的。

是因为今天迟到差点被抓住又顺利进教室而逃过一劫所以侥幸自喜。

段圆圆看着刚刚握着清洁工具的手，冰冰凉凉的触感似乎还停留在掌心，她分辨不清。

段圆圆没吃早饭，肚子空空的。

恰好今天的第一节课是数学课，最耗费脑细胞了。

段圆圆上完课饿得都快要前胸贴后背了。

“净欢，你有吃的吗？”段圆圆趴在桌子上，弱弱地开口，“我好饿啊。”

“早上没来得及吃饭吗？”许净欢一边开口一边翻自己的书桌，“我现在只找到这一块糖。”

“谢谢。”段圆圆剥开糖纸，把糖放进嘴里。

“这是……山楂味道的？”舌尖刚刚触碰到软糖，段圆圆就被糖果浓郁的酸味刺激得忍不住打了个颤儿。

“是啊，这个味道又刺激又特别提神。”许净欢说完才反应过来，“糟糕，这个会不会越吃越饿啊？”

段圆圆无力又弱弱地点了点头，她感觉这糖果的开胃效果太明显，好像更饿了。

许净欢有些不好意思，她转身问林晨安和纪预：“你们两个有带什么吃的吗？”

“哎，净欢，别……”段圆圆转身想拽住许净欢，但是没有成功。

让纪预给吃的，那也太不好意思了吧。

段圆圆早自习没有来，林晨安也能猜到段圆圆是迟到了。

“我这没吃的啊。”林晨安耸耸肩，“预哥，你呢？”

纪预手中不知道何时多了一盒朱古力牛奶，蓝棕色相间的盒身，包装不够华丽却精美耐看。

“给你。”纪预把牛奶放到他桌子的最前沿，段圆圆伸手就能碰到。

他的嗓音平静又温和：“饿的话先喝点牛奶吧。”

段圆圆微微垂着眸，犹豫几秒，指尖还是握住了那一盒牛奶。

她的嗓子犹如被一只无形的手捏住，声音有些僵硬，她开口对纪预说：“谢谢。”

那盒朱古力牛奶被她捧在手里，她一小口一小口地尝着味道。

她最喜欢的牛奶，就是朱古力牛奶。

她没想到纪预给她的牛奶恰好是她最爱的味道。

纪预也喜欢朱古力牛奶的味道吗？还是他刚好买了朱古力牛奶？

无论如何，都很巧合，段圆圆眼角含笑地品尝着牛奶的味道。

段圆圆把这盒朱古力牛奶看作是一个浪漫的巧合。

风透过半开的窗户吹进教室，桌子上堆着的试卷被风吹起褶皱。

只是因为牛奶是纪预送给她的，所以味道格外香甜。

“看得我也想喝。”林晨安看着段圆圆喝牛奶，问纪预，“预哥，你还有吗？”

纪预又拿出一盒：“还有一盒。”

林晨安没有仔细看就接过牛奶，插上吸管，吸了一大口，他微微皱眉：“怎么是原味的？”

他刚刚看得很清楚，纪预给段圆圆的是朱古力味道的啊。

“不喝给我。”纪预玩笑着开口，随后又解释道，“只带了两盒。”

段圆圆听着纪预的话，无意识地咬着嘴里的吸管。

分明不是对她讲的，可她还是不受控制地红了脸颊。

这一盒朱古力牛奶其实并不能让段圆圆完全不再感到饥饿，但这一上午、这一整天，段圆圆的心情都因为这一盒朱古力牛奶变得特别甜美，一整天都荡漾在甜甜的气泡里。

段圆圆回到家，回想着今天一整天发生的事情，还犹如浸泡在被朱古力牛奶包裹着的甜蜜中。

她找出她的日记本，上一次记日记还是在开学那天。

03/01

今天像走进了一场非现实的梦境，他就在我的身后。

段圆圆轻轻抬手摩挲着日记上的文字，似乎透过纸张还能感受到当天得知纪预和自己分到一个班而且就坐在自己身后的激动和喜悦。

夜色静谧，树影婆娑，灯光昏黄。

深夜最适合倾诉秘密。

她现在又拿起笔，在日记本上写下短短的几行文字。

03/21

是他递过来的清洁工具，是他送给我的朱古力牛奶，对我来说一切都是浪漫的巧合。

月考的日子很快来临，考场是按期末成绩安排的，许净欢、段圆圆和纪预在一个考场，林晨安分去了另一个考场。

今天的云浓浓的，完全不见太阳的踪影。

段圆圆看了一眼乌沉沉的天空，又在心里默默背了一遍刚刚看的名家名言，才把资料放到书包里。

按规定，他们所有人的书包和学习资料要统一放在教室外面。

段圆圆在低头放资料的时候，余光恰好看到了不远处的纪预，她手上的动作不由自主地慢了半拍。

段圆圆缓缓地拉好书包的拉链，又摆了摆书包的位置，做完这一切后才站起来。

纪预这时候离考场还有几步路的距离。

他手里只拿了一支签字笔和一支涂卡铅笔，没有带任何复习资料。

这就是学霸和普通人的区别吗?

监考老师在催促还没进考场的同学快些进考场，段圆圆只好走进教室。

她找到贴着自己考号的座位坐下，纪预才进入考场。

考试究竟是什么样的体验呢?

段圆圆盯着试卷上的题目发呆。

从九年义务教育到高中，我们经历了数不清的考试。

可每次考试，无论考试前感觉复习得多么充分，到考场上的那一刻，都觉得自己的准备一点也不充分。

明明是已经复习过的内容，可在考场上怎么也想不出正确答案。

明明背过的单词，可在考场上怎么也记不清是怎么拼写的。

这次月考实在是太难了!

老胡之前说过，会根据月考成绩调整班级座位，所以大家在等待这次月考成绩公布时也格外着急。

按照上学期的情况来看，周四考完，通常周五就能出成绩。

这次也不意外，周五第一节课开始前，成绩单就出现在教室的公告栏里。

大家都凑到成绩单前看自己的成绩。

除了纪预，他气定神闲地坐在座位上，仿佛一切和他无关。

也的确，他总是毫无悬念的第一名。

尤其是这一次，分了文理科。

历史、政治、地理这些科目的题目不像物理、化学、生物有完全标准的答案，或多或少带一些主观性，所以很难拿到满分，但是物理、化学、生物这种科目，是完全可以拿满分的。

纪预除了英语和语文，剩下的数学、物理、化学、生物全是满分。

段圆圆还没有看到她的成绩，就已经很确定纪预的成绩是她遥不可及的分数。她默默地在成绩单上找着自己的名字。

不一会儿就找到了，她不可思议地看着自己的名字，牢牢地记住每一科的分数。

她很快转身回到座位上，一言不发。

怎么能这样呢？会不会是哪一科的答题卡涂错了？会不会是登记成绩登记错了？

段圆圆心中设想着无数种可能，可这样的自我安慰并没有任何效果。

她用力地抿住嘴唇，甚至用牙齿轻轻咬着唇瓣。

可还是没有忍住红了眼眶。

段圆圆的眼睛酸酸胀胀的，眼泪就在眼眶里打转。

许净欢这时候也回到座位上，看到了低着头的段圆圆：“圆圆，别难过，还有下次考试。一次月考代表不了什么的。”

段圆圆明明已经忍住了不想哭的，可听到许净欢安慰自己的话，眼泪还是忍不住地流了下来。

段圆圆抬手迅速地擦掉眼泪，冲许净欢点了点头，一句话也说不出来。

林晨安吹着口哨走到自己的座位上，他这次进步不小，在班里算是中游。

“牛啊，段姐。”林晨安安慰人的方法似乎格外与众不同，“这有什么的，都是小事啦！”

纪预不知道段圆圆的成绩具体是多少，但也能看出来她这次考得很不好。

纪预微微皱眉，看着林晨安，那意思是在问段圆圆考得如何。

林晨安拿起草稿本，在上面写了四个字，“倒数第一”。

纪预有些不可思议。

是的，就连段圆圆自己也没想到，明明已经认真复习过了，为什么会是倒数第一？

她分班成绩虽然不靠前，但怎么也不至于倒数。

为什么这次月考竟然是倒数？

第一节课是老胡的数学课。

他走到讲台上，先没有讲试卷，而是说了说这次的成绩。

“这次考试和上学期是不一样的。”老胡顿了顿，“有些同学成绩偏科很严重，政史地不及格，所以你们这次成绩会比上学期有进步，因为不用考政史地了啊。

“还有些同学的成绩很平均，理化生政史地都差不多，没有明显的偏科，所以你们的成绩和上学期差不多；但是对有些同学来说呢，之前的政史地会给你们拉高分数，所以这次考试没有政史地后，你们的成绩会有所下滑。”

三种情况，段圆圆明显是最后一种。

之前她的政治、历史、地理都还过得去，算是总成绩里的加分项。

这次考试没有这三科给她抬分，再加上她物理、化学、生物又发挥得不好，所以成绩才这么难看。

“但是大家不要只专注于班级成绩，一次班级成绩能说明什么呢？就算你在班里考了第一，那你就是高考状元了吗？”老胡说完停顿了两秒钟，“哎，老师这话说得也不全面，咱们班的第一和其他班还不太一样，纪预同学很有可能就是高考状元。”

老胡说完，班里同学发出一阵爆笑。

看来老胡还没习惯这位超级学霸在自己的班上。

“还有的同学，就算你这次考得不理想，难道就永远不理想吗？”老胡等到班上的笑声过去后又继续说，“你们要把这次考场的失意当作学习的动力，在以后的考试中不再像今天一样难过，老师相信你们可以做到。”

最后老胡提到了换座位，其实还是有不少同学不想换座位的，比如段圆圆。

换座位，说不定就不能和许净欢同桌，说不定就不能坐在纪预前面了。

考试成绩不好受打击就算了，难道座位也要被换掉？

老胡果然说到做到，在晚自习前把新的座次表贴出来了，还贴心地在白板上投屏了一份，方便大家看到。

“全班同学听我说，趁着晚自习还没开始，现在就开始换座位，以后就按照这个位置坐，短时间内不会再调换了。”

班里的同学唉声叹气：“啊，怎么这么快就换啊。”

老胡：“从现在开始，都要按照这份新座位表坐。要是对自己的座位有什么不满意，直接到办公室来找我。”

“啊，圆圆，咱们不是同桌了。”许净欢迅速找到了自己的名字，有些吃惊，“天哪，我怎么和他同桌？”

段圆圆还在好奇许净欢说的是谁，林晨安的声音响起：“新同桌，多多指教喽。”

没想到林晨安和许净欢成了同桌。

段圆圆已经确定自己不能和许净欢同桌了，于是随意地找着自己的名字，不能和许净欢同桌，那和谁同桌都差不多了。

可是万万没想到，白板上她名字的右边，是两个字：纪预。

纯黑色的宋体字，标准又干净。

他们两个人的名字排在一起。

段圆圆心脏“扑通扑通”跳个不停，就连呼吸都变得小心翼翼。

她都不敢相信这是真的。

段圆圆又仔细地确认了一遍，白板上的名字没有变化。

纪预确实是她的同桌，而不是隔着走廊同一排的同学。

“欸，老胡这座位表不就是按月考成绩排的吗？”

这时候班里有细心的同学发现了，这份座位表就是第一和倒数第一是同桌，第二和倒数第二是同桌……这样依次类推。

许净欢和林晨安的名次刚好都排在中间，所以他们两个成了同桌。

“还真是，老胡这也太省事了吧。”

“不过我对这次座位还挺满意的。”

“我也是！”

…………

班里的同学高声讨论着，虽然开学只有一个多月，但是班里的同学早就互相认识了，而且大家的关系也都还可以，所以对这次的座位安排都还挺满意的。

段圆圆现在终于深刻地体会到什么叫“塞翁失马，焉知非福”了，她刚刚还沉浸在考倒数第一的难过里，可现在看到座位表后，难过被驱散了很多。

是不是如果这次她没考倒数第一，就不会和纪预同桌了？

“纪预，我们……”段圆圆转身看着纪预，令她诧异的是纪预还稳稳地坐在自己的座位上，没有动。

纪预眼角似笑非笑，嗓音清朗柔和：“怎么，不想和我同桌？”

段圆圆听到这句话瞪大了眼睛。

她怎么会不想和他同桌呢？

她根本都不敢想象自己竟然会和他同桌！

纪预勾起手指，轻轻地点了点林晨安的桌面：“既然不是，那怎么还不过来？”

段圆圆刚才只顾着找自己的名字了，没有注意具体位置。

能看出来老胡真是对纪预格外偏爱，他的位置连动都没动，都不用像其他同学一样搬东西。

段圆圆看着纪预的动作，微微红了脸颊。

她很快收拾好东西，坐到纪预身边。

她能听到纪预翻动书页的声音，甚至能闻到纪预身上若有若无的洗衣液的香气。

段圆圆忍不住耳尖发烫，这位置也太犯规了吧！

可段圆圆坐在纪预左侧，他们两个人现在谁也没有说话。

可是，看其他同学换了新同桌，分明都在热络地聊天交流啊。

毕竟同桌的两个人总不能一直不说话啊。

但是为什么他们两个人却如此沉默？

甚至还不如之前他们是前后桌的时候？

段圆圆想不通，她分明就坐在纪预的左侧，甚至只要挪动一点，他们两个人的手臂就能碰到，可此刻，他们之间却像隔着一整条银河。

换位耽误了不少自习的时间，在各自找到位置之后，大家都渐渐安静下

遇夏

来，正式进入晚自习的学习状态。

段圆圆也强迫自己静心学习。

她在年级排到了一百八十名。

分了文理科之后，文科和理科单独排名，不再像上学期一样是全年级一起排名，他们年级的理科生大概七百人，所以这接近两百名的成绩对于段圆圆来说很差了，而且竟然还是班级倒数第一。

不过年级一百八十名的名次，在一班排倒数第一也很合理。

她身边都是高手，应该向他们学习才是，而且倒数第一嘛，说明进步空间非常大呢。

不过要是上学期期末的时候考成这样，她都不会被分到一班来。

她现在看桌面上的试卷也只是徒增烦恼，但段圆圆还是迫不及待地想知道题目的答案。

段圆圆手中的签字笔被她紧紧地攥着，她无意识地拔着笔帽，又扣紧。

一下、又一下。

是颇有规律的笔帽闭合的声音。

她陷入浅浅的放空中。

明明看着桌子上摊放的试卷，但是脑海里一片空白。虽然努力想知道自己究竟哪里做错了，但她完全不清楚现在这些题的考点是什么，什么知识点也想不起来，试卷上黑色的印刷字体在她眼里成了一个又一个的黑色小方块。

骤然，她摊开的试卷上叠了几张对折着的试卷。

段圆圆下意识地顺着试卷飘来的方向望去，是她的右手边方向。

她的右边，不就是……纪预？

可她看过去的时候，纪预依然微微低着头看着他面前的习题集，就像一切都没有发生。

段圆圆的眼睛里写满难以置信。

或许是因为段圆圆目光毫无保留地一直盯着纪预，纪预不可避免地察觉到了。

他抬眸，和段圆圆对视。

纪预的眼眸永远清澈，长长的睫毛轻轻眨了一下，他的眼睛里还有些疑惑。

这么近的距离，段圆圆的心脏像是被狠狠地击中了。

她保持镇定，用手指了指桌子上的试卷。

她睁大了眼睛，用眼神问纪预：这些试卷是什么意思？

纪预随意地翻开草稿本，拿起笔在上面写了几句话，随后把本子递给段圆圆。

一整套动作行云流水，等到草稿本都到段圆圆桌面上了，她的眼睛还盯着刚刚看向纪预的方向。

纪预略微疑惑地看着段圆圆，微微挑了挑眉，示意段圆圆看草稿本。

他自身条件本就优越，不经意的小动作更是能迷倒一大片女生。就比如刚刚他很自然地挑眉。

段圆圆被纪预的动作弄个脸红，又在心底气自己怎么这么不争气，对着纪预发呆。

她赶紧看纪预放到她课桌上的草稿本，干干净净的一页，用墨蓝色签字笔写下的字流畅美观：

不要再对着试卷发呆了，这是答案。

纪预明明一直在做那些对于她来说早就超纲的题了，他怎么知道她想对答案？难道他也在悄悄关注她？

段圆圆想到这儿，耳尖微微发烫，她赶紧停止了漫无边际的思绪，又在心里暗骂自己是不是被考倒数第一这个事实打击到脑子“瓦特”掉了，怎么会想到这么离谱的地方去？

但她还是忍不住犹犹豫豫地在草稿本上写下：

谢谢你，你怎么知道我想对答案的？

纪预扫了她递过来的草稿本一眼，只写了两个字：

笔帽。

他这是什么意思？

笔帽？普普通通的笔帽能说明什么？

段圆圆画了个问号后又把草稿本递给纪预。

纪预没有不耐烦，而是像做考试题一样，一字一句地在草稿本上写着：

你玩笔帽的声音我听了一节晚自习。

段圆圆看到这句话后脸红得彻底。

她刚刚都在想些什么乱七八糟的？！

还好没有其他人知道她在想什么，不然真是太太太丢人了！

对不起，如果打扰到你学习的话，你可以直接告诉我的。

遇夏

段圆圆还在最后一个字后面画了一个笑脸。

纪预没有如段圆圆预想的一样，回一个“没关系”或者直接不回复。

而是依然工整地写下一句：

有不懂的题可以问我。

段圆圆早就听周热说过，班里会有同学向纪预请教问题。

毕竟纪预是年级第一，而且同学之间交流不会像和老师交流那样有压迫感。

但段圆圆也听周热说过，纪预给同学们讲题的时候总是淡淡的。

淡淡的？这是什么奇奇怪怪的形容词？

周热继续给段圆圆解释，这并不是说他态度不好，而是他的解题思维太快了。

可能一道题普通人做需要想五步，但纪预用三步甚至更少的步数就可以解出来。

所以他云淡风轻地把思路告诉向他请教问题的同学的时候，对方不会那么迅速地反应过来，但又不好意思继续打扰纪预，只好自己默默研究。

段圆圆怕她听不懂纪预讲的解题方法，又怕她不断追问纪预会厌烦。可不懂装懂也从来不是段圆圆的作风。

或许只请教他某一科目就可以吧。

即使不断追问，纪预也只会以为她非常不擅长这一科。

或许，就没有那么快厌烦她吧。

段圆圆写好后又把草稿本给纪预：哪一科？

草稿本很快又到了段圆圆手里。

这次，纪预没有重新另起一行写，而是直接把字覆在了段圆圆刚刚写的“？”上：

都可以。

哪一科都可以。

他竟然说哪一科都可以。

草稿本依然在段圆圆的课桌上。

她看着他们的“聊天记录”。

他们两个人的字迹很明显不一样。

纪预的遒劲有力，潇洒中又不乏工整有序，即使是几行字，也看得出来写得认真不潦草。

段圆圆的字迹也不潦草，两个人的字摆在一起，还称得上是美观。

还好自己写字还说得过去，段圆圆又一次在心里庆幸。

蓦地，段圆圆后知后觉地发现，她和纪预就是在传纸条啊。

这就是学生时期同桌之间经常会做的事啊。

段圆圆觉得自己离纪预好像又近了一点点。

同学们口中的年级第一，高冷学霸，也会在晚自习和同桌偷偷传纸条呢。

而且那个同桌，还是她。

她甚至想把这页纸偷偷留下来。这是她第一次和纪预传纸条，她很珍惜。

可是很遗憾，段圆圆没有理由好端端地从纪预的草稿本上撕下一页。

人类无法窥探未来。

现在穿着校服坐在教室的段圆圆不会知道，许多年后，已经结婚的她无意间从自己丈夫的书房里看到了一张泛黄的纸张，正是这一页现在在她眼里无比珍贵的小纸条。

夜幕低垂，比白天安静许多，高中生活的紧张更是让本就静谧的夜晚又多了一丝安静。

教室外的走廊上偶尔有值班教师经过，甚至能听到他们规律的脚步声。

段圆圆抿了抿嘴唇，告诉自己要保持冷静，但她依然抑制不住地快乐，她甚至快乐地对起了物理试卷的答案。

纪预不愧是纪预。

他的物理试卷竟然都干干净净的。有些题对他而言仿佛就如同“1+1”一样简单，他只需要看一眼就能得出答案。

段圆圆越看越受打击，她不奢求能像纪预一样物理考满分，要是能有他一半的物理天赋，也不用担心物理考试不及格了。

第一节晚自习下课的时候，段圆圆刚好对完最后一道题的答案，结果显而易见是算错了。

段圆圆刚刚的好心情在对完答案后戛然而止。

她把试卷还给纪预：“谢谢你，我对完答案了。”

“总分考了多少分？”纪预看着段圆圆快要哭出来的脸，丝毫不知道自己这个问题是在火上浇油。

他只是想引导段圆圆能有侧重点地学习。

“520。”

段圆圆脱口而出，这“耻辱的”倒数第一的分数她记得清楚明白。

段圆圆从小就不太习惯用“三百六十”“七百九十五”这样很明确的表述，她觉得拗口，她更习惯“三六〇”“七九五”这样的说法。

所以她刚刚对纪预讲的是五、二、〇。

段圆圆说完紧接着就感觉到不对劲了。

“520”在他们这个年纪的学生里面是完全不陌生的网络用语。

谁还会不知道“520”“5,201,314”是什么意思啊。

而她刚刚对纪预说了什么？！

她的大脑飞速运转，继而磕磕巴巴地开口想要解释：“我……我是说总分是五百二十分。”

说完她就低着头，不敢看纪预。

段圆圆现在就连指尖都泛红了。她的手指自然蜷缩，在试卷上来回摩挲，想要缓解尴尬。

尴尬的时间总是格外漫长。

段圆圆感觉纪预好久都没有回复。他该不会误会自己的意思了吧？！他是在想怎么和自己说要有自知之明吗？

段圆圆怕纪预讲出什么让她更尴尬的话，想要进一步继续解释，可喉咙里怎么也发不出声音：“我……”

纪预和段圆圆几乎同时开口：“我问的是你的物理成绩，不是刚对完物理试卷的答案吗，有不会的题可以问我。”

如果仔细听，会听出纪预的语速比平时稍微快了一点点，但段圆圆现在哪还有那么多心思去想这些。

她赶紧点头，并且在心里祈祷上课铃快点响起来吧。

时间是静止了吗？

段圆圆从来没有这么真切地希望听到上课铃声。

月光皎皎，晚风吹进教室，段圆圆的发梢被风柔柔拂动。教室内老旧的白炽灯下，段圆圆的脸颊发红滚烫。

老天就像是听到了少女的祈祷，上课铃响了。

刚刚的尴尬被二人心照不宣地一笔带过，仿佛什么也没有发生。

可段圆圆还是忍不住回想刚刚的尴尬。

她轻轻咬着嘴里的软肉，不断地告诫自己，真的不能再继续这样下去了。

一定、一定要藏好自己的心思。

一定、一定不要被纪预发现。

暗恋他是自己一个人的独角戏，甚至导演、演员、编剧都只有她。

只要自己心里的斯坦尼康保持稳定，让这场无声的盛大被记录，被观众知道就好。

诚然，观众亦只有她一人。

第十章

只有两个人的教室

段圆圆做好计划要在期中考试一雪前耻，每天学习都很认真，这样枯燥乏味日复一日的时光，其实过得也很快。

眨眼的工夫，一个月就过去了。

考试前，教室里充满嘈杂混乱的背诵语文诗词和作文集锦的声音。

段圆圆眼前摊开着一摞语文试卷，她在翻看过去没有写对的古诗词，避免再次写错。

许是她太想在这次考试中考好，有些过于紧张，背诵古诗的声音都微微发颤。

“别紧张。”

纪预的声音在一众嘈杂且声调乏乏的背诵中格外有穿透力。

随之而来的还有一块润喉糖。

枇杷味的润喉糖出现在段圆圆的书桌上，就这样闯进段圆圆的视线里。

“谢……谢谢。”段圆圆有些意外，有些慌乱，又有些受宠若惊。

明明糖还被她握在手心里没有吃，但心底却好甜好甜。

或许这对纪预来说，是微不足道的本能的对同学、同桌、朋友的关心。

但对段圆圆来说，却如明光。

段圆圆的心很小，小到只能装下一点点事，但这些对她来说都是最重要的事。

纪预的谦逊和教养，对朋友的关心周到，让她总能将不算大的心再分一点给他。

考场上，段圆圆写得很顺畅。

至少相比于上次月考，是有进步的。段圆圆这样认为。

但有时候自我心理附加压力太大，往往事与愿违。

期中考试的成绩一如既往出得很快。

在老胡眼里，他们完全不需要成绩方面的个人隐私，甚至这次又没有给他们准备成绩条，而是又把成绩单张贴到了教室的公告栏。

趁着课间，大家一窝蜂地涌到公告栏前看自己的成绩。

让段圆圆意外的是，纪预这次也去看成绩了。

可纪预是毫无悬念的第一名，这都是大家心照不宣的认知了。

段圆圆预测自己的年级排名会比上次进步至少三十名。

让她没想到的是，她这次竟然还是年级第一百八十名！但总分比上次月考高了三十分，物理、化学、生物平均提高了十分。

她这次并不是班级倒数第一名了，但在班里的排名仍然属于后半段。

学习是你我皆是黑马的一种拼搏，大家都在努力。

段圆圆说不难过是假的。

她认为自己这一个月已经很努力了，但是为什么年级排名还是停滞不前。

她呆呆地翻着手里的试卷，老师还没有公布答案。

段圆圆问纪预："我能看看你的期中试卷吗？"

"哪一科的？"

"物理和生物，还有……化学。"

纪预点点头，找出了三张试卷。

他的试卷和月考的时候一样，干干净净，仿佛只看一眼就能得到答案。

段圆圆很快对完答案，又把试卷还给纪预。

班里的同学们还没有答案，但是她已经知道了。

这算不算和纪预同桌的好处？

段圆圆苦中作乐地想着。

她今晚的注意力甚至不如之前集中。

她开始怀疑自己，难道她真的不适合学理科吗？

为什么她还没有进步呢？

老胡有时候训班里的有些同学，学习装模作样，不是为自己学的，而是在老师面前装作在学习。

但段圆圆不是，她从来不是欺骗性地学习。

她把知识点一点点吃透，变成自己的知识，所以她这次进步了三十分。

如果以往一个月提高三十分，段圆圆一定很高兴。但现在一想到排名，她就笑不出来了。

成长是不断打破又重建的过程。

不破不立。

段圆圆自认为她是不会轻易被打败的人，虽然心里难过，但还是逼迫自己去完成老师布置的作业。

大概是刚刚考完试，今天的作业不多，段圆圆写完后又开始做课外习题。

迎难而上，她选择的是不擅长的物理题。

晚自习下课铃响，大家今天作业做得都很快，离开教室的速度比往常快一些。

但段圆圆一直没有离开。

她被一道物理题难住了。

参考答案只给了一个数，没有解题思路步骤，所以段圆圆自己完全研究不出来。

要问纪预吗？

纪预之前说过，有不懂的题可以问他。

但段圆圆因为害羞和害怕打扰到他，从来没有问过他。

段圆圆在开口之前，缓解尴尬般回头看了看教室。

本是无意识的小动作，但她才注意到，现在教室里已经没有其他人了，只剩下她和纪预两个人。

白炽灯在天花板上闪闪发亮，和被夜幕笼罩的教室外形成鲜明反差。

段圆圆仍然没有开口。

纪预在这时候放下手中的笔，微微放松了下肩颈。

他学习的时候向来投入。

很快，纪预也准备起身离开教室。

在纪预快要走到教室前门的时候，段圆圆猛地从椅子上站起来。

“纪预。”

椅子和地面瓷砖摩擦出一声声响，在现下安静得过分的教室里分外明显。

纪预有些疑惑，他停下脚步，回头看段圆圆。

“我有一道题不会。”段圆圆没有等纪预走过来，而是走到他那里，“会不会有点打扰你？”

段圆圆的话中带着小心翼翼的试探。

纪预接过段圆圆递过来的练习册，认真地看着段圆圆圈出来的那道题，听到段圆圆的话，也只是下意识地摇头否认。

纪预很快就知道答案：“这道题首先……”

刚开口，他就发现只用嘴说是说不清的。他想拿笔在题目旁边写一写，但他手中没有笔。

段圆圆也是，手里没有笔。

段圆圆立即转身准备向座位上走：“我回去拿笔。”

“不用了。”他们现在就在讲台旁，纪预拿起讲台上的粉笔，在黑板上画出了题目中给的示意图。

随后他又把手里的练习册给段圆圆，方便段圆圆看题。

段圆圆找了个方便的姿势，站靠在第一排同学的书桌边。

纪预本就比段圆圆高不少，又站在讲台上，两人的身高差距更明显了。

段圆圆微微仰着头，能看到纪预侧脸英俊流畅的线条。

他站在黑板前，用右手握着白色的粉笔。

纪预今天只穿了白色的短袖校服，清爽又明朗。

讲台上，白炽灯淡淡的柔光让少年周身散发着朦胧的光晕，他转身在黑板上写字时，肩胛骨和流畅的肌肉线条在校服下若隐若现。

“首先，以两小球之间的这条连线为参考基准，惯性力沿水平方向；第二，根据动能定理列出做功的力；第三，看图的这里，可以看出相对速度 V……

“听明白了吗？”

纪预在黑板上写得很详细，段圆圆是见过纪预的试卷的，他自己的试卷上从来没有这么详细的解题步骤。

可段圆圆刚刚有些紧张，又有些分心，即使很认真地想要听懂，但还是失败了。

她低着头，脸颊微微泛红地摇了摇头：“没太听懂。”

“我再讲慢一些。”

纪预做题向来思路活泛，他还以为是自己讲的步骤太省略了。

“一，以两小球间的竖线为参考基准……

“二，动能定理……

“三，相对速度 V……”

纪预又很耐心地讲了一遍，比第一遍还要详细些，甚至这一遍也在黑板上圈圈画画，把两小球水平方向的惯性力、小球靠近方向做的功、动能定理公式的变形以及灵活应用、小球的速度以及相遇时的相对速度都分析得很清楚仔细。

少年的语气清澈温柔，像春日夜晚无声的风。

就算是物理老师也不会讲得像他这么详细认真。

公式和做题过程写满了二分之一的黑板。

纪预的身后是写满物理解题步骤的黑板，即使是粉笔字，也过分好看。

屋外蝉鸣声阵阵，刚刚下过一场雨，莫名有些闷闷的燥热。空气里是青草和泥土混合的清香。

教室里，时间似乎静止在此刻。

纪预温柔的声音不断在段圆圆的脑海里回放。

段圆圆沉溺在他温和的声音里。

段圆圆佯装镇定地从喉咙里发出声音：“我听懂了，谢谢你。”

回到家，段圆圆把这道题看了许多遍。

每看一遍，脑海里就会浮现出纪预拿着粉笔在讲台上认真讲题的样子。

他的眼神，他的声音，甚至他下颌线流畅的弧度，段圆圆都记得一清二楚。

这道物理题对现在的段圆圆来说有些难，但对不久后的段圆圆来说，这道题算是很简单的题型了。

但很久以后，到了大学甚至更久远以后，大家偶尔提到物理难题的时候，段圆圆首先想到的，还是这道根本称不上难的物理题——

她想到的是这晚空旷的、只有他们两个人的教室，她想到的是写满黑板二分之一的公式，她想到的是雨后空气的清香，她想到的是贯耳的点点蝉鸣，她想到的是教室里老旧的白炽灯，她想到的是少年的专注认真，她想到的是少年清润如玉的温柔嗓音，她想到的是他们两个人之间仅仅隔着讲台的距离……

今夜的月光皎皎。

今晚的月色真美。

段圆圆自从上次月考后，一直很认真地学习，没有写日记。

但今天，她又找出了日记本。

她在写字的时候，脑海里还在循环播放纪预今晚讲题的情景。

05/10

他讲题的时候很耐心，很认真，这是我第一次问他题。

真奇怪啊，春天明明已经过了，可我今晚好像又感受到了春天的晚风。

段圆圆坚信功不唐捐，她一定会考进年级前一百，甚至是前五十、前二十、前十名。

每当她学习累的时候，她就会很快想到这个目标。

许净欢的成绩在年级一百名上下徘徊，她的目标是期末考试前考进年级前五十。她在课间讨论的间隙对段圆圆说了她的目标。

许净欢一直是学习很认真的人：“你呢，圆圆？”

段圆圆微微摇了摇头：“我现在的成绩，不要再继续退步就好咯。”

“你这么认真，肯定会进步的！”许净欢说的都是心里话，她没有见过比段圆圆还要认真学习的同学了，“对了圆圆，你暑假准备去哪里玩啊？”

“我想去海边，看大海。”

段圆圆喜欢蔚蓝无际的大海，即使从小在海边长大，她依然对大海很向往。

感叹完过后，两个人继续讨论着五三练习册上的题目。

有些时候，同学之间交流题目时给人留下的印象能比听老师讲题时更深刻。

其实段圆圆不是对许净欢撒谎，她确实也希望成绩不要再继续退步。

至于为什么不对许净欢说她的目标是年级前五十甚至更高，是因为她有点相信：如果做什么事提前告诉别人，这件事就不会成功。

事以密成，语以泄败。

等到做到的那一天，身边的人自然就会看到。

夏天很热，坐在教室里不动也会出一层薄薄的汗。

就在这样艰苦的环境里，段圆圆依然不放弃地努力着，她相信勤能补拙，她相信沿途艰苦但未来光明，她相信年级前几终会有她的姓名。

高一的期末考试，她考了年级第一百零三名。

虽然没有考进年级前一百，但对她来说也是一种进步。

段圆圆相信高二会更好。

第十一章

“别哭。”

段圆圆暑假没有出去旅游，比起出去旅游，她更想在家学习。

她给自己制订了完整的暑假学习计划，大部分时间都在家里或者去图书馆学习。

段圆圆平时在教室里做题的时候，有不会的题或者学习学累的时候，会下意识地放空发呆，刚开始她自己都没察觉到，她总是喜欢偏向右侧，盯着右手发呆。

她是怎么察觉到的呢——

她的视线全部被纪预的左手填满。

纪预的皮肤很白，手指修长，手背上有突起的淡淡的青色血管。

他的手总是很自然地搭在桌面上，手掌下通常压着试卷或者厚厚的学习资料。

等到她回过神来，才发觉自己看得入迷。

她红着脸咬唇，在心里暗自庆幸自习课大家都在安心学习，无人注意她发呆的时候都做了什么。

但现在是暑假，她一个人学习。

即使发呆，也只是看到堆满课本和习题的书桌罢了。

已经一个多月没有见到纪预了。

暑假期间段圆圆在家学得废寝忘食，但杜女士一定要段圆圆出去走走，劳逸结合，她拗不过杜女士，只好和杜女士一起来了超市。

家里的菜快吃完了，杜女士让段圆圆趁着买菜的工夫换换脑子，放松一下，她认为不能一味地学习，劳逸结合更有助于提高学习效率。

超市里充满了平凡生活的幸福。

就算什么都不买，看着货架上堆放得满满当当的饮料、零食，也会觉得快乐。

“我想要最上面的那一个，你帮我拿。”

不远处的货架旁传来一个女孩子的声音。女孩子的嗓音甜甜的，听声音就觉得那一定是个甜美的女孩子，段圆圆完全是下意识地回头看了一眼。

女孩子的个子不算太高，身材娇小，要踮着脚才能够到最上面的货架。

她身边还站着一个男孩子。她抱着男孩子的胳膊撒娇，从远处看过去，两个人之间动作亲昵。

段圆圆离他们有些远，看不清两个人的样貌，但能看出两个人气质都不错，女孩子穿着及膝的白色连衣裙。

她旁边的男孩子低着头，看不到他的脸，穿着黑色的短袖，从段圆圆的角度看过去，他被旁边的女生挡住了大部分，只能看到一点点，但能看出来整个人瘦瘦高高的。

远看竟然有点像纪预。

段圆圆的心狠狠地缩了一下。

但真的是纪预吗？应该只是身型有一点像的陌生人吧。

纪预怎么会和其他女孩子这么亲密呢？

段圆圆自嘲地笑了笑，心想自己是不是太过想见纪预了。

在超市里隔着这么远看到的背影，她都会觉得那是纪预。

分明开学就能见到他了不是吗？

就这一会儿工夫，他们两个就已经离开了刚刚的货架。

段圆圆也没有再在超市里见到他们。

这对段圆圆来说只是一个无足轻重的小插曲，很快她就忘记了。

暑假的生活既漫长又短暂，很快开学了。

高二是一个新的开始，是老师口中最重要的一年。

老胡在讲台上喋喋不休，不过段圆圆心里很高兴，因为老胡真的没有给他们调换座位。

她现在仍然和纪预同桌。

两个月没见到纪预了。

段圆圆借着看讲台的时机，悄悄用余光看向纪预。

纪预眉骨突出，眼眸微微低垂，颧骨不算太明显，但显得鼻梁更加高挺，睫毛浓密，随着眨眼的动作覆在卧蚕处的阴影淡淡的，好看得不像话。

余光一瞥，已是惊艳。

高二的第一次月考照例是在国庆假期回来后进行。

在这之前，会有一次秋季运动会。

老胡："今年的运动会，想要报名的同学到体委那报名。"

段圆圆忘不了去年运动会纪预跑 1,500 米带来的惊艳，也忘不了去年运动会她和纪预在学校医务室共享一个耳机听歌。

原来转眼已经快一年了。

原来纪预这个名字出现在她的生活里，不知不觉已经一年多了。

或许是想到了去年的运动会，段圆圆下课后问纪预："你今年运动会报什么项目啊？"

我想去为你加油。这句话段圆圆在心里默默地说。

纪预正要张口，肩膀就被林晨安圈住："预哥，你今年报什么项目啊，要不要继续 1,500 米，相信我，这次我一定会打败你的。"

"今年运动会我不参加。"纪预唇角含着淡淡的笑。

他的目光慵懒地落在书桌上，这句话说不清是对段圆圆说的，还是对林晨安说的。

"为什么啊？"

段圆圆亦感到奇怪，但她没有开口，只是看着纪预。

她终于可以明目张胆地看向纪预了，而不是用余光偷偷看他。

"运动会那两天，正好有数学竞赛。"纪预微微偏头，像是在对段圆圆说。

段圆圆发觉这一点后心脏"扑通扑通"地跳着，她有些慌乱，却真诚地说："那你加油噢。"

纪预不参加的运动会，对她来说没什么太大意思，她回到教室学习。

运动会这两天学校规定可以不穿校服，所以段圆圆今天穿的是黑色卫衣和牛仔裤。

现在教室里不止她一个人，但是人也不算太多，只有少数几个同学。

段圆圆在做针对解析几何知识点汇总的历届高考数学题——抛物线、双曲线、椭圆……这些题目让她焦头烂额。

学累了，刚好起身去走廊上走一走。

开运动会的好处就是在教室里学习的时候不需要按照上课时间表来，想什么时候休息都可以。

空荡荡的走廊上一个人也没有，大概现在大家都在看比赛。

段圆圆将手臂搭在栏杆上，轻轻闭着眼睛，手掌心托着脸颊发呆。

阳光有点刺眼，不过照在身上有一种暖洋洋的舒适感。

"段圆圆。"温柔和煦的嗓音打断了段圆圆的思绪。

这道嗓音比秋天的阳光还要让人感到舒服。

是纪预。

纪预现在不是应该在参加数学竞赛吗？

段圆圆睁开眼睛，一下子还有些不适应过于强烈的光线。她微微眯着双眸，依然能看到一个挺拔清隽的身影。阳光洒落，淡淡的朦胧的光覆在纪预身上。

不是幻觉，可段圆圆还是像在做梦一样。

竟然真的是纪预！

但段圆圆欣喜过后有些茫然，她不知道纪预为什么会毫无理由地突然叫她。

纪预今天穿着黑色的T恤，手中还拿着一件不算厚的黑色外套，他把外套递给段圆圆。

段圆圆更迷茫了，她不理解纪预为什么会这样做。

她站在那里没有动，问他："纪预，你不是去参加竞赛了吗？"

数学竞赛这么快就结束了吗？

"嗯，已经结束了。"纪预接下来有些犹豫，似乎是在措辞。

段圆圆更加疑惑了。

纪预今天怎么这么奇怪？

纪预没有犹豫太久，他很快继续开口，声音依然清澈，只是仔细听的话，能听到一丝赧然："遮一下裤子。"

纪预手里拿着外套，但目光却微微错开，没有直视段圆圆。

段圆圆听纪预这么说，还没有反应过来，甚至还低头看了一眼。

随后如灵光乍现一般，瞬间明白了纪预的意思。

段圆圆脸颊滚烫，耳尖都热辣辣的。

她两只手一起抱过纪预的外套，立刻慌乱地把外套绕在腰间。

明明浑身滚烫，但手指却像在寒冰上滚过一般，简单的结试了两次才系成功。

段圆圆恨不得现在立刻在纪预面前消失。

又尴尬又难堪，为什么会这样出现在纪预面前？

明明往常生理期之前都会感到身体不适的。

最近这几天段圆圆没有感到小腹胀痛，还以为因为压力太大，这个月拖后了。

没想到竟然毫无预兆地弄脏了牛仔裤。

她甚至在想为什么今天要穿牛仔裤，要是穿校服，就没有这么明显了。

也不会被纪预看到。

这是第几次了？

她已经不止一次狼狈地出现在他眼前了。

段圆圆越想越觉得尴尬难堪。

她摔倒在巷子里的狼狈模样纪预见过。

她现在因为生理期弄脏了裤子的时刻纪预依然见过。

眼眶不受控制地氤氲上一层薄薄的水雾，不停地打着转。

段圆圆用尽全身的力气，才鼓足勇气抬头，小声地对纪预说了一句：“谢谢你。”

眼眶里的泪水随着话音终于沿着眼角落下，不受控制地越流越多。

段圆圆在心里告诫自己不要哭，不要在纪预面前哭。

可尴尬、难堪、害羞，这样的情绪在暗恋的人面前更是加倍地席卷而来。

她想要立刻逃跑。

“别哭。”

纪预抬起手臂，又放下。

继而他从口袋里拿出一小包纸巾，轻轻拭去段圆圆眼角的泪。

他的动作轻柔，柔缓到段圆圆难以置信地看着他。

大抵是因为逆着光，此刻的他整个人都在散发着淡淡的光晕。

段圆圆愣愣地接过纪预擦拭她眼角泪痕的纸巾，脑袋晕晕乎乎地回到教室，她立刻从书包里找出备用的卫生巾。

可她准备去卫生间的时候，看到自己的椅子上也有了淡淡的红色。

竟然沾到椅子上了吗?

可能是心理作用过于明显，段圆圆现在察觉小腹隐隐刺痛。

她决定先去卫生间整理好，再来擦椅子。

这么一会儿时间，不会有同学注意到的。

段圆圆出教室的时候，纪预还在走廊上。他大概是怕自己尴尬，所以没有和自己一起进去。

段圆圆想到这里，心中无比感激纪预。

纪预总是这样有教养、有礼貌，能把事情做到让所有人都感觉舒适。

纪预是等段圆圆离开教室后才进去的。

等到段圆圆回到教室，纪预仍然不在座位上，但刚刚也没有在走廊上看见他。

段圆圆不知道纪预去了哪里。

但刚好，趁纪预不在，她可以先把椅子擦拭一下。

可段圆圆看到自己椅子的那一瞬间呆住了。

刚刚椅子上分明有淡淡的一团红晕，不显眼，但能看出来。

可现在，椅子干干净净，什么痕迹也没有。

难道刚刚是尴尬之余产生的错觉吗?

段圆圆用指尖轻轻碰了碰椅子，椅子有些湿漉漉的，像是刚刚用湿巾擦拭过。

身旁的椅子被一只骨节分明的手拉开，是纪预回来了。

段圆圆红着脸颊，指着自己的椅子，问了一个她在心中已经百分之百确定答案的问题——

“纪预，是你帮我……”

纪预淡淡开口，仿佛一切就如同他说的那样自然而然地发生：“刚刚我不小心把水杯打翻了，弄湿了椅子。”

她说不清楚这种情绪，生理期本就比平时更敏感，这样的情绪让她眼眶又微微湿润。

纪预的水杯还在桌子上，丝毫看不出被打翻的痕迹。

段圆圆怔怔地看着纪预，似乎还在等纪预口中的回答。

她想听到什么答案呢。

分明自己心里已经确认。

纪预察觉到了段圆圆的目光，只好继续开口，他的语气里有些无奈，却不是没有耐心，他很认真地开口：“你最近不要碰冷水，所以这些小事我来做就好。”

不久前还在教室的同学都不知道去哪里了，现在教室里只有纪预和段圆圆两个人。

谁都没有开口说话，教室里一片安静。

风吹进教室，靠窗座位上的试卷被吹起，浅蓝色的窗帘也随着风微微摇晃，但这一切的一切都化作模糊的背景板。

段圆圆的眼里只有纪预，只看得见纪预，只能听到纪预的话。

这一瞬间，她心里只有一个念头：

世界上怎么会有纪预这么好的男生呢？

这天，段圆圆的日记本上多了这样两段话：

09/29

他把外套借给我，他帮我擦干净了被弄脏的椅子，他对我说“别哭”，他是世界上最有教养、最温柔、最优秀的男孩子。

我好像更喜欢他了，怎么会不喜欢他呢。

纪预借给段圆圆的外套，段圆圆回到家后立刻用洗衣液泡起来。

纪预的外套带着淡淡的冷调，和他身上的味道一样。

外套被她用手洗得很干净，她很认真地将外套挂在了衣架上。

纪预今年国庆假期仍然留在江坞。

刚好赶上林晨安的阴历生日，九月初一，他们四个人决定借着这个机会一起出去吃饭。

段圆圆顺便把外套还给纪预。纪预的外套被她洗得很干净，叠得整整齐齐。

他们找了一家在江坞很有名的东北菜馆，菜量十足，色香味俱全。

等他们到的时候，餐馆里面已经有不少人了。他们找到了一张靠角落的空桌子。

今天他们四个人很默契地都穿着黑色卫衣。

唯一不同的是，纪预和林晨安的是纯黑色的，只有品牌 logo，段圆圆和许净欢的卫衣前面印着彩色的图案。

许净欢和段圆圆坐在一起，许净欢的对面是林晨安，而段圆圆的对面是纪预。

虽然林晨安提前说过，不用送他生日礼物，大家一起吃个饭就好，但段圆圆和许净欢还是合买了份礼物给他，是一个保温杯和一套理综练习册，不是贵重的礼物，只是朋友的心意。

林晨安很意外，他是真的没想到能收到朋友们的生日礼物。

纪预也准备了礼物，是一件新款外套，黑色的，看得出来他们平时穿得最多的颜色就是黑色。

纪预看到许净欢和段圆圆合买礼物却不叫他的时候，笑着摇头："你们怎么都不带我商议。"

言语间还有些委屈。

段圆圆和许净欢有些不好意思地低下头，小女生商量着买礼物，叫纪预一起实在太奇怪了，而且她们还以为纪预和林晨安之间，不需要送什么生日礼物呢。

"话说，你们的生日都是什么时候啊，咱们还能一起过。"

许净欢："我是四月十七的生日，比你大，你叫姐姐就对了！"

林晨安撇撇嘴，侧过头问纪预："预哥，你呢？"

纪预唇角含着笑，"我过阳历生日，七月一日。"

林晨安有点羡慕："在暑假，真不错哎。"

原来纪预的生日是七月一号。段圆圆瞬间想到了纪预的 QQ 昵称，一个简简单单的"归"字。

原来他的昵称是这个意思。

那一天承载着太多以喜悦感动为主导的情绪。

他出生在全国人民都欢呼庆贺的一天。

纪预开口问段圆圆："你的生日是什么时候呢？"

他们三个人都说了自己的生日，只有段圆圆还没有说。

"我的生日是五月的最后一天，五月三十一号。"

许净欢笑着对林晨安说："怎么样，就你最小，在我们面前，你就是弟弟。"

遇夏

林晨安哂笑着转移话题，他平时一副大哥的样子，但没想到在座的几位都比他大。

他拿着筷子夹了一块锅包肉，还没送到嘴里就开口为自己“挽尊”：“你们都尝尝，这锅包肉真不错啊……”

没想到林晨安刚将肉吃进嘴里就呛到了：“咳咳咳，这也太酸了吧，这锅包肉得加了多少醋啊。”

林晨安被酸到的模样过于有趣，许净欢不信邪地也夹了一筷子。

本想嘲笑林晨安的，没想到她也被酸到了。

自己淋过的雨，也要让好朋友们淋一淋。

自己被酸到的菜，也要让好朋友们尝一尝。

许净欢就是本着“有难同当，有醋同吃”的心理，极力地劝说段圆圆和纪预也尝一尝这道锅包肉。

“哈哈，我很喜欢吃酸的。”段圆圆笑着开口，夹了一筷子放到口中。

林晨安没见过段圆圆这么能吃酸的人，他不信邪地劝纪预尝一尝。

纪预很淡定地夹了一筷子，在林晨安和许净欢不可思议地注视下说：“我也蛮喜欢吃酸的。”

段圆圆拿着筷子的手微微顿住，黑眸闪烁，她有些惊喜。

原来纪预和她一样，都爱吃酸。

她和纪预又多了一点相似的地方，这让段圆圆高兴不已。

林晨安听到纪预的话后咂舌，不敢相信怎么会有人能这么爱吃酸：“你俩真是一对儿‘变态’啊。”

他说这句话的语气略夸张，故意放慢了语速。

段圆圆听到他说“你俩真是一对儿”，心里被吓得晃了一下，她被林晨安这种乱点鸳鸯的惊世骇俗的言论惊到不停地咳嗽。

怎么会用“一对儿”修饰她和纪预呢？

“好吃你就慢点吃，别呛到了。”许净欢贴心地把放在林晨安面前的锅包肉移到段圆圆和纪预中间。

段圆圆握着筷子的手有些僵硬，她不知道纪预有没有注意到她的慌乱。

今天这顿饭由寿星买单，趁着林晨安去结账的工夫，许净欢说：“我跟圆圆本来还在犹豫要不要订个蛋糕的，你刚才不是说我们俩买礼物不带你吗，那蛋糕咱们三个一起订吧。”

“可以。”纪预说完就从手机上准备下单。

四个人吃完饭后去了湖边，外卖服务今年在江坞刚刚兴起，对他们来说能不用到店就取到点的餐还是个新鲜事儿。

蛋糕送到的时候，林晨安还有些难以置信，他没想到朋友们还特意给他订了蛋糕。

林晨安刚才结账的时候顺便买了几听饮料。

现在四个人坐在湖边的木椅上，吃着蛋糕，喝着饮料，惬意得很。

湖水清澈，旁边有几棵南洋楹，还有树叶已经微微泛黄的银白槭。

纪预单手撑着扶手，慵懒地靠在椅背上，即使这样，他看起来仍然气质清雅。他的身后就是清澈无澜的湖面，他微微偏头看着池砚湖。

段圆圆现在坐在他的斜对角，刚好能看到他冷厉流畅的下颌线。

美景和纪预搭配在一起，段圆圆看着这赏心悦目的一幕，不禁在心里默默地感慨：今天究竟是谁的生日？

为什么她快乐得像收到了上天赐予的礼物。

在和煦秋日的下午，四个少男少女坐在湖畔一角，高举着易拉罐碰杯，以饮料代酒，谈天谈地，分享着彼此的秘密。

无声的友谊在他们之间悄然滋长着，多年后回盼，这是金钱无法比拟的高中时光里的珍贵礼物。

因为已经是高二了，即使是国庆假期，老师布置的作业依然不少。

段圆圆写了很久，疲惫不已。她拿起手机，找到了经常看星座运势的网页，想要看看十月的星座运势。

她是双子座，平时看星座运势也只会飞速地找到双子座那一部分。但今天，她除了看双子座的星座运势，还特意留意了一下巨蟹座。

纪预的星座，正是巨蟹座。

双子座和巨蟹座在十二星座里是挨着的。

段圆圆就连看到他们两人的星座靠在一起都会觉得开心，像是拥有了只有她一个人知道的属于她和纪预的秘密。

段圆圆甚至很久很久以后也一直保持着这样的习惯，查看星座运势的时候，会认真地看两个星座。

开学的月考，他们第一次考理综。

老师说为了让他们适应高考，以后物理、化学、生物考试完全和高考一样，以一张理综卷子的形式考。这对段圆圆来说是一种挑战。

月考结束后，还要回到教室上晚自习。

纪预破天荒地问段圆圆：“你有没有创可贴？”

“你哪里受伤了吗？”段圆圆十指攥紧，语气中带着不自然的紧张，“可是我没有创可贴，我帮你问问其他同学吧。”

纪预摇了摇头：“是林晨安不小心磕伤了。”

“啊？”段圆圆心底竟然松了一口气，原来不是纪预受伤了，“那我再去问问其他同学有没有。”

放学后，段圆圆去了回南巷附近的二十四小时药店，买了许多创可贴。

不是因为林晨安。

而是因为纪预。

他们这个年纪，打打闹闹无意间受点小伤再正常不过了。

虽然段圆圆心里希望纪预永远也用不到她买的创可贴，但以防万一，她还是准备好，随身放在校服口袋中。

药店的工作人员找零钱的片刻，段圆圆望着只有路灯的巷子发呆。

昏黄漆黑的小路，偶尔有三三两两刚刚结束晚自习的学生经过。

和纪预同班之后，放学后见到他的次数反而少了，几乎没有在回南巷里见过他。

分明他也是走读生。

难道纪预搬家了？还是他仍然在教室里学习？

段圆圆今天是和周热一起来的药店，周热选的文科，但她这学期没有选择继续住校，也改成了走读，刚好可以和段圆圆一起走一段路。

“圆圆，走啦。”周热等到段圆圆接过店员找的零钱和创可贴，挽着她的胳膊一起出门，“你哪里受伤了吗？突然这么着急要买创可贴。”

“没、没有。”段圆圆在黑夜里低下眼眸，即使是自己的好朋友，她也不知道该怎么说，她暗恋纪预，是她一个人的秘密。

所以她轻抿唇角：“只是家里的创可贴没有了。”

这次月考全部按照高考的模式来考的。总分和高考一样，是七百五十分。

段圆圆考了五百八十三分，年级第九十名。

纪预考了七百三十九分，据说还是在阅卷老师努力地挑刺儿之下才扣掉十一分的。

他们之间的差距，是一百五十六分。

段圆圆从不气馁。教室黑板一角用粉笔写着高考倒计时，还有整整六百天。六百天的时间，足够让她离纪预近一点、再近一点。

试卷堆了一张又一张，练习册一摞又一摞。

落叶在校园里飘得遍地都是，气温开始骤降，秋去冬来。很快到了冬至，这一天学校餐厅卖得最多的就是饺子。

许净欢和段圆圆都吃的饺子。

说来也巧，中午餐厅学生多，她们和林晨安、纪预拼桌拼到了一起。

林晨安突然想起纪预不是江坞本地人，各地习俗多少有差别，有些好奇地问他：“预哥，你们家冬至都吃什么啊？”

饺子刚煮出锅，热气腾腾。

段圆圆和纪预之间隔着袅袅雾气。纪预即使坐在嘈杂喧闹的餐厅里，普通得不能再普通的筷子在他手中，亦如仙子手中执神杖。

她甚至有些不敢抬头看他。

纪预嘴角含着淡淡的笑："吃汤圆。"

"那你今天怎么没去买汤圆？"

纪预笑意加深了一点："这也算是入乡随俗。"

段圆圆吃饺子是一定要蘸醋的，醋不在卖饺子的窗口旁，而是在餐厅一角，小推车上装了许多蘸料，有酱油，有醋，还有麻油和香油。

餐车旁围着很多学生，她等了一会儿才排到，还特意找了一个空碗装醋。

但段圆圆没想到纪预会问她："醋是在哪里拿的？"

段圆圆告诉纪预。

只是没想到，现在餐车旁边的学生更多了，纪预有些遗憾地点点头，没有过去。

林晨安和许净欢不爱吃酸，吃饺子蘸不蘸醋都可以。

可是纪预是爱吃酸的，段圆圆知道。

段圆圆当下心脏"扑通扑通"地跳个不停。她还没有动筷，她甚至想把自己碗里的醋倒一些给纪预。

"怎么还不吃？"纪预的口吻正如朋友之间普通的闲聊一样，再平常不过了。

一张桌上四个人，只有段圆圆还没有吃饺子。

"啊？"段圆圆像是上课被老师提问那般慌张，连忙张嘴将一整个饺子都塞进嘴里。

刚出锅不久的饺子，虽然盛出来有一会儿了，可从皮儿到馅儿还都是烫的。

这一大口饺子烫得段圆圆口腔辣辣地疼，半天说不出话。

虽然他们四个人放假时总会一起聚餐，但在学校餐厅一起吃饭的时候并不多，再加上纪预本身就是学校里的焦点人物，平时拒绝女生时都是既礼貌又高冷，现在看到他和女生同桌吃饭，餐厅里其他人简直像是发现了新大陆一样。

旁边的过道，今天来来往往的人也格外多。

林晨安都发现不对劲了："冬至这么多同学都来餐厅吃饭？"

平时吃饭没见到餐厅有这么多同学啊。

许净欢好心提醒林晨安："你说你是不是傻啊，没发现从咱们旁边走的都是女生吗？"

"哦，"林晨安坏笑着看向纪预，"又是来看预哥的。"

不过林晨安很快又觉得不对劲儿了。跟纪预在学校里相处这么久，当然知道有很多女生会看他，在餐厅、走廊、操场……但为什么今天格外多？

林晨安把心里的疑惑说出来了。

他在男女情愫这方面不太敏感。

许净欢和段圆圆悄悄对视一眼，她们两个很清楚今天身边来来回回经过的女生是因为什么——

是因为她们俩。或者说，更多的是因为坐在纪预对面的段圆圆。很多女生打量的目光，赤裸地落在段圆圆身上，她并不是毫无察觉。

有些女生还是第一次见到纪预和异性一起吃饭，尤其还是长得漂亮的异性。

年轻的俊男靓女，就只是坐在那里什么话都不说，也很难让人不多想。

段圆圆和许净欢很默契地又低下头。

段圆圆抿了抿唇："要不然我跟净欢先走吧。"

纪预不会喜欢被当作商场展示柜里的物品一样任人围观。段圆圆心想。

许净欢和段圆圆想的一样，而且她们也吃得差不多了。

"不用。"纪预抬头，打断她们。

段圆圆有些诧异，不需要吗？

可是她看到了，纪预在被来来往往的女生围观时，分明隐隐地皱了眉头的啊。

纪预嗓音温和清冽："不是你的错，你为什么要逃跑。"

段圆圆从小在父母的爱里长大，但她还遇到了很多长辈，大多数长辈，有着不自知的通病：以多长出来的年龄无声地压制和否定小辈。

明明考试考得不错，但过年回家，总会有长辈说一句：怎么不是第一？

又或者拿她和自家孩子对比，话里话外都在打压段圆圆，只因为她是个女孩，而自己家里的孩子，是个男孩。

虽然这些不是来自原生家庭的影响，但或多或少也会对年幼的段圆圆造成心理上的影响。

她总是希望身边的人都开心，也很怕给身边的人添麻烦。

很多时候总想着对方开心就好，自己委屈点没什么，反正都是小事啦，没关系的，所以和她做朋友总是很快乐。

宽容、豁达——这些形容词听起来还挺美好的。

但很少有人发现她内心的敏感细腻。她自己都不知道自己有点轻微的"讨好型人格"。

譬如现在。

段圆圆的餐盘里还剩两个饺子没有吃完。

她看着饺子想到了小时候过年，一大家子聚在一起，很多亲戚，也有远亲，甚至有些段圆圆都叫不上来。

餐桌上也是放满了刚出锅的饺子，但总是会让哥哥弟弟先吃。明明她当时也是小孩子，明明她什么也没有做错，为什么不能和他们一起吃饺子?

她的眼眶不由自主地氤氲泛湿。

“不是你的错，你为什么要逃跑。”

从来没有人同段圆圆讲过这样的话。

就如同被打通奇经八脉，心脏因为被重视、被理解而“怦怦”跳个不停，浑身充斥着酥麻感，止不住的暖意顺着血管布满全身每一处角落。

怎么办啊。越来越喜欢纪预了啊。

这可真是甜蜜的糟糕。

下午英语老师这节课很有意思，以冬至为切入点，找了一个关于二十四节气的英文演讲。

英语老师还说了，英语口语比赛开始了，这次比赛能提高大家的口语水平，而且需要每个人都起一个英文名字。

“当然，获奖的同学会有丰厚的奖品哦。”

丰厚的奖品一下子激起了同学们的兴趣，下课后纷纷想着英文名。

段圆圆的英文名叫 Celine，和段圆圆很喜欢的一部电影的女主人公的名字一样。

“纪预，你的英文名是什么？”

段圆圆是英语课代表，统计全班同学英文名的重任落到了她身上。

“Creis。”

纪预平时话很少，段圆圆早就发现了。而且同桌相处这段时间，段圆圆发现纪预不太会发儿化音。

像是“一会儿”“等会儿”这些在生活中出现的频率比较高的词，纪预基本没说过。

不过纪预的普通话，要比许多人的“港普”标准得多。

纪预说英语的时候，完全是另一种味道，发音标准流畅，像穿着西装的绅士。

真好听。段圆圆在心里默默地说。

第二天上课，同学们拿到了英语老师特意为他们做的每个人专属的参赛证。

纪预把自己的参赛证放到段圆圆桌子上：“你这么报给老师的？”

“是啊。”段圆圆疑惑纪预为什么会这么问她，莫名地点了点头，“K-r-e-i-s，Kreis，没错啊。”

纪预的嗓音带着浅浅的笑意：“是 Creis，C-r-e-i-s。”

“C”和“K”的发音差不多，段圆圆便理所当然地认为是“Kreis”了。

遇夏

“不好意思啊。”段圆圆没想到自己会犯这么低级的错误，“我下课去找老师，让她再帮你重新做一份。”

纪预的嗓音里仍是掩饰不住的笑意，即使把他的名字写错他也完全没有生气的意思，语气里甚至有些宠溺：“你啊。”

段圆圆更不好意思地垂着头。

第十二章

再也不要一直喜欢他

在他们高二这一年，社交软件“微信”火爆网络，也在学生之间悄然流行。“朋友圈”“摇一摇”“公众号”这一些新鲜的功能对他们来说都很有趣。

学校里还掀起一股风气，那就是：“小学生才用QQ空间偷菜呢，我们高中生都是用微信发朋友圈的！”

段圆圆也紧跟这股潮流下载了微信。

周六的自习课上。

她不是学习机器，也会有想要放松的时候。

注册完成后，段圆圆暗戳戳地拿着手机玩。微信有些功能和QQ差不多，但很多又不太一样。

段圆圆点来点去，觉得有意思得很，只不过她的通讯录里一个好友也没有。

现在都在上自习，即使早就有同学按捺不住想要放学的心思，但教室里仍然安静。

这么安静的氛围里，段圆圆不好意思让同学帮忙把纸条传给许净欢。

段圆圆悄悄递过一张纸条问纪预：你有没有微信啊？咱们加个好友吧。

段圆圆本以为纪预会下课再加好友。

但她万万没想到，纪预很自然地从校服口袋里拿出手机，在她面前点开了应用商城，搜索微信进行下载。

自己在自习课上玩手机，就像做了什么见不得人的坏事，偷偷摸摸生怕被发现。

为什么纪预就连自习课上拿手机都会这么大方好看啊？

纪预注册好后，段圆圆和纪预成为微信好友。

微信的初始微信号像一排乱码，段圆圆注册好之后是想修改的，但微信提醒她微信号不像微信昵称一样可以随便改，微信号只能修改一次。

纪预的微信号也是初始状态，他也没有设置。

他们两个人的微信号惊人地相似，都是乱码一样的数字字母混合组合，并且开头都是“wxid_”。

即使是一些稀松平常的巧合也能让段圆圆暗自高兴好久。

段圆圆的聊天界面干干净净，只有纪预这一个对话框，里面的消息是成为好友后系统自动发的：我通过了你的朋友验证请求，现在我们可以开始聊天了。

纪预是自己的第一个微信好友呢。

自己也是纪预的第一个微信好友。

段圆圆目不转睛地盯着她和纪预的聊天界面。明明知道这代表不了什么，可还是抑制不住地开心。

纪预的微信昵称和QQ一样，仍然是简单的一个字——归。

让段圆圆意外的是，怎么刚刚还是“归”，现在就变成“对方正在输入中……”了？

纪预这是改了一个什么奇怪的名字？

但只是几秒钟，“对方正在输入中……”又变成了“归”。

随之而来的还有纪预发来的一条消息：快些学习，老师在后门。

段圆圆被这句话吓了一跳，她从刚才到现在一直保持着左手在桌子下面悄悄玩手机，右手拿着笔放在书桌上面的姿势。

看到纪预这句话后，她做贼心虚地把手机快速扔到桌洞里。

随后立刻抬起左手，十分刻意地抚了抚头发，顺势动作自然地将左手也放在桌面上。

她紧张到不行，生怕老师从后门看到她在玩手机，完全没注意到纪预就这样侧头看着她完成了一系列伪装。

段圆圆眼角的余光一直在看教室外的走廊，她在等老师的身影，只要看到他离开，她就放心了。

但她一直没看到，而且老师也没有进到教室里。

不应该啊？要是回办公室的话，必须要经过他们班前门。

“咳。”

段圆圆正全神贯注地想老师怎么还不来，不料又被纪预的轻咳声吓了一跳。

段圆圆转头看纪预，纪预左手握拳，轻轻抵在鼻下。

纪预的眉骨优越，眉毛黑而有形，用剑眉星目这个词形容他再合适不过。

只不过现在的纪预眼角含着张扬的笑意，这样一笑，仿佛全世界都在他眼里。

段圆圆从来没见过这样的纪预。

她就算再迟钝也该反应过来了。

纪预眼尾那得逞的模样，分明是在告诉她：后门根本没有老师！

十二月过得很快，圣诞节就要到了。

段圆圆今年依然准备了平安果。她不想再像去年一样了，默默地不敢送给纪预。

晚自习课间教室里热热闹闹的，气氛比平时活跃很多。大家都在互相讨论着自己手中的平安果。

段圆圆先绕到教室的另一侧，拿着两个平安果送给许净欢和林晨安，又绕回自己的座位，把许净欢和林晨安给自己的平安果收好。

随后又拿出一只一看就是精心包装过的平安果，鼓足勇气放到纪预的桌子上："纪预，送给你。"

祝你平安夜平安，圣诞节快乐。

这些话段圆圆没有说出口，她从给了许净欢平安果到回座位的这一路上，一直紧张得不行。

明明只是教室里的几步路而已，她却感觉自己走了很久。

坐到自己的座位上，手指紧张得都在发颤，她怕纪预拒绝。

她还记得去年平安夜，周热跟她讲，纪预拒绝了很多很多给他送平安果的女生，一个平安果也没有收。

她怕她也被拒绝。

"谢谢你。"纪预收下段圆圆放在他书桌上的平安果，手掌轻轻转动一下，像变魔术一样也拿出一个平安果，没有放到段圆圆的书桌上，而是拿在手中，等着段圆圆自己去接。

纪预讲英语的声音比平时还要温柔清澈："Merry Christmas！"

不同于市面上绝大多数用彩色塑料纸包装着的平安果，纪预带来的平安果，是用正方体的透明盒子包装的，盒子上印着白色的雪花和圣诞树等等一系列充满圣诞气氛的图案，盒子还用彩色的丝带围绕着，在最顶端打了一个蝴蝶结。

好看极了。

段圆圆指尖微颤，接过纪预送的平安果。

紧张不安和突如其来的惊喜并存，她的手指都微微发麻。

纪预又拿出两个平安果，起身送给林晨安和许净欢。

随后纪预没有回到座位上，而是离开教室，刚巧在门口碰到了周热——他去年的同桌。

周热："纪预刚好你在，帮我叫一下圆圆。"

纪预只好又折回教室。

段圆圆知道是周热来找她，便拿着自己准备的平安果，到教室外送给周热。

没想到纪预还在。

周热收到段圆圆的平安果后，在纪预面前晃了晃："怎么样，我有平安果，你没有吧。"

周热也记得，去年平安夜，纪预没有收到段圆圆的平安果。

纪预只是笑着，不开口也不反驳，转身离开了。

"你看纪预那个样子，啧啧。"周热一直和纪预不大对付，但两人同桌的时候也算和谐。

"真同情你，圆圆，你要一直和纪预同桌下去。"

"呃，其实还好啦。"其实段圆圆心里无比庆幸自己能和纪预同桌。

没想到这一幕落在周热眼里就成了分明不快乐还要努力为纪预说话。

"你也不用勉强，我也是和他同桌过的，天天来找他、给他送礼物的那些女生就很打扰学习了。"

当时周热和纪预的位置刚好挨着后门，所以别班的同学找他们会很方便。

但现在她和纪预的位置不在倒数第一排，而且他们班旁边就是老师办公室，这样一来，来找纪预的女生比之前少了许多。

"你看。"

段圆圆顺着周热的目光看去，是他们年级的一个女生拦住了纪预。周热不认识，段圆圆也不认识。她害羞地捧着平安果，似乎对纪预说了什么，等待纪预接过去。

那名女生的声音太小，周热和段圆圆听不清，但也能猜到，大抵是"希望收下礼物"这一类的话。

走廊上不止他们四个人，不少同学虽然视线没有看向纪预和那个女生，但也都侧耳努力听着两个人的对话，毕竟谁不爱听八卦呢。

然而纪预没有接女生手里的苹果，他的声音刻意压低了些，似乎只想说给对面的女生听，不想被走廊上的其他同学听到。

但还是不巧地被不远处的周热和段圆圆听到了："我不会随便接女生送的礼物，你的礼物应该送给更值得送的人。"

纪预的语气里没有敷衍和瞧不起，也没有炫耀和得意。

他的语气很真诚，他的心里真的是这么想的。

那个女孩子红着眼跑开了，就从段圆圆和周热面前。

"圆圆，你说纪预，为什么不说自己'苹果过敏'呢，他去年就是这么跟我说的。"

周热被这一幕冲击后还没缓过来，虽然和纪预同桌一学期，但这还是头一次见到有被他拒绝而且红着眼跑开的女生。

“因为你们是好朋友，朋友之间是可以开玩笑的。”段圆圆想，“如果对不认识的女生，他会觉得太不尊重了吧。”

在大多数男生以收到女生送的礼物为炫耀资本的年纪里，纪预连拒绝别人都那么彬彬有礼，这是伪装不出来的教养。

比起周热，对于那一幕，段圆圆受到的冲击更大。

纪预说他不会随便接女生送的礼物，但他今晚收下了她的平安果。至少，在纪预这里，她是有一点不一样的，对吗？

在纪预眼里，她和周热一样，都是朋友，所以他会和周热开玩笑讲自己苹果过敏，也会收下自己送给他的平安果。

纪预对朋友向来很好。

是啊，纪预就连拒绝别人都无比真诚，这样的人怎么会对朋友不好呢？

段圆圆忍不住想，纪预未来对女朋友，一定会更好。

纪预未来的女朋友，一定很幸福。

好羡慕他未来的女朋友啊。

人总是贪心自己求而不得的。

贪心的小孩，是不会得到圣诞老人的礼物的。

流光一瞬，这一年过得很快，无声无息地就结束了。

三十一号这一天，段圆圆没有看跨年晚会，而是和往常一样在卧室里学习。这一天，她没有因为跨年而松懈学习。

瑞雪兆丰年，一月下了一场大雪，落在地上的积雪至少有五厘米那么厚。

课间段圆圆到教学楼的花坛里用积雪堆了一个可以捧在手心里的迷你雪人，她想要放在教室靠走廊的窗台上，这样上课时一抬头就能看到。

段圆圆这么想着，双手很小心地捧着雪人，她还把树叶撕成了小小的圆形，当作小雪人的眼睛和鼻子。

她一小步一小步走得很小心，只是没想到越小心越容易出错。

走廊的瓷砖上都是学生们来来回回走过留下的雪渍，本来就不防滑的瓷砖变得更滑。

段圆圆脚下一个趔趄，眼看着就要向后摔去。惯性使然，她手里的雪人也没握住，被她甩到了地上。

段圆圆双眼紧闭，认命般地做好了摔倒在地的准备。但让她意外的是，她还没有倒地，后背突然被一双手牢牢地扶住。

多亏后面的同学，段圆圆才避免了四脚朝天的糗态。

段圆圆站稳后连忙回头致谢。

只是没想到，刚刚扶住她的，竟然是纪预。

纪预开口问段圆圆："没事吧？"

段圆圆呆呆地愣在那里。这三个字像点燃草原的第一支烛火，段圆圆此刻正如同经历野火燎原般的炙烤。

后背刚刚被纪预扶住的地方，火辣辣地滚烫着，明明杜女士早上还特意让她多穿点，那么厚的毛衣，也无法阻挡违背自然规律的温度的传递。

是啊，手心的温度，怎么会隔着这么厚的衣服继续传递呢。

明明纪预只是扶了她一下，甚至都不到两秒钟。

"没……没事。"段圆圆低着头，仍旧害羞地不敢去看纪预。

纪预捡起刚刚从段圆圆手心甩出的小雪人，因为段圆圆捏得很结实，再加上摔出去的时候并不严重，所以雪人只有头和肚子分开了。

纪预只是在手心重新捏了几下，小雪人就和没有受过伤的时候一模一样了。

"放在这里吧，不会很快就化掉的。"

纪预竟然把小雪人放到了段圆圆原本想放的位置。

段圆圆小鸡啄米一般点点头。她坐在教室里，刚好能看到。那勉强可以算是她和纪预一起捏的雪人吧，真是世界上第一可爱的雪人。

雪人在走廊的窗台上，可可爱爱地引人注意。

到了下个课间，有不少同学也堆了小雪人放在窗台上。放眼望去，整个一楼的走廊窗台上，都是各种充满创意的小雪人。

段圆圆悄悄给雪人拍了照片。

这里面的第一个雪人，算是她和纪预一起堆的呢。

高二教学楼一楼的雪人盛况，很快火遍全校。站在教学楼下向楼上看去，每个班的窗台外都零零散散地堆放着有创意的小雪人。

这也算是他们期末考试前最后的乐趣了。

期末考试段圆圆考得不错，又进步了，考了年级第七十三名。这个成绩足以让她过个快乐的新年了。

期末考试成绩出了，下一步就是等着布置寒假作业，以及大家最期待的放寒假了。段圆圆作为课代表去英语组领英语寒假作业。

没想到回到教室后，全班所有人手里都拿着一个大红包。

"哇，这么大方！就算面额都是一块的，也得有个二十块吧，全班这么多人，一人一个，老胡这个年大出血啊！"

"不过应该没有二十块吧，不然老班怎么让咱们回家后再拆开。"

段圆圆赶紧把英语作业放到第一排的同学处，让他们向后传，随后回到自己的座位上，想看看自己的红包。

但她的桌面上只有堆积的试卷，色调是单调的黑白色，哪有什么红色的红包？

段圆圆疑惑地问纪预："你看到我的红包了吗？"

"给你。"许是因为要放假的缘故，纪预看起来心情不错，挑了挑眉毛，眼中含笑解释着，"刚刚发的试卷太多了，还有这几张试卷，也是你的。"

说完又从一堆试卷里分出几张试卷给段圆圆。

能收到班主任发的红包简直就是意外之喜，她笑着问纪预："那还有红包拿来吗？"

纪预嘴角噙着笑意，反问："江坞拜年的习俗就是直接要利是封吗？"

考完试，便有种如释重负的舒爽感，再加上又要放寒假了，段圆圆心情一直不错，她眼眸弯弯，唇角上扬出好看的弧度，说出了平时不敢说出口的话："提前祝你新年快乐啦，快点利是封拿来。"

江坞这边过年时的习俗更多的是说红包，但刚刚纪预说了利是封，段圆圆也下意识地顺着他的话说。

她知道纪预不可能再有红包给她了，毕竟老胡就只给每名同学准备了一个红包。

但纪预总是带给她惊喜。段圆圆甚至怀疑纪预是不是藏着一个哆啦 A 梦的魔法口袋，怎么什么都能拿出来呢？

纪预打了个响指，一个崭新的正红色烫金边的利是封就出现在他的手中。

这是段圆圆第一次听纪预讲粤语。

他讲粤语时似有蛊惑的魔力，声调流利温柔，让人不自觉地沉沦。

他说："新的一年，万事顺利。"

教室里充斥着嘈杂的吵闹声，可段圆圆当下、此刻，脑海里完完全全只有纪预一个人的声音存在。

回到家段圆圆很仔细地洗了手，将利是封拿在手里仔细端详，厚度和老胡给的差不多，比老胡给的薄一点，老胡给的不是钱，是试卷，那纪预呢？

她小心翼翼地将手中的利是封拆开，就连被胶水封住的封口处，她也不忍心将它撕坏。

是手写的字迹，那便不是试卷。

不对！

手写？

纪预写了什么给自己？

段圆圆拿着纸张的手都在微微颤抖。她缓缓地将纸打开。笔迹磅礴遒劲，但又工整美观，笔酣墨饱，赏心悦目。

段圆圆太熟悉了。这是纪预的字迹，是他亲手写的！

一共有四张，是数学、物理、生物、化学的历届重点考点以及学习方法。每一张写得都很满，但排版很美观。

段圆圆一字一句仔细地读着，果然来自学霸的总结就是不一样！有些地方比老师、比教辅书上说得还要简单易懂。很多复杂的知识点，纪预解释得很详细，她一读就懂了。

段圆圆捧着薄薄的纸爱不释手，思来想去，给纪预发了一条消息：

谢谢你。

这一个寒假，段圆圆把这几张纸看了一遍又一遍。她自己都数不清看了多少次。

即使她每次都很珍惜地看，但右下角经常触碰的地方，还是有些微微磨损的痕迹。

她能把这几张纸上的每一个字都背下、默写出来，也按照纪预在上面说的，找了一部分相同类型的题目去做。

段圆圆怕继续翻看下去纸张受损会越来越严重，她还特意去小超市里买了一组装饰性的相框，把这几张纪预送给她的新年礼物装在了相框里。

她将相框挂在了写字台倚靠的墙上。这样她坐在桌前，每次抬头就会看到。

一整个寒假，她坐在写字台前学习的时间越来越长，每次遇到学习的疲惫期，她都会抬头，看着这几张纪预亲手写的知识点汇总，便什么疲惫都消散了。

只是，段圆圆见不到纪预，心里空落落的。

她越发迫不及待地想见到纪预。

高二高三会比高一提前开学，二月底就开学了。

段圆圆难得这么赞同学校的规定——一想到能见到纪预，就算是让她再提前一周开学她也开心。

然而天公不作美，接连几天都下雨，就连空气里也全都是湿漉漉的泥土味道。段圆圆穿着冬季校服，手中拿着雨伞出门，没承想当她准备撑开伞时，发现伞骨处不知怎么断裂开了。

杜女士出门的时候也拿了一把伞，不巧家里没有其他的雨伞了。

段圆圆只得折返回家，找找有没有雨衣雨披之类的挡雨工具。还好找到了一件雨衣，但现在学校里还会有人穿雨衣吗？

可当下的情形由不得她多想，她连忙将雨衣穿好，急匆匆地向学校赶去。

这一路上段圆圆见到的都是撑伞的同学，没有见到像她一样穿雨衣的同学。尤其是她的雨衣还是绿色的。

她记得之前有一件白色透明的雨衣，但怎么也没有找到，只找到了这一件深绿色的雨衣。虽然也是透明材质的，但因为颜色较深的缘故，在人群里还是很显眼的。

段圆圆刚进校园就决定先去卫生间将雨衣换下再去教室。一定不能让纪预看到她穿雨衣的样子。

但是墨菲定律总会在段圆圆身上一次又一次地得到验证。越担心什么，就越会发生什么。

“哟，你别说，你这一身真像个绿巨人。”林晨安熟悉的略带调侃的嗓音猛然在段圆圆身后响起。

段圆圆皱皱眉，怎么会碰到林晨安？那纪预是不是也和他在一起？

就像是为了印证段圆圆心中所想一样，下一秒林晨安的声音继续回绕在段圆圆耳畔：“你说是不是啊，预哥？”

段圆圆红着脸连头也不想回，她不想让纪预看到她现在的模样。

她不由自主地加快脚步，想要快点到卫生间去脱下这一身绿色的雨衣。

雨水顺着帽檐偶尔滑落一两滴到段圆圆的脖颈，泛起丝丝凉意。

她隐约听到纪预似乎是回应了林晨安的话，明明雨滴“啪嗒啪嗒”的声音接连不断，明明她和他们还隔着几步路的距离，但纪预温和清冽的嗓音还是被段圆圆捕捉得一清二楚。

纪预说：“绿药瓶。”

水滴顺着皮肤滑落到领口的凉意，树叶被密密麻麻的雨滴压得摇摇欲坠，但这一切的一切都比不过现在段圆圆心中的难过。

开学前有多想见到纪预，现在听到纪预的话就有多难过。

纪预是讨厌自己吗？女孩子怎么会像瓶瓶罐罐的啊。

纪预他是不想继续跟她做同桌了吗？

段圆圆垂着头，眼睛越来越红，晶莹的泪珠在眼眶里打转，她自虐般地抠着自己的手心，不断在心里反复告诫自己不要哭。

可是为什么会这么难过？

分明林晨安说她像“绿巨人”的时候，她一点也不伤心。

林晨安也像是被纪预的话惊到了，在他的印象里，纪预并不是会开这种玩笑的人。他觉得纪预像从老牌电影里走出来的贵公子。

“啧，你看，刚刚段圆圆连头也没回就走开了，肯定是听到你的话生气了。”林晨安一副看好戏的模样，“你怎么能说女孩子是药瓶子呢？”他全然忘记了自己刚刚还说段圆圆像绿巨人。

纪预垂着眸，看不出他的表情，薄唇轻抿，一言未发。

段圆圆换好雨衣到教室时，纪预已经坐好了。

段圆圆在心里对自己说：如果纪预解释一下，不论什么理由，她都会原谅他，就当刚才的话她都没有听到。

遇夏

段圆圆一整天都在等纪预提起“绿药瓶”这件事。

哪怕是玩笑，她也好难过。但纪预什么话也没有解释。

他们的相处和寒假前一模一样，就像没有发生刚刚那件事。

或许这对纪预来说是件说完就忘的小事。

但段圆圆没有忘掉，想到还是会忍不住泛酸难受。试问有哪个女生被自己暗恋的男孩子形容成“药瓶”会开心呢？还是绿色的药瓶！

但又不想被大家发现她因为这么一点小事就不开心了一整天。

这样矛盾的想法让段圆圆一整天都闷闷不乐的。

去年年底到今年年初那段时间，段圆圆心血来潮地写日记的次数比之前频繁许多。

12/06

我的第一个微信好友是他，他的第一个微信好友……也是我。

被他捉弄了，但我一点儿也不生气，我们的距离，好像又近了一点。

12/24

我忍不住贪心地把今夜的平安果算作我们互相交换的礼物，这是我收到的最好的平安夜礼物。

01/15

今天得知是他扶我的时候，我的心脏控制不住地跳动着。

还有，走廊上的小雪人真是可爱极了。

01/24

收到了纪预送的利是封，谢谢他的新年礼物。

…………

往日写日记时，她是快乐的，是羞涩的，嘴角是轻轻上扬的。

但现在，她的心情快要跌落到谷底。

她想，今天再写最后两句吧——

有始有终。

再写最后两句，就在心里把纪预当作普通朋友。

02/26

他说“绿药瓶”，或许是无意，但被我听到了。

我好伤心，我再也不要一直喜欢他了。

第十三章

植树节的礼物

接下来的几天段圆圆努力维持着平静，当作无事发生。

毕竟不出意外，两个人还要做同桌，直到高中毕业。

纪预的话只是朋友之间的玩笑，而且他并不知道自己暗恋他，所以段圆圆没有立场去告诉纪预，她听到纪预这样说很难过。

或许是段圆圆的错觉，她总觉得纪预最近这几天总是欲言又止，但到最后他却什么也没说。

新学期伊始，教室里的学习氛围总是浓厚的。

大家都变得沉默寡言，只知道埋头苦学，所以段圆圆和纪预同桌时的不自然，除了他们彼此，没有人察觉到。

一个平平无奇的周三，段圆圆到教室后照例坐在课桌前背英语单词。

和往常一样，没有什么不同。

这学期开始，老胡不让他们在课桌上堆放太多东西，哪怕是试卷和书本也不行。

老胡当时说："高考的时候你们的桌子上是空的，只有试卷，所以你们需要提前适应考场环境，免得在考场里因为紧张而更慌乱了。本来能考七百分的，一紧张才考了六百分，那咱们多亏啊。"

老胡说完全班都笑了。

所以这学期开始，他们班所有同学的桌面都很干净。

段圆圆的书桌上也只有英语笔记本。

在她专心背单词和词组时，两本书挡住了她正在看的内容。

纪预将两本书放到了她的笔记本上。

段圆圆有些疑惑地侧头看着纪预。

纪预的眼神一如既往地清和温柔，喉结上下滚动："送给你。"

遇夏

段圆圆有些不确信地又问一句："给我的？"

纪预点点头。

早晨的光线分外柔和，微风轻轻吹起窗帘一角，书声琅琅，一切都美好得不像话。

纪预从发梢到指尖，都散发着朦胧的光。

段圆圆得到纪预的确认后才仔细看纪预放到她桌子上的两本书。她本以为会是教辅书一类的习题集，但她万万没想到的是，这两本书竟然和高考内容完全不沾边——一本是《植物观察笔记》，另一本是《怎样按节气种庄稼》。

两本书都是崭新的，没有被拆开过，外面还包着塑封膜，所以段圆圆排除了纪预在书里圈出了什么内容，或者在里面夹杂了纸条这一类的情况。

段圆圆想不明白，纪预为什么会送这两本书给她？

她当前对植物学一点兴趣都没有啊！

段圆圆又不太确定地向纪预确认一遍："这……真的是给我的？"

纪预看段圆圆怀疑的眼神，稍稍无奈地笑着开口："当作节日礼物吧，挺应景的不是吗？"

段圆圆听到纪预这么说，还有些疑惑。

难道今天是什么节日吗？三月份有什么节日？

段圆圆在脑海里过了一圈，随后才反应过来。

今天是三月十二号，植树节！

难怪纪预说"应景"，《植物观察笔记》《怎样按节气种庄稼》这种书可不就很适合植树节吗！

所以，纪预是在示好吗？虽然这两本书段圆圆并不感兴趣。

事实上，如果不是纪预提到了，段圆圆根本不记得今天是植树节。

但段圆圆突然发现自己好不争气，明明已经决定不再喜欢纪预了，可看到这两本书，还是心软地原谅他了。

即使纪预从来没有开口解释过关于让段圆圆伤心的"绿药瓶"。

段圆圆自作主张地把这两本书当作纪预羞于说出口的道歉和示好，只是这礼物太让人意想不到。

今年"直男"这一名词在互联网上被普遍使用，他们高中生也时不时会说起这个词。

段圆圆没想到纪预竟然也会有这么直男的一面。

但无论如何，《植物观察笔记》和《怎样按节气种庄稼》这两本书，对段圆圆来说，也有了特殊的意义。

可段圆圆从来没深想过，纪预是一个谦逊有教养的男孩子，并且他有很强的共情能力，如果他察觉到自己说了什么伤害她的、让她不开心的话，那他是一定会道歉的，但这一次纪预却没有。

段圆圆把《植物观察笔记》和《怎样按节气种庄稼》这两本书都拆开了。书是崭新的，本想当作课后解压读物，但现在的她实在读不进去。

哪怕这是纪预送给她的。

上了高中，段圆圆沉下心读课外书的时候越来越少了。

寒假被她挂在墙上的“知识点相框”，即使是难过的时候，她也没有想过要摘下来。

而且段圆圆还会时不时地擦一擦，让相框时刻保持着不落灰尘的状态。

纪预送给她的这两本书没有被她收进书柜里吃灰，而是放到了卧室的写字台上——一个非常显眼的位置。

这是纪预送给她的节日礼物呢。

学校很重视他们的英语学习，除英语演讲比赛之外，还准备了口语情景对话练习。

以两两同桌为一组，发一张话题纸，上面有几组话题精选，任选一组即可，同时还要记录下对话的内容。

英语老师特意叮嘱他们写英文名。

段圆圆有了上次的教训，在前排同学还在向后传递话题纸的时候，就在心里提醒自己：千万不能再写错纪预的名字了。

但当话题纸发到手里时，段圆圆还是很顺手地写成了“Kreis”。

段圆圆红着脸，不好意思问纪预，转身问自己的后桌：“你有修正带吗？”

纪预听到了，他嘴边噙着笑：“怎么，‘C’‘K’不分又写错了？”

纪预一边说，一边顺便把修正带推到了段圆圆的桌子上。

段圆圆更不好意思了，自己的后桌还摇了摇头，表示她没有修正带。

纪预继续逗着段圆圆：“Creis 就有这么难记吗？”

两人认识这么久，段圆圆还会写错名字，尤其还是纪预的名字，段圆圆自己心里都快说不过去了。

段圆圆觉得写错名字对对方挺不尊重的，便有些歉意地轻轻问纪预：“Creis，有什么特殊的含义吗？”

“不好意思了？”纪预也不再逗段圆圆，而是很淡定地摇了摇头，“是老师要英文名那天临时起的。”

“啊？！”听到这个答案段圆圆有些意外，“你竟然没有英文名？”

纪预是香港人，段圆圆看过那么多的 TVB 剧，总觉得他们都会有英文名。

“JIYU 算吗？”纪预眉眼闪烁，“我家里人都直接叫我的中文名字。”

段圆圆心里稍微平静了一点，没想到纪预的英文名字竟然是他自己临时起的。

“那你呢，Celine？”纪预又问段圆圆，“Celine，有什么特殊的意义吗？”

“完全没有啦。”段圆圆的眼睛笑起来弯弯的，“是我很喜欢的一部电影的女主人公的名字。”

“Celine？”纪预似乎在回忆，随后问段圆圆，“*Before Sunrise*？”

“你也看过？”段圆圆像是找到了知音，“没错，就是这部电影。”

段圆圆继续说着：“还有 *Before Sunset*、*Before Midnight*，‘爱在’三部曲都很好看。”

她谈论着喜欢的话题时，睫毛一眨一眨，眼尾闪着细碎的光。

纪预：“我只看过前两部。”

“因为第三部是去年才上映的啦。”

段圆圆没想到纪预也看过这部电影，在她的印象里，这种靠对话支撑情节的浪漫爱情电影，会看的男生不多。

没想到纪预竟然是其中之一。

段圆圆的话都忍不住多了些：“每九年有一部，也不知道下一个九年后会不会有第四部。”

纪预微微偏头，额前坠着几丝细碎的头发，眼神深邃，薄唇轻轻上扬：“值得期待。”

白鸟啁啾，温柔的阳光穿过透明的玻璃，落在他们的课桌中间的话题纸上。

英语老师正在讲台上专心地看着试卷，任由全班同学自由地讨论着。

教室里响起嘈杂的对话声，段圆圆和纪预在所有人都在用英文对话时，悄悄地说着和学习无关的话。

就像任何一对同桌都会做的那样。

他们当时口中看似遥远的“下一个九年”并非遥不可及，“下一个九年后”的每天都发生着许多事，其中就包括电影“爱在”三部曲的主创团队拒绝了“爱在”电影系列第四部的创作，九年之约没有如期而至。

彼时段圆圆已经是小有名气的编剧，恰巧接了一部青春校园剧，编剧团队顺剧本时坐在一起回忆自己当年的校园生活。

“我高中可没早恋过，只知道埋头学习。”有位编剧起了个头，开始说他的高中生活，“最过分的事也就是逃个晚自习，还有上课和同桌悄悄聊天，你们别说，上课聊天可比课下聊天有意思多了。”

那是一个阳光大好的午后，会议室拉着窗帘都还觉得阳光有些耀眼。

段圆圆的位置刚好迎着光，她低着头，躲避着阳光，视线内都是自己的会议记录本。

恰好阳光落在她的记录本上，灰色的阴影将记录本分割成黑白两部分。

段圆圆脑海里突然出现了高中英语课的这一幕——

本来以为已经被她抛之脑后的这一幕。

原来她不仅没有忘记，还记得这么清晰。

甚至连那一天纪预用一贯温和的语气说了什么都清楚地记得。

甚至那天教室里阳光的温度、空气里潮湿又混合着试卷油墨的味道都清楚地记得。

甚至连用修正带涂改过名字后，重新写了一次的话题纸上的痕迹也都清楚地记得。

天气从微风骤起到渐渐闷热，黑板上的高考倒计时每天产生微妙的变化，日子就这样一天又一天地过着。

一张又一张的试卷，一次又一次的测验，随堂测、月考、期中考试……大大小小的考试和作业充斥着他们的日常，即使课间讨论问题，也会压低分贝，怕打扰到课间正趴在课桌上补眠的同学。

肥肥大大的校服包裹住整个头顶，课间十分钟左右的时间，也能稍微恢复一下精力，为下节课做好准备。

这就是平凡又普通的高中生活。

而这一切的一切，于段圆圆而言，因为同桌是纪预，每天都有了些许美好的不同和期待。

因为早上起得太早，觉根本睡不够，段圆圆也时常趁着课间趴着眯一会儿。

任课老师通常都会提前两三分钟到教室，往往叫醒段圆圆的不是上课铃，而是纪预。

“该起来了。”纪预的嗓音像是被泉水浸润过，清爽干净，尾音轻轻上扬，甚至能听出他嗓音里微微的笑意。

课间的几分钟段圆圆睡得不是很深，尚在半睡半醒间的她，似乎听到了这世界上最好听的声音。

她迷迷糊糊地睁开眼，甚至还有些不清醒。

纪预继续开口道：“老师已经来了。”

段圆圆迷糊地点了点头，微微晃了晃自己的小脑袋，意识比刚刚清醒了不少。

纪预的声音还在她的脑海里回荡，半睡半醒间她还在想，这样的叫醒服务，真的是她可以体验到的吗？

早上第二节课上数学，学生在昏昏欲睡中听天书——数学课简直是世界上最有用的安眠药，不去申请个专利都可惜了。

即使她课间已经睡了一会儿，现在也依旧困得像小鸡啄米。

她用力掐了掐自己的掌心，逼迫自己迅速清醒。

教室里像她这么困的不止一个，老胡在讲台上都快看不下去了。

老胡把手里的试卷扔在讲台上："你们既然知道自己困，就到后面站着，清醒清醒！"

今天阳光和煦，暖洋洋的，适合睡觉，再加上早上的数学课自带催眠光环。

教室里太多人犯困了，也不怪老胡生气，从讲台上一眼扫下去，有将近一半的同学都在不停地点头打瞌睡。

老胡的话刚说完，教室里"呼啦啦"地站起来了十几个同学，他们一起向教室后面走过去，教室后面本就不算宽敞的地方被占得满满当当。

段圆圆也是其中一个。

许是还沉溺在周末的快乐尾声里，星期一的早晨，段圆圆站到了教室后排，人是清醒了，可课怎么也听不进去。

她的目光望着教室前方，没有看向黑板，而是落在纪预的后背上。

段圆圆和纪预同桌这么久，知道纪预向来不怎么听课，但也从来没见他犯过困，他会做其他的试卷。

老胡也知道，而且很支持纪预。

也许这就是学霸的特殊待遇吧。

纪预向来坐得很直，后背挺拔，即使穿着普通的校服，在全班同学里也很明显。

早晨的阳光透过窗牖倾洒，落在他的周身，仅凭一个背景，也能让人一眼就注意到他。他微微低着头，右手握着笔，时不时地在草稿纸上写写圈圈。

段圆圆的目光落在纪预的后背上，怎么也移不开。

老胡也知道周一大家学习积极性不高，精神状态不好，看着没几个人能听得进去，他故意挑了挑眉："看看你们一个个无精打采的模样，你们可是最有活力的年纪，怎么看着比我这中年人还疲惫。既然如此，给你们说点高兴的事提提精神。"

全班同学的好奇心都被老胡勾起来了，所有人顿时睁大眼睛，和刚刚快睡着的状态完全不一样，都盯着讲台上的老胡。

"你们啊。"老胡恨铁不成钢地看着他们，要是听课的时候也有这种精神状态该有多好，"周三开始学校里举办篮球比赛，欢迎大家踊跃报名。"

班级里男孩子的欢呼声、鼓掌声此起彼伏，大家等待篮球赛已经很久了。

老胡："想参加篮球赛的同学将自己的名字统一报给林晨安，希望大家加油。"

他们也想让年级里其他班级的同学看看，他们一班，不只学习成绩优秀，体育也优秀。

篮球比赛那天，篮球场周围围了很多其他班级甚至其他年级的学生，女孩子居多。女孩子们的目光大多落在了赛场上的01号——纪预身上。

纪预穿着红色的篮球服，衣服背后印着耀眼的“01”。

“哇，纪预也太帅了吧，完全能出道了！不对，他比好多明星都好看。”

“篮球服好显手臂的肌肉线条，我晕了。”

“太羡慕和纪预一个班的同学了，太养眼了。”

“救命啊，我现在弃文转理去一班还来得及吗？”

段圆圆听着周围女生叽叽喳喳不断的讨论声。

许净欢悄悄说：“这也太夸张了吧。”

怎么会呢。段圆圆心想。

遇见喜欢的人，是恨不得将全世界所有美好的形容词都堆砌在他身上的。

比赛还没正式开始，他们还在篮球场上进行热身。

纪预在一群人里格外出挑。

纪预的身形挺拔，他至少有一米八八，手臂、小腿的肌肉线条流畅，身材比例极佳。

纪预给人的感觉总是既温和又冷漠，不熟悉的人见到他，第一感觉是他很冷淡，因为他长着一张不爱笑却英俊的脸，熟悉后才知道，他并不像看起来那样拒人于千里之外。

但不论熟悉还是不熟悉，都能察觉到他身上难掩的贵气，会让人不禁怀疑：纪预会打篮球吗？

段圆圆对纪预一见钟情，就是从看到他打篮球开始的。

虽然她从来没有对其他人说过。

尤其是他们一班这次很不巧，抽签抽到的对手是十八班——十八班是体育特长班。

“一班肯定一轮游啊，一群学霸对抗体育生。”

“是不是想让一班的同学好好学习，故意这样分好让他们早点回家啊。”

“管他比赛怎么样呢，我就想看看一班的纪预。”

“篮球进不进筐有什么要紧的，他进我心里就好啦。”

“太恶心了，小心我去告诉主任，让他抓你。”

周围的观众都会有这样的想法，更不用说体育班的学生们了。

他们眼底里有着不屑，眼神似乎在说：我们可不屑和一群书呆子打篮球，碰伤你们可就不好了，不如你们快点投降，早点回班里乖乖听课去。

一班的同学一贯要强，面对体育班的挑衅，心底肯定咽不下这口气。

林晨安咬了咬牙：“兄弟们，我们一会儿狠狠虐他们。”

纪预的表情依然没有太大的波动，他站在林晨安身边，微微垂着眸，浓密的睫毛在眼睑处留下淡淡的阴影，对于体育班的挑衅，他似乎完全不在意，一点也没放在心上。

林晨安还以为纪预的面无表情是因为担心紧张："嘿，预哥，你要是觉得不行就把球传给我，咱们这一局可不能输。"

纪预闻言抬起头，唇角勾起好看的弧度："放心，不会输的。"

裁判吹了一下口哨，这场篮球比赛正式开始。

加油声此起彼伏，段圆圆的目光始终紧紧地追随着纪预。

十八班的打法有些暴力，段圆圆的心始终悬着，她紧张地攥住校服口袋里的创可贴，她担心纪预会受伤。

十八班好几个篮球体育生上场，他们专业对口，技术到位，一路运球，准备投篮。

就在这焦灼的时刻，纪预跳了起来，伸出手臂，他的手臂肌肉线条流畅，一看平时就勤于运动，他很轻松地拦截住了对方投出的篮球。

篮球场外围观的同学们发出低低的赞叹，随后纪预灵活地换了位置，轻松地弹跳、抬手，篮球在他手中迅速且流畅地飞出，稳稳地落入篮筐。

篮球落在地上发出闷闷的响声。

纪预投篮的动作流畅得像是一幅画，观赏性极佳。

这是一个漂亮的三分球。

全场顿时掌声雷动，欢呼声不停地响起。

谁看了不说一句：太帅了。

赛场上一班的同学们被纪预刚刚的三分球燃到了，接下来的配合更为默契顺畅。

在剩余的比赛时间里，纪预是一班的主力，带领着一班的队员不断地防守拦截、主动进攻，篮球不停地灌入对方的篮筐，计分器上的数字飞速增长。

十八班的同学们完全没想到，不只是他们，全场好多人都没想到，纪预不光学习好，原来打篮球也这么厉害啊。

篮球赛场上喝彩声不断，段圆圆想到了辅导班的夏天。

她远远地看到了篮球场上的纪预。

那天烈日灼眼，无声的暗恋在她心底疯狂滋长蔓延。

中场休息，一班的同学们都围了过去，给上场的同学递水。上半场他们几乎以两倍的比分碾压十八班，一班的同学们都觉得了不起。

段圆圆也被许净欢拉了过去，许净欢还往她手里塞了一瓶冰冰的矿泉水。

"我们来送水啦。"

许净欢拉着段圆圆走到林晨安和纪预身边，她手中的冰水递给了林晨安。

林晨安毫不客气地接过矿泉水，"咕噜咕噜"一下子喝掉半瓶。

"给你。"段圆圆手中握着矿泉水，冰冰凉凉的，瓶身外已经有了水珠。

纪预额前的碎发被汗水微微打湿，他接过冰水："谢了。"

随后他很利落地拧开瓶盖，喝水时纪预的喉结上下轻微滑动，偶尔有一两滴水顺着下巴往下，滑进锁骨处悄悄不见。

是散发着荷尔蒙气息的少年。

段圆圆忍不住红了脸，迅速别开了视线。

比赛三局两胜。十八班下一局一定会竭尽全力去打。

本身他们的打法就很暴力，现在更是背水一战。作为专业的体育生，输了也太没面子了，尤其还是输给只会埋头苦读的尖子班——一班。

段圆圆能想到这一点，一班上场的同学也能想到。

他们趁着休息时间，正在商量对策。

纪预微微垂着眸，在脑海里回忆了一下刚刚赛场上的形势，以及每个同学习惯的打法。

随后纪预开口：“对方的进攻主力是 7 号和 3 号，等下他们为了赢，进攻一定会更猛烈，那我们等下需要做好……”

刚刚上场的同学们都清楚纪预在赛场上的表现，听得都格外认真。

林晨安听完忍不住感叹：“太牛了，预哥，你这去当教练也绰绰有余。”

比赛很快继续，一切都如纪预所料，十八班发起猛烈的攻击。一班的同学们也不是吃素的，牢牢地守住自己的防线。

这局双方打得很焦灼，比分咬得很紧。

篮球场上的少年们肆意挥洒着汗水，帅气的光环平等地落在球场上奔跑的每一个少年身上。

当然，在段圆圆眼里，纪预格外受到上天的偏爱。

段圆圆站在篮球场旁边为他们加油，站久了都觉得有些疲惫。

但赛场上奔跑着的纪预，完全看不出疲态，永远充满活力。

篮球在纪预手中，他步伐稳健，十八班的很多人都试图从他手中夺过球，周围的同学们都替纪预担心，这么多人围着他，他能突破重围吗?

任谁也没想到，纪预运球跳步急停，对方措手不及，随后篮球在他手中像是被施了魔法，以流畅的抛物线落入篮筐。

裁判的哨声响起，一班获胜，比赛结束。

全场爆发出震耳欲聋的欢呼声和掌声，这场篮球赛太精彩了。

在接连不断的呐喊声中，段圆圆依稀能听到女同学们兴奋的讨论声。

“太牛了太牛了！”

“呜呜呜纪预太帅了！”

“纪预就是妥妥的 MVP！”

“太羡慕他未来的女朋友了！”

“全校好多女生都跟纪预表白过啊，据说就连高三学表演的学姐也……

总之他一个也没同意。”

段圆圆的心像是被拧了一下。

这是她第一次听到这个八卦。

高三学表演的学姐，她知道是谁。

估计全校同学都知道，原因无他，只是因为那位学姐长得实在是太漂亮了，走在学校里都会有同学悄悄回头看。

平时在路上会被玩街拍的人拍，甚至还有星探找过她，而且那位学姐的学习成绩在年级也名列前茅。

原来，她也对纪预表白过吗？

那么漂亮的学姐纪预都拒绝了，纪预未来的女朋友，得优秀成什么样？

段圆圆漫不经心地往教室走着，心底却又隐隐作痛。

纪预和班里的男生一起走着。

打赢了比赛，大家都很高兴，笑容就没从他们脸上下来。

可有人欢喜有人忧。十八班的同学们就个个拉着脸，脸上写满了各种不屑。

一班学生的笑容在他们看来更是刺眼，快走到教室门口时，一个学生故意从后面追上纪预，经过纪预身边时装作无意地撞了他一下。

是在球场上怎么也防不住纪预的一个学生。

他的手指上戴着一个骷髅戒指，不平整的凸起在纪预的手臂上划了一下，随后他狠狠不屑地“哼”了一声，头也不回地离开了。一副输不起的样子，让人看了只会觉得可笑。

“你手臂流血了，怎么回事，很疼吧？”

纪预压根儿没有把刚才发生的事放在心上，但他回到座位坐好后，段圆圆立刻注意到了他手臂上的伤。

纪预这才察觉到，是刚刚十八班那个男同学用戒指划的。

如果不是流血了，纪预甚至都没察觉到疼痛。

听到段圆圆着急的关心，纪预也忍不住软下嗓音：“没事的。”

他其实都没想去管手臂上的伤口。虽然出血了，但只是小戒指划的而已，伤口并不长。如果段圆圆发现得再晚一点，伤口自己都能痊愈了。

怎么会没事呢？都出血了。段圆圆想。

段圆圆盯着他伤口处外渗的血迹，没有犹豫，拿出她放在口袋里的创可贴，她将上面的褶皱用手指顺了顺，随后放到了纪预的桌子上。

纪预微微诧异地撩了撩眼皮，似乎是没想到段圆圆居然会随身带着创可贴。

其实一点小伤口完全没有必要的，但他还是拿起创可贴，撕开包装，当着段圆圆的面，贴在了手臂上。

段圆圆看着纪预撕开她送的创可贴，明明是件小事，可她心脏“怦怦”跳得厉害。

晚上放学回家的路上，段圆圆又去二十四小时药店买了创可贴。

经过回南巷的巷口时，段圆圆随手把找的零钱放进了捐款箱里。

高中读书这段时间，段圆圆已经数不清多少次在这里捐款了。都是零钱，面额不大，但也是她的心意。

最开始的时候她是因为见到纪预太开心了，怕这种快乐很快被老天收走，所以想做点好事。

后来渐渐地，她也想像纪预一样，力所能及地帮助更多需要帮助的人。

篮球赛还没有结束，天气也渐渐炎热起来了。

纪预没有如期参加第二场篮球比赛，复赛那天他被英语老师拉去参加英语演讲比赛了。

段圆圆以为英语演讲比赛早就结束了，没想到比赛还在进行。

纪预的演讲取得了金奖，可他分明是被英语老师临时拉去的，听说还是脱稿演讲，稿子都是他根据演讲主题现场发挥的。

而篮球比赛一班输给了对手，被淘汰掉了，为他们高中的最后一场篮球比赛画上了句号。

教室里的空气中混合着试卷从印刷厂带出来的油墨味，在潮热的空气里不断发酵。

他们班教室里的空调制冷效果很差，找师傅修过也无济于事，老旧的风扇在他们头顶上一圈一圈地转着，偶尔发出“吱吱”的声音，段圆圆发呆的时候还会想，头顶的风扇会不会掉下来。

段圆圆的成绩逐渐稳定在年级六七十名，对她来说虽然比一开始有进步，但她总希望能更好。这样的想法会让她在学习上有点着急，但学习这种事，着急反而更容易出错。

数学周测的试卷发下来后，段圆圆看着上面一个又一个的叉号欲哭无泪。有些题目现在让她再做一次，分明是可以做出来的，但考试的时候，怎么也想不到解题办法。

还有最后的压轴题，段圆圆怎么也不会做。即使看了答案，她依然不会。

段圆圆轻轻咬着嘴唇，声音不算大地开口道：“纪预，这道题你能教教我吗？”

纪预扫了两眼题目，时间短到段圆圆都怀疑他有没有把题目读完。

“你开始的思路是正确的。”纪预拿着笔，在段圆圆的解题步骤上进行标注，“但是从这里开始……”

他们的距离很近，尤其是段圆圆的右手，明晃晃地暴露在纪预的视线下。

段圆圆的右手戴着手链，她不自然地转了转手链的位置，想让手链尽可能地遮住手腕处的疤痕，让它看起来不那么明显。

虽然这样的动作不过是徒劳。她手腕上的疤痕随着时间的推移渐渐变浅，但肉眼还是能看到，尤其是这么近的距离，非常显眼。

段圆圆的心里一酸，她怕纪预看到。

段圆圆试卷处的空白不多了，纪预写不完，他拿出他的草稿本开始写，完全没有额外的视线分给段圆圆的手腕，在段圆圆眼里十分明显的疤痕，纪预一点也不觉得有什么。

他的草稿本放在了桌洞里，拿出来的时候，有一个类似信封的东西被一起抽带了出来。

是个粉色的信封，落在了段圆圆的脚边，她看到了。

段圆圆心底酸酸的。

她弯腰把信封捡起来。

信在段圆圆手中，她看得很清楚，信封的包装很精美，还贴了粉色的贴纸，甚至还能闻到淡淡花香，是喷了香水，一眼就能看出送信的人很重视这件事。

段圆圆把信放到纪预的书桌上，说话的声音更低了："给你的。"

就是不知道是哪个女生给你的。

纪预向来都是冷漠地拒绝，怎么还会有女生把信塞进他的课桌里？

难道是他自己收下的吗？还是哪个同学悄悄塞进来的？但是她课间大部分时间都待在自己的座位上，也没有注意到啊……

段圆圆忍不住胡思乱想。

做数学题刚刚有点思路，就被突如其来的粉色信封打断。

纪预也没想到他的书桌里会夹杂着一封信，而且他似乎误会了段圆圆刚才的话，下意识地将主语想成了段圆圆，他犹豫地开口："……你？"

你给我的？

段圆圆这才意识到她刚刚那句话有歧义。她的本意是"别人给你的"。

"不是的。"段圆圆慌乱地开口，她怕晚一秒钟解释就会被纪预继续误会下去，她怕纪预在脑海里措辞该怎么拒绝她才不会让他们的同桌关系变僵。

她话音刚落，看不出纪预的表情。

纪预并没有当着她的面拆开信，而是继续对段圆圆讲刚才没有讲完的数学题。

"最后求导就能得出结果。"纪预把草稿纸放到段圆圆面前，"会做了吗？你按照我刚才说的捋一下思路。"

段圆圆下意识地转着手链，右手往纪预相反的方向挪了挪，握着笔，在草稿纸上演算。

但是她一边写一边在心里想，怎么纪预比老师还严格，还要看着她做题，当场要看到反馈结果？

“躲什么？”纪预淡淡地开口，带了些压迫感，“背着我悄悄抄答案吗？”

段圆圆第一次觉得纪预得到了老胡的真传，严格到甚至青出于蓝而胜于蓝。

她只是觉得右手手腕的疤痕太突兀。

段圆圆习惯了遮掩，更何况是在自己喜欢的人面前。

“没……没有的。”

纪预刚才讲题的时候，她脑海里时不时地闪过那封信，思绪总是被打断，所以现在写过程也写得磕磕绊绊。

段圆圆实在做不出，又有些不好意思地问他：“纪预，这一步之后该怎么做？”

纪预很有耐心，他讲题的声音温和清朗。

“这次听懂了吗？”纪预的嗓音淡淡的，含着些许鼻音，“嗯？”

段圆圆的心跳因为纪预略微上扬的“嗯”顿时漏了几拍，这撩人不自知的声音真是太犯规了。

纪预的声音有蛊惑人心的魔力，段圆圆有些不自然地红了脸颊：“嗯，我明白了，谢谢你。”

“再不会就回去多听听莫扎特 K448。”纪预笑着开口，对段圆圆开了句玩笑。

为什么要听莫扎特？听钢琴曲对提升数学成绩有什么帮助？

段圆圆没明白纪预的话，疑惑地看着纪预，等着他开口解释。

“咳，一九九三年，美国加州大学的神经生物学研究人员实验后发表过一篇论文，称听莫扎特 K448 乐曲十分钟后在空间推理能力和记忆力方面会有提升，也就是能提升智商。”

纪预说这句话的时候过于一本正经，又像是在忍着笑意开玩笑，搞得段圆圆都不知道他说的是真的还是假的。

但段圆圆听出来了，纪预说她需要提高智商。

段圆圆干脆利落地在草稿纸上写下完整的解题步骤，放到纪预面前，难得在他面前大胆地开口反驳：“你才需要听什么巴赫、贝多芬、莫扎特呢。”

纪预眼眸轻垂，唇角微微上扬，嗓音里含着笑意，顺着段圆圆的话，接着说：“嗯，我需要。”

段圆圆甚少见纪预这样，心脏因为他的这句话“怦怦”跳个不停。

她甚至听出了纪预声音里有一点……宠溺，不知道是不是她的错觉。

段圆圆被自己的这个想法吓了一跳，就连拿着草稿纸的手都忘记收回。

右手的手链因为动作的幅度有一点移位，他们现在都穿着短袖校服，也没有外套可以“遮羞”，她的疤痕没有被遮住，完全暴露在了纪预的视线下。

段圆圆飞快地、不自然地将右手收回，又小心地转了转手腕处的手链。

她的动作并不自然，而且因为有些着急，幅度在两个人之间显得有些过于明显。

纪预没有开口说话，但段圆圆刚刚的行为他都看到了。

两个人距离那么近，假装没看到也不现实。

空气仿佛在两人之间静止。

“很丑。”段圆圆率先打破尴尬，有些自嘲地开口。

这对段圆圆来说是一种防御机制，她预设到其他人见到她手腕伤疤的想法，率先说出口，这样对方会不好意思，而且也比对方说出口要好得多。

通常情况下，段圆圆这样开口后，其他人会说“什么”“哪有”“不明显啊”“你不说我都注意不到”这一类打圆场的话，然后迅速地转移话题，装作无事发生。

即使他们很想窥探伤疤背后的秘密。

但纪预就是纪预，他从来不是其他任何人。

纪预没有装作不知道，而是很认真很认真地开口：“并没有。”

真诚且真挚，丝毫没有装模作样的虚伪伪装。

“伤疤是我们身体的一部分，它是独特的特色和完美的个人风格印记。”纪预继续开口，他的嗓音依旧认真温和，“所以没有必要遮掩，或者觉得不好看。”

纪预甚至没有重复段圆圆刚才说过的“丑”字，而是换了一个委婉一些的形容词。

段圆圆的心像是被狠狠地撞了一下，心底的冰山被一句话轻易融化，热意从四面八方袭来。

从来没有人对她说过这样的话。

段圆圆被烫伤的时候还不记事，所以在她的印象里，这个伤疤从她有记忆开始就有了。

她会因为伤疤自卑，虽然现在长大了，渐渐变得不在乎，但也没有完完全全地接纳她手腕上的伤疤。

但纪预却对她说，这是“独特的特色和完美的个人风格印记”。

完美吗？

怎么会呢，她去过很多次医院，想要做祛疤修复，但得到的结果都是“没必要”或者“效果不会明显，与其浪费金钱和承受手术的痛苦，不如不做”。

段圆圆的眼眶热热的，她对纪预的暗恋始于篮球场上坠入他眼底的清泉，而在认识纪预后，知道他的性格、人品和为人处世风格后，便彻彻底底地沦陷。

纪预今天说的话段圆圆一直没有忘记，回到家后，想到纪预今天的话，心脏仍然“怦怦”跳个不停。

温热的血液蔓延至全身，身体的每一条神经末梢都触及到了这句话带来的暖意和震撼。

05/16

他说，疤痕是独特的特色和完美的个人风格印记。

我想慢慢感受他说的这个世界，我想开始尝试和伤疤和解，开始接纳手腕上从小就有的伤疤。

第十四章
他们当下正自由

今年的夏天是苦夏，平均温度至少比去年高了三摄氏度，蝉鸣聒噪，人像被罩在透明的蒸笼里，动一下都会冒热气。

湛蓝的天空挂着如火球一般的太阳，将人炙烤得烦躁心慌。

许净欢抱怨：“最近这一周的作业也太多了，压根儿做不完啊。”

段圆圆抿了抿唇：“是啊，都快记不清上次做完全部作业是哪一天了。”

这些都是琐碎的、平淡的、一张又一张试卷堆积出来的重复的日子，他们当下不止一次地希望这样的日子快点结束，迫不及待地想要过上自由的、无拘无束、再也不用写作业的生活。

只是许久之后回忆起来，才明白什么是“当时只道是寻常”。

那是青春的、热情的、美好到独一无二的，无法复制、永远也回不去的高中时光。

窗外蝉鸣声声唤个不停，空气中泛着潮热，整个教室里都是热气腾腾的。

学校的篮球比赛到现在还没有结束，有时候他们坐在教室里也能听到篮球场上传来的加油声和欢呼声。

班级里有的男生忍不住手痒，他们时不时会在教室里来个传球、运球的假动作，或者扒着教室的门框来个引体向上。

比如林晨安。

他轻松地勾住门框，把门框当成单杠，还装酷地吹了声口哨。

许净欢听到口哨声抬头，嫌弃地发出声音：“啧啧。”

她收起手里的试卷，故意路过林晨安，准备踹他一脚。

“怎么样，踹不到我吧。”林晨安反应很快，早就看出来了许净欢心里想什么，灵活地躲开了。

倒是许净欢，抬腿后重心向前不稳，差点摔倒。

段圆圆收起手里的习题册，坐在座位上看他们两人打闹。

身旁钻过一丝微风，甚至带着夏日里特有的气泡般的凉气。

段圆圆闻到了淡淡的清香，似有似无的，好闻极了。

夏季裹挟而来的燥热瞬间消散，那味道不是香水味，而是独属于少年的味道。

段圆圆偏头，正看到纪预左手拎着一罐绿色包装的汽水站在座位旁，在和一旁的同学说话。

手里的汽水应该是刚从小卖部买来的，瓶身外裹着细密的小水珠，但不像是雪碧。

纪预没有注意到段圆圆在看他。他的手掌很大，手指骨节分明，手背有微微突起的血管，顺着蔓延到小臂。

纪预左手三根手指虚握着易拉罐的顶部，随后修长的食指落在易拉罐的拉环上，指尖勾住拉环，拉环被毫不费力地用一只手轻松挑开。

纪预已经坐在座位上了，仰头喝了一口手中的汽水，喉结随着吞咽的动作上下滚动。

怎么这天气比刚才更热了，自己脸颊和耳尖都热热的，段圆圆在心里想。

几年后段圆圆已经在大学校园里被称作学姐了，她的舍友参加的社团举办的破冰迎新生活动，其中一项是比赛谁一分钟内单手开易拉罐数量多。舍友买了好多罐不同的易拉罐装饮料，在宿舍练习单手开易拉罐，她们几个人都围在一边等着投喂饮料，舍友打开一罐，她们就很自觉地喝一罐。

舍友是个手上没什么力气的女生，单手开有些费劲，宿舍几个人就围在一边为她出谋划策，找最省力、最容易上手的单手开易拉罐的方法。

那是国庆假期前，天气微凉，段圆圆在宿舍里已经穿上了长袖。

但她脑海里却抑制不住地想到了炎热的高中教室，舍友的讨论声和脑海里高中教室里同学们的说话声渐渐重叠在一起。明明早就发过誓不可以再去想他，可少年单手拉开易拉罐的动作，段圆圆记得清清楚楚。

“看什么呢？”纪预似乎察觉到了段圆圆的目光一直在看着他身旁，他甚至还顺着段圆圆的目光向旁边看了看。

“咳咳……”段圆圆被突如其来的疑问呛到，心虚地咳了咳，总不能说看你吧。

段圆圆飞速地找了个借口，就连她自己都佩服她现在的临场发挥能力：“在看你手里的汽水，不像是雪碧？”

纪预把手里的汽水放在课桌上，易拉罐以绿色为主，中间以黄色点缀。

原来不是雪碧，是忌廉汽水。

段圆圆不是很喜欢喝饮料，但她突然也想尝尝纪预手里的汽水的味道。

天气太热，他们班又在一楼，去小卖部非常方便，课间就有很多同学去小卖部买冰糕、冰镇饮料。

教室里的空饮料瓶和易拉罐多了起来，偶尔歪在桌脚边没被注意到，不小心踩下去，总会发出刺耳的摩擦声。

教室里最多的就是可乐瓶，红色的可口可乐瓶或者蓝色的百事可乐瓶都有，但段圆圆观察过，纪预很少喝可乐，总是喝忌廉汽水。

段圆圆没有在学校买，而是回家后悄悄买过一次。

她在便利店里找了好久才找到，打开冰柜的那一瞬间，不知道想到了什么，脸颊红扑扑的，伸手拿了一罐忌廉汽水去结账。

段圆圆不会用单手开易拉罐，她左手握着瓶身，右手用力一拉，才把拉环拉下来。

忌廉味汽水比她想象的要甜许多。

原来纪预喜欢甜啊。

纪预看起来如青松般冷淡，竟然嗜甜，很强烈的反差感呢。

段圆圆抿了口汽水，就连心底也被甜到了，她忍不住唇角上翘。

这是她发现的纪预的秘密。

只有她自己知道。

自习结束后，许净欢约段圆圆去修改校服。

今年学校里掀起一股修裤脚的浪潮，很多女生找裁缝师傅把肥肥大大的夏季校服裤子改小一点，穿起来显得腿又细又长。

段圆圆只准备让裁缝师傅改一条。

没想到学校附近的裁缝店竟然还要排队。一眼望去，前面都是穿着他们学校校服的学生。两个人都换上崭新的校服裤子后，许净欢笑着说："我从来没觉得咱们学校的校服能这么好看。"

"裁缝师傅的手艺真不错，改得刚刚好，太合适了。"

明明家里的其他裤子随便找出一条都比校服裤子好看，但现在在学校里，平时肥肥大大的校服裤有些时尚的模样，穿在腿上，看着镜子里纤细修长的腿，段圆圆心里莫名地开心。

许净欢和段圆圆挽着手臂回到教室，准备开开心心地迎接下一节课。

"哟，你们俩竟然也改校服了。"林晨安本来和纪预在走廊上闲聊，谁想看到了段圆圆和许净欢穿着新改的校服裤。

许净欢心情不错，难得没有呛他："不错嘛，眼睛挺尖，改了之后比之前好看多了吧。"

"哼。"林晨安没说话，而是拍了拍纪预。

纪预慵懒地后靠在栏杆上，听到他们的对话后漫不经心地抬头，黑色的眼眸没有刻意地去看段圆圆和许净欢的裤子，而是很自然地抬眸，不会让对方感到不适，和平日里一样。

段圆圆却不自然地红了脸颊，心脏紧张到漏跳几拍。

但没几天，老胡发现了班里很多人都改了裤脚。

“学生就要有学生的样子，在学校里不要搞攀比穿搭，要比就比成绩嘛！”老胡微微叹了口气，“再说了，你们现在正是最青春的时光，穿什么都掩盖不住你们的朝气活力，不要分心。”

老胡说完之后，她们又很自觉地换回了以前肥肥大大的校服裤子。

段圆圆也是，只不过她觉得有些可惜，才穿了没几天呢。

高二的日子过得很快，没几天就是期末了。这几天老胡像是打了鸡血一样，天天晚自习都在学校值班。

同学们说着道听途说的八卦，他们现在最八卦了，尤其是老师的八卦，哪怕是假的，也听得津津有味。

晚自习还没开始，这些讨论的声音也自然地飘进了段圆圆的耳朵里。

“老胡的课你可从没这么认真听过。”纪预略带调侃的声音在段圆圆耳边响起。

“哪有……我都很专心的。”段圆圆有些意外，纪预也会对她开这样的玩笑。

明明很普通的一句话，明明他们认识了这么久，可她心底还是止不住冒起快乐的小气泡。

和平常无二的晚自习，段圆圆的心情却格外好，甚至连学习效率都比平日高了那么一点点。

她正在埋头做英语阅读理解，突然眼前一黑。

段圆圆被突如其来的黑暗吓了一跳。

教室里竟然停电了。

“停电啦！”

他们楼上一层又或者是更高的楼层同时传来欢呼声，他们在一班听得清清楚楚。

这些声音就像是点燃教室氛围的导火索，原本安静的教室顿时变得喧哗沸腾起来。

只不过他们很乖巧地待在座位上，谁也没有想过离开教室。

教室里因为停电，漆黑一片，走廊也停电了，校园里的路灯微弱，昏黄的光线根本照不到他们的教室里。

段圆圆在刚刚停电的时候有一些害怕，但很快接受了这份惊喜。

即便因为停电，教室里的风扇也停止运转，可他们也完全不在意。

因为在黑夜里视力减弱，嗅觉变得更加灵敏。

风扇不转了，教室里的空气不再流通，夏天出汗多，好几种味道混合在一起，没多久这屋子里的空气便不那么好闻。

但段圆圆的鼻尖钻入了一股清香，像雨后被冲刷过的青草地。

因为嗅觉在黑夜中更加灵敏，这味道比平时若有若无的样子浓烈了些许。

段圆圆忍不住挪了挪位置，离纪预更近了一点点。

他身上的味道，比教室里的空气好闻太多了。

教室里很黑，同学们聊天的声音到现在还没有停下。

段圆圆趁着黑暗，大胆地把自己的目光毫无保留地投在纪预身上。

明明教室漆黑，可段圆圆偏觉得纪预的眼睛里闪烁着光。

只有所有人都看不见的时候，她才敢毫无保留地看向他。

“咳咳，大家都安静一下。”老胡今天也在学校值班，因为停电来维持班级秩序，“是电路问题，学校已经在找人维修了，大家不要着急。”

同学们听完后发出笑声，谁会着急啊！大家都恨不得多停一会儿电呢。

老胡思索片刻后提议：“不如我们现在一起唱首歌吧，等着来电。”

因为谁也看不清谁，同学们也格外大胆，甚至还敢开老师的玩笑，不知道是谁捏着嗓子说了一句：“胡老师，我们想听您唱！”

“胡老师，来一个！”

…………

全班同学都整齐地喊起了口号，这要是在平时，大家是不敢这样起哄的。

老胡也不拂他们的面子，难得有这样的师生共处的机会，只不过让他教书可以，但唱歌是真的不擅长：“哈哈哈，我听的歌估计都和你们差不多大了，而且流行歌曲我只会唱一首。”

“没关系！老师唱吧，唱吧！”

“您唱什么我们听什么！”

见同学们都这么说了，老胡也不再推辞，他没有找伴奏，而是直接清唱起来。

老胡唱歌的声线很低，自带沧桑感，教室里光线昏暗，所有人都在安安静静地听老胡唱歌。

那片笑声让我想起我的那些花儿
在我生命每个角落静静为我开着
我曾以为我会永远守在她身旁
…………
她们已经被风带走散落在天涯
人们就像被风吹走插在了天涯
她们都老了吧
她们还在开吗

朴树的《那些花儿》曲调温暖却又忧伤，教室里不知道是谁先开始，发出了低低的抽噎声。

随后像是被传染了一样，许多同学都忍不住默默地流泪。

段圆圆的眼泪从老胡唱到一半就流个不停。

明明刚刚那么快乐，可现在为什么那么悲伤？

老胡自己也没想到，唱首歌竟然会引得这么多同学感伤，他连忙开口，可他开口才察觉，自己的声音也有些哽咽："孩子们，你们要记住，天下没有不散的筵席，我们无法阻挡时间的流逝，我们能做的就是过好每一天，让我们彼此都珍惜最后这一年。"

今天恰好是六月六号，可不就是还有最后一年嘛。

老胡出去接了个电话，教室里的氛围缓和了一些，大家又开始窸窸窣窣地聊天。

段圆圆还在小声抽泣着，她双手随意地搭在课桌上，眼眶红红的，其实她的心里已经没有刚刚那么伤感了，可眼眶里的泪水就像不受自己控制似的，一滴一滴地从脸颊滑落。

只是手掌心里突然多了一个微微泛凉的物品，薄薄的。

突然落入掌心，随之而来的还有淡淡的清香。

段圆圆捏了捏，是独立包装的湿纸巾。

"谢谢你。"段圆圆小声向纪预道谢。

"只要有心，是不会走散的。"纪预的声音在黑暗里依然那么清润好听，只不过他的这句安慰，语气听起来有些僵硬，有些干巴巴的。

段圆圆猜测，纪预或许是想让她别哭了，但又不太会说安慰人的话。

但纪预说的这句话，就算是安慰人的话，段圆圆也觉得无比暖心。

她真的会相信纪预说的，只要有心，便不会失去联系。

老胡的电话打了有一会儿，等他回来后，教室里的氛围已经恢复得差不多了。

老胡笑眯眯地看着他们，声音里都带着笑意："刚刚学校通知，电路今天修不好了，所以今天提前结束晚自习。"

欢呼声、掌声、起哄声顿时响起，几种声音混合在一起，教室被他们吵得天翻地覆，整栋楼所有班级都是如此，他们班在一楼，甚至还感觉到了微微的震感。

"既然今天放松了，那明天更要努力学习。"老胡还在叮嘱他们。

同学们嘴上回答知道了，结果冲出教室的速度比什么都快。

段圆圆先出教室，在门口等许净欢。

许净欢拉着段圆圆：“好啦，我们一起走吧。”

借着班级外花坛旁边的路灯，能看到许净欢的眼眶也微微发红。

教室里大半的学生一起往外走，走廊这段路不算宽阔，纪预和林晨安刚好被人流挤到了段圆圆和许净欢身边。

年级主任和值班老师在学校里疏散学生，怕他们太拥挤发生踩踏。

黑夜如幕，偶尔有一两颗星星钻出云层。

夏天的深夜已经褪去燥热，只剩沁人心脾的舒爽。

草丛间不知名的小虫发出隐隐约约的鸣叫，路灯昏黄，朦胧的光线一晃又一晃。

四个人两两走在一起，即使安静地什么都不说，此刻也如此美好。

霎时间学校里明亮了许多，从刚刚的黑暗到一下子这么明亮，他们下意识地回头看向教室，居然来电了！

校园里发出一声声“啊”，感叹声此起彼伏。

年级主任就站在他们不远处，撑着腰，眼睛瞪着他们。难道是要再把他们哄回去继续上晚自习？

全校的学生们从来没有一刻这么默契过——

有人大喊了一声：“跑啊！”

大家再也不回头看已经灯火通明的教学楼。

所有人大步向前跑着，没有人理会老师们是否会召他们回去。

他们此刻只想做自己。

段圆圆和许净欢在发现来电的那一瞬间对视一眼，继而牵着手大步地向前跑。

纪预和林晨安跑得不快，紧紧地跟在她们旁边，怕她们被人潮挤到。

明朗的笑容挂在他们脸上，映衬着昏黄的光，世界上再没有哪一瞬的笑容能比此刻他们所有人脸上的笑容更耀眼。

他们把有关学习的烦恼和压力甩在了身后，不论成绩高低，所有人的灵魂在这一瞬间都得到了释放。

月光皎皎，可光芒不必万丈。

扶摇直上，他们当下正自由。

高二期末考试结束后，段圆圆和许净欢一起找了一家火锅店，一起吃了高二学期的最后一顿饭。

没想到两人在火锅店里碰到了纪预和林晨安，于是四个人很默契地决定拼桌一起吃。

纪预坐在段圆圆的对面。

段圆圆观察了一下四个人调的蘸料，她和许净欢调的是麻酱，林晨安只倒了一点醋和蚝油，而纪预调的是油碟。

段圆圆决定下一次也尝试一下油碟，她想尝一尝纪预喜欢的口味。

林晨安点了很多牛肉，他最近在控制饮食："还有两三个月就开始体育招生考试了，我吃点牛肉就行了。"

林晨安现在的成绩在一本线上下徘徊，但如果走体育特长，能上TOP级别的学校，他喜欢体育，为了体育招生付出了很多，既要跟着体育生训练，又不能落下他们理科班的学习任务，这一年他过得很辛苦。

许净欢咂嘴："你在一旁看我们吃你不馋吗？你现在也太夸张了，偶尔吃一次也胖不了太多吧，而且吃得多跑得更快啊。"

"我这属于做好万全准备，不打无准备之仗啊。"林晨安笑了笑，"等我体育考试结束，拿到大学保送的offer，想吃什么我请客！"

"这可是你说的，一言为定！"

他们都相信林晨安绝对能有一个好成绩，毕竟他之前在市里的体育比赛里就取得了能够加分的成绩。

四个人从期末考试的压轴题谈到了最新上映的电影，从学校老师的八卦谈到班里的某某和某某是不是在一起了……

天南海北，他们无话不谈。

对面的少年额前碎发下是漆黑的眼眸，只看一眼就会深深溺陷其中。

段圆圆和纪预单独在一起的时候总会忍不住紧张，但四个人在一起，她却能放松地把自己的心掩饰得很好。

四个人共同举杯，手中的玻璃杯碰撞在一起，发出清脆迷人的声响。

少男少女恣意地笑着，伴随着火锅的袅袅雾气，高二生活画上了圆满的句号。

老师们怕他们在暑假不学习，布置了数量巨多的暑假作业。

段圆圆暑假最大的放松项目就是睡到自然醒，随后就开启一天的学习。

因为即将步入高三，她连学习之余的休息时间都很少再玩手机，而是改成了看《李白诗集》。

李白的诗大气磅礴又不失浪漫，读《李白诗集》，既算是看课外书，也算是为高考语文做准备，甚至读到喜欢的诗，她还会摘抄下来。

段圆圆看着看着，莫名回想到了临放暑假前，她去英语组拿假期试卷，无意间听到了英语老师和旁边老师的对话。

旁边的老师感叹了一句："真羡慕你们班有纪预那么优秀的学生，他上次的演讲比赛我在现场，就连临场发挥的演讲都那么精彩，明年P大还是T大都得随便他挑。"

“谁说不是啊，但听老胡说过，他好像是想上T大的。”英语老师带了这么优秀的学生，一点都不谦虚，话语里都是掩饰不住的笑意，“以他的成绩，还不是想上哪里上哪里，到时候成绩一出来，那些大学不得拼命找他求他去自己学校啊。”

段圆圆数完英语试卷就离开办公室了，但两位老师的对话她听得清清楚楚。

不论T大还是P大，都是全国最优秀的大学。

T大，原来纪预的目标是T大，那是她想都不敢想的大学。

段圆圆知道自己现在离这两所大学差距甚远，但她可以努力和纪预考到同一个城市。

收起手中的《李白诗集》，她继续埋头苦学。

大城市优越的地理位置通常会使得他们本地大学的录取分数线更高一点，段圆圆在计划本上制订了完整的学习计划，完成一条画掉一条，对她来说这样能提高学习效率。

草稿本用完了一本又一本，试卷做完了一张又一张，段圆圆把它们都堆在了角落里，现在已经有十几本了。

等到高三结束，一定很壮观。

在暑假结束前她又用完了一本草稿本，段圆圆充满成就感地随意翻动两页，就准备把它放到角落，但翻到其中一页的时候段圆圆突然愣住了。

那是她从《李白诗集》里摘抄的两句。

纪叟黄泉里，还应酿老春。

预拂青山一片石，与君连日醉壶觞。

这两句诗歌的周围写满了杂乱的数学公式，更像是在欲盖弥彰地掩饰她摘抄这两句诗句的真实目的——

纪、预。

他的名字。

带有他名字的诗句，段圆圆能背出不止一条，但还是第一次在草稿纸上小心翼翼地写下来。

段圆圆手中的草稿本是暑假在家才开始用的，学校里没有人看到过。

所以她才会写两句首字包含纪预名字的诗句。

纪、预。

段圆圆目光落在这两个字上，心底泛起一阵酸涩。

只是两个字，就能轻易地搅乱她的心弦。

她合起手中的草稿本，没有随意地放在角落，而是把它放在了所有草稿本的最下面，压得牢牢的。

仿佛这样就能抑制住自己想他的心。

进入高三，整个班级的氛围和高二比有了质的变化，就连教室黑板上方的标语都更新了。

是红色的、醒目的一行字：鲲鹏击浪从兹始，挥斥方遒斗志昂。

段圆圆学习累了就抬头看一眼，然后继续埋头苦学，连饭都不想去吃，要知道段圆圆以前可是把“吃饭不积极，脑子有问题”挂在嘴边的呢。

在许净欢的强烈要求下，段圆圆去了餐厅。

学校餐厅新开了一个盖浇饭窗口，厨师小姐姐长得唇红齿白，像明星一样，大家私底下称她为“盖浇饭西施”，不少同学都为了看她一眼而选择排长队。

人类的本质是爱凑热闹，许净欢和段圆圆也跟在人群后面排队。

“如果盖浇饭不好吃我会失望的！”许净欢踮着脚也没有看到厨师小姐姐的模样，只好祈祷盖浇饭不要难吃，而且队伍都排到一半了，也不舍得现在离开。

“能看美人也可以呀。”

许净欢故意冲段圆圆抛了个媚眼：“嘿嘿，我天天都能看到我的圆圆大美人呢。”

段圆圆被打趣儿得脸颊泛起薄薄的红晕，衬得皮肤更加粉嫩白皙，许净欢瞧着段圆圆现在这模样更美丽惹人怜了。

终于排到她们了。没有让她们失望，盖浇饭色香味俱全，厨师也美得像从画里走出来的一样，就连炒菜的动作都赏心悦目。

段圆圆的后桌也排了这家盖浇饭，只不过他们去得更晚，段圆圆和许净欢买好饭了，他们还在排队。他们互相打了个招呼之后就分开了。

没想到回到教室，后桌竟然饶有兴趣地开始小范围地讨论起来：“食堂新窗口的盖浇饭你们都去吃了吧，味道真的一绝。”

段圆圆专注于手中的生物题，只是礼貌性地回复了一下。

后桌继续说：“啧啧，要我说啊，我以后的女朋友就一定得会做饭，女生就得烧得一手好菜才行。”

段圆圆听到这句话很不赞同，但她没有争辩。

没想到后桌的同桌也赞同这样的想法，“是啊，至少要和盖浇饭西施一样，那厨艺、那长相，而且女生不会做饭那还叫女生吗！”

段圆圆皱了皱眉头，她以为后桌的想法只是少部分男生的想法，没想到他们两个男生心里竟然都是这样想的，那就说明有不少的男性抱有这种想法。

真是和手里的试卷一样：生物的多样性。

遇夏

她忍不住想要反驳他们，反驳的话还没有说出口，后桌又继续问纪预，似乎是还想找到同一阵营的人：“你说是不是啊，纪预。”

纪预语气是少有的严肃，他反问后桌：“为什么女孩子就一定要有好的厨艺？”

后桌听到纪预的话，像是听到了笑话一样：“这难道不是必须的吗？”

“性别不该成为框定人类行为的束缚，自然也无须因为性别而被贴上各种各样的标签。”纪预的声音清冽有力，他并没有激昂慷慨地去和他们辩驳，而是用很平静的语气，只是这样的平静，更加震撼有力，“优秀的能力从来不能因为性别而被区分对待，而且没有人规定女孩子就要有好的厨艺，她们可以做任何她们想做的事，而不是被你们带有偏见地下定义。”

纪预说得很认真坚定，他完完全全不赞同后桌的想法。

段圆圆心底的罅隙倏然多了一束光，纪预把她心里的想法用完整的话语表述了出来，如果让她去和后桌进行争辩，她肯定无法像纪预一样将语言组织得这么流畅。

纪预的话犹如春日暖阳，照亮她的心。

她再一次清楚意识到，纪预是一个多么尊重女性的男生。

她看向身边的少年，他的眉眼漆黑坚定，目光澄澈。

少年赤诚热烈，肃肃如松下风，高而徐引。

他是世界上最优秀的男孩子。

没有之一。

段圆圆高三第一次月考的成绩比她想象的要好。

纪预是毋庸置疑的年级第一名，总成绩又创了新高。那是段圆圆难以企及的高度。她还要再努力一点，才能追上他，才能站在他身边。

段圆圆的总分比之前有进步，一个个的数字叠加在一起，比她估算的成绩要高出三十多分。

六百二十八分，刚好年级第五十名。这是她第一次考进年级前五十名。

“怎么样，圆圆，我就说吧，你这次一定会考得很好的！”许净欢来恭喜段圆圆，她这次月考的成绩也不错，排在了年级第六十名。

她们都在稳稳地向前进步着。

段圆圆笑起来眼睛弯弯的，如一汪湖水清澈迷人：“嘿嘿，净欢你的嘴像是开过光一样，下次考试之前也这么对我说吧。”

许净欢拍了拍段圆圆的肩膀：“小 case，当然没问题，圆圆高考要考七百分。”

考完试，段圆圆心情不错，暂时没有那么大的压力，算是可以短暂地喘口气，也好心情地说着俏皮话：“倒也不用这么夸张，六百九十分也不错啦。”

“我们周末自习课结束后去逛街吧。”段圆圆拉着大笑的许净欢，眉眼弯弯，笑意盈盈，“考完试放松一下怎么样？”

“好啊。不过圆圆，你平时都是直接回家学习的，怎么不学习啦？”

段圆圆神秘地眨眨眼睛，浓密的睫毛一闪一闪地落下阴影：“谁说我不学习？我准备使用‘亚当·斯密学习法’，咱们就安心逛街吧。”

“亚当·斯密学习法？”许净欢没有听过，十分好奇，“这是什么学习法呀，效果怎么样，立竿见影事半功倍吗？”

旁边传来一声低笑，随即是悦耳低沉的声音：“是看不见的手替她学习。”

纪预就在一旁，她们的对话一字不落地传入他的耳中，他都不需要思考和反应的时间，一下子就能明白段圆圆说的意思。

段圆圆呆滞了一秒，心尖狠狠一颤，温热的暖流瞬间蔓延全身。

原来她说的梗，纪预明白。

她瞬时有一种找到同盟、被认可的欣喜。

在段圆圆心里，他们之间的距离好像又被拉近了一点。

“看不见的手？”许净欢低声重复着，一下子灵光乍现，明白了段圆圆话里的意思，“好啊，原来亚当·斯密调节市场经济还不够，还要来帮你学习。”

因为纪预刚刚的话，段圆圆笑意更浓了：“所以我们安心逛街就好啦，亚当·斯密学习法会帮助每一个周末逛街的孩子。”

本以为高三生活就是这样平淡而不失快乐，但我们总是很难预知明天和意外哪个率先降临。

他们不久前还在预祝林晨安在体育招生考试中跑个第一，再破个纪录，然而谁也没想到，竟然收到了他出车祸的消息。

林晨安的车祸是意外，对面司机酒驾，他的肋骨、手臂都有不同程度的骨折，更严重的是，他单侧脚跟粉碎性骨折，小腿和膝盖也受到了不同程度的损伤。

这就意味着，他根本无法参加不久后的体育招生考试，哪怕以后康复，也不能进行剧烈运动。

他出车祸的消息传得很快，班里所有同学都知道了。

大家也不敢相信，他们都知道林晨安有多想走体育生这条路。

林晨安和体育特长班的学生们不一样，他们绝大多数是因为成绩不好，没有其他路可以走而选择体育特长，但林晨安是因为喜欢。

他每天早上和晚自习前都跟着体育生训练，结束后立刻回到教室完成他们理科班的学习任务，高强度的体育训练外加学习让人很疲惫，即使这样他也从来不在课堂上睡觉，就连饮食也控制得极为严格。

虽然他的成绩能上本科，但他热爱的体育能让他进入更高的殿堂，而且体育是他追求的梦想。

所有人都认为他一定能上很好的学校。

但没想到他会出车祸。

伤筋动骨一百天，更不用说他这种严重的车祸。

班里的同学想去探望他，但班主任没有同意，他说林晨安让他转告大家，谢谢大家的关心，但是真的不用特意去看他。

老胡是在班会课上说的这件事，他既心疼又惋惜，为什么上天总喜欢开这种玩笑？

林晨安出车祸后一直没有来学校，段圆圆他们几个作为林晨安的好朋友，更是难受。

他们当中变化最大的，是许净欢。

许净欢和林晨安是同桌，每天低头不见抬头见，日常拌拌嘴，吵吵闹闹的，一下子每天到座位上见不到人，突然只剩下她自己。

许净欢本身是活泼爱笑爱说的性子，这几天异常沉默，安静得都不像她。

平安夜这天，他们三个人决定一起去医院探望林晨安。

虽然林晨安说过让同学们不用去看他，但他们是关系很好的朋友。

平安夜这天是周三，他们下课后请了假，一起去医院。

他们到的时候林晨安正在病房里发呆，他脸上还能看到发紫的淤青，腿上打着石膏，表情平静地望向窗外，一点也不像平常的他。

许净欢一路上握着段圆圆的手，直到站在病房门口，才努力地挤出一丝笑意。

一进病房，林晨安反而安慰起许净欢："我就是暂时不能走路而已，你也不用笑得像哭一样吧。"

许净欢终于有了这段时间以来的第一个发自内心的笑："你乱说什么，你才笑得像哭一样难看呢。"

许净欢停顿了两秒钟："林晨安，你知道吗，我很喜欢史铁生说过的一句话，他说：'如果残疾意味着不完美、困难和阻碍的话，我们每个人都是残疾人。'"

林晨安低着头沉默两秒，看不清他的表情，随后他抬起头咧嘴笑了笑："行啊，听你的意思原来我之前在你心里是完美的啊。"

许净欢酝酿很久才想到这么一句安慰他的话，没想到林晨安故意歪曲的解释让她一秒破功，她随手拿起东西就想打林晨安，像是又回到了在教室打打闹闹的时光。

林晨安躲也不躲，反而笑着说："注意点，我现在可是病号！"

许净欢又坐好，她手边放着他们带来的东西。

今天是平安夜，他们带了平安果，还有一些其他的礼物。

“大家都是朋友，来就来吧，还这么客气干什么……”林晨安一边说话一边伸手拿了离他最近的礼物，结果话卡在喉咙里，过了几秒才说，“怎么又是试卷，算了，这一看就是预哥带的。”

段圆圆疑惑林晨安刚才的话：“又？”

林晨安解释：“是啊，这几天纪预晚上一直给我带作业和笔记，还顺便帮我辅导一下。”

段圆圆看向纪预，她没想到纪预会天天来医院陪林晨安。

“怎么不让我们来看你？”许净欢也不知道纪预到医院看林晨安的事。

“是我不让预哥跟你们说的。”林晨安之前因为意外车祸，心情一直不是很好，说实话，心情低落的时候，他不是很想见他们这些朋友，甚至就连父母都不想见到。

但纪预会默默地到医院来，哪怕林晨安冷着脸一句话也不想说，纪预也会安静耐心地陪他一会儿。

纪预不是善于用言语表达自我情感的人，说不出很多安慰他的话，但林晨安知道，纪预是面冷心热，一直在他身边鼓励他。

这就是男人之间的友谊。

许净欢带了一棵圣诞树，圣诞树顶端有一颗巨大的星星。

林晨安也注意到了这棵圣诞树不和谐的比例：“怎么这棵树的星星这么大？”

“这是 The Star of Bethlehem，伯利恒之星，是希望之星，驱逐黑暗，点燃光明。”许净欢抿了抿嘴，小声说道，“这是我能找到的最大的伯利恒之星了。”

天色渐暗，模模糊糊的天色透着一丝腊月的寒意，窗外寒风呼啸而过，病房窗户被风刮得哗哗作响。

然而，屋内暖意横生，四个人默默对视，他们心底知晓，一切都会朝着好的方向发展。

今年学校决定高三年级不统一组织元旦联欢会，而是由各班自行组织。这是一个让大家彼此联络感情的机会，高中结下了友谊，或许他们就是一辈子的朋友。

老胡点了四个同学必须表演节目，其中就有纪预，其实他不知道纪预有什么特长，但他想到纪预英语演讲比赛都能临时脱稿并且优异地完成，相信一个小小的元旦联欢会他也没问题。

再说了，就算纪预什么特长也没有，他就单独站在那也足够养眼。

别看老胡是个上了年纪的中年男人，但也打心眼里觉得纪预长得帅。

“你们四个都很好，剩下的同学们也要踊跃报名，这可是你们高中最后一次元旦联欢会了。”

段圆圆很想提前知道纪预在元旦联欢会上会表演什么，她试探着问：“元旦联欢会，你要唱歌吗？”

纪预勾了勾唇角：“好奇？”

段圆圆点头承认，又有些好奇：“还是弹钢琴？”

纪预意外地挑了挑眉毛，有些高中男生故意要帅挑眉，反而显得整个人奇怪得很，但纪预不会，他一如既往地好看：“你知道我会弹钢琴？”

“嗯，在琴房偶尔听到过。”段圆圆脸颊微红，怕纪预误会，解释着说，“是无意间听到的。”

“好听吗？”

段圆圆点点头。

那是她听过的最最最好听的钢琴曲。

纪预没有告诉段圆圆下周三要表演什么，他说等到元旦联欢会就知道了。

段圆圆也猜不到纪预到底要在那天表演什么，她只是猜测纪预或许会唱歌。

让段圆圆意外的是，等到元旦联欢会这天，纪预竟然拿了一把琴到学校。

是小提琴。

原来纪预不只会弹钢琴，还会拉小提琴。

段圆圆无法想象他到底有多优秀。

元旦联欢会从下午开始，中午下课后很多同学都没有去餐厅吃饭，而是留在教室里在黑板上画画，或者排列桌子，把桌子拖到两侧，让教室中间的位置空出来。

因为是班里举办，没有那么多讲究，大家都很随意，便没有专门选主持人，而是由老胡充当了这一角色。

“来，我宣布，咱们高三（1）班的元旦联欢晚会现在正式开始啦！”老胡在教室中间站着，“谁第一个来？”

同学们这时候也不怕老胡，甚至有人起哄让老胡第一个来。

老胡不理会他们的起哄，他唯一会唱的流行歌，还在教室停电时唱哭了班里许多同学，他继续笑着开口：“要不纪预先来，咱们的年级第一这时候也要起到模范带头作用啊！”

还没等纪预点头同意，班里顿时响起一阵阵起哄声和掌声。

纪预平时人冷话少，成绩又好得一骑绝尘，同学们或多或少觉得和他有距离感，但今天不一样，今天是他们高中生涯的最后一次元旦联欢会。

纪预默认了老胡的提议，他左手拿着小提琴，右手握着琴弓，不疾不徐且沉稳有力地走到教室中间空出来的“临时舞台”。

他往那里一站，霎时间刚刚还在起哄的声音全部消失，所有人的目光落在纪预身上。

纪预站得笔直，从容淡定，修长的双腿微微分开，与肩膀同宽。他左手抬起，手指自然弯曲，将小提琴的肩托放在锁骨处，右手流畅地持弓。他们今天上午要上课，所以所有人仍然穿着校服，他手臂抬起，手腕从校服袖子中露出，骨节清晰，隐约能看到微微突起的血管。

从段圆圆那个角度刚好能看到纪预的侧脸，他还没有开始演奏，段圆圆便已经挪不开视线了。

少年握着琴弓的手腕微动，左手修长的手指配合着按压琴弦，他没有用音乐伴奏，而是单独演奏，小提琴独特的富有穿透力的声音缓缓响起。

今年十一月，歌手王菲为电影《匆匆那年》演唱的同名主题宣传曲大火，不止大街小巷，就连他们校园的广播都在循环播放这首歌曲。

段圆圆没想到纪预扒了曲谱，演奏了小提琴版的《匆匆那年》。

纪预站在教室中央，他演奏时仪态端正，动作流畅优雅。纪预身姿高挑挺拔，不像有些人拉小提琴时脖子歪得厉害。

少年的侧脸下颌线棱角分明，修长的脖颈很正，垂着眸专注地拉琴，长长的睫毛在卧蚕处落下灰色的阴影。

小提琴声悠扬低沉地流淌出，为大家营造了如梦的幻景。

那是没有尽头的长夜，寒风凛冽，空乱的小巷夹杂着蒙蒙细雨，昏黄的路灯下偶尔有一两个行人匆匆走过，树影斑驳，冷空气来袭，雨滴颤颤巍巍地顺着树叶落到地上的水坑里，荡起阵阵涟漪，空气中是无尽的潮湿。

虽然歌曲发行不到两个月，但歌词他们早就耳熟能详。

“匆匆那年我们，究竟说了几遍，再见之后再拖延。”

“如果再见不能红着眼，是否还能红着脸。”

…………

班里的同学们跟随着悠扬的小提琴声进入了纪预创造的音乐世界，下意识地跟随着旋律轻声哼唱。

阳光穿过教室的玻璃落在他的周围，他周身散发着朦胧神圣的光，纪预演奏得陶醉入迷，人琴合一。

一首曲子只有短短的几分钟，结束得很快，纪预左手握着琴颈，对着全班同学鞠躬致谢，他把小小的教室变成了聚光灯下的舞台。

纪预的嘴角含着淡淡的笑意，眼神明亮澄澈，校服也不能掩盖他的绅士气质。

全班同学都意犹未尽，直到纪预谢幕，他们才后知后觉地反应过来演奏已经结束了，随即爆发出热烈的掌声。

珠玉在前，段圆圆看后面的节目，即使再精彩，也总感觉差点什么。

原来纪预不止钢琴弹得好听，拉小提琴也这么好听。

这是二〇一四年的最后一天，段圆圆又多了解了纪预一点点。

今天段圆圆难得颇有仪式感地翻开许久未写的日记。

12/31

在即将结束的这一年，我见到了他拉小提琴的模样，是王子，是绅士，是我今年最后的惊喜。

元旦假期结束后，学校附近新开了一家奶茶店，主打的招牌珍珠奶茶特别好喝，返校开学那天，校门口排起了长队。

住校生平时是不能随便出校门的，但是他们家的珍珠奶茶实在太好喝了，有同学就会拜托走读生帮忙带。

许净欢就是馋珍珠奶茶的一员，帮她带珍珠奶茶的重任也就落在了段圆圆身上。

“求你啦，圆圆，我要全糖加冰。”许净欢抱着段圆圆撒娇央求她帮忙带奶茶。

旁边有同学听到了，也想让段圆圆帮忙带一次。大家都是同学，而且带一杯也是带，两杯也是带，段圆圆便应下来了。

她在学校餐厅吃过午饭后休息了一会儿才去买奶茶，她猜想那段时间奶茶店应该没什么人。

本来只有许净欢一个人要她帮忙带奶茶，结果听到的同学都凑过来，最后一共有五个同学央求她带，再加上她自己的，一共有六杯。

奶茶店刚开业优惠力度大，味道也好，生意火爆，店里的顾客比她预想的多一些，绝大部分都是穿着校服的学生。

段圆圆点完餐后等了一会儿，才取到刚做好的六杯奶茶，怕她点单时候太麻烦，大家要的口味和许净欢一样，全糖加冰。

段圆圆本来计划得很好，一只手刚好能拿三杯，但真的拿到手才发现不那么好拿。

刚做出来的奶茶冰冰的，在冬日里隔着塑料袋都能感受到凉意。

她有些吃力地拎着六杯奶茶。

一月份的寒风仍是凛冽的，她小心翼翼地尽量把手缩回袖子里。

疾风从段圆圆耳边呼啸而过，耳尖都有些针扎般地疼，露在外套袖子外的手指被风吹得有些泛红，冰凉的手指快要冷到没有知觉，她完全是本能地将手里的奶茶攥得紧紧的，颇为狼狈地走在路上。

其实从奶茶店走到学校大门只需要不到十分钟，但在这样的天气里，十分钟也像一个世纪那样分外漫长。

“我帮你。”

耳畔是呼啸的寒风，这道嗓音却分外温和。

段圆圆的手指都被吹得有些僵硬了，反应有些缓慢。

纪预站在她左侧，拿走了她左手里的三杯奶茶，她甚至都无知无觉。

她错愕地仰头看向他。纪预比她高出不少，从她的视角刚好能看到纪预流畅的下颌线，他的脸上浮现着朗润的笑意，比冬日的暖阳还要和煦。

简直就像电影里的场景一样。纪预怎么会出现在这里?

纪预像是看出了段圆圆心中的疑惑，淡笑着开口道："我从医院过来。"

原来是去医院看林晨安。

其实平安夜看望过他之后，许净欢和段圆圆想要再去医院探望，但林晨安都拒绝了。

在林晨安的不断劝说下，纪预去医院的次数也没有之前那么频繁了。

但纪预还是会时不时地去医院，段圆圆通过这段时间更清楚地意识到，纪预是个多么重感情的人。

即使大多数时间他看起来都冷冷的。

段圆圆手中一半的奶茶都到了纪预手中，她现在很轻松地左手拿着一杯，右手拿着两杯奶茶。

段圆圆刚刚拒绝了纪预还要帮她拿更多奶茶的好意。

纪预比她高出不少，平时走路的速度比她快，可现在，他和她的速度一致，两人并排走在一起。

在段圆圆心里，她和纪预这样并肩走在一起就很开心了。

虽然他们中间隔了三杯奶茶的距离。

现在离午休结束还有一会儿，大部分同学还在宿舍睡觉。他们走的不是从宿舍到教室的路，人会更少。

他们会经过学校的紫藤长廊，冬季的紫藤略显干枯，长廊旁边高低错落的常青树，让这段路看起来没有那么萧瑟。天气暖和时，很多学生会在长廊下背书学习。

段圆圆低着头，垂眸，阳光洒下，她和纪预的影子紧紧地靠在一起。边界处半重半叠交错着，没有丝毫缝隙，就算只是看到影子，段圆圆的心也"怦怦"如擂鼓。

她用牙齿轻轻咬住下唇，努力不让自己嘴角上翘得太过明显。

本来觉得漫长无比的路，因为有纪预在身边，一眨眼就走完了。

是啊，本身就只有不到十分钟而已，而且纪预来的时候，段圆圆已经走了几分钟了。

段圆圆到教室后又一次对纪预道谢。

六杯奶茶现在都摆在她的课桌上。她一次拿着两杯，把五杯奶茶放在了同学们的课桌上。

段圆圆看似随意地一次拿着两杯奶茶在教室里穿梭着，实则有意地把纪预带回来的三杯奶茶中的一杯留在了自己的课桌上。

四舍五入一下就算是纪预给她带的奶茶啦。

等她做好这一切，同学们陆陆续续到教室了，拜托段圆圆带奶茶的女同学们一眼就看到了桌子上的奶茶，连忙过来向段圆圆表达感谢。

她们也是出了教室才知道今天中午这么冷，麻烦段圆圆帮忙带奶茶，心里怪过意不去的。

年少时期的友谊单纯又真挚，无可比拟。

段圆圆下午上课的时候，趁着老师转过身在黑板上板书，悄悄插上吸管，猛吸了一大口奶茶。

在课堂上背着老师偷吃东西，不管吃什么都感觉比平时好吃一百倍。

而且奶茶的味道本身就好，香甜但不腻，珍珠弹糯有嚼劲，加上教室里暖气温度很高，奶茶冰冰的温度刚好。

奶茶入口后，段圆圆甜得唇角上扬。甜意在身体里滋生蔓延，她想到这杯奶茶是纪预带回来的，喝一口简直甜到了心里。

后来段圆圆路过这家奶茶店，时不时地就会买一杯珍珠奶茶。

这家奶茶店的奶茶味道香醇，总能让她想到这一天。

第十五章

前路坦荡

高三上半学期的期末考试，学校十分重视，各个方面都严格按照高考的要求来——不仅仅是考试时间和科目顺序，甚至每场考试进考场之前都会用金属探测仪扫一遍——让所有同学真正重视起来。

这样的紧张氛围没有让段圆圆害怕退却，她考出了截至目前为止最好的成绩，年级第四十八名。

她把成绩单拿回家给杜女士看，杜女士高兴得嘴都合不上。

晚餐段伟城也来了，一家三口难得一起吃。

晚餐很丰盛，有榴梿炖乳鸽，有段圆圆爱吃的可乐鸡翅，还有话梅小排、茄汁酒酿虾、清炒上海青，以及杜女士爱吃的苦瓜酿虾滑。

“榴梿肉吃多了容易上火，苦瓜清热解毒下火。”段伟城说得认真严肃，还夹了一筷子放到段圆圆碗里，“多吃点。”

段圆圆想说她根本不用败火，这菜完全是因为杜女士爱吃才做的吧，但她看着他们二人毫无交流的样子，也就什么都没说。

一家三口能坐在一起吃饭就已经很难得了。

只是段圆圆没想到，信誓旦旦说不需要苦瓜下火的她，在寒假无意间遇到纪预之后，吃了好多顿苦瓜。

寒假之后，许净欢和段圆圆见面的次数比之前少了许多，少女们互相见不到是会无比想念对方的，于是她们约好了一起逛商业街。

许净欢家里临时出了些事，她发消息告诉段圆圆她要晚一会儿才能来，让段圆圆先随便逛逛。

段圆圆回复许净欢让她不要着急，自己在周围的店铺里先逛着。

店里的小熊玩偶模样憨态可掬，穿着或红色或黑色的衣服，衣服上印着不同的字母。

段圆圆的视线聚焦在这一排小熊上面，她忍不住伸手捏了捏眼前衣服上印着字母 Y 的小熊。小熊质感很好，胖乎乎的，捏在手里软软的。

她毫不犹豫地买了两只衣服颜色不同的小熊，而且她挑选的这两只小熊胸前的字母都是 Y。

段圆圆结完账，又爱不释手地摸了摸小熊的脑袋，随后才把两只小熊装进购物袋里。

许净欢发来消息说她还有十分钟左右就能到，让段圆圆再等她一下。

段圆圆继续漫无目的地溜达着，买到两只可爱玩偶的她现在心情不错。

今天的天蓝得发亮，云朵厚厚的，近在眼前，像伸手就能摘到的一串串白色棉花糖。

这样的好天气出来逛街的人不少，正值寒假的商业街上大多数是学生，即使不穿校服也掩饰不住他们眼睛里的朝气，那是年轻人的标志。

段圆圆随意地向周围的小吃摊一瞥。

她的心脏突然毫无预兆地狠狠跳了一下。

那是一对举止亲昵的男女。

女生娇小可爱，穿着纯白色的大衣，远远看过去就像惹人怜的雪团子。男生的背影瘦直高挑，穿着一身黑色，从远处看去，即使只看到背影，也能看出他气质出众。

女生的一只手挽着身边男生的胳膊晃啊晃，另一只手指着摊前的臭豆腐，撒娇央求男生给她买。

而男生也没有拒绝，很快女生从摊主手里接过了臭豆腐，接着便放进嘴里，男生还温柔地用卫生纸给她擦拭嘴角，而女生很明显也早已习惯了男生的行为，甚至还觉得男生的动作有些碍事，影响她继续吃手中的臭豆腐。

即使只看背影，也能看出他们之间的氛围不是能够随意被破坏的。

一切看起来都是这么美好——

如果那个男生不是纪预的话。

段圆圆只能看到他们的背影，可就算这样，她也可以确定那就是纪预。

无关其他，只是从高中以来，段圆圆早就习惯了在人群中寻找纪预的身影。

她早就练就了在无数穿着同样校服的人中一秒找到纪预的特殊技能。

纪预的背影，她比谁都熟悉。

她现在闭上眼睛就能在脑海里回忆出不止十个纪预在不同季节、不同光线、不同场景、不同角度下的背影。

天空上的白云一片压着一片，浓浓的，让人心里莫名低落压抑，不只云彩如此，就连天空，也蓝到让人看了心里苦涩。

今天的风并不算大，温柔地从段圆圆身边吹过，可她却觉得浑身都被风刮得生疼。

那一定是纪预很喜欢的女生吧，不然怎么会这么亲昵地去帮她擦拭嘴角，还会任由她抱着胳膊不松手。

段圆圆自虐般地站在原地，一动不动。

她眼眶发红发热，不由自主地咬住嘴唇，心脏像是被塑料袋密封得严严实实，与世隔绝，她一点儿也喘不过气，难受得快要窒息。

他们仍然在摊前没有离开，似乎是还在等待其他的小吃。

段圆圆呆呆地站在原地，脑海里乱成一团，像是缠了一团又一团的毛线，怎么捋也捋不清。

她努力逼迫自己调整好心情，许净欢马上就要到了，不能让她看出不对劲来。

可越想冷静，越事与愿违。

她脑海里突然多了一个片段，是高一暑假，陪杜女士去超市，在超市里也撞见过一对举止亲昵的男女，男生的身形略像纪预，只不过当时被女孩子挡住了大半，段圆圆看不太清楚。

她当时还只是觉得看起来有些像而已，以为是因为自己太想见到纪预所以产生了错觉。

可眼前，她无法再自欺欺人地告诉自己那人只是和纪预身形相似。

那真的是纪预啊。

高中学习太累，晚上学得太晚，第二天难免精神状态不好，段圆圆通常会喝咖啡提神。

但段圆圆是个对咖啡、茶这一类都不太敏感的体质，市面上大部分的咖啡和茶对她来说都没什么提神的作用，她喝咖啡，仅仅是因为它的味道好。

在尝试过无数种咖啡后，她才找到了一种能让她上课不再犯困的咖啡。那是一种口感偏酸苦的美式咖啡，味道比中药好不到哪里去。

为了减轻偏苦涩的口感，段圆圆通常会加些冰块中和一下，但就算加过冰块后，她每次喝的时候也还是皱眉，实在是太苦太难喝了。

但现在，她的心里比喝了一百杯冰美式还要苦，还要难受。

原来纪预喜欢这样的女生。

各种复杂的情绪交织在一起，这是她第一次体会到这种情绪。

段圆圆自嘲地笑了笑，她脑海里完全没有出现过打招呼这一念头。

她下意识地只想逃离。

段圆圆还在放空，后背忽然被人冷不丁地拍了一下，她被吓得打了个哆嗦。

“嘿，吓到你了吧。”许净欢看到段圆圆的反应很是满意，得意地笑了笑，继续对段圆圆说，“圆圆等很久了吧，我请你喝奶茶！”

段圆圆麻木地、本能地点了点头。

许净欢没有注意到段圆圆的不对劲，挽着段圆圆的胳膊，自然地看到了她手里的购物袋。

“咦？你买了什么？”许净欢拿起购物袋，把两只小熊拿出来看了看，蹭了蹭小熊的脑袋，“这个系列的小熊我在网上见到过，没想到实物竟然这么可爱啊，不过怎么买了两个一样的？怎么字母都是 Y？我记得二十六个字母都有的。”

段圆圆听到这回过点神，心脏像是被用力地一揪。

Y 和 Y。

她见到这两只小熊的一瞬间，想到的是预和圆，所以她毫不犹豫地买了下来。

但现在，见到纪预和其他女生举止亲密后，她看这只小熊只觉得心脏发疼。

她怕被许净欢发现心里的秘密，刚要开口，又被许净欢的话打断：“哦，我知道啦，是‘圆圆’吧，还好两个小熊衣服颜色不一样，不然两只小熊真是没区别啦。”

段圆圆暗自松了一口气，许净欢误打误撞的分析猜测为她的行为找到了合理的解释。

她没有正面回答许净欢，只是模棱两可地从喉咙里发出似有似无的一声“嗯”。

许净欢现在才察觉到段圆圆的情绪不对劲儿，有些小心翼翼地问：“圆圆，你是不是生我的气了？”

段圆圆听到后不太明白地问她：“你说什么？”

“是不是因为我今天迟到了还吓唬你……”

“哪有啊。”段圆圆不想让好朋友自责担心，于是找了个借口，“你没来之前，有小朋友在玩摔炮，摔到我脚边了。”

段圆圆知道她找的这个借口不算蹩脚，至少许净欢信了。

许净欢：“我就说嘛，你现在看起来有点不对劲儿，我以前也被小朋友拿摔炮吓过，后来我也买了好几盒，等到他们手里的摔完了，我就专门在他们身边摔。”

许净欢有意逗段圆圆开心，段圆圆心里都知道，她听到后努力地笑了笑。

纪预和他身边的女生不知何时已经离开了小吃摊，段圆圆不知道他们又去了哪里。

她只在心里祈祷，今天千万千万不要再撞见他们了。

段圆圆接下来半日和许净欢逛街时，完全是凭借着大脑下意识的支配而行动。她甚至都是后知后觉地才反应过来净欢刚刚说了什么、做了什么。

她们今天去的是一家很有名的炸鸡店，味道特别好，但现在，她爱吃的咖喱炸鸡摆在她面前，她一口又一口地咬着，麻木得不像是在吃她爱吃的美食，只是机械性地往嘴里喂食物，完全是为了充饥才进食，咖喱炸鸡的香味她是一点也品尝不出来。

味觉、嗅觉、听觉、知觉，全部失去了原本的正常运作的状态。

到最后，段圆圆自己和许净欢说了什么，她都没印象了，只是浑浑噩噩地回到家里。

杜女士只当她是在外面玩了一天太累了，于是对她一回到家就钻进卧室并且关上门的行为没做太多评价。

段圆圆躺在她的床上，床垫很柔软，四件套的材质是她最喜欢的触感，平时只要一躺到床上，什么烦恼都会烟消云散。

但现在她平躺在床上，眼睛直愣愣地盯着天花板，心里和眼睛酸胀得像是要崩坏掉。

段圆圆深吸一口气，不断告诫自己不能这样。

她开始小声地背诵一篇英语满分作文，以此来转移注意力。

背着背着她都不清楚背到了哪一段，就迷迷瞪瞪地睡了过去。

第二天段圆圆醒得很早，是因为嗓子干疼难受醒的。

嗓子吞咽口水都难，喉咙里像含着一块儿小刀片，不上不下的，动一下就疼。

段圆圆连忙起床倒水喝，眼睛随意瞥了一眼镜子，才发现她嘴角起了一个红豆大小的水泡。

“嘶——”

段圆圆忍不住轻哼了一声，就连喝一口水，嗓子里都像有外来物种入侵一样，十分不适。

杜女士起得比段圆圆要早，她甚至意外段圆圆今天醒得这么早，还颇有闲情地调侃了一句。

段圆圆实在难受得不想开口，只是“嗯”了一声。

这一下子，两人都吓了一跳，是浓浓的沉重的鼻音，一听就是感冒的声音。

杜女士着急得连忙上前查看，这才注意到段圆圆嘴角的水泡：“感冒上火了？”

她边说边伸手用手背去摸段圆圆的额头，随后微微松了口气：“还好不发烧，我去拿体温计给你量一下。”

段圆圆没发烧，杜女士却把段圆圆的感冒和上火归结于她昨天穿得太少，在外面一天着凉了，现在让她穿着厚厚的珊瑚绒睡衣，里面还套着她最厚的一件加绒卫衣。

在杜女士的悉心照料下，段圆圆的感冒终于痊愈。

段圆圆这几天吃了数不清的苦瓜和黄芩，杜女士还不让她吃糖，美其名曰对嗓子不好，只让她喝小吊梨汤。

她现在觉得自己嘴里都是苦苦的味道。

嘴里苦总好过心里苦。

生病这几天，脑袋昏昏沉沉的，压根没有心情去想那些乱七八糟的。

段圆圆只要察觉到这几天有扰乱心弦的思绪，就会从一摞寒假试卷里随便抽一张，像开盲盒一样挑来做。

杜女士被段圆圆生着病还在做试卷的样子吓坏了，又走上前摸了摸段圆圆的额头，反复确认她没有发烧把脑子烧坏才放心。

世界上任何事情都存在无法预知的变数，但你记住的单词、背过的例句、熟练运用的公式，这些将永远属于你。

段圆圆看着一张又一张写完的试卷，她的心里有慰藉般的成就感。

她虽然心脏难受得像被搅碎，但不后悔那无人知晓的、隐秘的暗恋，亦不后悔想追随如光一样闪烁的纪预。

段圆圆仍然想离他近一点、再近一点。

她想追赶上他的脚步，她想让她的名字能够和他出现在同一页成绩单上。

她现在想的，是被阳光晒透，也仅此而已了。

段圆圆找出她记录心事的日记本，笔尖和纸张微微摩擦，她缓缓地在上面写下：

> 02/13
>
> 他很好，只是喜欢的人不是我。
>
> 他对我而言是一束光，也只能是一束光。

她想，大抵有一段时间她不会再动这个日记本了。

微信在学校里流行了一段时间，但没多久，大家发现作为学生的他们还是用 QQ 联系更方便，所以平时群聊还是用 QQ。

大年三十这天，各种各样的 QQ 群里有人发口令红包，大家互道新年快乐，红色消息提醒一个又一个地增加着。

段圆圆没有领口令红包，也没有回复群聊里的消息。

窗外鞭炮声和烟花声接二连三地响起，即使拉着窗帘，也能透过窗户玻璃的缝隙看到屋外流泻的火树银花。夜幕低垂，漫天白光花雨，正是新年好光景。

春节联欢晚会新鲜有趣，小品逗得大家捧腹大笑，段圆圆和杜女士在外公外婆家，四个人一起坐在沙发上哈哈大笑。

今夜的晚风夹杂着潮湿，段圆圆的心竟然有些隐隐作痛。

段圆圆讨厌这样不受控的自己。她慌张地打开手机，试图转移注意力。

她今天也没有回复四人小群里的消息。她还是无法做到若无其事地面对纪预，即使隔着屏幕，即使是四个人的群聊。

还好 QQ 没有已阅功能。

段圆圆点开四个人的群聊，发现他们三人都发了“新年快乐”，大概今天除夕夜，大家都忙着和家人聚餐，所以三个人回复消息的时间间隔很久，她没回复也不显得突兀。

今天就算是不看手机，大家也都理解。

时间过得很快，时钟指向十一点五十九分。

还有一分钟，崭新的一年即将开始。

这时段圆圆注意到了 QQ 界面的好友动态最新提醒，是纪预的头像。

段圆圆点进去。

向来不发空间动态的纪预在这一年的最后一分钟发布了一条动态：

世界剥破仍如新橙蘸新雪，新年快乐。

段圆圆此刻大概是一种什么心情呢？

是不想再听到关于他的任何一点消息，却在见到他的头像时激动欣喜。

纪预的头像一直是湛蓝色的海，没有换过。

对这张图，段圆圆甚至觉得比对她的手机壁纸还熟悉。

纪预的头像，她点击过无数次，每次都停留在他的个人主页，然后再退出来。

电视里春晚主持人正在倒计时的声音成了段圆圆现在所处世界的背景乐，她现在的世界里只有这一条动态，她认真读了好几次。

“……七、六、五、四、三、二、一——过年好！”

段圆圆在大年初一零点的这一瞬间，给纪预的这条空间动态发出评论：

新年快乐。

是新年的第一条评论。

也是纪预这条动态的第一条评论。

她是第一个在农历新年对他说新年快乐的人吧。

屋外烟花一团接着一团，天空时而骤亮成一片又迅速灰暗，几秒过后又闪烁明亮。

犹如白昼。

少女的心思隐秘又奇怪，她自从在商业街无意间撞见纪预和其他女生亲密后，就不想再和他私聊，她已经在心里默认纪预和其他女生关系亲密，哪怕他们有共同的群聊，也觉得这样像是无意间踏进了其他人的领地。

但她又能接受在空间里给他的动态评论，QQ 空间不像微信朋友圈，只有共同好友才能看到评论，任何人都能看到 QQ 空间的评论。

段圆圆觉得这样是坦荡的，能给她的心动戴上一层面具，让所有人都无从窥探，所有人都不会知道，原来她暗恋他——包括纪预本人。

毕竟暗恋是小心翼翼的心事，是她内心深处最柔软的、最难以对人吐露的秘密。

大家怎么会相信，会有人在所有人都能看到的地方直接给自己暗恋的男生评论呢。

段圆圆不断地说服自己，她给自己的行为找到了一套合理的逻辑解释。

在一番强烈的心理活动后，她装作若无其事地继续向下滑动屏幕，并且努力忘记刚刚她发出去的评论，也努力忘记刚刚留言时指尖忍不住的颤抖，以及点击发送后的那一瞬的如释重负。直到现在，她的指尖到整个手背处都在微微发麻。

摇摇欲坠的一颗心终于停摆落地。

即使只是隔着屏幕回复一条动态消息。

段圆圆现在想立刻找到许净欢他们发布的 QQ 动态，也去给他们评论，以此来掩饰她已给纪预评论的事实。

并且段圆圆在心里祈祷，他们一定要在除夕夜发，如果是在零点之后才发，这样并不好解释为什么段圆圆先给纪预评论，而后才给他们评论。

即使他们压根儿不会关心段圆圆回复消息的先后。

但段圆圆自己会特别在意，像是心里憋着股说不上来的劲，没人知道，但她就是格外跟自己过不去。

这种让她觉得复杂的情绪不受她的控制，她不喜欢这样的自己，但她这一刻却又无能为力。

还好许净欢、周热还有林晨安都在除夕发了 QQ 动态。

段圆圆给他们三个人都留了言。

像是为了掩饰怀着某种目的做了什么见不得人的事一般，段圆圆给他们留言的速度特别快，甚至都没看清他们具体发了些什么。

做完这一切的段圆圆长长地舒了一口气。

在零点前，窗外的鞭炮声就接二连三地传来，只是当时段圆圆沉浸在自己的世界里根本无暇顾及其他。

零点过后，鞭炮声比之前还要响亮，在屋内也听得一清二楚，捂着耳朵也阻挡不住。

正在沙发上犯迷糊的杜女士被窗外的鞭炮声吵醒，含混地问段圆圆："春晚结束了吗？零点过了没，新年到了？"

段圆圆下意识一抖，鞭炮没有吓到她，反而是杜女士不算大的声音让她心紧了一下，这一瞬间她竟然会有种做亏心事被家长发现的感觉。

她自嘲了一下，明明她只是在纪预的评论区里说了"新年快乐"。

但她不能让杜女士察觉到她有任何的不对劲儿。

窗外的鞭炮"噼里啪啦"的，就算是在深夜也年味十足。

"零点刚刚过了。"段圆圆嘴角上扬，声音清脆，比鞭炮声还响亮，"妈妈，过年好！"

"乖女儿，过年好，过年好！"杜女士摸了摸段圆圆的脑袋，"新的一年也要天天开心啊，我的宝贝女儿。"

开学这天，林晨安状态好了许多，一进教室就走到纪预身边，拍了拍纪预的肩膀，饶有趣味地说："恋爱了也不和我说，还是不是兄弟了？"

教室里有不少人，林晨安的声音也没有收敛，所以班里不少同学都听到了林晨安说的话。

这是什么惊天大八卦！

纪预恋爱了！

大部分同学都暂停手中的动作，竖着耳朵准备继续听。

他们都没注意到，自从林晨安说完这句话，教室里就安静了不少。人类的本质是热爱八卦，大家都想知道，天之骄子纪预，会和什么样的女生在一起。

段圆圆的心像被一只大掌用力地揪住，她没想到这么快，开学第一天，就会有人来问纪预。

纪预会承认吗？一定会的吧。

段圆圆深吸了一口气，告诉自己接下来无论听到什么答案都不要难过。

早就想到有这么一天了，不是吗？

纪预皱着眉，看着林晨安，清俊的脸上充满疑惑："你说什么？"

"别装了，寒假里我都看到了。在游乐园啊，要不是我一转身就找不到你们了，我肯定上去打个招呼。"

段圆圆还以为林晨安也是在商业街碰到的他们，没想到居然是在游乐园。

也对，怎么可能只约会一次呢。

游乐园是那么适合约会的地方，他们一定玩得很开心吧。

她脸色有些苍白，下意识地攥紧拳头，指尖抠着掌心，用掌心的疼痛来缓解心底不断翻涌而出的酸涩。

“你小子能不能想点正经的。”纪预眼睛如黑曜石般，“你见到的是我妹妹。”

“妹妹？”林晨安有些惊讶，随后又恍然大悟，“难怪远远看一眼都能看出是个大美女。”

纪预清了清嗓子，冷着眼看了林晨安一眼。

林晨安立刻在嘴处轻轻一拉，做了一个闭嘴的动作，但他忍不住：“我就说嘛，预哥怎么会抛下我脱单呢。”

纪预：“你的寒假作业给我检查一下，看你现在的心思一点也不在学习上，不久就要高考了，还有心情想这些。”

林晨安号了一声：“快说！你是不是被老胡附体了！”

班里的同学没有听到大八卦，很快又恢复了忙碌。唯有段圆圆，有一种溺水之后被救上岸的劫后余生感。

原来那天她在商业街见到的，是他的妹妹。

有些事情豁然开朗。柳暗花明，春意盎然。

阳光很柔煦地落在段圆圆刚刚收拾好的书桌上，是一片浅金色的温柔，眼下三月未至，今年的春天，来得可真早啊。

开学的第二天，学校专门为高三学生准备了百日誓师大会。

这天距离六月七日高考正好还有一百天。

他们是新老校区合并后的第一届学生，所以学校对他们这一届格外重视，从高一开始，各种各样的试新政策层出不穷，就是为了让他们能在高考中有傲人的成绩。

就连这次的百日誓师大会，也格外隆重。

所有学生穿着校服，整整齐齐地站在国旗下，参加誓师大会。

校领导们在主席台上，讲话时很难不注意到，台下的学生们穿着校服，看起来朝气蓬勃！

学生们有这样的精神状态，怎么会考不出好成绩？

校领导越想越高兴，本就兴致高昂的演讲，到最后声音都不免变得更加激动。

高三的学生发言代表毋庸置疑是纪预。

上午阳光灿烂，金色的光芒落在他的身上，纪预一步一步地走向演讲台。

他站在台上，段圆圆站在台下。

他们之间的距离是那么远。

少年的眉眼坚定，目光灼灼，眼神里是清澈和热烈的希望。

纪预，太耀眼了。

不论在哪里，他总是耀眼又夺目。

段圆圆抬头仰望着演讲台上的纪预，即使隔着这么远的距离，依旧无法抗拒他的帅气。纪预的五官标致，眉骨突出，鼻梁高挺，下颌线流畅清晰，皮肤紧致白皙，是皮相和骨相都很好的那一类型，不论远看还是近看都很耐看，三百六十度无死角。

二月底的天很蓝，北风不算凌厉，吹动少年额前的碎发。

纪预的眼神坚定，声音清澈有力，穿过话筒，回响在台下。

段圆圆本以为百日誓师大会的演讲稿会和平时老师规劝大家好好学习的话术差不多，至少刚才校领导的讲话印证了段圆圆这一想法。

然而现在纪预的讲话，更像是他自己写的演讲稿，而不是机械性地去读老师给他准备好的稿子。

他手里拿着自己写好的演讲稿，随意地放在了演讲台上，几张纸被风吹起褶皱，他丝毫没有看的打算。

"……或许我们会觉得自己没有天赋，九年义务教育后又是平平无奇的高中三年，但，"纪预停顿了一下，唇边含着笑意，缓缓开口，"但我们都站在高考这一起跑线上，所有人都是平等的，我们平等地追求自己的目标，公平地和所有人竞争，三年游鱼，明日化龙，现在只是黎明前短暂的黑夜，穿过大雾即将看见曙光。

"……一切都是未知的期待，我们要做不被定义的自由蓝海！"

纪预演讲时的语调并不像校领导那样慷慨激昂，可他用略显平静的陈词、带有穿透力和极具震撼力的声音，穿透了台下所有人的心。

他的演讲结束后，台下鸦雀无声，刚开始还在讨论他的女生们早就被他的演讲内容所吸引。

一瞬的安静后是如雷鸣般的掌声和震耳欲聋的呐喊。

校领导们在台上满意地看着台下的学生们，这次百日誓师大会，他们的反应比领导们事先预想的还要好。

"啊！说得太好了！"

"纪预说得我都快哭了！明明之前陈校长讲话激动得唾沫都飞满天了我还无动于衷的啊！"

"啊啊啊！我一定要考上一本！"

"一会儿回到教室我就要好好学习！我就不信了！一百天！老子拼了！"

…………

段圆圆只觉得在十摄氏度的天气里，她浑身都沸腾了。她的目光追随着从演讲台上走下来的少年，少年身形挺拔，脊背挺直，每一步都迈得坚定。

高三的少男少女们，在最青春的年岁里，永远是热血的，是充满希冀的，是鲜活的，是无法复制的，是不被定义的。

纪预最近总参加各种竞赛，段圆圆旁边的座位总是空空的。

不过还有最后一个学期，她还有进步的机会，一切还来得及。

高三的最后一学期，学习压力明显比之前大了许多，最直观的感受就是试卷多到数不清。

纪预连着几天都没来学校，他书桌上的试卷已经叠了小小的一摞了。

段圆圆身边空空的，她的心底也空了一块，有些不习惯。

英语老师特意找了许多有挑战性的试卷给他们做，还神秘兮兮地特意叮嘱他们千万不要外传。

段圆圆作为英语课代表，责任感此时此刻油然而生，她想把试卷带给纪预，即使纪预的英语成绩几乎每次都是满分。

但她也只是想想而已，送试卷这样的借口太假、太蹩脚，以纪预的成绩，他完全不需要额外再做这些试卷。

可段圆圆是真的有点想见到纪预了，之前纪预参加竞赛，从来没有请过这么久的假。

杜女士总说家里能拆迁，都是因为段圆圆是个运气不错的人。

段圆圆从没这么觉得，只是觉得家里的拆迁不过是凑巧而已。但现在，她也算是体会到了什么是想打瞌睡就有人递枕头。

周热的生日在妇女节，三月八号，今年是她十八岁生日，她准备邀请几个朋友，大家一起吃个饭，办一个成人礼。

她第一个想到的朋友是段圆圆："周末一定要来呀，只是吃个饭，不会耽误很久的。"

"好的呀，我一定去。"段圆圆眼眸一转，又悄悄问周热，"你还邀请了谁啊？"

"你是第一个啦！"周热开心地说完，随后又有些闷闷的，"之前和我现在班里的同学提过一次，但是她们好像还不确定那天有没有事。"

"你要邀请男生吗？"段圆圆眼睛里含着笑意，"那可是十八岁耶！"

周热没有注意到段圆圆眼睛里一闪而过的狡黠，而是很认真地思考起段圆圆的话。

"圆圆，你知道吗，上学期期末那段时间，我的状态很不好，有人告诉我说：'于摇摆的世界里坚定立场，终会在黑暗中窥见春光。'"周热顿了顿，"我有点想邀请他，但是不知道他会不会同意。"

段圆圆又继续开口："只有他一个男生吗？他会不会觉得很不自在。"

周热说的男生段圆圆知道是谁。但是段圆圆对他的印象很一般，而且段圆圆觉得他实在也不像能说出这句话的人。

不过这句话确实给周热带来了力量和支持，段圆圆也很高兴好朋友能走出阴霾。

“那还邀请谁？”周热想了想，“好像没有什么人了，你知道的，我们文科班本来就没多少男生。”

段圆圆继续引导，试探着开口：“要不然……你邀请一下你曾经的同桌？”

“谁？纪预啊，他啊。”

“那可是今年的准状元。”段圆圆已经在脑海里想尽各种说辞，尽量让周热看不出什么不对劲，“他上次考试总分七百四，沾沾状元的喜气，你就是今年的文科状元！”

周热“扑哧”笑出声：“我要真是文科状元，那我就让我哥把我是状元的消息从江坞散播到西藏，而且还得让他走着去！让他天天在家里和我对着干。”

周热像是想到了什么，又有点不好意思地继续说：“但是圆圆，邀请纪预的事能不能你陪我一起去啊。”

段圆圆：“陪？”

发 QQ 消息不就好啦？

周热：“我手机坏掉了一直没修，要不然直接去他家里吧，他家在我家附近，高一我生病请假的半个月里，因为住的地方离得很近，我们老师让他帮我带过学习资料。但是我不想单独去他家里，他好像一个人住哎，你陪我去吧。”

段圆圆愣住了。

意外来得太突然，她本来想的是在周热的生日宴上或许能见到纪预。

没想到，她竟然要直接去纪预的家里。

“他自己住？”

“好像是啦，但现在我也不太清楚，上次他来送学习资料，我妈拉着他聊了几句，我听到了一点。”

“这几天发了很多试卷，我和你一起，刚好可以带给他。”

段圆圆说出这句话之后，心里的纸飞机终于摇摇晃晃地落地。

出于礼貌，段圆圆和周热决定还是用段圆圆的 QQ 先问一下纪预是否方便，纪预回复得很快，并且约定好了见面的时间。

纪预住的地方和周热住的地方离得很近。周热和段圆圆住的地方也很近，只不过周热家的位置在中间，而段圆圆和纪预的家在两个方向。

周六这天有了些初春的气息，碧空如洗的天空上叠着大朵大朵的白云，阳光穿过冒出嫩芽的枝丫，斑驳的光影温柔地落在大地上。

抬手轻按门铃，“叮咚叮咚”，欢快的铃声响起。

段圆圆的心脏随着门铃声“扑通扑通”跳个不停。

一门之隔。门的后面是纪预的家。

段圆圆有种即将进入纪预的私密领域，能够窥探到暗恋对象鲜为人知的一面的无措紧张和隐隐期待。

大门被打开了。

段圆圆的呼吸骤然停滞。

淡金色的阳光落在纪预的身上，他刚好逆着光，整个人周身散发着温柔朦胧的光晕。

他穿着一件黑色丝绸质衬衣，看起来凉凉的、滑滑的，并且材质一看便很高级贴肤，衬衣的领口开到锁骨之下，衬衣和皮肤贴在一起，顺着下颌、锁骨向下延伸，黑色衬得纪预的肌肤更加白皙，他整个人散发着慵懒的气息。

“请进。”

段圆圆没来之前想象纪预的家，是到处堆满各种各样的学习资料，比如英文版的、中文版的，大学的，甚至更高级的。

但现在她看到的和她想象的截然不同。

纪预的家很干净明亮，能看出房子的主人是个爱干净的人。

整体的家居风格很简单，是极简主义冷淡风，没有过多的色彩点缀，以黑、白、灰三个色调为主，客厅收纳很整齐有序，客厅一角还摆放着古董留声唱片机和投影仪。

不难看出，他是个热爱生活并且懂得享受生活的人。

“你们随意坐。”纪预的声音一如既往地好听，“想喝点什么？橙汁、可乐、芒果汁？”

纪预永远周到，他会抛出选项，不让你纠结，即使是喝什么这样的小事。

纪预去厨房拿饮料，周热悄悄和段圆圆咬耳朵：“真没想到，纪预家这么大！光客厅就比我们家的大了一倍多。”

周热家有四口人，家里经济条件不错，住的房子算是大的，没想到纪预自己一个人住的房子更大。

段圆圆点点头，心里有些震撼。

她早就能察觉到，这么好的男孩子，一定是在家境优渥的背景下培养出来的，但现在，从纪预家房子的面积，还有家里的装饰摆件，甚至是墙上挂着的画，都能看出他家不仅条件优渥，而且他的家人也一定有很高的文化素养。纪预的家世比她想象的还要好。

段圆圆甚至看到了他家里摆放的施坦威三角钢琴。

他们学校有很多家庭条件不错的学生，有不少都是爱炫耀的性子，经常说自己又买了多少钱的篮球鞋啊，限量款啊之类的，纪预从来不是其中的一员。

如果不是段圆圆今天到他家里来，也想象不到纪预的家庭条件竟然这么好。

“给，橙汁。”纪预从厨房出来，将橙汁放到她们面前。

“纪预，你家真漂亮啊。”周热很自在地拿起橙汁喝了一大口，“就连橙汁都比外面卖的好喝些。”

段圆圆端起玻璃杯，轻轻地抿了一口：“纪预，你……高中一直是自己住？”

“这是我舅舅的房子，但是一般都是我一个人住。”

短暂的对话之后是三个人的沉默。

周热的自在更像是她的伪装，而段圆圆也有些不自在，这是她第一次到男同学的家里，而且还是她暗恋的男生。

纪预穿着很贴肤的衬衣，后颈修长，肌肉的线条隐约可见，皮肤是冷白调，黑色的衣服显得纪预整个人皮肤更加白皙，清俊慵懒中夹杂着禁欲且性感的味道，和平日里穿校服的他完全不同。段圆圆甚至能闻到纪预身上淡淡的、似有似无的香味，这样的氛围将段圆圆整个人围了起来，段圆圆微微侧了侧身，尽量逃离这样的压迫感。

她的脸颊不受控制地微微泛红。

如果按照生日来算，纪预比她小一个多月，可现在纪预的模样，丝毫不像“弟弟”。

周热向纪预提了自己生日准备办一个成人礼，但纪预说他八号还有竞赛要参加，时间上可能来不及。

周热也理解，她听段圆圆说纪预这几天都没去学校，就知道他最近一定很忙。

“这是这几天的试卷，顺便帮你带来了。”段圆圆拿出试卷，放在桌子上。

试卷她都已经按照科目和发下来的顺序整理好，并且用便利贴做了标识，还找了一个文件夹，用来装整理好的试卷。

“谢谢你。”纪预拿过文件夹，认真地放在手中。

“对了，我也有东西要给你。”纪预的声调依旧平静，却似有蛊惑力。

同桌这么久，段圆圆发现纪预是一个情绪管理做得很不错的人，他的声音大多数时候是平静的，但是却很有力量，就算是在百日誓师大会上，在全校那么多师生面前，用平静的语调演讲，依然具有穿透力。

段圆圆下意识地从沙发上坐起来，还没站直，又想到她是没有必要跟着纪预过去的。

但现在她的动作有点尴尬，保持着欲站未站的姿势，身体有些僵硬，站直也奇怪，坐下也突兀。

“不想要？”纪预嘴角噙着若有若无的笑意，“怎么不过来拿？”

阳光透过窗牖倾泻进来，摇曳成淡黄色的光晕，落在纪预的发梢和指尖上。

段圆圆很感激纪预适时的解围，她的耳尖微微发红，隔着两步的距离，默默地跟在纪预身后。

纪预带她去了书房，纪预家的房子挑高很高，书房的一整面墙都设计成了书柜，旁边还放了一个充满设计感的梯子，用来取书柜顶层的书。

“你舅舅，好喜欢看书啊。”段圆圆看了看书柜的设计，这样一面书墙的主人，一定很爱看书。

纪预淡淡地开口：“书都是我的。”

段圆圆有些意外又不意外，从去年植树节纪预送给她《植物观察笔记》和《怎样按节气种庄稼》她就发现了，纪预是一个很爱看书的人。

但她没想到他的阅读量竟然这么大。

此时的段圆圆只以为纪预看了一些植物学的书，送她书也真如纪预当时说的，是为了“应景”。

直到大学后，段圆圆也开始泡图书馆，偶然读到了诗人余秀华曾经发表过的一首诗：

如果给你寄一本书，我不会寄给你诗歌
我要给你一本关于植物，关于庄稼的
告诉你稻子和稗子的区别
告诉你一棵稗子提心吊胆的
春天

有很多明明已经发生过的，看似毫无波澜的、我们已经不在意的细节，却能在某一天，卷起惊涛骇浪。

纪预要给段圆圆的是一套理综试卷。

“拿回去好好做。”纪预叮嘱她。

“英语老师发试卷的时候也是这么说的。”段圆圆忍不住笑了笑，“你们俩语气还蛮像的。”

她又认真思考了一下，好像自从知道纪预从小在香港长大后，才发现他的普通话有时候是不太标准的，比如纪预不太说儿化音，能避免的时候都尽量避免，但其他时候都听不出来，只是同桌久了段圆圆才发现，估计其他同学也不会发现纪预不会说儿化音的秘密。

纪预倒是不介意段圆圆的打趣，只是让她一定要认真做。

段圆圆肯定不会敷衍，现在每一张试卷她都很认真地做，更何况这是纪预特意叮嘱她的。

离开后，站在楼下，段圆圆回头看了一眼身后的高楼，那里面数十户人家里，有一户住的是纪预。

如果不是手中拿着纪预交给她的试卷，刚刚在纪预家里发生的一切，都像是一场极其不真实的梦。

植树节这天，班主任老胡在上课前抱来了一个不小的纸箱。

他在讲台上打开纸箱，里面装满了一个个的小玻璃瓶，他说把愿望放进许愿瓶里并埋到树下十年，许下的愿望就能实现。

高三的学生都想考高分，所以对老胡这句话，他们宁可信其有，不可信其无。所有人都很慎重且认真地在纸条上写着自己的愿望。

教室里安静得什么声音也没有，只有笔尖在纸张上摩擦的沙沙声。

段圆圆也很相信许愿瓶。

段圆圆思索片刻，郑重地在纸条上一字一句地写下：

一愿父母身体健康，无灾无厄，各自幸福。

二愿高考正常发挥，不负三年辛苦。

三愿……

她写到这里，握笔的手指暂时停顿。

段圆圆悄悄地用眼尾的余光看向身旁的纪预。

少年手中执笔，眼眸低垂，阳光洒落进教室，落在他的睫毛上，美好得如天神降临。

多看一眼都是亵渎。

段圆圆小心翼翼地将目光挪开，在纸上虔诚认真地写下——

三愿我与他十年之后，仍是朋友。

段圆圆不敢贪心地让神明满足她太多心愿，她不奢求他们的关系能更进一步。能和他这么优秀的人成为朋友，能追赶在他的身后，已经是上天对她的恩赐。

高中毕业之后，大家各奔东西，有多少人还能保持联系？

段圆圆不知道。

她初中时关系很好的朋友，有很多都因为不在一个高中而渐渐疏远。

高中毕业之后，大家会去不同的城市，上不同的大学，认识新的朋友，又会面临就业、结婚生子这些在人生节点处的重要选择，总归大家最后要认识不同的人，开始不一样的生活。

高中生涯是他们共同的记忆，但他们不会有共同的未来。

以她现在的成绩，和纪预上同一个大学的概率微乎其微，所以一年之后、五年之后，甚至十年之后，如果他们还能是朋友，她就已经心满意足。

段圆圆将写好后的纸条装进许愿瓶，又把软木塞扣回去，确保许愿瓶歪倒时纸条不会掉落出来。

阳光洒落进教室，温柔和煦，书桌上落下一片淡淡的阴影，唯有小小的玻璃瓶发着光，仿佛这是上天额外的偏爱。

愿望一定都会实现的。段圆圆心想。

段圆圆随意地在教室里扫了一圈，才发现大多数人刚刚停笔。

段圆圆对大家许下的心愿并不好奇，这是个人的隐私。

她发誓，她真的只是因为恰好一阵风带起了很轻的、几乎没有重量的纸条，所以才无意间看到了纪预写的纸条。

纪预的纸条上写了两行字——

愿我们的祖国永远天蓝海澈，昌盛繁荣。

愿……

纸条只吹起了一点点，所以第二行字段圆圆看不到。

纪预正在将纸条放进许愿瓶里，并没有注意到段圆圆刚才看到了他的纸条的内容。

但段圆圆还是悄悄地在心里说了一句“抱歉”。

段圆圆心虚地将视线看向另一侧，她有了一点看剧看到精彩处突然戛然而止要等待下一集的抓耳挠腮的心痒。

纪预的第一个愿望段圆圆看到了。

愿我们的祖国永远天蓝海澈，昌盛繁荣。

少年鲜衣怒马，段圆圆都能想象得到纪预写下这句话时的毅然坚定。

那纪预的第二个愿望会是什么呢？段圆圆想不到。

但段圆圆下意识地认为纪预不会求高考成绩，纪预在她心里，总是和他们这些盼望自己高考超常发挥的“俗人”不一样。

所有同学都写好后，老胡带着他们把许愿瓶埋在了学校的石榴树下。

“老师，这石榴树上的石榴我们能吃吗？”

“现在这个月份不成熟，肯定不能吃。”老胡也笑了，“再说了你们以前趁石榴熟的时候也没少偷吃，现在还来问我做什么！”

“老师，我们抢不到啊，都被别的班的摘走了。”

“那这样，今年等石榴熟了，老师先给你们摘下来。”老胡完全是下意识地说了这一句，说完几秒钟后才反应过来，石榴成熟在九月。

“好啊，这可是老师你说的！”

他说完之后，大家陷入短暂的沉默。

是悲伤吗？

每年开学都能见到的石榴树，虽然不算高大但总是绿意盎然，树上结着一个个大大的饱满的石榴，可今年九月他们见不到了。

石榴树依然会在九月成熟结果，这条路九月也依然会有穿着校服的学生经过，但不会是他们了。

“上次交给你的试卷做得怎么样了？”

晚自习前，耳边传来淡淡的声音，如一阵冰凉的风，蜻蜓点水般划过心尖，没有什么太大的波浪，却驱走了身体上的疲惫。

“已经做完了。”

纪预接过试卷，大体翻看了一下：“用了多久？”

“按高考时间做的。”段圆圆回答道。她有点紧张，纪预只给了她试卷，但并没有给她答案，所以她也不知道做得究竟如何。

如果正确率太低的话……段圆圆忍不住红了脸颊。

晚自习的铃声恰巧在此时响起，纪预一边拿着笔批改段圆圆的试卷，一边开口道：“我看一下，课间给你反馈。”

纪预说这句话的时候很认真，认真到像一个高中老师，批改试卷的时候不需要看答案——他的心中自有答案；而且像高中老师一样眼里只有学生的试卷，真心地希望学生能在高考里考出好成绩。

纪预给段圆圆的那份题，段圆圆不知道他是从哪找来的，虽然知识点都是高考必考的重点，但难度明显比平时练习的题难一些。

如段圆圆所料，课间纪预把批改后的试卷给段圆圆，分数比她平时的理综成绩要低。

段圆圆不好意思地拿过试卷，纪预把错题圈了出来，并且在一旁写了正确答案，但没有写解题步骤。

“你再看一下答案，有没有能再做出来的。”

但是这些题实在是太难了，段圆圆看了答案也毫无头绪。

纪预微不可察地叹了口气：“其实你是会做的，只不过你下午考完数学之后，就懒得动脑子。”

纪预还真有当老师的天赋，还鼓励式教学。

“这些是真不会。”段圆圆声音像蚊子一样，“而且这些题太难了，怎么会有人能编出一套这么难的试卷，像一整张都是压轴题。”

纪预听段圆圆这么说，又拿出两张 A4 纸，上面是包含解题步骤的答案。

“有不会的再来问我。”纪预把答案给段圆圆。

什么试卷的答案还在 A4 纸上印？段圆圆有些好奇。

纪预给她的试卷也是用 A4 纸打印的，段圆圆做完这套题后在网上搜过不会做的题，但没有搜到这套试卷，也没有搜到答案。

段圆圆：“这套题，你是从哪里找来的啊？”

纪预用刚刚段圆圆说过的话调侃道：“好奇怎么有人能编出一套一整张都是压轴题的试卷？”

“倒也不是。”段圆圆心虚地摸摸头，“就是我在网上搜答案都没搜到。”

“网络上搜不到答案，因为这套试卷的出题人是我。”

纪预的声音依然是温和平静的，就像在说“今天是星期五”一样平静。

一模成绩出来后，段圆圆有些惊喜，她这次年级排名第三十名。

再加上这次一模考试是整个区里统一进行排名，她在全区的排名也比她想象的好，能排进前二百名。

从最初月考的倒数第一，到现在的年级前三十，在学习上的努力从来不会被辜负，她的成绩在一点点地以肉眼可见的速度进步着，就连老胡也特意把她叫到办公室里，让她继续保持这样的学习状态。

段圆圆记得分文理后第一次月考成绩出来，老胡也是把她单独叫到了办公室，鼓励她，让她相信自己，不要放弃。

现在她真的做到了，她是他们班进步最大的。

段圆圆回到教室，坐在座位上，心里抑制不住地欣喜。她认为自己一模成绩的进步和纪预的那份试卷有不小的关系。

纪预的学习成绩好到让人望尘莫及，这次一模是毫无悬念的全区第一，估计就算是全市一起排名，又或是全省排名，纪预仍然是第一。

在段圆圆的印象里，纪预大多数时间是在做一些她连题目都读不懂的像天书一样的难题，上次去纪预家里也看到了，他的家里有一整面墙的各个领域的书籍。

纪预的大多数时间都用来阅读，可他仍然肯花时间出一套高中理综试卷。

段圆圆不会天真地认为纪预是特意给她出的，她早就觉得在某些瞬间纪预很像老师，所以纪预以后是想做一名老师吗？

他编写的那套理综试卷难度很大，但仔细回想一下，题目都是根据今年的高考大纲出的，覆盖了每一个知识点，且因近年来高考各个知识点的命题概率不同，他又根据不一样的比例规划出题。总之，这是一份认真做完之后会大有收获的试卷。

段圆圆忍不住想，世界上怎么会有像纪预这么优秀的人呢？

如朗月，似清风，独见辉辉。

黑板上的高考倒计时数字每天都在更新，气温也渐渐升高，柳枝越发青绿蒙蒙。春末夏初。

二模、三模考试有条不紊地进行着，段圆圆现在的成绩基本趋于稳定，在年级前四十，她目前最好的成绩就是一模的第三十名。

即便如此，她也没有松懈，而是在最后的冲刺关头，继续有条不紊地复习着。段圆圆比之前更夸张，她几乎放弃了所有的课间休息时间，一直在座位上学习。

她要努力去做不被定义的自由蓝海。

晚自习前的课间很长，教室里的味道和闷热夹杂在一起，让人不太好受。

段圆圆干脆拿着试卷到学校的紫藤长廊里坐着。

一簇簇淡紫色的紫藤花安静地绽放着，余霞散绮，夕阳西下，绯红的火烧云铺满了整片天空。

黄昏时分，就连空气里青草与日落混合的味道都是顶顶好闻的。

段圆圆惬意地坐在长廊下，将手中的复习资料漫不经心地摊放在大腿上，酣适地欣赏晚霞。

江坞的落日她以后还能见到无数次，但她在江坞一中看日落的时光，却要开始掰着指头倒着数了。

想到这里，段圆圆莫名有些伤感，她尽力将眼前的这一幕美景留在脑海里。

“怎么不回教室？”

耳畔传来温和的声音，金黄色夕阳里突然出现了一个比夕阳还要温柔的身影。

是纪预。

他就这样突然地，如高中开学前的暑假那样，突然闯进段圆圆的视线里，无声无息地闯进段圆圆的心里。

现在段圆圆坐着，纪预站在她面前。

段圆圆需要抬头仰望纪预。他逆着光，铺天盖地的金色的夕阳成了他的背景板，金色的落日映衬得他分外白皙。

纪预的眼眸深邃，又清澈得像是世界上最干净的泉水，浓密的睫毛随着眼睛的眨动落下淡淡的阴影。他定定地站在段圆圆面前。

周遭的一切声音都消失得无影无踪，世界此刻静止，视线相撞，段圆圆的眼里只有纪预。

她甚至能在纪预的眼睛里看见自己的身影。

但段圆圆却觉得纪预离她好远好远。

明明他就在段圆圆的面前，但他们像数学里的悖论，两条相交的平行线，看不到尽头。

“纪预，谢谢你。”段圆圆没有回答纪预刚刚的问题，而是鼓起勇气，郑重开口。她轻轻吸了一口气，将后面的话说完整，声音不算大，但周围很安静，她想，纪预应当是能听得见的，“谢谢你让我成为更好的我。”

他的鼓励，他的辅导，他的耐心，他的帮助……

一切的一切，因为纪预的存在，都构筑了一个和过去不一样的段圆圆，一个更好的段圆圆。

这是藏在段圆圆心里很久的话，她一直不知道怎么开口对纪预讲。

但今天，就现在，夕阳下，她被赋予了勇气，能完完全全地将想说的话说出来。

她想让纪预知道，因为他，她变得比之前更好。

纪预让她看到了一个不一样的自己。

黄昏日落，纪预的影子落在段圆圆的身上。

纪预一直很安静地在等段圆圆把话说完。

他薄唇微张，却没有出声。他停顿了一下，像是本来有什么想说的，又吞了回去。

纪预的目光一直落在她的脸上，他的眼神认真，声音温和，他淡淡地开口：“不是因为我，是因为你自己的努力。”

段圆圆今天手里拿的复习资料是纪预给她的那份理综试卷，她还在整理归纳部分难题的解题思路，只要吃透题目的套路，就能以不变应万变，所以她常常研究这份试卷里的题目。

段圆圆默默地想，大概是纪预低着头，看到了她手中的试卷，以为她说的“谢谢”，是谢谢他帮助自己提高了成绩？

不只是这样。但段圆圆却不知道该如何解释。

光影窸窸窣窣地落下，树影婆娑，天色静谧。

她和纪预的眼神交错。段圆圆仰头看他，纪预的眉眼温柔，段圆圆就这样快要溺死在他温柔的、像海洋一样的眼睛里。

谁也没有开口说话。

“高考完，我们一起去看海吧。”

段圆圆下意识地说出了这句话，打破了此刻的安静。

一阵风轻轻吹过，少年的衣角被风吹动。

段圆圆刚刚的声音很小，随着风，她不确定纪预是否听到了她适才的话。

说完她又有一点后悔，纪预不会误会什么吧。

要不然她解释一下，是还有许净欢、林晨安，大家一起去海边毕业旅行吧。

橘黄色的晚霞溢满天际，少年倏地嘴角轻扬，笑容明朗，那一刹那周遭的一切都化作温柔，整个世界都不黯淡了。

段圆圆想要解释的话卡在喉咙里，她就这样愣愣地看着纪预。

纪预仍然没有说话，只是微微抬起手臂，修长的手指落在段圆圆耳畔，他用指尖把她被刚刚那阵风吹起的头发勾到耳后。

少年的眼神坦荡清澈，只是不小心指尖碰到了段圆圆的耳尖。

少年的指尖很快落下，只不过段圆圆的耳尖顿时绯红一片，酥酥麻麻的感觉蔓延至全身，心跳加速，血液都变得无比温热，她从耳朵到脖子都痒痒的。她甚至抬头看了一下长廊上爬满的紫藤花，是不是有花瓣悄无声息地掉落在了她的耳边。

纪预已经转身回教室了，但他指尖的温热触感，仍然停留在段圆圆的耳尖，停留在段圆圆的大脑里。

纪预离开，段圆圆的视线里又只剩下夕阳一片。

紫藤花依然簇簇绽放着，余晖落下，世界一片金灿灿的静谧和谐。

有不少同学已经陆陆续续地准备回教室上晚自习，他们的讨论声、聊天声断断续续传进段圆圆的耳朵里。

世界看似在恢复着它本该有的秩序。

可段圆圆忍不住摸了摸自己的耳尖，只是轻轻触碰了一下又迅速将手指挪开，她的指尖摸过纪预刚刚不小心碰到的地方，一阵发烫，她的心脏“怦怦怦”快要蹦出胸腔。

段圆圆仍然在怀疑，刚刚发生的一切，是真实的吗？

直到晚自习坐在教室里，段圆圆仍然觉得刚才紫藤长廊下的那一幕委实不真实。

黑板上密密麻麻地写满了上节课老师留下的题目答案，老师让他们晚自习再研究，只在黑板的一角留了一点空白写了今天的作业任务。

临近高考，左右不过是做试卷、整理错题、复习。

不同的时间段有不同的学习任务和规划，高一刚开学那段时间，老师为了让他们养成自主学习的好习惯，都会布置第二天要预习的内容。

再加上高一科目多，有时候黑板上能同时写有六七科的预习作业。

一个一个的“预习”写在黑板上，段圆圆经常会盯着“预”字看得入迷，明明知道和纪预毫无关系，可看到他名字里的一个字出现在黑板上，一种莫名的害羞从心底泛起，她有种悄悄的、独属自己的喜悦，那段时间，她最喜欢老师布置预习作业。

高一第一个学期，她和纪预还不在同一个班级，再看现在，他们是同桌。

纪预待她，或许、应该、差不多……是有些不一样的吧。

段圆圆不断地在心中否定又肯定。

最后她把纪预在长廊下的笑意当作肯定的回答，当成彼此心照不宣的高考后的约定——

高考结束后，一起去海边。

阳光下的沙滩，清爽的海风，翻滚的海浪，一望无际的蔚蓝色……这些美好的场面已经在段圆圆脑海中不由自主地出现。

当然，一定还有，耀眼的他。

学校安排他们在课间操时拍了毕业照。

女生在前排，男生在后排。

段圆圆的个子在他们班女生中算高的，所以她在女生的最后一排。她后面就是男生的第一排。

他们班男生的个头差距不大，大家也没有刻意按照身高站，排来排去，纪预竟然站在了段圆圆的身后。

段圆圆隐约闻到了纪预身上专属的味道，她的脖子僵住，不敢乱动。

纪预就在她的身后，她甚至觉得头顶能感受到纪预呼吸时的温热，能感受到纪预的校服衣角擦过她的校服。

段圆圆的心蓦地揪了一下，紧张到有些不自然，他们同桌时也没有离得这么近过，而且她在前面，看不到纪预，而纪预站在她身后，能看到她。

段圆圆下意识地直了直腰。

虽然她本身就不驼背，气质出众。

排好位置后，摄影师高声对全班同学说：“来，一二三看镜头，大家高三开不开心——”

“开——心——”

高三（1）班的同学们热情地大喊，真诚的笑容溢满他们的脸颊，此时此刻，校园里到处都回荡着他们的笑声。

拍毕业照让他们又一次真切地体会到了高考离他们越来越近了。

最近班级里流行填同学录，毕业前夕，大家在纸上留下对他们高中友谊的一些纪念。

段圆圆收到了好多张，她也买了一本，分给了好多同学，让他们帮忙填一下。最后，她把最漂亮的一页给了纪预。

纪预接了。纪预的书桌上零零散散地摆着几张不同样式的同学录，段圆圆甚至不确定纪预会不会把她和其他同学的弄混。

但没关系，会有一张是给她填的。

老胡特意叮嘱他们最近千万不能乱吃东西，就在学校餐厅吃，夏天气温高，细菌增长速度快，万一在外面吃坏肚子可就太不值当了。

学校餐厅为高三学生做了很多新的营养餐，但是大家的压力都不小，班里绝大多数同学都瘦了，段圆圆也瘦了大概有五六斤，甚至就连成绩一骑绝尘的纪预看起来也瘦了一些。

他已经拿到了T大物理系的保送名额，但他仍然选择参加高考，以纪预的成绩，他可以选择的学校和专业有很多。

高考，所有人都万分重视。

高三的学生是矛盾的，他们盼着高考快点来，又不希望来得太早。

他们享受、珍惜现在的每一天，但即便心中有不舍，这一天也终将会来到。

高考前一天，老胡穿着白衬衣，头发也喷了发胶，难得打扮得很正式，站在讲台上。

这是他们高三的最后一节课。

老胡没有再讲抛物线、求导、圆锥曲线这些数学题，而是亦师亦友般和他们聊着天。

“明天就是高考了，所有人一定要带好准考证和身份证，缺一不可，每年啊，新闻上都能看到某地考生高考忘记带身份证进不去考场，今年可别让老师在新闻上看到咱们班的谁谁谁啊。”

因为老胡这话，班里有几声低笑。

“还有，要准备好涂卡笔和签字笔。大家就别用新的涂卡笔了，一定要用之前考试用过的，万一你新买的涂卡笔的笔芯是假的，机器读不出来怎么办。还有条形码和考号，一定要检查仔细了，别涂错，出问题及时跟监考老师说。”

班里的同学们渐渐敛起了笑容，甚至有同学悄悄低下了头，用手迅速抹了一把脸。

“你们是今日花花灼灼的好年纪，未来大有作为。明天就是你们证明三年努力的日子，老师相信你们一定能考出你们最好的水平。”老胡的声音里也夹杂着哽咽，“你们的努力老师都知道，这两年多，朝夕相处，可能老师有时候凶了点，但是今天老师想跟你们说，你们永远是老师最爱的学生。”

班里安静得只能听到不停抽泣的声音。

“同学们，咱们不哭了，你们准备得都很充分，现在都看看语文吧，明天第一场，来个开门红。”

这天的晚自习过得格外快，一眨眼就下课了。

夜晚和平时一样，星星点点，就连校园里荡漾的晚风都充满着青春的味道。

是高三的味道。

段圆圆这晚有些紧张，这一夜她也不知道自己是睡着了还是没睡着。

但第二天一早，她比任何时候都清醒。

杜女士不仅给自己准备了旗袍，也给段圆圆准备了一套红色的内衣。段圆圆的考场就在本校，校门口聚集了很多家长和穿着不同学校校服的学生。

今天的天很蓝，上天都在为他们加油鼓劲。

不在本校考的同学统一坐大巴车去考场了，但留在本校的考生要先去教室上自习，等时间到了再去考场。段圆圆和纪预并不在一个考场，但都在江坞一中考试。

“相信自己，一会儿加油。”纪预对正在检查准考证的段圆圆说。

心里那一丝紧张瞬间被纪预的一句话打得烟消云散。

段圆圆笑着对纪预说：“你也是啊。”

检查准考证，过安检，随后顺利地进入考场，一切有条不紊地进行着。

段圆圆全神贯注地做着试卷，就连教室里笔尖在试卷上摩擦的沙沙声她都听不到。

窗外阳光灿烂，香樟树繁茂生长，生机勃勃的夏天在他们身边。

老胡提前告诉过他们，谁也不能对答案，对于已经结束的考试，知道答案也改变不了什么，不要影响心情，要把精力投入到第二天的考试中。

虽然大家没有对答案，但话语间还是掩饰不住兴奋，仿佛今天就结束了全部考试似的。

不只是他们班，整栋教学楼都吵得很。

“下雪啦！”

声音从教室外飘进来。

在教室里的同学也不管现在是不是还在晚自习的时间，闻声立刻跑出教室。

一片片白花花的试卷和课本密密麻麻地从高处飘下来，源源不断。段圆圆他们班在一楼，看着不断落下的试卷铺满了教学楼外的空地，场面看起来壮观又震撼。

各个楼层不停的呐喊声响彻校园，喊楼、撕书，这是他们肆意的青春。

年级主任和各班班主任也没有任由他们继续喊下去，毕竟第二天还有考试，但这足以让他们在蝉鸣不止的炽热夏天，多一份不一样的难忘回忆。

第二天的考试过得比第一天还要快。考场里刺耳的提示音响起，英语考试结束。

他们的高考彻底结束了。

绝大多数同学脸上洋溢着欢乐的、如释重负的笑意，但也能看到因为明显发挥失常而沮丧落泪的同学。

段圆圆的书包里背着一沓复习资料，高考刚刚结束，可她还保留着曾经每次考试结束后的习惯，她下意识地翻开了数学错题本，随后她才反应过来，高考最后一门已经结束，她已经不需要再看错题本了。但她舍不得随意丢掉，这是她花费了很多功夫才整理好的，她想留作纪念。

六月的热气扑面而来，夏蝉在枝头叫个不停，微风摇曳，阳光透过树叶的罅隙影影绰绰地落下。

她的心情好到不可思议，三年的努力在今天交上答卷，虽然段圆圆不知道自己考得如何，但心里的重担总算是卸下来了。

段圆圆翻开错题本，才发现错题本里夹着一张纸。

是她给纪预的同学录。

她先大致地看了一眼，姓名、生日、爱好、联系方式这些基本信息她一扫而过，然后翻了一面看好友留言。

有些耀眼的阳光落在手中的同学录上，段圆圆用力地揉了揉眼睛，那几行字依然在纸上，不是她的错觉。

纪预的字一如既往地潇洒磅礴，但段圆圆怎么也不敢相信，这是纪预写给她的留言。

那短短几行字段圆圆翻来覆去地看了好几遍——

祝：

前路坦荡。

我们不要再见了。

就当作从来没有认识过吧。

纪预

段圆圆红着眼眶，她不明白为什么会突然这样。

明明今天早上去考场之前，她问了纪预一个生物的知识点，纪预还很耐心地给她解答。

但为什么，才几个小时过去，就变成了现在这样。

段圆圆用力地咬着嘴唇，告诉自己不能哭，可她的泪水不受控制地一滴一滴地落在手里的同学录上，在纸上洇成一团。

她红着眼睛把手里的同学录团成一团，又不甘心地伸展铺平。

最后，她手指用力撕扯，一张皱皱巴巴的同学录瞬间变成几片。

段圆圆庆幸现在教室里没有其他同学，没有人看到她现在这副糗状。

只不过她回家后，把杜女士吓了一跳。

“考不好没关系的，圆圆别哭啊。”杜女士看到眼睛红红的段圆圆，还以为她没考好。

杜女士的轻言细语，就像最后一根稻草落到了段圆圆身上，她一路强忍的泪水再也忍不住。段圆圆扑进杜女士怀里，用力地抱着她。

段圆圆的泪水打湿了杜女士的衣服。

杜女士也不再说什么，只是温柔地抚摸着段圆圆的后背。

段圆圆回到卧室找到了自己的日记本，这里面记录的全都是纪预，她从第一页开始看。

从遇见他的第一眼开始，再到现在，一千多个日日夜夜，段圆圆从头到尾地读完了。

最后的记录是在这学期刚开学的那段时间：

02/27

去做不被定义的自由蓝海。

03/12

今天不小心看到了他的许愿瓶一角，他说，愿我们的祖国天蓝海澈，昌盛繁荣。

段圆圆把日记本小心地收好，放到了书柜的最下面，放到了她看不到的地方。

高中朝夕相处最多的莫过于同桌了，她和纪预同桌两年多，相处的时间甚至比她和许净欢都要久。

她下意识地把纪预划为高中生活的一部分，此刻梦醒，才知道一切都是她的奢望和贪恋。

到此为止，一切都该画上句号了。

高考结束后有一个漫长的假期，许净欢、林晨安一起约段圆圆出来。

纪预的不告而别，他们也没想到，到现在他们三个人谁也联系不上纪预，谁也不知道他去了哪里。

段圆圆努力不让朋友们看出她的强颜欢笑，他们三个人谁也没有刻意去提纪预。

林晨安说这么长的暑假要找点事情做，就拉着段圆圆和许净欢去驾校报名。他们三个人开始一起到驾校练车，段圆圆的心情好了许多，她强迫自己忘掉纪预。

高考成绩是在他们考完科目一的第二天出来的。

段圆圆没有去网吧，就用家里的电脑查分，她的手指输准考证的时候抖个不停。

她甚至带着点哭腔："要不然，妈妈，你帮我输吧。"

自从段圆圆考完试回来因为纪预给她的同学录大哭一场后，杜女士一直认为段圆圆考砸了，她甚至还做好了段圆圆复读的准备，她也跟段伟城说了，等到成绩出来不要太失落。

按下回车键，杜女士早就在心中做好了准备。

页面加载有些慢，等了将近一分钟，段圆圆才看到她的高考总成绩。

六百八十分。

全省前三百名。

这是她高中三年最好的成绩，比她一模的成绩还要好。

"女儿！你太棒了！"杜女士不可思议地看着电脑屏幕，"还以为你发挥失常了呢，没想到是超常发挥。"

段圆圆羞涩地低下头，她不能告诉杜女士她那天为什么哭。

许净欢和林晨安考得也不错，林晨安考了六百七十分，许净欢考了六百六十五分。

每年高考成绩尘埃落定后，大家一定会讨论状元是谁。

今年他们省的理科状元，毫无疑问是纪预。

纪预的裸分破了他们省历届高考状元的历史纪录，七百四十六分，另外还有二十分的竞赛加分。

不管是裸分还是总分，他都是状元。

高考成绩出来后，他们统一返校。他们班成绩都不错，老胡笑得嘴都合不拢了，毕竟今年的省状元可是他的学生。

纪预今天仍然没有来。

老胡讲完报志愿的注意事项后，给他们全班一人发了一个石榴。

老胡站在讲台上："虽然现在的石榴都是大棚里的，不过，老师植树节那天可是答应了要请你们吃石榴的。"

六月份的石榴并不是很好吃，可他们觉得，手里的石榴比任何时候的都要甜。

以段圆圆在省里的排名，按照往年来看，冲刺P大和T大有希望，但希望不大。

杜女士建议她稳妥一点，报一个能随便挑专业的985，毕竟现在除了P大、T大，所有的大学她都能上。

但段圆圆想搏一搏，她的第一志愿想填P大，哪怕专业调剂也可以。

T大不在她的考虑范围内，她自己都不知道为什么，就因为纪预的理想大学是T大吗？

段圆圆的第一志愿填了P大的海洋药学，其实她自己心里也没底，觉得大概率是没戏的。

后面几个志愿段圆圆和杜女士、段伟城三个人研究了很久才选好，填好志愿提交的那一瞬间，段圆圆甚至比查分还要紧张。

录取通知书是在段圆圆练车回来的一个下午收到的。

红色的大信封上印着 P 大的标志性建筑，薄薄的通知书在她手里，她竟然觉得沉甸甸的。

杜女士和段伟城也没想到女儿真的会被 P 大录取，段圆圆的高考成绩一分也没浪费，虽然是擦线录取，但他们就连做梦也不敢这么梦。

这一下午他们两个人的电话被亲戚、朋友打爆，短短几个小时，就连老家邻居家养的狗狗都知道段圆圆考上 P 大了。

段圆圆和许净欢分享了这个好消息。

同时她也得知，许净欢被 R 大的中医学录取，林晨安被 B 大的航空航天工程专业录取，他们三个虽然不在一个大学，但仍在一个城市。

暑假没多久段圆圆就把驾照考出来了，考到驾照后，段伟城把一辆不常开的车给段圆圆，让她开着练练手。

段圆圆自己一个人开着车去了海边。

段圆圆坐在沙滩上，眼前是茫茫无垠的大海，斜阳细碎地落在波光粼粼的海岸上，潮起潮落，潮卷潮涌。

第十六章

万物逢时皆美好

阴雨连绵的五月，雨丝淅淅沥沥地落在地上，被风吹落的树叶随风摇曳着，四周一片雾气弥漫。

段圆圆坐在机场空空荡荡的候机室，手机收到了制片人路威登发来的邮件：

> 剧本最新版本已阅，剧情可谓行云流水，一派喜气洋洋，并且和你之前的风格大不相同，是一个新突破，未来可期。这次旅行大胆放心痛痛快快地玩，凡事向前看，回来才能甩开膀子精力充沛地跟组，剧组开工见。

近几年电影电视产业飞速发展，不少人借上东风，赚得盆满钵满。段圆圆研究生还没毕业就做了编剧，她是非科班出身，只是因为写的小说火了，才机缘巧合入行做了编剧。

她一没背景，二没人脉，最开始能在片头和片尾看到她的名字就已经很不容易了。

去年她参与编写的电影《如果你也听说过》爆火，电影投资成本不高，但在今年春节档上映，最后票房过十亿，比预估票房翻了一倍多，是谁也没想到的黑马电影。

这部电影拍摄成本不高，但谁也没想到片方在宣发方面花了大价钱，找了一家预告片剪得特牛的传播公司，他们剪过的预告片曾经拿过号称“电影预告片奥斯卡”的美国金预告片奖，《如果你也听说过》第一支预告片播出首日点击就破百万。

预告片的最开始有一句电影台词：“暗恋是一场摸不到结果的水滴

石穿。”

演员讲这句台词的语气有些伤感，还带着怀念的味道，搭配的 BGM 带着淡淡的悲伤，预告片由此正式拉开帷幕。

这句电影台词戳中了很多人内心深处的那个点，狠狠地引发了共鸣，预告片播出后就立刻大火。

电影的定位是青春励志片，预告片精准地击中了受众群体的需要，踩在了十几岁到三十几岁女性的心上。

电影还没上映，就能在短视频软件上无数次刷到“暗恋是一场摸不到结果的水滴石穿”这句台词，同一句台词搭配失恋照片、分手聊天记录、在一起的合照、悄悄拍下的暗恋的人……甚至在微博、小红书等社交软件上也能看到以这句台词作为文案的内容。官方借此发起了“暗恋合拍”活动，更多的人参与到其中。

因为预告片的成功，票房出乎意料地一路飙升。

这部电影的总编剧许维遥是圈内入行很多年的编剧，收视率高的电视剧、票房高的电影作品都有，段圆圆还是学生时就听说过他，只不过有些人要一起共事过才知道是人是鬼。

电影立项后拉来的投资不高，在剧本只有雏形时看起来是没爆片命的电影，许维遥虽然担任总编剧，但他手里还有其他项目，《如果你也听说过》这部电影他基本没怎么参与过，电影剧情都是段圆圆和一个也入行不久的编剧一起写出来的。

这句大火的台词，就是出自段圆圆之手。

但编剧团队三个人，只有许维遥被大众熟知，观众下意识地以为这句台词就是许维遥写的。段圆圆没名气，也不太用微博，许维遥的名气能让电影有更多知名度。段圆圆当时也没说什么，毕竟是她写的就是她写的，谁也抢不走。

只不过她没想到，许维遥这人在电影票房走势越来越好的情况下发了一篇长微博，大致是写他为了这部电影前期做了多少工作，没想到大家会这么喜欢之类的，字里行间透露出那句台词是他写的。

许维遥发完微博的当天就上了热搜，收获了好多不明真相的粉丝的好评。

段圆圆和另一个编剧姚大麦两个人面无表情地看完整篇长微博，彼此对视一眼，不约而同地无声骂了句。

许维遥在圈子里人脉甚广，他完全不把段圆圆放在眼里，言语间还透露出能让段圆圆在圈里混不下去的意思。

段圆圆这才明白许维遥是个什么样的人。这件事情随着电影下映就慢慢翻篇，段圆圆只能吃了这个哑巴亏。圈里只有一小部分人知道这件事，路威登就是其中之一。

段圆圆太久没休息了，工作压得她快喘不过气，她干脆给自己放了一个假，准备好好地休息一把。这次旅行，她最期待的就是去达哈卜潜水。

不知道是不是她的错觉，转机时她总感觉有一道视线落在她身上。

段圆圆向四周看了一圈，所有人都在忙自己的事，根本没有人向她这边看，她便觉得是自己想多了。

转机等候时，她忽然发现自己的护照不见了!

护照装在了护照夹里，里面有登机牌、几张证件照和她这次做的旅游攻略，都不见了。

现在距离登机还有一段时间。她一路小跑到服务中心。

她向工作人员说明了来意，没想到对方听完她的话后很温柔地向她确认她是不是 DuanYuanyuan。

段圆圆点点头，确认了工作人员的话，并且再次说了自己的护照号和丢失的东西。

工作人员把段圆圆的护照夹还给她，并且夸张地说她今天很幸运，十分钟前有人将她的护照送到了服务台，并祝她旅途愉快。

段圆圆询问对方是个什么样的人、朝哪个方向走了，或许看到后能亲自表达一下感谢。

工作人员指了指段圆圆的右手边，眨着眼睛对她说："He's a dashing man."（他是一个很有魅力的男人）

顺着她指的方向看去，那边的椅子上空空的，什么人也没有，更不用说很帅的男人了。

段圆圆向工作人员道谢后就离开了。

在飞机上，段圆圆才发觉她的后背因为刚刚紧张着急出了薄薄的一层汗。

她重新检查了一下护照夹，还好这次遇到了好心人，要不然她的旅行计划说不定就泡汤了。

护照夹里的东西都没丢，就在她准备收起护照夹的时候，才发现里面贴了一张淡黄色的便利贴。

是好看的手写英文斜体，上面写着一句话：

> Everything is good in its season.
> （万物逢时皆美好，万事如意。）

她在心里默默地将这句话念了一次，心瞬间安定下来，这一路上的不愉快和不适感都因为这句话而神奇地消散了。

能写下这样一句话的男人，果然如工作人员所说，是个很有魅力的男人。

虽然没有见过面，但段圆圆在心里想着。

飞机平安落地后，一切比段圆圆预想的要顺利得多。

傍晚，她拉开窗帘，透过敞亮的落地窗能望到对面的海岸线。

她依稀带着朦胧的睡意，长途飞行的疲惫消失，整个人被包裹在橘粉色的柔光里，夕阳的余晖让海平面镀上了波光粼粼的点点碎钻，天幕和海平面模糊了尽头的交界，光影摇曳。

海边一切的一切都自带“浪漫”二字，即使段圆圆从小在海边长大，她仍然向往世界上所有的大海。

段圆圆在餐厅吃饭时，一道热情的嗓音响起：“美丽的女士，不知道有没有荣幸可以知道你的联系方式呢？”

她今天穿了一件波希米亚风的吊带连衣裙，浓郁的色系映衬得皮肤白皙，低头时刚好能露出清晰的下颌线，吊带滑过白嫩娇俏的肩头和好看的锁骨，整个人美丽得像一幅挂在艺术馆的油画。

段圆圆闻声抬头，确认对方是在跟她讲话，对面是一位金发蓝眸的意大利帅哥。

“很抱歉。”

段圆圆抬手晃了晃自己的左手，无名指处的戒指低调却又不容忽视。

蓝眸帅哥看到了段圆圆无名指处的戒指，遗憾地耸了耸肩：“我看到你自己一个人来餐厅吃饭……无论如何，真羡慕那位和你结婚的男人！”

她是可以接受独自旅行的人，一个人旅游、吃饭，她不但不会觉得孤独，反而很享受这种自由的状态。但一个人出来会遇到被搭讪的情况，段圆圆在拒绝过太多次之后，发现“我结婚了”这个理由，对于对方来说是绝杀。

所以她悄悄地把戴在中指的戒指换到无名指上，让别人误认为她戴的戒指是婚戒。

段圆圆当下并不着急谈恋爱，但她不着急不代表杜女士也不着急，杜女士时不时就发来消息让她赶紧找男朋友。

比如现在，段圆圆才打开微信，就看到杜女士几个小时前给她发来的消息，最开始是问她平安落地了吗，紧接着又跟着一条六十秒的语音消息——

“你说你今年都二十四了，虚岁就是二十五岁，虚两岁就是二十六岁，毛二十七岁，即二十八岁，将二十九岁，四舍五入就奔三十了，我当然希望你能赶快找个男朋友，明年过年最好能领回江坞一起过年……”

段圆圆不知道杜女士从哪听来的这么一套荒谬的年龄算法，她到现在才知道年龄还能这么论。

二十四岁的生日还没过，她默认自己是二十三岁，怎么到杜女士那她好像马上就三十岁了。

轻缓浪漫的曲调从唱片机里缓缓流出，整个餐厅荡漾着随意且慵懒的小资氛围，段圆圆很享受地用完了这一餐。

段圆圆独自一人沿着海岸线走了很久，夜晚格外漫长。

不远处的路旁有规律地间隔种了一排棕榈树，路灯透过树叶的罅隙落在地上，拉出斜长的影子，夜晚的风吹过，海浪夹杂着沙沙声。

夜晚的温度也不会太低，夜幕低垂，星火坠落，晚风吹拂进卧室，夹杂着浅浅的海浪咸湿的气息，为今夜增添了一抹浪漫迷离。意外的是，段圆圆好像梦到了高中。

段圆圆从梦境中醒来时脑袋里昏昏沉沉，模模糊糊地闪过梦里高中的画面，大多数时间她做梦都是醒来就记不清了，可今天她的梦境随着逐渐清醒的大脑缓慢复苏。

充斥着金黄色阳光的教室里，同学们青涩的面颊，统一的白色校服，老师在讲台上滔滔不绝地讲着练习题，所有人都在埋头苦记笔记，偶然不经意抬眸，看到身旁穿着校服的少年。

梦里少年的侧脸已经模糊得看不清楚，可段圆圆醒来后却意外记得这个恍惚的画面。

回忆泛黄，距离高中毕业都已经过了五六年了。

高考后的暑假，还有刚上大学的那段时间，段圆圆努力不去回忆高中。她找了很多事情填满她的空白时间。

她的大学生活很充实。学校图书馆的借书卡填满了一张又一张，空余时间去旁听其他专业的课、做公益活动、参加辩论赛，有半个学期她还做过家教兼职。

充实得忙到头晕目眩，就没有多余的时间去想其他。

有些人有些事就像长在心里的一根倒刺，只要不去触碰就相安无事。她强迫性地不再去回忆过去，她的脑海里有一条泾渭分明的分界线，把高中隔绝在分界线之外。

段圆圆深吸了一口气，将昨夜的梦抛之脑后。虽然昨晚熬了一个大夜，但这不会影响她今天充实精彩的行程。

她来达哈卜最主要的目的是潜水。

阳光和煦，海浪温柔，咸湿的海风轻轻掠过，海浪一阵又一阵地打在沙滩上。红海就像一颗巨大的蓝色宝石，一片生机勃勃的美景等待着你的发掘。

段圆圆踩在沙滩上，沙子柔软且带着温度的触感让她的脚心痒痒的。她在海边安静地待了一会儿，便回去换好潜水装备准备下海。

段圆圆对她自己的潜水水平很有自信，这不是她第一次潜水了。

做好热身工作，一切准备就绪后，她便没入久违的大海。

眼前和身后全部是蔚蓝色，她被紧紧包裹在一整片壮观的蔚蓝色里。

她本科的专业会有一些课程涉及海洋，每次期末考试周她都会因为复习而痛不欲生，提到大海就想要快点逃离，但其实只有那短暂的几天而已。

这边海洋的生态环境还不错，海水清澈，礁石坚硬，生物种类很多。小鱼群从身边游过，有鱼群紧紧跟在段圆圆脚蹼后，她游去哪里，鱼群就游去哪里，她就像深海里的美人鱼。

这里是梦幻迷离的水下伊甸园，海底美得不可思议。

她的身后是看不见尽头的汪洋波浪，此刻什么烦恼都消散在这海底里，蜉蝣天地，沧海一粟，她是海洋里渺小的不起眼的存在。

今天潜水体验的人不多，多数都有教练陪同，像段圆圆这样一个人潜水的人并不多。

在她准备上岸前再看一眼蓝洞的壮阔时，发现不远处有一个人似是僵住了，在珊瑚礁前一动不动。

那个人周围也没有同伴，段圆圆心有不忍，大家都是出来玩的，谁也不希望出事。

她预估了一下两个人之间的距离，她氧气瓶里的氧气应该还够用。

段圆圆大胆地向那个人游过去。

对方戴着黑色的面镜，再加上有点距离，段圆圆看不出对方是哪个国家的人。

但段圆圆总觉得对方身上有一种强大的气场，即使穿着潜水服、即使他一动也不动，也难以掩饰。

但是段圆圆万万没想到，就在她向那人游过去的途中，小腿开始有些酸胀抽搐。

她是潜水老手了，一般情况下根本不会出现这种问题，难道是昨天熬夜太晚？

她觉得自己的状态还可以，甚至还能分心去想究竟是什么原因造成的。

只不过她高估了自己的身体状态，小腿抽筋后随之而来的是耳压平衡出问题，头开始微微眩晕。

段圆圆万万没想到会出问题，她努力保持着清醒，估计现在的状态，她再坚持七八分钟是没问题的。

她打算看一下对方有没有什么问题，随后争取快速上岸。

她到对方身边，没想到刚刚一动不动的人似乎察觉到有人打破了他周围的安静，他竟然回头看向段圆圆。

段圆圆双手摇了摇，这是在用通用手势问他：你还好吗？

对方是怎么回复的来着？

段圆圆记不清了。

她最后的记忆就停留在了这里。

段圆圆高估了自己的体能，她在海底彻底晕了过去，晕在了本来她想帮助的那人面前。

晕过去的最后有记忆的一秒，她察觉到有一双手十分慌张且小心翼翼地揽住了她的腰肢。

真奇怪啊，她的腰肢突然变得滚烫起来。

今日的海水分明是正常的温度，难道这是什么眩晕后遗症吗？

段圆圆是被浓烈的消毒水气味刺激后醒来的。手背传来微微的刺痛，是护士在给她打针。

护士："哦！太好了，你醒了！我去告诉你丈夫。"

刚醒过来的段圆圆意识还没有回笼，她甚至怀疑自己英语六级听力满分的听力是不是出了问题——

她什么时候有"丈夫"了？！

不过段圆圆很快反应过来，虽然在海底没有看清对方的长相，但如果没猜错，对方应该是一名男士。

护士应该是把救她上来的好心人误会成是她丈夫了。

段圆圆在心中无比感激对方，即使不知道他姓甚名谁，家住何方，但如果不是他，段圆圆可能就会葬身在这片深海。

病房的门再一次被推开，发出"吱吱"的声响。这里的基础设施不算太新，看起来这家医院至少有十年没更换过基础设施了。

段圆圆现在还是有些虚弱，外加左手挂着吊瓶，根本无法靠自己从病床上坐起来。

她现在躺着，只能看到对方修长的腿。

段圆圆在心里猜想，对方一定很高，至少有一米八五，一会儿等对方走近她要验证一下。

因为不确定对方是哪里人，用英语交流最为保险稳妥。

段圆圆清了清嗓子，一边抬头看向自己的救命恩人，一边真诚地用英语对他讲："万分感谢您，这次我能平安多亏了您的……"

对方刚好走到了段圆圆的病床旁边，段圆圆仰着头，毫不费力地就能看到对方的长相。

只是在看到对方是谁的那一瞬间，段圆圆后面想说的话，被硬生生地卡在了她的喉咙里。

段圆圆躺在病床上，对方站着，段圆圆刚好抬眸仰视着对方。

这是一个无比灾难的角度，会让脸显得又大又宽，可眼前男人的颜值却丝毫不会受这样奇怪的角度的影响。

遇夏

男人的双腿修长，确实如段圆圆预估的那样，身高至少有一米八五。他的皮肤是冷白调，身形优越，宽肩窄腰。当地气温高，穿的衣服不会很厚，隐藏在衣服薄薄的面料之下的是若隐若现的流畅的肌肉线条，头肩比堪称完美，脸部轮廓有致，下颌线清晰分明，下巴尖削，丝毫没有多余的赘肉和双下巴，再向上看去是形状好看的薄唇，在脸上勾勒出一抹好看的弧度。段圆圆看不出此刻男人脸上是什么表情，只能看到他的薄唇微抿成一条直线。

他的眉骨立体，眉毛浓密有型，眉毛下的眼眸像段圆圆见到的那片蔚蓝色的海水，清澈迷人，让人不自觉地想要沉溺在其中。

随着他眨眼时的动作，睫毛一下又一下地落在眼下，段圆圆注意到男人眼下的乌青有些严重，不单单是因为睫毛落下时覆盖的阴影。

两人四目相对，谁也没有说话。

男人从高处俯视着她，段圆圆的心没由来地漏跳了半拍，她藏在被子下的手指紧紧地攥着床单，指甲都快要将床单抠破，紧接着心脏疯狂地加速乱跳，快要钻出她的胸腔。

段圆圆以为这些年，她的心理素质磨炼得很好了，无论外界发生什么，她都能泰然处之，哪怕今天在深海里遇到突发状况，她都能冷静地分析面对。

可直到现在这一秒，她才知道，原来她的心脏还是会因为各种情绪的堆积而不受控制地加速狂跳。

她现在能做的，就是努力维持着面部的镇定。

阳光透过病房的玻璃霸道地落在男人背后的墙上，余晖在墙上涂满一片刺眼的金黄。

段圆圆被这阳光刺得有些恍惚，她眨了眨眼，确认面前的男人模样依然没有变化，她才在心里百分百地确定。

眼前的男人，真的是纪预。

刚上大学的那两年，段圆圆尽管竭力遏制自己，不要沉湎于过去，不要再为纪预暗自神伤，但她仍然会不受控制地去想他，去想他们是否会重逢，重逢时又会是在怎样的天气里、怎样的场合下。

纪预是否还依旧如当年那样，是天之骄子？还是被岁月打磨，泯于人海？

但泯于人海的想法会快速地被段圆圆否认，她完全无法想象在云端的纪预跌落神坛的模样。

高中同学间的感情不错，每年过年都会举办同学聚会，段圆圆基本都会参加。

但所有同学都没有他的消息，纪预就好像凭空消失了一样。

时间从来不会在原地等谁，明明一切都在向前走，万事万物恢复了正常的秩序，她依旧在平静地生活。

但总还是有一些细枝末节对于段圆圆来说是不一样的，在夜深人静的时候，在喧嚣热烈的时候，在只身一人的时候。

那是段圆圆从未对任何人提起过的、少女的暗恋。

那是高中三年，亦是高中毕业后的六年。

仔细算来，他们已经六年没见过了。

六年。

两千多天。

五万多个小时。

消失的他又出现，以一种段圆圆从来没有设想过的方式。

就这样，他们猝不及防地相遇。

他们在深海相遇，她又是以狼狈的模样出现在他的面前，和高中时的许多次经历一样。

可见到他的第一眼，他依旧和记忆里的少年没有两样，依旧如朗月，似清风，依旧清冷却又温和。

时间没有改变他分毫，经过岁月的洗礼，他反而蒙上了一层成熟男人的味道。

他真真是被老天偏爱着的，段圆圆想。

曾经段圆圆以为，他们重逢的时候，她会是欣喜万分的，她会是热泪盈眶的，可现在她在一阵短暂的紧张和惊讶后，竟然被浓浓的难过包裹着。

难过一个不告而别的人又出现在她的生活里。

是不是在搅乱她的生活后又要再次不告而别?

难过自己的心会因为他轻易地汹涌翻滚。

相顾无言，奇怪的氛围在二人眼神中交错，段圆圆不自然地先挪开了视线。

“身体好点了吗？”

纪预率先开口，打破两人的沉默。他没有讲客气疏离又有些俗套的“好久不见”，而是像问候不久前刚见过的朋友一般，似乎他们这些年并没有疏远，他的语气自然熟稔到都快要让段圆圆怀疑，这六年他们并没有断了联系。

段圆圆被他的语调弄得有些发蒙，随即点了点头：“谢谢你，把我从海里救上来。”

这些年段圆圆也说不清对纪预的情感是喜欢抑或是不喜欢，纪预对她来说更像是高中三年美好回忆的一部分，她怀念的、回忆的，也许都是高中那段独一无二的时光。

但不管怎么说，纪预都是她的救命恩人，于情于理她都应该郑重地感谢他。

纪预坐在了段圆圆病床旁边的椅子上，自然到他们真的像是天天见面的朋友，丝毫不显生疏。

他坐下后，身上的影子将段圆圆笼起来，段圆圆身体一僵，不自然地向反方向挪了挪。

“他对你不好吗？”

因为纪预坐下，段圆圆不必再仰视他，连纪预面部细微的表情她都看得无比清晰。

男人微微蹙眉，眼眶甚至有些泛红，声音难得不再一如既往地平静，甚至带了些许后怕：“就让你自己下海潜水？”

如果不是他也在海里，她说不定就已经……纪预不敢再想下去。

段圆圆在抢救室被抢救时，他站在诊室外焦急地等待。

他从来没有觉得时间这么漫长难熬。

骄傲如他，在各种场合都可以游刃有余。

可现在，他甚至紧张到听不到任何声音。

倏然纪预的肩膀被人重重地拍了一下，他后知后觉地抬起头，蓝眸男人的嘴巴一张一合，纪预清了清神，才听到他在讲什么：“原来你就是她的丈夫！这么美丽的太太你竟然让她一人孤独地在餐厅，并且竟然还到了抢救室！ Oh, my God！你不是一个合格的丈夫！”

纪预从来没有怀疑过自己的英语水平，但他现在对眼前男人说的每一个字都产生了深深的怀疑。

面前的男人又机关枪似的说了许多话，他向纪预解释来龙去脉，他很好奇段圆圆的丈夫是怎样的男人，现在见到了。

纪预听后大概明白了。

纪预不确定西方人看亚洲面孔会不会出现脸盲之类的情况，眼前的男人认错人也不是没有可能。

段圆圆还在抢救，她是否结婚这件事纪预没有放在心上。

他眼下最担心的是段圆圆的安危。

直到抢救室的门打开，段圆圆躺在急救床上从里面被推出来。她还没醒来，面色苍白憔悴，整个人缩成小小的一团。

她的胳膊搭在了被子上，手露在了外面，左手无名指处的戒指在光影折射下闪着光。

恰好落入了纪预的视线里。

左手、无名指、戒指……

纪预天才般的大脑像宕机了一样停止运转，刚刚那个男人的话又回荡在他的耳边。

所以段圆圆真的已经结婚了吗？

医生说段圆圆是长期过度劳累外加缺乏锻炼，从而在海底引起呼吸性碱中毒，预估要十个小时左右才能醒来。

段圆圆醒来后躺在病床上，甚至怀疑自己还在恍惚。

尤其是听纪预说“他对你不好吗”，她刚刚清醒，还不太明白纪预在说什么。

“什么？”

纪预不忍看她现在憔悴的模样，伸手帮她捋了捋床边的被子，恰好把段圆圆戴着戒指的手盖在了被子下。

他的声音又恢复了温和：“你先好好休息。”

随后纪预去帮段圆圆办住院手续。

直到纪预离开，段圆圆才反应过来，纪预一定是看到了她无名指的戒指，才误会她结婚了。

护士进来帮段圆圆换药：“你的丈夫是个很有魅力的东方男人，他是我见过最帅的东方男人。”

段圆圆流利的英语口语中带着一丝无奈：“他不是我的丈夫。”

“那他一定是你的男朋友！你从被送到医院抢救后便一直昏迷，睡了一夜还没醒，他就一直在病房里陪着你，也不休息，就那样坐在那里，什么也不做，不吃东西，也没有喝一口水，我们都担心他的身体能不能撑下去。”

段圆圆的心底掀起海啸，滚涌至全身每一丝每一毫。

护士口中描述的人真的是纪预吗？

段圆圆又想到了刚刚纪预眼下的乌青和泛红的眼眶，只是他精致的五官让他的憔悴变得丝毫不显眼。

她的心中泛起道不清的情绪。

埃及的天很蓝，蓝到海天连成一线，整个世界都在一片蔚蓝色里徜徉着，太阳在这一片蓝里镀上了一层金边，这一刻，她并不觉得孤单。

段圆圆是一个有一点选择困难症的人。

比如在选菜的时候她会因为选青咖喱还是黄咖喱而犹豫不决，同样款式的裙子她会因为买黑色还是白色而难以抉择……这次出来玩也是，在纪念品店纠结时，老板送了她一句话：“Follow your heart, free to go or do as one pleases.”

随心而行，一切跟随本心。

她的矛盾在于不知道该如何处理她和纪预的关系。

她不是高中时候的她，现在她很难找到当年“即使绕路也只为了能见到纪预一眼”的心境。

哪怕即使心底还保留着高中那段时光里对纪预的微末喜欢，她现在也不想做无谓的纠缠。

她看似已经坦然释怀。

毕竟谁又能确定，纪预会不会又独自消失六年。

可纪预在病房里的态度以及护士的话，让段圆圆对纪预有了一种熟悉的陌生感。

明明是她高中时就认识的纪预，可她对纪预现在的所作所为的初衷一无所知。

想不通的事就放弃，小店老板送她的话又在耳边响起。

一切随本心，没有什么比她当下的感受更重要。

段圆圆的生日在五月的最后一天，这是她第一次在异国他乡过生日，还是在医院里。

护士给她送来了一束鲜花，是一捧浅紫色和白色的小花："Yuanyuan，生日快乐！是你男朋友托我带给你的。"

"Curora，我跟你说过了，他不是我男朋友。"段圆圆又迅速补充道，"也不是我丈夫。"

"OK 啦，你不用解释，我懂，我都懂，这就是你们中国人常说的'含蓄'。"Curora 一直坚持她自己的想法，完全不理会段圆圆口中的真相，"他看起来好像要说什么，但最后什么话也没有托我转达，我猜他一定是想要亲口对你讲。"

段圆圆无奈地耸了耸肩，知道不论怎么解释 Curora 也不会信，Curora 前一阵甚至坚信她只是和纪预吵架了，甚至还劝过她，告诉她世界上没有任何一对情侣之间会没有矛盾。

那一束包装精美的花束在病房的床头柜上。

不是大多数人探望病人时会送的百合，那是段圆圆在花店里从没有见过的花。

这一束花主要以两种花为主基调，浅紫色和淡藕白色的花瓣交错簇拥，叠叠层层，错落有致，散发着青涩的浅香，仿佛带段圆圆进入了一个盛大的梦幻花园。

段圆圆不知道这两种花叫什么，但她很喜欢。

直到很久以后，她无意中得知了这两种花的名字。

淡藕白色的是姬金鱼草，浅紫色的是野鸢尾，它们多生长于北温带和西伯利亚东部。

但段圆圆仍不明白纪预当时为什么会将这两种花搭配在一起，平常送花不都是送玫瑰的吗。

直到她从自己丈夫口中知道了这两种花的花语——

请你察觉我的爱意，我很想你。

第十七章
“你好，我是纪预。”

能和纪预重逢，是缘分吗？

命运的齿轮在摇摆过后又让他们在漫长的六年之后重新遇见。

段圆圆看了一下微信，纪预就在她的好友列表里，她不去碰，也努力不去想，那些隐秘细小的裂痕在渐渐弥合，至少表面看起来彼此相安无事。

大二那年的元旦，室友发给她一个链接，段圆圆点开，是微信的年度报告。

画面还在加载时，段圆圆都能想到大概内容是什么，无非就是你从哪一年开始使用微信、今年发了多少条朋友圈、收获点赞数最多的是哪一条朋友圈之类的年终总结。

但段圆圆没想到，那一年的年度报告中，竟然还多了一项“谁是你的第一位微信好友”。

没有一点缓冲地，纪预的头像和昵称伴随着舒缓的背景乐出现在她的手机屏幕上。

他的头像一直没有换过，一片湛蓝色的海。

段圆圆看过无数次，熟悉到一看到这个头像就能立刻想到是他。

无数的回忆在那年元旦疯狂地涌入段圆圆的脑海里。

那天段圆圆愣了很久，但她依然没有删掉他。

段圆圆会在过年收到不怎么联系的同学群发的拜年短信，但她从来没有收到过关于纪预发来的任何一条消息。

微信单方面删除好友的话，自己仍会在对方的好友列表里，段圆圆也不确定纪预是否删掉了她，又或者，纪预已经换了新的微信号。

现在，纪预把她送到医院又不联系她。

段圆圆也不明白纪预究竟是怎么想的。

药劲上来了，她又迷迷瞪瞪地睡了过去。

梦里她听见有人敲门，是很低沉的声音问她“可以进来吗”，段圆圆被这道嗓音蛊惑，同意了。

梦境到这戛然而止，段圆圆醒来，天已经渐渐黑了，灯没开，病房里一片灰暗。

病床边好像有人坐着，段圆圆突然吓了一跳：“谁在那里？”

“是我。”梦里低润的嗓音又再次响起，“你刚刚同意我进来的。”

原来那不是梦。

段圆圆刚刚睡醒，语气中带着一丝惺忪：“你怎么来了？”

纪预将病房的灯调到柔和的光线，段圆圆刚醒来，这样的光线不会让她觉得刺眼，刚刚好。

纪预的声音一如既往地温和，似乎这么多年就没变过：“医生说你这几天需要注意饮食，辛辣的、海鲜、刺激性的都不能吃。”

说完后又补充了一句：“也吃不了蛋糕。”

他是在解释今天为什么只送了花而没有送蛋糕吗？

她点了点头：“知道了。”

“外国人住院有点复杂，有些手续要办理，并且需要有人担保。”纪预拿出手机，“后续有问题我们微信联系可以吗？”

段圆圆见纪预拿出手机，以为他是想扫她的二维码，所以他真的删掉了她，或者换了新的微信号？

段圆圆说不清这是什么感觉，但她仍然在打开自己二维码页面的时候说了一句：“我没换号。”

纪预的声音有些低哑：“嗯，我也是。”

段圆圆有些诧异，所以，纪预也是怕自己把他删掉了吗？

最开始纪预消失的那段时间，段圆圆疯狂迫切地想要知道纪预去了哪里。

可见到他后，段圆圆才知道，原来她只希望见他一面，仅此而已。

对他消失的这六年，她不问。

段圆圆的直觉告诉她，即使她现在问了，纪预也并不会告诉她。

他们断联的六年里他去了哪里，答案重要吗？

或许曾经重要吧，但现在段圆圆觉得一切都没有比他们能再次见到面来得更重要。

海浪声一阵又一阵，无止无休，纪预静静地坐在病床旁。

沉默许久，纪预开口：“他知道你住院了吗？”

谁？

纪预不会真的认为她结婚了吧！

段圆圆很诧异，但凡纪预用他天才般的脑袋思考一下，就会知道这是误会。

首先她不会这么小就结婚，而且就算她真的结婚了，怎么会除了一个婚戒，毫无其他的相关讯息呢。

段圆圆不知道的是，她用已婚为借口拒绝过的意大利帅哥已经又一次在纪预面前“证实”了她“已婚”的身份。

段圆圆不擅长在纪预面前说谎，高中的时候便是这样，现在依然是这样。但她见到纪预还是会忍不住想到他消失的那六年，她甚至很卑劣地想“报复”一下纪预。

或许对纪预来说压根儿称不上是报复，但段圆圆依然这么做了。

段圆圆靠在床上，垂着眸，发丝轻轻地掠过她的耳畔，她沉默不语。

纪预把段圆圆的沉默默认成了她丈夫对她不好。

纪预继续开口，是老同学、老朋友的口吻：“我在国内认识一些律师，如果有需要，一定要告诉我。”

“宁拆十座庙，不破一桩婚。”段圆圆编剧瘾上来了，把头偏向一侧，强忍笑意，“而且你有没有想过，万一他就是律师呢。”

“我会找国内最顶尖的律师团队帮你。”

段圆圆对法律圈了解得不多，叫得上名字的就几家，但她记得周热的男朋友名下就有顶级的律所，不如借他们律所的名气用一下：“你听过金冬律师事务所吗？”

纪预略微诧异地挑了挑眉毛，像是有些意外：“所以你丈夫是……金冬律所的？”

段圆圆继续沉默，纪预也没有再继续这个话题。

病房里依然有淡淡的花香，浅到若有若无。

段圆圆睡了一下午，其实现在并不困，但她莫名地觉得和纪预待在同一个空间有些奇怪，尤其是纪预总想问她关于她丈夫的问题。问题是这是一个完全虚构的存在。

段圆圆假意打了个哈欠：“我有些困了。”

言外之意就是你也该回去休息了。

纪预：“那好，我明天再来看你。”

纪预的腿修长笔直，快要走到门口时，他回过头，目光灼灼地望向段圆圆：“生日快乐。”

月色如水，晚风潮湿，零碎的星光跳跃着进入屋内，落在男人的肩侧。

他的眸光清澈流转，那是世界上最蔚蓝盛大的海。

出院这天，医院需要纪预到医院签字。段圆圆躺在病床上闭着眼睛，脑海里闪过了这三天发生的事情，从海底到医院，几十个小时而已，过得太不真实了。

他们重逢后，彼此间没有讨论过任何关于工作、关于现状的话题，段圆圆并不知道纪预现在在做什么工作，抑或是仍在读书？纪预只是单方面固执地认为她已婚，除此之外，他也不了解她的任何信息。

他们更像是在这里刚刚相遇相识的两个人，只因为是同在海外的中国人，所以看似多了一些身为同胞的亲密感。

她和纪预在异国他乡的重逢像是一场梦幻，他们相遇在同一条狭船里，偏离了她本身既定的轨道，等到时效一过，一切恢复如常，他们终会渡过一片大海，奔向不同的世界后，方知不过是大梦一场。

一会儿纪预到医院帮她办完出院手续，从此之后，桥归桥，路归路，海天终有分界，他们也再没有交集了吧。

潮起潮落，人和人短暂相逢的缘分，已经是上天指缝中流露的奖赏。

出院这天，纪预帮她办好手续后问她："你住在哪里？我送你过去。"

他又怕段圆圆拒绝似的立刻补充道："这里交通不便。"

段圆圆报上了酒店名字："你知道在哪里吗？"

"好巧。"纪预的唇角微扬，"我也住在那里。"

段圆圆有些意外，她从来没在酒店见过纪预。

不过很快就想通了，酒店那么大，而且她待在酒店时也是在自己的房间里，没有遇见过也正常。

回到酒店，段圆圆在前台逗老板的猫咪，结果不小心被抓伤了。

两道红痕出现在段圆圆的手腕处，伤得不深，但还是很明显，一眼就能看到。

白嫩如玉的手腕处多了浅浅的红痕印。

段圆圆先感受到了疼痛，才后知后觉她的左手手腕被猫咪抓伤了。

但在她还没有反应过来时，她就已经不受控制地离开了前台。

一双强有力的手抓着她，让她下意识地跟随着对方的步伐。

是纪预。

纪预第一时间抓着她的另一只手腕，带她向楼上走去。

段圆圆转身时，还隐约听到了酒店老板不停地说着"Sorry"。

纪预很绅士地抓着段圆圆的右手手腕，而不是她的手掌。

纪预并没有很用力，但段圆圆却牢牢地被他牵在手中，无处可逃。

段圆圆的手腕处火辣辣的，一片酥麻痒意以燎原之势蔓延至全身，但不是因为被猫咪抓伤，而是因为她的手腕正被纪预牢牢地握住。

酒店的直梯面积不大，空间狭小，此时此刻又只有他们两个人。

纪预仍然紧紧攥着她的手腕。

他的手指修长，骨节分明的手指轻松地握着她的手腕，浸着丝丝凉意。

许多年过去了，段圆圆仍然习惯在右手手腕处戴手链，但早已经不是像曾经那样为了掩盖伤疤。

就像有些人习惯把手表戴在右手一样，她戴手链也习惯戴在右手处。

无关伤疤，无关自卑，无关敏感，只是习惯而已。

她今天戴了一根红绳，红绳上串着一颗黄金转运珠，今年是她的本命年，这是杜女士送她的生日礼物。

细细的红绳被纪预的手掌覆盖着，被他握住的那小小的一片，冰凉又滚烫。

在狭小的空间里，冰火相交。

段圆圆想要将手腕从纪预的手掌中挣脱出来，可右手的力量仿佛被剥夺了，手腕软绵绵的任由他指挥。

她的耳尖火辣辣的，不必想，现在一定红透了。

电梯里没有冷气，空气炽热。

他们彼此身上的味道混合充斥着整间电梯。

纪预身上的味道淡淡的，段圆圆不知道该如何描述这种味道，她作为编剧的文字天赋此刻完全失灵。

他身上的味道似有似无，不像男士香水，更像是被子被太阳暴晒过后的阳光味，很温暖，被这样的味道裹挟着让人觉得很安心。

电梯以正常的速度一层一层上升。

不过，今日在电梯里，时间好像格外漫长，怎么还不到？

“其实……”

其实真的没事，你可以松开手的。

段圆圆酝酿许久的话，刚准备说出口，便被电梯开门的声音打断。

纪预的手掌仍旧握着段圆圆的手腕，他径直带她去了他的房间。

段圆圆没想到这么巧，纪预的房间和她的在同一层，只隔了几间而已。

刚打开的房间没有亮灯，黑暗的氛围给段圆圆带来了缓冲的时间，她深吸一口气，让脸颊在漆黑中快些降温，快些恢复如初。

黑夜中，人的触觉分外敏感。

段圆圆察觉到纪预的另一只手指尖擦过她的手臂，她忍不住战栗一下，可她不明白纪预为什么会突然碰到她的手臂。

随之而来“嗒”的一声，黑暗的房间内灯光骤然明亮。

原来是他在寻找插卡卡槽。

随后纪预有些紧张焦急地带段圆圆进卫生间。

纪预在卫生间里松开段圆圆的手腕，垂着眸，眸光在段圆圆的手腕处流转，他对她说：“抱歉。”

段圆圆还没来得及回复，纪预便很快又说：“疼吗？”

纪预的话与话之间基本没有间隔，听起来就像是一句话，连贯到段圆圆分不清楚他是在问被猫抓得疼吗，还是他刚刚握得疼吗。

段圆圆微微低着头，摇了摇头。

她穿着暗红色的连衣裙，此刻垂着头，像一枝被雨水打湿的玫瑰。

纪预拧开水龙头，冰凉的水流冲洗着段圆圆手腕处被猫抓伤的伤口。

猫咪抓得不是很重，所以段圆圆的伤口不算疼。

至少纪预抓住手腕的酥麻感和水流潺潺浇在手腕的触感，掩盖住了伤口此刻的疼痛。

“我用双氧水帮你消一下毒，然后去医院接种狂犬疫苗。”

“我自己消一下毒就好。”段圆圆想要从他手中拿过棉签，“伤口不深，而且不是流浪猫，不用去医院打狂犬疫苗的。”

“不确定老板是否定期带猫咪打疫苗，而且你生病才刚痊愈，还是去医院打一下狂犬疫苗放心些。”纪预的声音有安抚心灵的作用，段圆圆没有再继续挣扎，试图拿过他手中的棉签。

他手中仍然握着棉签，小心翼翼地在段圆圆手腕的伤口处擦拭：“可能会有点疼。”

她和纪预坐在沙发上，她的手腕搭在他的掌心上。

段圆圆的手腕很细，在他略微粗粝的手掌中显得更加细嫩，手心与手腕肌肤接触的地方似是有电流通过。

他们的位置刚巧背着光，室内光线有些昏暗，这幅画面，段圆圆看到后总觉得有些面红耳赤。

她不自然地挪开目光，在心中暗骂自己脑海里都在想些什么。

纪预的动作自始至终都很有分寸，从在大厅握住她的手腕将她带回房间，再到现在帮她清理伤口，他的动作一直很绅士有礼，距离感把握得很好，不会让段圆圆觉得不舒服或是被趁机占了便宜，他完全是出于老同学的情谊来帮助她，挑不出一丝差错。

她偏头时手腕无意微微地在纪预的掌心摩挲了两下。

“弄疼你了？”纪预皱皱眉，还以为是自己握着棉签的手太用力了，“我轻一些。”

段圆圆脸颊一热，浮上一圈淡淡的绯红，她干脆将目光投向窗外，一语未发。

窗外灯光闪烁，隐约传来热闹的欢呼声，海边的人们来自天南海北，总是热情的。

和窗外的热闹形成鲜明的对比，此刻他们两个人安静得谁也不说话，甚至侧耳都能听到呼吸声。

他们两人的发展越来越偏离段圆圆预设的轨道，为什么他们会发展到现在这一步？

究竟是哪里出现的偏差？

对于在工作上抑或是学习上逻辑思维能力以及复盘能力都不错的段圆圆来说，此刻脑海里一团乱麻，无数雪花屏在眼前一一划过，她对此毫无头绪。

今日时间过得格外漫长，像是被慢放，之后又被无限拉长。

处理伤口前后也不过十分钟，段圆圆觉得像过了一个世纪那么久。

“走吧，我们去医院。”

明明是再普通不过的一句话，可段圆圆听到从纪预的口中说出了“我们”，她的心骤然一颤。

高中的时候，她向别人提起纪预，会说他是“我们班的同学”，一个简单的“我们”，一下子让他们的距离看起来很近，哪怕他们一个班有几十人。

可很多年后的现在，段圆圆依旧听到了“我们”，用来形容他们两人。

并且是出自纪预口中。

夜晚的天空缀着许多颗星星，夜色下的一草一木都分外柔和朦胧。

纪预驱车带段圆圆到医院，到医院后他拿着段圆圆的护照帮她挂了急诊，很快段圆圆就注射了第一针狂犬疫苗。

还有剩余四针，医生叮嘱一定要及时注射。

段圆圆在日历上面标记出需要注射的时间。

纪预忽然开口问她：“你几号回国？”

“嗯？”段圆圆在手机日历里数日子数得太入迷，一时没听清。

纪预又道：“你第二针还在这边接种吗？”

“嗯，在这边。但剩下三针就要回国再注射了。”

“那大后天我送你去医院。”

段圆圆刚想开口婉拒，纪预就像是看透她心里的想法似的，继续补充道：“不打扰你的其他行程。”

段圆圆怎么觉得纪预的语气中莫名多了一丝可怜？

分明他是好心，可段圆圆觉得如果不答应他，心里好像对不起他似的。

“不、不是的。”段圆圆组织了一下语言，“我是害怕耽误你的行程。”

“我是自己一个人来的。”纪预声音温润平和，淡淡地补充了一句，“而且我目前还没有结婚。”

段圆圆的手指顿时在屏幕上滞住，差点忘记她打开日历是要做什么。

纪预刚才讲话的语气就像在说“今晚天气还不错”一样平静正常，可为什么段圆圆听到了浓浓的绿茶味？

什么叫“而且我目前还没有结婚”？

他是在内涵谁？

段圆圆略显语塞，想着干脆一次性把话说清楚，可是“其实我还没结婚”这话都到嘴边了，又被她咽了回去。

凭什么纪预想得到的答案，就要这么轻松地告诉他？

段圆圆明知道她没有立场指责纪预的无故消失，但她心里还是有些生闷气：一方面气纪预消失就消失，为什么又要出现；另一方面，更多的是气自己，这么容易就被他扰动心弦。

她现在觉得自己无比别扭又矫情，一点也不像平时的她。

回到酒店时，老板特意向段圆圆道歉，告诉她猫咪打过疫苗，让段圆圆放心，并且提出去医院的费用由他全部承担，“希望你不要因为猫咪的抓伤而难过，祝你和你的男朋友玩得愉快。”

段圆圆笑着收下了老板的再次道歉，同时解释道：“他不是我的男朋友。”

老板看着段圆圆的背影笑而不语，纪预入住这天是他接待的，他印象很深，因为纪预说想要和他开车带回来的女孩子住在同一层。

老板开酒店，接待了无数形形色色的游客，他猜测两人的关系应该不一般，又加上纪预说出了段圆圆的名字，而且纪预开车载她回酒店时他也看到了，所以他不认为眼前面容英俊的东方男人提出的要求有多么不合理。

段圆圆拎着晚餐走到拐角电梯处，没想到纪预竟然站在电梯那里。

电梯间的灯并不明亮，只有一小盏灯在纪预的头顶，灯光柔和微弱到几近于无。

阴影厚重，他身形笔直，气质出众，独站在那里，即使周遭灰暗也仍像站在聚光灯下。

段圆圆走近，故作轻松地开口：“怎么还不上去？”

“等你。”

纪预总是这样，能用平缓温和的语气说出让段圆圆心中掀起狂风巨浪的话语。

段圆圆的手指不自然地抠着手中的包装袋，她无比庆幸电梯间的灯不够明亮，纪预看不到她耳尖的微红。

“我送你回去，你今晚打过疫苗，要好好休息。”

“嘀”的一声响起，电梯打开，掩盖住段圆圆不知道该如何回复的尴尬，纪预很绅士地让段圆圆先走进电梯。

娱乐圈是名利场，段圆圆的工作勉强算是和娱乐圈沾了一点边，她不能说是在各种社交场合游刃有余，但至少不会让对方的话掉在地上，不会冷场尴尬。

可遇到纪预之后，她预设的心理防线即将坍塌，她好像每天都比前一天小了一点，她好像又回到了高中，回到了纪预一个眼神就能让她心脏狂跳不止、一个笑容就能让她紧张得说不出话的年纪。

有些巧合，她今天点的沙拉和鸡尾酒里都加了薄荷，而且喷的香水也是白茉莉与薄荷味道的。

猫薄荷和薄荷完全不同，段圆圆知道。

但她还是忍不住想，会不会被猫咪抓伤，和她今天身上的薄荷元素太多有点关系？

她的发散性思维能力很强，或许这也是她非科班却走上编剧路的原因之一。

她忍不住想，如果被抓伤和薄荷有什么联系，那她在距离江坞市八千多公里之外的达哈卜遇到纪预，是为什么呢？

这个问题她在遇到纪预后想过许多次，每次都想不出答案。

存在即合理，凡事发生即有意义。

可段圆圆想不到她和纪预遇见了，会有什么以后。

或许是老天终于听见了她的心声，听见了她许过的生日愿望，所以让纪预出现，让他们短暂地重逢。

段圆圆没想到会在海边再一次遇到他。

等她反应过来时，他们已经并肩在沙滩上散步了。纪预的话不多，但他们一句又一句，不会冷场，也不尴尬，不像很久未见略显疏离的老同学，但也不像亲密到无话不谈无话不说的友人。

他们之间有着一种恰到好处的氛围，段圆圆第一次感受到。

海浪声袭来，一浪接着一浪，金光粼粼的海面，段圆圆的鼻尖猝不及防地有些发酸。

他们现在的距离用“近在咫尺”来形容一点也不为过，在漫长的山穷水尽后，他们的相遇让段圆圆每时每刻都觉得是一场如彩色气泡般易碎的梦幻。

她倏然想到了高三那年，她在紫藤长廊下对纪预说“高考后一起看海”。

随之而来的是少年的消失，是少女心思的掩埋，是无疾而终的看海。

沙滩上，他们走过的地方有一串长长的脚印，浪花轻轻地抚过，浅浅的脚印消失在海水里，可不能否认它存在过。

当年没有得到的答案，她不知道现在算不算如愿以偿。

他们两人沿着海边漫无目的地走了不知多久。

至少段圆圆那段时间里对时间流逝速度的感知能力变得微弱，微弱到快要消失，她几乎全程都没看一眼手机，所以不知道究竟具体几点钟了。

不过他们那天一起看到了夕阳，看到了海上的落日，看到了金如火烧的漫天晚霞，看到海面落满了如碎金般的璀璨。

她才恍然发觉，哦！原来竟然都这么晚了。

时间不知不觉地消融在他们的谈话里，段圆圆知道了纪预目前在从事海洋方面的工作。

他们很自然地谈到了这个话题。段圆圆当时听到后是有些诧异的，她从来没有想过纪预的工作竟然会和海洋有关。

他们高考后彼此不联系，可她竟然和纪预在工作和大学专业的选择上会有这样的关联。

段圆圆印象里，各个省份的状元一般都学了计算机、金融或者医学，她还从没听说过哪个省的状元做海洋方面的工作。

但纪预说得并不详细，她也没有继续追问。

她仍然不知道纪预的大学在哪里上的，仍然不知道纪预消失的六年去了哪里，这像一个横在他们彼此之间的禁忌，她默契地绝口不问，他默契地避而不提。

在大海旁，段圆圆也终于说出了她现在还没结婚这个事实。

在纪预委婉地旁敲侧击地问她丈夫对她如何时，她一点也不想去“报复”纪预消失的六年。她还是忍不住将实情说了出来。

她不希望纪预总是以一种她是一个“婚姻不幸的老同学”的眼光去看她，这种印象委实不怎么样。

纪预听到这个答案后没有过多的表情，和之前一样温和，至少在段圆圆看来是这样的。

他们聊天的分寸把握得刚刚好，好到让段圆圆觉得她是在拍偶像剧，就算她写剧本都不一定能创造出这么美好的桥段。

明明散步是一件无聊的事，可两个人散步，灰色却变成了粉红色。

他们两人的某些话题用“浅显又浅薄”来形容也不为过。在每一个可以深入去讨论的话题将要开始时，他们都选择尊重对方的想法，理智地刹车，并及时调转方向。譬如纪预消失的六年，又譬如段圆圆的婚姻和恋爱状况。

除了这些看似禁忌的话题，他们乐此不疲地谈着一切，毫无逻辑，谈天谈地，甚至从这附近哪家咖啡厅的甜品做得精致聊到了阿多尔诺和康德。

因为高中时知道纪预喜欢陈奕迅，受纪预的影响，段圆圆这些年也喜欢听陈奕迅的歌，当她听到陈奕迅在《不知所谓》里唱“由手机讲到鸡尾酒，由番茄讲到北美洲……由巴哈讲到将进酒，由光纤讲到于素秋……”她还一直持怀疑态度——

都是成年人了，怎么还会有人聊天是纯粹瞎聊的？

但今天她信了，原来歌词没骗人，聊天也可以这样聊。

只不过她和纪预，不是爱侣，只是老友。

那一晚纪预送段圆圆回酒店，这样形容也不准确，毕竟他们现在住在同一家酒店。

纪预很绅士地送段圆圆到她的房间门口，酒店长廊昏黄交错的灯光下，有些迷乱的灯影绰绰，他温柔地开口，嗓音充满磁性：“早点休息，晚安。”

夜晚的氛围有神奇的魔力，段圆圆那一瞬间心里飞满了春日的蝴蝶，心尖被蝴蝶的翅膀扇动得痒痒的。

纪预晚上给她发了微信，给她发了一张沙漠的风景照，问她明天有没有其他安排，想不想去这里。

巧合的是，段圆圆的计划也是明天去这片沙漠。

纪预找的景点对段圆圆来说很有诱惑力，而且她总觉得这是冥冥之中的一种指引，告诉她这次旅行一定要到这片沙漠，所以她实在讲不出拒绝的话。

按照约定的时间，他们第二天一起出发。

纪预穿了一件黑色的短袖，干净利落。黑色显得他的皮肤更加冷白调。他的眼睛总是清澈明亮，让人一眼就沉溺其中。

关于大学生的眼睛的描述，网上有个比较火的说法是大学生们的眼睛里透露出“清澈的愚蠢”，一眼就能看出来。段圆圆其实挺喜欢这个说法的，大学生们眼睛里装着象牙塔里宝贵的时光，她工作后觉得即使自己的心态没有太大的变化，可天天熬夜赶稿，有时还昼夜颠倒，很难再像大学时期那么单纯，单是作息不规律这一项，就足够折磨人的。

但纪预的眼睛和她见过的所有人都不同，他的眼睛里丝毫没有所谓的“愚蠢”，眼神里全都是澄澈和真诚，黑曜石一般的眼睛，总能让段圆圆看到过去的那个少年。

他这些年过得应该不错吧。段圆圆看着他的眼睛想。

纪预开着车，段圆圆坐在副驾驶上，现在两个人之间少了些拘谨，多了些随意和自在。

聊天间隙，段圆圆能听出音响里在播什么歌曲，她问纪预：“这次也是连的你手机蓝牙吗？”

纪预点点头，段圆圆没想到，他们在听歌这方面的品位如此相同。

段圆圆听到的这几首歌，全都是她爱听的，有些她赶稿子时会听，偶尔还会分享到她的社交账号上。

目的地距离他们住的酒店将近一百公里的路程，到达时段圆圆心中第一个想法是：这么快就到了？

段圆圆戴上墨镜准备下车，下车后她才发现纪预把刚刚开车时戴的偏光镜换掉了，换了一副更有设计感的墨镜。

纪预的下颌线干净流畅，鼻梁高挺，鼻梁上架着一副墨镜，看起来帅气有型。他的墨镜和她的居然是同款——一个小众设计师的品牌。

沙漠里的温度比海边高一些，热浪不断袭来。这里的景色称得上别致。沙漠的轮廓清晰，沙山逶迤连绵，一层层起伏蜿蜒，近距离看起来很壮观。

他们在一起仿佛有说不完的话题，段圆圆高中时完全想不到，有一天纪预居然会和她聊这么久，还不觉得无趣并冷场。

可人都是抑制不住自己的贪念的，看到了海面的冰山一角，便想窥探深海下的全部。

当你知道 99% 的消息时，会控制不住地去想最后的 1%，尤其这对于段圆圆来说，是非常非常重要的人的消息。

也不仅仅是这样，段圆圆知道，她和纪预，虽然目前看似聊得很愉快，但这都是掩盖在那个谁都绝口不提的话题之下的。

即使段圆圆现在不想求证真相，可她忍不了太久，终归是想知道答案的。

现在的天空蓝得出奇，在褐色的沙漠上，它犹如一幅色彩饱和度极高的油墨画。

段圆圆看似不经意地开口，可话还没有问出，便被纪预察觉到，随后他转移了话题。

段圆圆想不明白，纪预为什么会对这件事绝口不提，分明当初不告而别的人是他。

她没有用指责的态度去问纪预，她只想知道一个答案而已，知道了也就罢了。

但依然毫无收获。

六年前的委屈和伤心以及难以置信又一次漫涌而来，段圆圆鼻尖有些泛酸。

她今天深切地知道，突然消失的六年就像是他们看似平静和谐的交谈之上悬着的一把达摩克利斯之剑，是随时可能被引爆的炸弹，是他们的关系中最令人不安的威胁。

到了用餐的时间，纪预驱车带着段圆圆到了一家很有格调的法式餐厅。

点餐时，纪预是用法语和服务生交流的。

许多人都说“法语是世界上最浪漫的语言”，法语的发音和腔调天生就富有一种专属于知识分子的浪漫情调。

明明知道纪预是在点餐，可法语从他口中娓娓讲出时，段圆圆竟像是听到了法国电影里浪漫桥段中的对白。

段圆圆回想到了高中，他们是同桌，所以即使平时交流再少，也会比其他同学多一些。她当时偶然间发现纪预的普通话有一些词发音并不标准，隔了太多年了，她都已经快要记不清楚了，只是听到纪预讲法语，不知怎的突然又想到了当年。

这次见面，她没有格外留意纪预的普通话，但似乎是标准了一些。

点过餐后，段圆圆笑着对纪预说："看起来你法语说得不错。"

"我去巴黎待过一段时间。"纪预神色依然淡淡的。

餐厅的隔断做得很好，顾及了客人的隐私，私密性很强，所以他们用餐的空间很安静，只能听到唱片机不断流淌出的乐曲。

段圆圆故作轻松地继续聊着："是前几年吗？"

这次纪预没有再刻意回避些什么："对，法国、德国，还有美国，我在不少国家都停留过一段时间。"

"环球旅行啊。"段圆圆笑着调侃。

看来纪预消失的几年过得真的不错，在他们还在为毕业为工作为生计发愁时，他已经开始环游世界了。

她应该为他感到开心的，或许他当年的离开，有不得已的苦衷，但至少知道他过得不错，这就足够了。

纪预的眼眸深沉："去那些国家停留过就是旅行吗？"

段圆圆有些奇怪纪预怎么会这么问："当然啊，去不同的国家，看到不同的风土人情，就像现在一样，怎么不算旅行呢？"

一阵铃声打断了他们的对话。

是公司老板打来的，段圆圆说："抱歉，我出去接一下电话。"

电话那端曾总只让她尽快回国，参加会议。

挂了电话后，段圆圆直接站在花园里看起了机票，运气不错，刚好明天下午有一班直飞的航班。她立刻订了票，然后发微信告诉曾总机票已经订好了，保证一定按时参加会议。

做完这些段圆圆才回到餐厅。纪预盘中的食物和她离开前差不多，难道她出去接电话的这段时间他一直在等她一起吃？

段圆圆微微颔首："久等了吧。"

明天她就要离开，不出意外，这将是她和纪预一起吃的最后一顿晚餐了。

段圆圆举起手中的高脚杯，纪预也很默契地举起他手侧的酒杯，叠满玫瑰碎花瓣的杯身相碰，发出清脆好听的声响，段圆圆看着自己的影子在高脚杯上，压下心中翻滚的情绪，声色平常地开口："Cheers！"

以气泡水代酒，他们结束了这顿晚餐。

在返程的路上，沿途一路散发着让人舒心的香气。在这段公路上，纪预开车的速度并不快，段圆圆将车窗摇下来，夜晚的天空不是完全黑暗的，一片朦胧隐隐约约笼罩着大地，许多景色都像是梦幻般的存在，月亮、星星，甚至还有一闪而过的流星。

段圆圆甚至快要分不清楚，他们的相遇究竟是不是一场幻象。

纪预送她回酒店时还在问她明天有没有安排，言语间的意思是明天还想要两人一起旅行，段圆圆笑着拒绝了，她找了个借口，说她有些累了，想要休息。

段圆圆把他们的重逢归结为一场浅薄的缘分，起于旅途，也应该终于旅途。

既然上次不告而别的人是纪预，那这次，就由她不告而别好了，他们的明天，总要去向未知的、不同的方向。

段圆圆这次的旅行一路有波折，可也是独一无二的一份纪念。她在登机前给纪预发了一条微信：

> 这两天很感谢你的照顾，旅途让我很难忘，现在旅行结束了，我们也不要再见面啦，就当作我们从来没有遇见过吧。

有些话，她完整地全部奉还给他。

她发完后没有等纪预的回复，直接就将手机关机了。

段圆圆现在的心情像一潭死水一样无澜，没有故作轻松，没有报复的快感，也谈不上多么难受。

茫茫云海，云层不断翻涌，一片云涌向另一片云，白茫茫的一片触手可及，一切趋于平静。

只是，在飞机起飞后，她紧闭着双眼，会突然想到纪预那双清澈如海的眼眸。

十几个小时的航线路程，段圆圆迷迷糊糊地睡了过去。

云层之上，高空万里，她做了一个又一个混乱的梦。

她梦到了回南巷里少年手中的打火机，梦到了高中晚自习课后在黑板上讲题的少年，梦到了这次旅行的海边和沙漠，梦到了……

无数片段在她脑海中走马灯似的交错闪过，还没看清楚上一幕便又紧接着换了下一幕，这一幕幕她在梦里只看了个模糊大概，她甚至都不确定这究竟是真实发生过的还是仅仅是一场梦中虚幻的存在。

总之这一觉她睡得很不安稳。

飞机落地后，段圆圆还没下飞机便打开手机，机舱里乘客们和她一样，一时间手机提示音在机舱里“叮叮”地响个不停。

段圆圆的微信上收到了来自很多人的消息，但唯独没有收到来自纪预的消息。

一条也没有。

他们之间的最后一条聊天记录还是段圆圆在返程前发出去的。

段圆圆想，或许纪预看到这条消息后就把她从好友列表里删掉了，毕竟他这样的天之骄子，估计不会忍受有人用这种口气对他讲话吧。

不论如何，这正是段圆圆想要的结果，大家相安无事地忘记这几日的缘分，各自开始自己的生活。

段圆圆心里突然涌上一股无名的疲惫，这种疲惫感肆意地席卷了她全身的每一处脉络。

她下意识地把这归结于长途飞行带来的后遗症。

段圆圆也颇为好奇，究竟是为什么，曾总这么着急将她“召唤”回来。

曾总关心了段圆圆的假期过得如何，随后说明了究竟是怎么一回事。

十九大提出了“坚持陆海统筹，加快建设海洋强国”。建设海洋强国一直是国家发展中重要的一部分。近期国家有关部门想要出一部关于海洋保护的电影，唤起更多的人保护海洋的意识，因此总台以及多方联合投资拍摄一部关于海洋的电影。

曾总说完这些后顿了顿，段圆圆有点不太确信地试探着问曾总：“我……是被选中了吗？作为编剧？”

曾总笑着点点头，目光里全是欣赏，这就是后生可畏，一浪更比一浪强。

“以我的资历和作品……”

曾总说的已经确定的几个编剧都是圈内赫赫有名的大佬级编剧。

“或许是你本科专业和这对口？”曾总笑了笑，“你本科那么厉害，可是响当当的招牌啊，而且和这次电影的主旨对口。总之，既然指定了你，就不要乱想，先安心参加明天的会议，一切以这项工作为先。”

段圆圆出了办公室，心脏还“怦怦”跳得厉害，但她谁也没有告诉，因为还没有签聘用合同，她害怕最后竹篮打水一场空，只有在合同上签下她名字的那一刻，一切才算是真正的尘埃落定。

第二天参加讨论会的都是大佬级别的人物，像段圆圆这样年轻的新人不多见，一场下来也没有几个。讨论会开始时段圆圆还有些紧张，可很快就投入到会议中去，直到会议结束，段圆圆才真正舒了口气。

一场讨论会下来，更细致地捋清了思路，也大概有了创作方向，合作的编剧团队也都是业界的佼佼者，段圆圆觉得十分荣幸能和他们一起共事。

电影创作涉及许多专业知识，据说还聘请了相关方面的专家，等到后期会进行创作指导。段圆圆又进一步意识到了上面对这部电影究竟有多重视，虽然她还不知道选她加入团队的具体原因，但大概率是因为她本科的学校十分不错，而且专业还和海洋沾点边。

自从高考完后，每当过年回家时，她就成了家长们口中“别人家的孩子”。一个能拿得出手的响当当的本科在七邻八舍里都传开了，而且传来传去到最后特别夸张。段圆圆分班考的那次倒数第一也被他们无限夸大，到最后段圆圆听到的版本都成了“从年级倒数第一到了区前十名”。她当时听到后就觉得好笑，她的成绩没有那么差，也没有那么好，但总归是功不唐捐，所有的努力即使当下没有结果，可在某个平凡的一天，也总会绽放出意想不到的绚丽花朵。

譬如这次电影的编剧名额。

签好的委托创作合同被段圆圆拿在手里，薄薄的几页 A4 纸，在她手里沉甸甸的。

段圆圆迫不及待地和周热分享了这个好消息。周热是艺人，她们俩也都算是在娱乐圈工作，多年的默契让她们彼此有很多话不用说得很细对方就能明白。

周热开着她爱人的奔驰大 G 来接段圆圆，两个人去了郊外露营，但露营的时候段圆圆总觉得有人在看她们，周热说她是不是最近太累出现幻觉了。

但她们没有注意到，不近不远处，一辆车悄然离开，只留下一抹落寞的弧线。

时间过得很快，段圆圆出门的次数也不多，偶尔几次出去采购，也和往常一样，没有遇见什么特殊的人。

是啊，这座城市这么大，遇不到才是常态。

去旅行的照片，其实段圆圆还没有导出来，她怕她将将平静的心再一次泛起涟漪，那些照片仍安静地待在她的相机里。

日子渐渐地恢复正常，在她心里终于开始走上正轨。她开始把纪预当成陌生人，当成一个不认识的、不熟悉的人，似乎只有这样，段圆圆心里才能平静一些。

段圆圆觉得她做到了，至少现在做到了，当下一切都按照段圆圆每天的日程规划有条不紊地进行着。

直到曾新城给段圆圆发来了一份晚宴邀请，段圆圆终于不再一直待在家里写稿子。

据说这次业内交流活动，那位专家也会来。段圆圆第一次参加这种晚宴，一切都很顺利，直到遇到了那位专家。

段圆圆没想到会在晚宴上又一次遇到纪预，更没想到他会是这部电影特聘的专家。一提起专家，段圆圆先入为主地以为那是一位白发的年长者。

段圆圆真的装作不认识纪预。她说到做到，真的真的不想再和纪预有牵扯了。

对她来说太累了，要一直仰望，要一直患得患失，即使她从来没有得到过。

她和纪预在几位老板和投资人寒暄时互相加了微信，他们两人扫码加好友只是个形式而已，也是这时候段圆圆才知道，纪预并没有将她删除。

只是没有回复她那天的消息而已。

投资人介绍纪预时提到了他的英文名，听发音，纪预的英文名和高中时一样，没有变化，段圆圆本以为是纪预自己起的“Creis”，可刚刚微信扫码时，弹出来的好友页面显示纪预的微信号是“DerKreis”，段圆圆不懂前缀“Der”是什么意思。

但无论如何，原来纪预，用的是她当年手误写下的英文名——

Kreis。

段圆圆内心涌起一股酸楚，而后蔓延至全身。她定定地僵在那里盯着屏幕上一串浅灰色的微信号。

微信号不同于微信名，微信号只有一次修改机会，网络上无数将当时男朋友女朋友的名字写入微信号的人分手后都后悔不已。段圆圆的微信号很中规中矩地用了自己的名字加生日，不会出错。可纪预的微信号是什么意思呢？

他的英文名和他的微信号，都应该是“Creis”才对，而不应该是高中同桌耳误外加手误下的产物。

原来自己，对于他而言也会产生这样的影响吗？

当别人提到他的英文名时，他会记起那年英语课上少女写错他的名字后略带歉意的笑吗？

段圆圆心里不知道答案。

她装作不认识他，陌生地称呼他为“纪总”，可还是没逃过曾总的眼睛。

曾总问她，他们是不是认识，段圆圆撒谎了。

可她就是不想承认他们认识，哪怕她脚上贴着他刚刚递给她的防磨贴。

在达哈卜的海边散步时，段圆圆的脚便被鞋子磨红了，但不是很严重，她没有理会，可没想到第二天，纪预在开车前给了她一个创可贴。那边的药店没有高跟鞋防磨贴，纪预给她的创可贴，上面是红色的中文，看上去是从国内带去的。

这个创可贴的品牌多年长青，当年段圆圆高中时，随身携带的就是这个品牌的创可贴。那时候，她也将创可贴送给过纪预。

段圆圆不想去想纪预为什么会随身带着高跟鞋防磨贴，但是她今天穿的鞋真的太磨脚了，让她不得不接过了纪预递到她掌心里的防磨贴。

纪预不愧是天之骄子，走到哪里都会有人众星捧月般地围着他。

他的外形比在场的任何一位男明星都要出众。

如果全场只能有一束光，那这束光一定会投射在纪预的头顶上。

刚刚寥寥寒暄，算是打了个招呼，彼此认识一下，毕竟是要一起共事的，那之后纪预便离开了，直到晚宴结束，他们之间再没有其他任何多余的交集。

晚宴结束后，段圆圆一个人漫无目的地走在马路上，夜晚的路边蝉鸣声依旧不止，空气里都是夏季的味道。

一辆黑色的带着冷漠气息的车停在她身边，车故意停得侧了侧，有些挡住了她前面的路。

段圆圆借着皎洁的月光和昏黄的路灯，看出了那是一辆黑色的劳斯莱斯库里南。

她皱了皱眉，根本不想搭理对方，准备绕路而行。

没想到车门直接打开，驾驶位上的人径直走了下来。

男人很高，身形挺拔，气质出众，优越的五官，即使在昏暗的光线里也能隐约看清一二。月光冷冷地落在他的身上，就连月光亦为他加冕。

他掀起眼眸，视线和路灯下的她直直地相撞。

她的心莫名地一颤。

路灯闪烁，忽明忽暗，所有的所有在这一刻静止，世界在此刻被消音，他们的眼里只容得下彼此。

男人的声音清澈温和，却带有一丝不容拒绝的坚定："上车。"

段圆圆无论如何也想不到，他们竟然会在晚宴上又再次毫无预兆地重逢，更想不到，纪预竟然是特聘的专家。

她压根不会去想，纪预这么年轻，便成了一个领域的佼佼者。但如果是纪预，她又觉得这理所应当，他向来都是这么优秀的。

不过也就是说，他们在晚宴上的这次遇见不是普通的重逢，接下来他们大概率还要在工作中继续有接触。

命运真是会和人开玩笑，画了一个圈，把所有人都圈在里面。

无法挣脱。

夏日晚风微微拂过，少了几分燥热，世界在黑夜中多了一线光亮。

段圆圆没有想到自己在宴会上装作丝毫不认识纪预的样子，纪预竟然还会追出来。

正常情况下，他应该不悦生气才对吧，而不是若无其事地驱车将她堵在路边。

可段圆圆完全不想跟纪预产生除工作之外的任何不必要的联系。

说来也奇怪，刚刚汽车一辆接一辆，川流不息，可现在周围骤然寂静无声，安静得唯有街角闪烁的霓虹。所有的车辆和熙熙攘攘的人都消失了，唯独剩下他们二人。

段圆圆红唇微启："纪总。"

纪预微微低着头，目光毫无保留地落在她的身上，他平静地开口："上车，太晚了，我送你回家。"

他们仿佛真的就像今天在宴会上刚刚认识的工作伙伴一样，他说送她回家也像是出于照顾同事的礼貌。

段圆圆站得笔直，身形纤薄，笑得客套疏离：“不用麻烦了。”

可纪预丝毫没有让开的意思，他的车停在路边，挡住了一部分后面的路，如果有车经过，纪预的车很容易被剐蹭到。

刚刚这条路上没有车辆经过，恰巧现在后面有辆车想要过去，那辆车的主人按了按喇叭，喇叭的声响在寂静的黑夜里格外突兀。

纪预仍站在段圆圆的面前，她没有退路，又不好一直站在这里挡住后面车辆的路，只好走到副驾驶旁，准备上车。

纪预很绅士地在她开车门前上前一步，替她拉开车门。

段圆圆破罐子破摔地想，干脆把纪预当作专车司机好了。

段圆圆跟纪预说的是周热住的小区，段圆圆说完小区名字后，纪预的面色有些微微僵硬：“你……住在这里？”

段圆圆不懂纪预为什么这么问，反问他：“有什么问题吗？”

纪预没有说话，他今天穿着一身正式的西装，打了温莎结的领带微微有些松垮，袖口的袖扣因为反光的缘故闪着微小的光。男人的喉咙上下滚动，昏暗的灯光下他的下颌线分外利落清晰，整个人多了几分冷冽和禁欲的气息。

段圆圆不自然地挪了挪位置，手指尴尬地摩挲着安全带。密闭的空间里，冷气分明开得足够强，可她还是多了些莫名的热意。

“我们接下来还要一起工作。”纪预换了个话题，他的嗓音多了几分磁性，清冽又动听。

“我知道，纪总。以后还请多多指教。”

在达哈卜也是这样，他驱车带着她，她坐在副驾驶上看着沿路的树一棵一棵地后撤。因为久别重逢，她那时心情很好，就连看到陌生街景也格外喜欢。不似现在，两个人之间多了些说不出的别扭。

“我们一定要这么生疏吗？”纪预的声音低了下去，段圆圆甚至觉得自己幻听了——她听出了一丝委屈般的示弱。

空气有一瞬间的凝滞，只能听到冷气发出的“嘶嘶”的声音，在寂静中格外明显。

“不是说好了不再见面吗？不是说好了当作不认识的吗？”

“是你说的。”纪预顿了顿，几秒后才又开口，“是你单方面说的，我没同意。”

他的声音越来越低，话音到最后，醇厚到像有着极高收藏价值的红酒，让人不舍得喝。

耳朵听到他的声音是一种享受，让人不由自主地沉沦其中。

虽然纪预的声音好听，可他说的话，段圆圆实在不能认同。

段圆圆不知道世界上怎么会有这么“无理取闹”的人，纪预是失忆了吗？他是被韩剧男主角附身了吗？怎么会记不清这句话，分明是他说过的？

“你……”段圆圆哑言，不知道该如何应对。

这一路上车里没有播放歌曲，有些过分安静。

红绿灯路口，纪预的手指轻轻敲着方向盘，似乎在掩盖刚刚不自然的小尴尬，显然，他也意识到了他刚才那句话的矛盾之处。

段圆圆沉默，纪预也没有再开口。

“把我放在正门门口就好。”段圆圆开口，声音清甜又带着些许客气，“今晚，谢谢你送我回家。”

纪预开着车，在快要到正门时没有停下，而是淡淡地开口：“我送你进去吧。”

直到小区的道闸杆自动识别纪预的车，段圆圆才意识到，原来纪预也住在这里，难怪刚刚听到她说小区名字时纪预有些不自然。

汽车在门口停下，纪预先一步下车，为段圆圆拉开车门。

段圆圆十分意外，纪预竟然这么绅士。其实上车下车时开车门这些细节，在段圆圆这里都算是小事，她不太在意这些，可真的有人这么做了，她心里仍不可抗拒地涌出一股暖意。

“我有点渴了。”纪预关上车门后，手掌握拳抵在唇边，不自然地轻轻咳了一下，忽然开口。他的语气从容淡定，丝毫看不出这是个风马牛不相及的借口。

他的话让段圆圆把想说的“谢谢”吞回了嘴里。

段圆圆不傻，听得出来纪预的弦外之音是想去她家里坐坐，但段圆圆知道，纪预绝对不是那种借着深夜去女孩子家里“坐坐”却有其他想法的男人。

不是段圆圆给纪预找借口，以段圆圆对纪预的认识，以他的教养和人品，他不会做出什么掉价的行为来。

纪预的目光时不时地落在段圆圆身后的那幢别墅上。

“纪预你不是住这附近吗？”段圆圆含着笑意开口，装作听不出纪预话里的意思，“送我回来真是麻烦你了，口渴就快回家吧。”

纪预嘴角多了一分笑意，轻描淡写地开口：“不叫我纪总了？”

段圆圆没想到纪预也会用这样委婉的借口，她觉得这样的纪预很陌生，但很有趣。这是她没见过的他的另一面，所以下意识地叫出了他的名字。

“我们重新认识一下吧。”

潮热的夏夜里，蝉鸣声点点不止，泥土里混合着夏季的芳香，空气中夹杂着说不清道不明的暧昧，段圆圆仿佛又回到了无数次下晚自习后的夜晚。

他的眼眸深邃，高挺的鼻梁在黑夜中分外好看。他慵懒地站在路灯下，骨节分明的手指拽了拽领口的温莎结，隐约露出了隐匿在白衬衣下的锁骨，似有似无。他的身材比例比杂志海报上的男模还要优越。

晚风吹过二人的发梢，略带一丝痒意，男人的嗓音清澈，像宴会上觥筹交错间酒杯碰撞时发出的清脆声响，那是复杂世事外最清澈干净的存在。

他说："段小姐，你好，我是纪预。"

第十八章

她梦寐以求的十七岁

段圆圆完全是机械性地按下了周热家的门铃，穿过花园，走到屋内，坐到周热身边。

几步路的距离，她的心脏一直“怦怦”地跳个不停。

周热看段圆圆魂不守舍的模样，调侃道：“怎么，撞鬼啦，跟掉魂了似的。”

段圆圆将手掌放在脸颊上，想让手心的冰凉使脸颊快些降温，可手心也热热的，适得其反，她的脸颊一片绯红。

“喝点水。外面很热吗？你的脸这么红。”

段圆圆握着玻璃杯，一口水没吞下去，差点被呛到。

周热小心地拍着段圆圆的后背，帮她顺气。

段圆圆自从和周热分享过她这些年的心事后，心中便藏不住什么秘密，一股脑地将今夜发生的事和盘托出。

周热：“啧，果然艺术来源于生活，却又高于生活。车尔尼雪夫斯基诚不欺我，是不是啊。”

段圆圆压根没注意什么艺术、车尔尼雪夫斯基，倒是敏锐地听到了“司机”，又想到了今夜送她回来的司机纪预，段圆圆靠在周热肩膀上：“热热，你说这该怎么办啊。

“我不想再和他有什么交集了，可见到他还是会忍不住心跳加速、会害羞。”

段圆圆说完指了指自己的胸口，半开玩笑地说着：“都怪你，不争气。”

“别走啦圆圆，今晚和我一起睡吧，咱们彻夜长谈。”

“还是别了，我怕霍总见我抢了他的老婆，下一秒就在行业内封杀我。”

“圆圆你瞎说什么呢，他今晚回老宅，不回来了，好像他外甥回来了，所以他们一家团聚一下。”周热叹了一口气，“听说他外甥和我差不多大，要是有个同龄人叫我‘舅妈’，感觉我辈分一下子就上来了，都把我叫老了。”

晚上曾总又发来一段语音，段圆圆不知道是不是有什么重要的事，立刻点开听了听。

听完后，她沉思发愣了很久。

曾总那段语音的大意是，原来纪预的名头比他们所想的还要大，在海洋领域，他不仅仅是在国内，甚至在国际上都赫赫有名，而且他名下还有自己的公司，专门做相关研发。他不仅有着丰富的理论知识和研究成果，同时还在海洋保护方面为国家作出了切实贡献。

本身这部电影筹拍时请了他但他没有同意，后来不知道为什么他又同意了，中间具体的经过曾总也不太清楚，但总之就是纪预不知道卖了谁的面子，他同意做顾问指导更像是还人情，所以估计他就只是挂个名而已，剧本创作中不会见到几次的，毕竟这次除了他，还聘请了其他的专家。

曾总最后让段圆圆放心，以他的火眼金睛，不难看出段圆圆和纪预之间的气场很奇怪，他说这些也是让段圆圆放宽心，安心搞创作，说不定等到电影上映他们都见不到几次呢。

她不知道自己听完曾总的话后究竟是开心还是不开心。

曾总好心提醒的话，却让段圆圆陷入了更深的混乱与纠结。

纪预送段圆圆回到她口中所谓的“家”后，他回了老宅。

听到他回到江坞工作的消息后，外公外婆还有母亲和小舅舅都很高兴，让他快些回家，家里很久没有一起聚一下了，大家都很想他。

驱车回家的这一路上，纪预想了许多许多。

很多之前想不通的、看似不合理的细节，全找到了合理的解释。

难怪段圆圆会在达哈卜向他提及金冬律所，难怪他小舅舅会向他打听同龄女生的喜好，难怪段圆圆会住在小舅舅的家里。

纪预在今晚送段圆圆回家时，听到她说的小区后，还怀着一丝侥幸，毕竟住这个小区的人很多，就连他在这个小区也有房产，但当段圆圆站在那幢他熟悉的别墅前，他最后的一丝幻想也被打破了。

也是啊，在几天前，看到段圆圆上了那辆奔驰大 G 时，他就该想到的。

那么招摇高调的车牌号，纪预想认错都不行。

那天纪预并没有见到驾驶位上的人，而且他看到段圆圆上那辆车也只是巧合，他恰巧经过，想下车买杯咖啡，没想到却看到段圆圆笑着坐上了奔驰大 G。

他抑制不住地踩下油门，做了他曾经不屑于做的事，他跟上了那辆车。

纪预一直保持着不算近的距离，既害怕被他们注意到，又害怕自己看到他们亲昵的画面。

他自虐般地跟着那辆大 G 到了郊区一处很火的约会地点，他停车的角度使他看不清他们二人的身影，但他还是看到他们一同在空地上支起了帐篷。

段圆圆只说了她没有结婚，可她没说自己是不是单身。

所以，纪预不想相信，又不得不去面对这个事实——

段圆圆和自己的小舅舅在恋爱。

纪预不论是站在男人的角度还是家人的角度，都不会否认霍琰冬是一个无可挑剔的好男人。

按理说，他应该送上祝福的，一个是自己的家人，一个是自己的……老朋友。

可他说不出这么违心的话，甚至一想到如果某天回家，她和自己的舅舅并肩坐在一起，纪预的心就隐隐作痛。

外婆看到纪预带来了这么多东西，笑着对他讲："阿归，你知道的，外婆什么也不缺，你健健康康地来看外婆，外婆就高兴。"

小时候，纪预的朋友们不知道纪预小名的含义，甚至开玩笑地讲成乌龟的"龟"，他不开心地回家，跟外婆讲了，外婆笑着告诉他，他名字里的"归"是什么意思。

后来，有时候家人也会叫他"阿预"，可纪预还是更喜欢"归"这个字。

"归"寄托了家人的美好愿望，他出生在极其有纪念意义的那一日，他的名字寄托了家人对香港回归的期盼和祝愿。

家里人都知道舅舅交了女朋友，只不过还没带回家。

纪预在夏夜察觉到了入骨的凉意，他喜欢的女孩子，未来可能会成为他的舅妈。

纪预不是不清楚段圆圆对他态度的变化究竟是因为什么，归根究底，是他不对。可现在的他很难坦然地对段圆圆讲出高三那年具体发生了什么。

手机屏幕忽明忽暗，微信界面始终没有接收到新消息。

他锁上屏幕，像是决定了什么重要的事情。

有些事不会重来，既然上天给了他这次机会，那他就不要辜负。

他早就想这样做了，不是吗。

心中那一丝微妙的摇摆不定的念头倏然尘埃落定，是啊，遇到喜欢的女孩子就要去追。

就算她现在是自己舅舅的女朋友又怎么样呢。

周热最近一直在看剧本，送走段圆圆后，她来到阳台上伸了个懒腰，准备看剧本。

在阳台上刚好能看到花园外门口的一角，周热不经意地一抬眸，没想到早上会见到这样一幕——

一个身形挺拔优越的男人站在清晨的阳光下，雾霭渐散，和煦悠缓的阳光落在男人的周身，他的身高覆下浅浅的阴影，替他面前的女人遮挡住了那一抹炽热。

更多的，从周热的角度看去便看不清了，她饶有兴致地从她的角度拍了张照片发给段圆圆。

段圆圆完全没想到纪预会在门口等她。她早上其实还有些惺忪，即使在花园里走了一段路，但被暖洋洋的阳光一照，睡意还未消散便又渐渐涌上，她又开始有些犯困。

她没有戴墨镜，下意识地低头走着，这样光线不会太刺眼。她低着头，直到视线里多了一双笔直的长腿。

段圆圆连头也懒得抬，下意识地绕路而行。

可眼前的那双腿随着她的方向迈出一步，挡住了她继续向前的路。

她不得已抬头，正对着阳光，即使面前的男人遮住了一部分光线，可阳光直射时眼睛依然被刺得发胀。男人逆光站在她的面前，微微垂着眸，阳光雀跃着落在他高挺的鼻梁，落在他宽厚的肩膀，像是电影导演和摄像师经过无数次调试才找出的完美角度。

段圆圆怀疑自己是不是还没睡醒："你……怎么在这里？"

眼前的男人笑意明朗，语气严肃认真，说得一本正经："关于电影剧本，前期有一点问题需要和你商讨，是关于海洋污染的，不如我们边吃边聊？"

段圆圆对纪预的话是持怀疑态度的，就算再着急，也不至于在她没接到任何通知的时候就开始讨论吧，而且还特意来接她："现在？"

"嗯。"纪预垂眸，声音一贯的清澈，"上车。"

昨天的纪预也同样对她说了"上车"，只过了一夜而已，昨日看似疏离，今日多了些许亲切感，少了些距离感。

段圆圆在心底暗笑，这大概都是因她的心态变化而产生的错觉，明明纪预和昨晚没有什么分别，只是换掉了昨晚那一身过于正式的西装而已。

纪预带她去了早点铺："吃什么？"

"一份双档。"

等餐的间隙，段圆圆低着头看手机，没有想要同纪预讲话的意思。她看到了微信上不久前周热发来的照片。阳光下，花团锦簇，图片中央有两个模糊的侧影。

段圆圆的心一颤，盯着这张照片看了几秒钟，目光一直落在即使模糊不清，也能依稀看出流畅的下颌线的男人身上。

这也算是他们为数不多的合照之一。

她真想不到回到江坞，她会有和纪预坐在同一桌吃早餐的这一天。早餐桌上的氛围却意外地好，至少段圆圆觉得食欲比之前都要好。

人和人之间的气场很奇怪，吃饭、旅行，其实都能看出两人相处如何，要不然怎么说情侣交往时一定要去一个都陌生的地方旅游一次。

直到快吃完时，纪预开口，说了一些关于海洋环境面临的问题和困境，这些都是段圆圆近期找的资料里没有的。

段圆圆听得很认真，恍惚间，她好像回到了高三，回到了那个试卷摆在两人中间，少年在给她讲着难题的盛夏。

饭后段圆圆要去市图书馆，纪预很贴心地说要送她去。

刚刚吃过早饭，又加上太阳光线十足，即使车内开着冷气，段圆圆早上还未消尽的困意也有些上来了。

纪预注意到了："如果困的话就先睡会儿，到了我叫你。"

他的语气熟稔，仿佛段圆圆这些天的自我纠结、装作陌生人的疏离都不复存在，仿佛他们之间只剩老朋友、老同学之间的默契。

段圆圆被纪预简单普通的一句话惹得心里发酸，很多种情绪涌上心头，不断汇聚蔓延。

她不想承认但又不得不承认，纪预，仍然是她心里的纪预。

自始至终，一直都是。

等红绿灯时段圆圆对纪预说："我在前面下就好。"

红灯很快结束，纪预踩下油门，车子很平稳地向前行驶，在经过地铁口时，纪预淡淡地说："我送你过去。"

没办法，段圆圆下不了车，只能继续安静地坐在副驾驶上。

"听会儿歌吧。"纪预的手指按动车载音响，轻柔的旋律在车内响起。

只听歌曲的前奏，段圆圆就能听出那是她很喜欢的一首歌，可现在比起歌单，段圆圆更诧异的是纪预的普通话，这好像是她印象里，这么多年第一次听纪预说出儿化音。

看来纪预的普通话已经很熟练了，不像高中的时候，但凡要用到儿化音的时候，纪预总会换成其他的说法，如果这句话放在高中，那纪预一定会说"听几首歌吧"。

听了几首，段圆圆忍不住开口："你的歌单，很好听。"

在达哈卜时她就忍不住夸赞过。

纪预的唇角勾了勾："嗯，特意建的歌单。"

段圆圆对纪预此时说的特意建的歌单倒没有什么特别的反应，她下意识以为这是纪预为了开车时放松而特意建的歌单。有些人就是会这样，会为不同的场景特意建不同的歌单，她以为纪预也是这个意思。

直到有一年过年，有一个博主因为分享她的恋爱小事火了，她说她男朋友车上的歌单都是她喜欢的、分享过的歌，男朋友察觉到她发现后对她说，这些歌都是她分享过的，所以他专门做了一个歌单，这样开车时就会想着她。

段圆圆看到这个帖子时，才后知后觉反应过来，原来纪预当时说的“特意建的歌单”，是这个意思。

可纪预从来没有对她讲过，即使那时候他们已经在一起了。

纪预从来没有很清楚地提过这些细节。

纪预总是这样，他做到的永远比说的更打动人，哪怕他时常也会说一些让段圆圆耳朵发红的情话。

纪预只是用行动表明他的爱，让段圆圆在润物细无声中体会到什么是“顶级的被爱”。

虽然两人话不多，可车里的氛围却令人觉得异常舒适，今日的路况也比段圆圆预想的好一些。似乎没过多久就到了市图书馆。

“你也……要去图书馆吗？”

到达图书馆停车场后，纪预没有要离开的意思，反而准备一起下车。

纪预的身影在阳光的照耀下更加挺拔颀长，他不经意地抬眸，颜值足以秒杀娱乐圈无数流量明星。

段圆圆乘坐图书馆的扶梯，扶梯很窄，站一人位置有剩余，站两人却站不下。

纪预很自然地站在她身后的台阶上，稍微与她错开了一些距离。

可即使他站的台阶比她低一级，男人仍然比她高出不少。段圆圆能感受到来自身后的压迫感，以及一种近距离才能感受到的淡淡的、熟悉的味道。

温和，却又强势。

段圆圆找到要借的工具书后，又找了一本关于海洋生物的书，是全英文的。

“还有这本也不错。”纪预的目光投射到了书架上的另一本书上。

段圆圆顺着纪预的目光看去，纪预说的这本书在段圆圆左侧最上方的书架上，如果要拿，得费点力气，踮着脚才够得着。

纪预站在段圆圆的右侧，也就是说纪预拿书时手臂将从段圆圆的面前或者身后经过。

偶像剧里都是这么演的，不是吗？

男主人公从女主人公的身后伸出手臂，借着取书的动作顺便来一个书柜壁咚，这时候偶像剧的背景音乐响起，暧昧且恰到好处。

可现实不是偶像剧，哪怕是段圆圆有好感的人，她也不喜欢对方无故做这种介于社交距离与亲密距离之间的可避免的接触动作。

一只青筋突起、手指骨节分明的手划过段圆圆的视线，纪预的左手从段圆圆面前经过，丝毫不费力地取下了书架上的书。

纪预的动作流畅干脆，他丝毫没有想借着拿书的动作对她做些什么、与她发生些什么。

段圆圆的心里忽然有些不明所以，有一闪而过的失落，就连她自己都险些没有察觉。

“其实不用这么紧张的。”在图书馆内，纪预刻意压低声音，“准备工作是需要做充分，但不要有这么大的压力，既然能进入编剧团队，说明你很优秀。”

段圆圆闻言后抬眸，抱着书的手紧紧地扣着书籍的边缘，她不知道说些什么。

她以为她掩饰得很好，没想到纪预看出了她有这么大的压力。

接到这份工作时的喜悦很快转化成了压力，而且越临近一起创作的日子，她的压力就越大。

段圆圆抿了抿唇，想了想，小声地说：“多做点准备工作，总是不会出错的。”

“那么有问题可以随时问我。”

纪预笑的时候格外英俊，唇角微微上扬，勾起好看的弧度，眉宇间流露着真诚，黑曜石一般深邃清澈的眼睛里有着柔软的光。

他垂着眸，她抬着头，在安静的图书馆内，在书架与书架之间，他们的眼睛里只有对方，只装得下对方。

全世界都安静了，所有的所有都沦为他们的背景板。

段圆圆的眼睛倏然有些发胀泛酸。

这是她学生时期不敢想象的。

他会因为她而笑得如此真诚，世间所有的琐碎都在笑意间化为乌有。

段圆圆全身每一处脉络都很确切地感受到了——

她在二十四岁这一年，拥有了六十秒她梦寐以求的十七岁。

十七岁，是她悄悄喜欢纪预的第二年。

十七岁，距离她迈入成年人的世界还差一年。

那一年，她的脸上仍然透着稚嫩；那一年，她做了无数张试卷；那一年，她会因为手腕的疤痕而敏感自卑。

那一年，她也会因为一个男孩子不经意的一句话而偷偷地笑。

那一年，她并不奢望和喜欢的男孩子在一起，她只希望她喜欢的男孩子万事如意，她只希望有一天，他也因为她而脸上充满笑意。

段圆圆抑制住心底泛酸的情绪，很轻声地说：“嗯。”

傍晚，段圆圆和许净欢见了面，才得知她要和林晨安订婚了。

他们聊到了高中，聊到了当年的许愿瓶。

去年同学聚会，大家提起当年的许愿瓶，都想挖出来看看。

有些人已经忘了许的什么愿，酒又喝得有点上头，要用力地回想才能想起来，但总之，当时他们的愿望左右不过和高考成绩、大学录取一类的话题有关，又或者有些同学会在纸上写下当时喜欢的人的名字，天真地想要和喜欢的人有一个美好的未来。

只不过太多年过去了，他们早失去了当年的青涩，再提及这些时也不像是在说自己的故事，更像是旁观者。

多年过去，他们只是想把许愿瓶挖出来，透过许愿瓶看一下那年的自己。

只不过那天已经太晚。

“也不知道埋在泥土里保存得怎么样。”

“你当初许下的愿望，现在实现了吗？”

“嗯。”

虽然还不到十年，但现在也算是实现了，所以段圆圆还是点了点头。

第一个愿望，希望父母身体健康——现在杜女士和段伟城定期体检，身体都不错。第二个愿望，希望高考顺利发挥——结果高考成绩比段圆圆预想的还要好，都算是超常发挥了。

最后一个愿望，希望与他，仍是朋友。

嗯，他们现在，还是朋友。

她的三个愿望，都一一实现了。

“原来真的这么灵验！”许净欢伸出左手比了个耶，“我当初许了两个愿望，也都实现了，好神奇啊。”

段圆圆眼睛里缀着碎钻般闪亮的笑意：“其实现在想想，不知道当年为什么会那么天真地信了老胡说的话。”

“是啊，如果现在有人跟我说什么写下愿望埋进土里，我肯定会觉得是哄小孩子的话。当初老胡玩的不就是心理学吗，也算是咱们考前的安慰剂了。”

可当初天真稚嫩的他们都信以为真，用最虔诚的心写下了年少时的愿望。

多年后再看当初，那只是平凡的一天，可段圆圆也想不到，高三时的许愿瓶重见天日，会在她的生活中掀起滔天巨浪。

电影开拍前期，主创团队要去对邻市的海洋环境进行实地考察。说来也很奇怪，她并没有在工作中遇见纪预，也许就像曾总之前跟她说过的，纪预接受邀请，不过是看在某某的面子上挂个名罢了。

过度与非法捕捞、水生态系统破坏、海洋污染等等都是目前海洋环境保护方面存在的问题。但在电影中，首先要让观众感受到电影的乐趣——观众的体验感是第一位的——不能一味单纯地说教。所以作为编剧之一，段圆圆的任务还是很重要的。

邻市的海景很美，导演组当场就决定要将这里作为拍摄地点之一，美术组的工作人员也在找最适合取景的海岸。

湛蓝色的海洋延伸至天际，模糊了边界。

“小段老师，这边过来一下。”

正在放空大脑的段圆圆听到有人叫她后连忙过去，迅速开始进入工作状态。

傍晚过后没什么事，段圆圆窝在酒店，手机语音通话铃声忽然响起，是纪预拨打过来的。

段圆圆犹豫了三秒钟，手指按下了接听键。

澄澈的嗓音透过话筒传递，只不过让段圆圆惊讶的是，纪预竟然问她有没有时间出来散步？！

“现在？”

段圆圆的语气充满疑问，他是不是不知道她已经不在江坞了？但纪预让她看一眼窗外。

纪预的语气莫名笃定，段圆圆的心跳竟然因为这一句话而不受控制地乱了节拍。

走到窗边只需要不超过十步。

每多走一步，她的心跳就会比上一步时加速一点。

等走到窗边，段圆圆觉得就算大学体测跑完800米，心跳都没有这么快过。

真奇怪。

她在期待什么。她描述不上来。

窗帘被拉开，段圆圆看向窗外。

现在天色还没有完全黑掉，昏黄的路灯下，路边停着一辆黑色的迈巴赫，车边站着一个身姿挺拔的男人。

段圆圆的一只手就这样搭在窗帘上，彻底地忘记放下来。

纪预似乎是察觉到了段圆圆的视线，他抬起了头。

段圆圆下意识地躲避开。

明明她住的房间楼层很高，纪预应当是看不清楚的。

电梯匀速下降，明明电梯间内此刻就只有她自己一人，可她总觉得狭小的电梯间内空气越来越稀薄。

段圆圆的心跳得更快了。

直到在酒店门口，她看向黑色轿车旁的男人。

身形挺拔，双腿修长笔直，宽肩窄腰，白色的衬衣下隐藏的是若隐若现的流畅的肌肉线条。

再向上看，段圆圆毫无预兆地闯入一双清澈漆黑的眼眸里。

流转的黄昏中，他快要融进夜色里。

他们只是几天没见而已。

段圆圆在见到纪预的这一瞬间恍惚了一下，随之而来的是心脏剧烈的跳动声。

纪预的眼里带着笑意。

昨日小舅舅和他一起吃饭，他才知道，原来他的小舅妈竟然是周热。

发生的一切都有了合理的解释，段圆圆和周热是好友，他一直知道。

他现在还记得听到霍琰冬的话后，他心中抑制不住的情绪，那是失而复得的庆幸，就连手中的酒杯都险些拿不稳。

好在霍琰冬把他的表现理解为震惊，毕竟曾经的同学成了自己的舅妈，确实应该震惊。

不过纪预确实震惊。他甚至早已经想过，该怎么把段圆圆从霍琰冬的身边追回来。

得知真相后，他才知道原来这是一个天大的误会。

他又觉得自己有些可笑，竟然……

转眼，段圆圆已站在他的面前。

她的笑，比春日繁花盛开时还要明媚。

纪预心中那片荒芜的旷野瞬时繁花锦簇，他在最明艳的那朵花前听见了自己的心跳。

一下，又一下，那是心动的声音。

从剧组安排的酒店步行至海边不超过五分钟，他们走到了海边。

他们不是第一次在海边散步了。

可段圆圆感觉他们之间好像有什么微妙的变化。即使他们在海边散步时隔着很礼貌的距离，显得不亲密也不疏远，两人的手臂间的距离大概有两个拳头那么宽。

夜幕低垂，夏日海边的风里夹杂着淡淡的潮气和海水的咸湿味，海浪声重重叠叠，颇有规律地一浪又一浪地翻滚着。

聊到一些话题时，纪预时不时会偏过头来看向她。纪预的身高很高，段圆圆的身高在女生中并不算矮，可也要微微地仰视他。

夜幕降临，纪预的眼眸在黑暗中分外深邃清澈。段圆圆看得入了迷。

不远处有烟花炸开的声音响起，是游客在沙滩上放烟花。

“砰”的一声，段圆圆迅速躲开他们对视的视线。

段圆圆有些慌乱，那是令她手足无措的心跳声。

海岸线上瞬间银光璀璨，又很快消散。

段圆圆在纪预注意不到的地方握了握拳，手心都是滚烫的。

这段时间蠢蠢欲动的那个念头被她压制住后又肆无忌惮地在心里萌芽。

她有些害怕，与其说是害怕，不如说是矛盾更为准确。

段圆圆觉得他们散步的时间不算很久，也就半个小时左右。

纪预和她一起回了酒店。段圆圆回到自己的房间，才发现原来他们散步的时间竟然将近两个小时！

对时间的衡量好像有不同的公式，而纪预，则是段圆圆世界里的变量。

工作之余，听同事闲聊，意外得知纪预竟然是 P 大的教授。

P 大！纪预竟然是自己母校的教授！

段圆圆早就知道纪预优秀，可没想到他不仅仅是可以独当一面的专家，还是她母校的教授。而段圆圆，最多是当年的优秀毕业生。

明明是同一年、同一届的学生，可年龄从来不该成为衡量一个人优秀与否的标尺和限制。

其实他们这次来邻市考察，工作量不算太繁重，更像是一次轻松的团建。

在考察的最后一天，剧组所有人在海边一起烧烤，美其名曰是可以增强团队成员的默契，更有助于剧组未来创作出优秀的影视作品。

男士们在忙着串串和烧烤，而女士们基本都在拍照，还有的拿着摄像机，算是为电影的幕后花絮攒素材。

导演笑着调侃正在把手中烤好的鱿鱼给段圆圆的纪预："纪大专家啊，我就在你身边，也还饿着呢。"

导演和纪预的关系看起来明显不错。

段圆圆接过鱿鱼的手一顿，脸莫名一红。

他们都是影视工作者，对情感的敏锐度本身就比旁人要高，这几天的相处，他们也看出来纪预和段圆圆之间不仅仅是认识没多久的合作伙伴。

段圆圆解释过，说她和纪预是高中同学，其余人一副故作恍然大悟的模样。

他们人不少，沙滩边的烧烤其实一个人也就吃了三四串，吃不太饱，就是吃个氛围罢了，没多久散场后，纪预问段圆圆要不要再去吃点什么。

他们去了一家海鲜餐厅，段圆圆心情不错地吃着面前的大餐。

他们吃饭时话不多，偶尔碰杯，玻璃酒杯碰撞在一起，红酒在杯中荡起圈圈小小的波纹，看起来就让人心情放松，忘却烦恼。

段圆圆发现纪预不怎么喝酒，只是和她碰杯时才抿一小口，段圆圆还以为纪预晚上吃完饭还想开车回去："一会儿叫代驾吧。"

纪预发现段圆圆看着他手中的酒杯，才知道段圆圆误会了，笑着说："我没准备酒驾。"

段圆圆有些不好意思地低下头，喝了口汤掩饰刚刚的误会，又准备拿起醒酒器继续倒一些红葡萄酒，这是她今晚喝的第三杯。

“圆圆。”

纪预倏然开口。这次，他没有像这几天工作时和大家一样称呼她为“段老师”。

他没有叫她的姓。

在昏黄的环境里，纪预的声线更有魅力，清澈中略微带着些低哑。

段圆圆不再注意面前吃得差不多的贻贝，而是抬眸和纪预那双清澈的眼眸对视。

她的心莫名地泛上酥酥麻麻的痒意，甚至还漏跳了几拍。

第六感告诉她，纪预接下来想说的，或许就是这段时间令她胡思乱想却又不敢相信的。

他想挑明他们之间彼此都心知肚明的，那份不容忽视的暧昧。

“你好像喝多了。”段圆圆适时地在纪预没有说出任何话时打断他。

她的声音有些沙哑，像是绞尽脑汁才想到这个借口。

可话音刚落，段圆圆就立刻意识到，纪预今晚除了和她碰杯时，压根儿一口酒也没喝！

难道纪预早就想到她会用这个蹩脚的借口堵他的话？

段圆圆抓起餐盘边的玻璃杯，喝了一大口水，掩饰了一下冷场的尴尬。

纪预唇边含着笑意，一直看向她。

他的笑意中带着冷静，似乎是在告诉段圆圆，他没有冲动，没有喝醉，接下来的话也是深思熟虑后才说的。

可段圆圆不希望纪预说出来。

成年男女，对某些事情的第六感准到爆炸。

段圆圆即使再骗自己，今晚她也没法找到一个合适的理由说服自己，接下来纪预要跟她说的是工作。

可如果纪预说出来了，段圆圆想，她是不会同意的。

与其等到话说出口后再拒绝他，不如干脆把这句话扼杀在摇篮里。

“今晚的红酒好喝吗？”段圆圆很生硬地换了个话题。

纪预目光飞速地掠过红酒，点了点头。

“口感醇香的红酒，从葡萄的种植开始，酿酒师就要付出无数精力。”段圆圆看似轻松地转了转手中的红酒杯，“葡萄要经过严格的种植管理，随后采摘、破皮、去梗、发酵、浸渍、榨汁、提纯，最后装瓶。

“经过这些烦琐的工序，才有现在咱们餐桌上的这杯酒。”她对上纪预的目光，心底莫名有些酸疼，但她仍然继续说，“当它们还是庄园里的葡萄时，那些葡萄也很可口，可现在每一滴酒都变不回最初的葡萄。”

纪预听完段圆圆的话后，深邃的眼眸里多了些黯淡。

明明什么都没说。

明明只不过是看着眼前的红酒随意说着葡萄酒的生产过程。

可纪预全都听懂了。

像每一滴酒变不回最初的葡萄，我也回不去年少。

段圆圆说完这句话后，心底不是如释重负的轻松，而是充满了更密集的、细小的、难以察觉到的疼痛。

她和纪预的关系如果更近一步，那无可避免的会提起从前，那个横亘在他们之间的最大的问题。

但很显然，纪预现在不想告诉她。

段圆圆有她的骄傲和自尊。

如果可以，她会比自己想象的更贪心，她想要更多更多，她想真真正正地了解他。

她不想和纪预莫名开始，又莫名结束。

与其这样，不如维持现在的关系——他们是偶尔可以一起出来碰杯的老同学、好朋友。

服务生来上时令果盘，打断了他们之间的沉默。说来也是巧合，今日的果盘是一盘葡萄。

纪预看了一眼餐桌上饱满的葡萄，淡淡地开口：“葡萄一直是葡萄，即使形态变化，也不能否认它的构成依旧是葡萄。”

段圆圆沉默着，拿起桌上的一颗葡萄，剥了皮，放入口中。

段圆圆十分庆幸这个话题戛然而止，至少今天纪预没有再次提起的念头。

同事们早就看出段圆圆和纪预之间不一样的氛围，回程时刻意把所有的车都提前开走，段圆圆只能坐纪预的车。

纪预的迈巴赫缓缓驶来，段圆圆低头看着今天穿的帆布鞋，装作没看到纪预开过来的车，就是不抬头。

直到她的视线里多了另一双一尘不染的黑色的鞋子。

他拉开了副驾驶的门，看得出来他是想缓和一下气氛，调侃的意味明显：“就算把地看穿了，地里也没有银行卡。”

“地理书可不在地里。”

段圆圆脑海里莫名出现了这句话，高中少年青涩的慵懒语气还依稀在耳，和身旁成熟男人的声音重叠。

可即使岁月流转，纪预的性格依然没有改变。

高中时，他会因为段圆圆找他借书不好意思而调侃着缓解她的无措，现在也会因为段圆圆为昨天的事尴尬而调和气氛。

他一直是他，自始至终都会为对方着想。

段圆圆最终还是坐在了副驾驶上。

纪预车里的歌单完完全全地击中了段圆圆的心，每一首她都喜欢。

现在车内除了音乐声，其他什么声音也没有。和之前纪预载她时不太一样，段圆圆还沉浸在昨天的事里没走出来。

这一路上太阳光线很足，段圆圆戴着墨镜也不免觉得刺眼。

车里的歌曲温柔，阳光穿过车窗落在她的身上，暖洋洋的，在这样舒适的环境的包围下，她昏昏沉沉地睡着了。

等红绿灯的间隙，纪预将车里播放的歌曲换成轻音乐，又将音量调到最低。

随后他从后座上拿了自己的外套轻轻地披在段圆圆身上，车内冷气很足，他怕她着凉，又怕自己的动作吵醒她。

小心翼翼地帮她披好外套，纪预的目光深深地落在段圆圆的脸上。睡着的段圆圆毫无防备，卸下了她平时偶尔故作冷漠的伪装。她的脸很小，墨镜占了快有二分之一。段圆圆的皮肤白白嫩嫩的，阳光落在脸上，嘴唇晶莹，泛着水润的光。以她现在的模样，换上校服，说是高中生也毫不违和。

纪预的心一下子变得无比柔软，他回想到上车前，段圆圆低着头站在路边，那时的她就像一只要蜷缩成一团缩进自己壳里的小乌龟。

纪预默默地想，他会慢慢来，让小乌龟无所顾忌地从她自己的龟壳里钻出来。

纪预一直没有启动车子，直到后面的车喇叭传来急促的催促声，他才注意到，红灯早已变绿。

他没有叫醒正在熟睡中的段圆圆，任由她继续睡着。

车里的轻音乐已经被他关掉了，现在车厢里唯有两人的呼吸声。

段圆圆睡相很好，熟睡中的呼吸声也不重，不过在安静的车厢里，在纪预的耳畔，他觉得呼吸声像是被无限放大了。

一呼一吸，完完全全地落在了他的心尖儿上。

他早已成为世俗眼光里的成功人士。

优渥的家世、较高的社会地位、很多的金钱财富，甚至好看的皮囊，这些旁人求得一样便无限感恩的馈赠，上天毫不吝啬地让他全拥有了。

可他想要的，自始至终只有一样。

那就是她。

他只想在她身边。

如果没有她，他拥有的一切都显得那么无意义。

段圆圆醒来时天色已经渐渐暗了。她迷迷糊糊地睁开眼，觉得自己被包裹在一团冷调的、温柔的味道里。她这才注意到，自己的身上披着一件男士西装外套。

车厢里没有开灯，段圆圆也不必偏头去看，但她就是知道，纪预一定还在她身边。

“现在几点了？”她刚睡醒，嗓音有一点沙哑。

“不到六点。”纪预说话时拧开了一瓶矿泉水，放到段圆圆手边。

正常情况下他们三点就能开回来，也就是说，她在车里睡了两个多小时，纪预就这样一直等着她，也没有叫醒她！

“我得回家了。”

下车前，段圆圆才发现她身上还披着纪预的外套，她刚刚忘记拿下来了！

段圆圆的脸一阵泛红，还好在黄昏中看不真切。

段圆圆想要把外套还给纪预。

纪预察觉到了段圆圆的动作，偏头看着她，语气温和体贴：“你刚睡醒，回去路上别着凉，外套先披着吧。”

纪预都这样讲了，段圆圆只得继续默默地披着他的外套。

回南巷保留了一些原有的特色，譬如巷口的功德捐款箱。

段圆圆有出门时带现金的习惯，她翻出身上带的现金，像高中时做过的许多次那样，全放进了捐款箱里。

这几天的工作有条不紊地进行着，但是同事们总是有意无意地打趣儿她和纪预。

这些天连续的不规律作息，搞得段圆圆感觉脑袋隐隐作痛，身体也有点疲倦。她多喝了几杯热水，想要缓解一下身体的不适感。

可是越喝，喉咙越发难受，又痒又痛。不知是不是他们这一行的职业病，他们的颈椎都不太好，久坐后起身会感到头晕，眼前一片黑。

就在她起身拿着玻璃杯准备去茶水间时，段圆圆不只头晕，就连看东西都有些发昏，密密麻麻的雪花屏似的黑点从她眼前闪过。

她心想，该抽空去找个推拿师傅再按一下肩颈了。

这是她晕倒前脑海里的最后一个想法。

她再次睁眼时是在医院的病床上。病房里酒精和消毒水混合的味道略微刺鼻，手背还隐隐地传来疼痛感。

天色已黑，医院外的路灯穿过玻璃透了进来，段圆圆借着微弱的光看了一眼，她的左手手背上缠着绷带，右手手背上打着吊针。

她都不知道为什么会在医院，怎么一睁眼，两只手就都光荣负伤了？

“醒了？”纪预充满关心的声音响起。

“嗯。”段圆圆的嗓音有点沙哑，“我这是怎么了？”

“低烧外加低血糖。”纪预叹了口气，把温水放在段圆圆口边，语气里都是关心和不易察觉的心疼，“就算工作再忙，也应该按时吃饭。”

纪预很贴心地给她准备了吸管，段圆圆喝了一大口，纪预让她慢些喝别着急。

“我以为没什么的。”段圆圆抿了抿嘴，她也不是第一次这样工作了，可之前一点事儿都没有，睡一觉就生龙活虎了，谁知道这次竟然进医院了。

意识越来越清醒，她左手手背的疼痛也越明显：“我的左手是怎么了？”

“晕倒时玻璃杯碎了，左手手指和手背被划伤了。”纪预又问她，“睡了一下午，想吃什么？”

“我不饿。”结果话音刚落，肚子就不争气地“咕咕”响了起来。

纪预很绅士很有风度地装作没有听到，继续说：“外卖不如自己家做的放心，我让家里的阿姨煮了粥，一会儿喝点粥吧。”

怎么喝？喝粥可不像喝水一样，可以用吸管。

这里只有他们两个人，段圆圆看了一眼正在滴液的吊瓶，她两只手都没法拿东西。

难不成要纪预喂她？

段圆圆还没有完全退烧，脸颊还是红扑扑的。

纪预接了个电话，出去了一趟，再进来时手里多了一个多层保温饭盒。

段圆圆不太好意思地开口：“帮我叫一下护士吧，我先把吊瓶停一下，吃完饭再打。”

“你还发着烧，又低血糖，怕你不打完吊瓶，连拿勺子的力气都没有。”纪预将那几个饭盒一一摆好，又把床头升起到合适吃饭的高度，“乖，我喂你吃。”

段圆圆的脸更红了：“还是别了吧……”

“乖，张嘴。”纪预像哄小宝宝一样将勺子放到段圆圆嘴边，完全无视段圆圆的挣扎。

纪预用他清冽的嗓音哄段圆圆吃饭：“啊。”

段圆圆看到纪预故意夸张地学着哄小朋友的样子跟她讲话，她藏在被子下面的脚趾都要紧紧地绞成一团了，要不是因为双手都没法自如活动，估计段圆圆能把病床上的床单都攥出一个洞来。

纪预一直举着勺子，没办法，段圆圆闭着眼睛一口把粥吞了进去，结果太过用力，牙齿险些磕到勺子上。

“这粥没毒。”纪预眼底闪烁着笑意，“所以你不用这么……视死如归。”

段圆圆听完这话脸更红了，闭着的眼睛更不想睁开了。

到喝完最后一口南瓜粥后，段圆圆不好意思地对纪预说：“我已经饱了。”

纪预拿出饭盒最下面一层的米饭，段圆圆犹豫地问道：“你……晚上吃这些？”

“是啊，阿姨做的两人份。”纪预很自然地喝了口鱼汤，“有什么问题吗？”

当然有问题了！

这是她没吃完的剩菜啊。

段圆圆看着纪预无比自然、毫不违和的吃饭的动作，还是忍不住说：“不太好吧，这是我刚刚没吃完的。”

纪预听到段圆圆的话后有点想笑，原来她是在意这个，他的唇角微微上扬：“我们又不是没有一起吃过饭。”

那能一样吗？

一起吃饭是两个人一起吃，可现在的情况是段圆圆吃完后纪预再吃，和两个人一起吃完全就是两种截然不同的感觉。

段圆圆试探着开口：“要不……你再叫一份外卖？”

这甚至比刚刚纪预喂她吃饭还要让她感到害羞。

毕竟吃剩菜，在段圆圆的潜意识里，只有无比亲密的人才不会嫌弃对方，才会做这样的事。

但纪预一点也没觉得他吃段圆圆没有吃完的菜有什么不合适，他挑了挑眉，语带笑意地说：“怎么，这些天只记得保护海洋环境，难道不记得要爱惜粮食了？”

段圆圆出院这天，纪预送她去剧组，他还有其他事，送段圆圆到编剧组后就离开了。

编剧同事们是真关心段圆圆，看到段圆圆一出院就来工作，都劝段圆圆休养好身体再来也不晚，毕竟身体是革命的本钱嘛。

还有一个原因，那就是纪预昨天把他们都吓了一跳：“圆圆，你晕过去了是不知道，纪预昨天……”

周围的几位老师纷纷凑过来对着段圆圆说个不停，试图用他们编剧的精湛文字功底还原描述昨日段圆圆晕过去后发生了什么。

不愧是大佬，语言表达力极强，段圆圆根据他们的描述拼凑起昨日事情的全貌——

“昨天你晕倒又加上手腕被碎玻璃划伤，就连瓷砖的缝隙都成了红色，纪预单膝跪在你身边，抱着你的手都控制不住地在抖……”

“是啊，他抱着你就像手里捧着易碎的刚从苏富比拍卖行收藏到的绝世珍品，我们还担心他那样的状态能开车吗，但他直接劝住我们，说他自己陪你去医院就好。”

“我们都知道纪预和你是老同学了，看他那害怕担心的样子，我们还以为你伤到动脉了。”

“不过，没事就好，要是难受就再回家歇一歇，或者咱们线上会议也可以，放心，就算你想落下进度我们也不会同意的，咱们是一个团队，缺谁都不可以。”

…………

同事们的话，段圆圆很久才消化掉。

段圆圆知道很多男性在还没有交往时就喜欢动手动脚，又或者会明里暗里让周围的人都知道自己和某某的关系不一般，段圆圆不喜欢这种带有道德绑架式的追求。

段圆圆私心认为，她和纪预现在处于一种心照不宣的暧昧和某些时刻具有疏离边界感的模糊关系中。

在她面前，纪预从来没有过分的言语或者动作很直接地彰显出他对她的直白的喜欢，即使是工作时，在编剧们面前，也是出于工作才对他们整个编剧组提出正常的疑问，类似于学生时期每堂课结束前，老师们会问一下，有同学还有哪个知识点不会吗。除此之外，纪预做的一切都极其遵守男女交往界限，楚河汉界，泾渭分明。

纪预对段圆圆润物细无声的关心，比那些让女方不舒适的行为好得太多太多了。

所以段圆圆真的是很艰难地才构建出一个编剧老师们口中的纪预的形象。

即使她百分之百相信同事们口中的话。

段圆圆身体恢复得很快，他们共创剧本，在保持稳定发挥的同时又有不小的创新，进展基本已经过半。就在这一路进展都很顺利时，编剧组来了一位不速之客，这个人竟然是许维遥——那个把她的创作成果理所应当、恬不知耻地据为己有的小人。

国庆这天，电影《深海》正式官宣，没想到国庆假期结束后，许维遥竟然悄无声息地退出了编剧组。

所有人都不知道他加入的理由，也不知道他退出的理由。

“真把这儿当他自己家开的啊，想来就来，想走就走。”陈奈得知这件事后忍不住说了一句。

“其实这几年，老许的水平不稳定，半途加入又退出，对咱们的剧本也没有太大的影响。”

“可去年他编的那部小成本影片，里面那句‘暗恋是一场摸不到结果的水滴石穿’多火啊，我外孙女都在我面前念叨，问我能不能写点这种电影，好让她去同学面前炫耀炫耀。”

“哦，你说这句，我倒是想起来了，揣摩年轻人心思，抓得很准啊……”

段圆圆听到陈奈的话，对那句她再熟悉不过的台词的评价，手心微微发麻，她很激动：“陈老师，您真觉得这句写得好？！”

“是啊，小段你不这么觉得？”

“不是的……”段圆圆微微垂眸，“这部电影，我也是编剧之一。”

段圆圆没有说她和许维遥之间的龃龉，她在等待，等到她足够强大，不留余地地将他一举击败。

可是谁又能预知明日之事呢？

段圆圆现在还没有强大到可以将他一举击败，却等到了许维遥被曝抄袭。

找写手、抄袭、借鉴……这些对一个文字创作者来说是致命的黑点。

在许维遥退出《深海》时，官博就已经发了声明，只不过压根儿没什么人关注。

现在许维遥的热搜词条排名一直在上升，不久前发的声明也被无数网友留言评论，问之所以发这样的声明是不是剧组早就知道许维遥干的这些事。

不过编剧组的其他老师倒是十分诧异，想不到许维遥会做这种自砸招牌的蠢事。

爆料还在继续，竟然有营销号曝出了《如果你也听说过》大爆的片段和台词都不是许维遥写的，而是出自另一个编剧段圆圆，其中自然也包括出圈的台词。

段圆圆的私信、评论一时间都刷不完，随便点开一条，都是关于这件事。

段圆圆忽然想起前几天还衣服给纪预的时候，许维遥居然打电话给纪预。

但是纪预没接，听纪预的意思是许维遥无意间得知了他的家世背景，但纪预不喜欢这样，也不喜许维遥这个人。

段圆圆见纪预也不喜欢他，就难免多说了几句许的坏话，没想到纪预不仅仅是她的倾听者，还能时不时接上一两句。

段圆圆当时有些诧异：“总觉得你不是会说人坏话的人。”

在她心里，纪预这种霁月清风的男人，从出生的那一刻起，就没有任何不完美的基因配置。

纪预听到后莫名笑了笑，随后言辞正经又一如既往地温和清澈：“你是不是对我有什么误解？我是有七情六欲的人，不是圣人。”

当时灯光昏黄，灯影绰绰，“七情六欲”四个字从纪预口中讲出，莫名多了些许磁性，段圆圆心尖一颤。

段圆圆更不是圣人，她写作会有留痕的习惯，她找到了当初的文档、改稿后的文档，并且将编辑时间清楚地录屏，随后将证据发到了微博上，并且@了许维遥，如果他有更早的时间线，可以发出来。

许维遥迟迟没有回应。

在微博上“讨伐”他的，不只段圆圆一位，他谁也没有回复，更像是承认了。

无数粉丝在段圆圆的微博下说着多喜欢这部电影，多喜欢她写的台词。

段圆圆抱着手机，评论的数目一直在增加，她的眼眶有点发酸。

这一天到来得比她预想的要早好多。

再见到《深海》的几位编剧老师时，显然他们也都知道了新闻，他们看段圆圆的目光多了欣赏和怜爱，他们也没想到段圆圆刚入行不久就碰到了这种事。

只不过段圆圆想不通，最初是谁爆料的。

直到后来，段圆圆才知道，原来这一切都是纪预默默在背后推动的，虽然他们这些年没有联系，但他一直关注着她。

段圆圆最近可以说是人逢喜事精神爽，工作效率都提高了不少。

在提前结束一天的工作安排时，段圆圆接到了纪预打来的电话。纪预的声音富有穿透力，极具磁性，段圆圆的心脏莫名地漏跳了两拍。

纪预今天会跟她说什么？

“你晚上有约吗？”纪预的嗓音里含着笑意，“如果——”

他的话没有说完，段圆圆隔着手机听到了刺耳的车轮和地面摩擦的声响，以及巨大的撞击声。

“砰——”的一声刺耳无比，段圆圆握着手机的手被巨大的声响惊得下意识地颤抖了一下。

“纪预！纪预！”段圆圆不敢想象对面发生了什么，她大声对着手机呼喊着纪预的名字，嗓音里带着浓厚的哭腔。

只能听到路人混乱的呼喊声，以及对面有人在拨打 120 的声音。

除此之外，毫无回应。

她的心感受到了前所未有的恐惧，她不知道纪预发生了什么，也不知道他在哪里。

她听不到他的声音了，也不知道去哪里寻找他。

段圆圆扶着扶手跌跌撞撞地跑下楼，脚步一步又一步挪动得飞快，差点将自己绊倒。

她迅速地跑到停车场，一路上握着方向盘的手都控制不住地抖。江坞的医院不止一家，她完全是凭本能开往市人民医院。

如果不是，她再开去下一家医院。

她脑海里有一个念头——今天一定要看到纪预。

段圆圆从来没觉得江坞市有这么多红绿灯，而且每一个红绿灯都是红灯。

每一个等红绿灯的间隙，段圆圆都在不停地拨打纪预的电话号码，在漫长的提示音后，依旧迟迟无人接听。

段圆圆越来越害怕，害怕的同时，她开始无比冷静，握住方向盘的手不再颤抖。

至少，她要平安地到医院，她要见到他。

不知道找了多久，段圆圆推开病房的门，病房内只亮着一盏不算明亮的射灯，光线算不上明朗。

纪预躺在病床上，他的右腿和右手都打着厚厚的石膏。

纪预的皮肤干净白皙没有瑕疵，可现在，他的额头上有红紫色的擦伤，额前的碎发略显凌乱，亦遮不住伤痕。

段圆圆坠坠的心脏持续隐隐作痛，纪预受了很严重的伤。

纪预意识是清醒的，在段圆圆推开病房门的那一瞬间，他便看向了门口。

两个人默默地看着彼此，谁也没有说话，他们之间有些话，无须言语。

段圆圆一路上积攒的情绪不断酝酿发酵，惶惶不安、无助、后怕、恐惧……

在见到纪预的这一瞬间，她瞬间红了眼眶。

泪水止不住地滴落。

以前段圆圆觉得小说写得假，怎么会有人的泪水像珍珠似的一滴一滴滚落呢。

原来在大喜大悲后，泪水竟然真的是这样的。

她的衣服被泪水洇湿了一小片。

段圆圆再也忍受不了了，混杂交错的情绪快要让她失控。

她哽咽着、颤抖着将她的脑袋埋在纪预的肩窝处。她的大脑已经无法思考，只是出于本能这样做了。

消毒水和酒精的气味快要盖过纪预身上淡淡的冷调。

纪预的怀抱是和煦的、安抚人心的味道。

纪预上半身毫无防备地多了段圆圆身体的重量，她的发丝擦过他的面颊，她身上的香水味包围着他。

段圆圆哽咽着说不出一句完整的话，呜咽的哭声落在他的耳边，纪预用没有受伤的左手轻轻抚了抚段圆圆轻颤的后背，用略带笨拙的话语安慰她：“你看，我没事。”

受伤后太久没有说话的他，一开口声音有些沙哑。

段圆圆的心像是被狠狠地揪了一把，疼中泛酸。

在听到纪预出车祸，到来医院的这一路上，她只有一个念头——

去他的六年。

去他的离开的理由。

在面对未知的生死时，才知道没有什么比当下更重要。

不再执着于已经发生过的过去，过去对于她而言已经毫无意义。

她害怕纪预离开，只是这个念头便让她无比惧怕。

她甚至不敢想象他再次消失在她面前她会变成什么样。

段圆圆想，如果她明天就要从世界上消失，那她今天一定不要和年少时暗恋过的、现在还在持续喜欢的男生错过。

不要遗憾，不要后悔。

只是呼吸，只是本能。

她第一次见到纪预，是在高一的夏季。高中毕业那年的夏季她失去了他所有的消息，从此他杳无音讯。之后再次相逢是今年，又是一年夏。

每一个夏天都冒着细密的气泡，香樟树枝头蝉鸣声不止，树枝摇曳，枝繁叶茂，生机勃勃。

他们在夏天相识，在夏天分开，烟火年年，上天眷顾，他们又在夏天重逢。

他们还可以有许多许多个六年。

纪预住院的这段日子，段圆圆按时给他送饭，他们之间虽然谁也没说，可都察觉到有什么变得不一样了。

出院后，段圆圆发微信问纪预身体恢复得怎么样了。

纪预：你上次煮的鲜虾干贝粥很好喝，可我怎么煮也煮不出来一样的味道。

随之而来的还有一张图片，是纪预煮的粥，其实段圆圆看照片，感觉卖相还不错。

段圆圆收到微信消息后直接一个电话打过去：“你身体还没有好，就自己下厨房？

“你家在哪儿？”没有等纪预回复她，段圆圆继续开口，“我煮好给你送过去。”

纪预报了他家的地址。

“你……确定住这里？”段圆圆又确认了一遍，她甚至怀疑自己幻听了。

纪预说的住址，是她的小区、她的单元、她家楼上啊！

“嗯，你上来就行。”显然纪预知道段圆圆住在楼下。

“麻烦你了。”

阳光透过厨房，落在段圆圆的发丝上，纪预的心蓦地一软。

“你什么时候搬过来的？都没有见过你。”

纪预厨房里的材料齐全，都做了预处理，段圆圆要做的，就是把这些材料放进锅里，然后加水开火。

“刚搬过来不久。”纪预顿了顿，“没告诉你，你生气了？”

两个人早上出门的时间不太一样，纪预又住了几天院，他们没见过也属正常。

段圆圆反问他：“我为什么要生气？”

她又不是他的谁谁谁，他搬过来自然也不需要告诉她。

段圆圆看到了厨房里的青菜，顺手捞过来，把不新鲜的叶子愤愤地摘下来扔到一旁。

纪预看见无辜遭殃的青菜，笑着说：“我在这边还没住几天就住院了，以后一定早告诉你。”

段圆圆注意到了纪预的厨房，确实看不出生活过的痕迹，崭新的装潢，堆在橱柜里没有拆过包装的锅碗，纪预没有骗她。

“真没生气。”段圆圆的声音变得柔软，手上摘菜的动作也温柔了许多。

“你出去歇着，我来炒菜。”

本意也不是让她来给他做饭的，所以纪预才会在段圆圆来之前把煮粥的材料都准备好。

段圆圆看着胳膊上还缠着绷带的纪预：“你这样怎么做？”

“我左手也可以的。”

纪预拿出车钥匙，对段圆圆说：“我有东西在车里，你能帮我取一下吗？”

她怕在停车场里找不到纪预的车，还在路上跟他开着微信视频。

“你左手边的那一辆。”纪预看着段圆圆视频通话的画面说，“东西在后备厢里。”

这是他车祸那天开的车，车祸后就被拉走报修，今天才修好给他送回来。

段圆圆顺利找到了纪预的车，没有挂断视频，她打开后备厢，准备问纪预，需要她拿的是什么。

后备厢缓缓上升，想说的话还没有说出口，她便定定地站在那里。

闯入她视线的，是一捧巨大的、已经快要枯萎的红玫瑰。

看起来至少在后备厢里待了一个星期了，但仍然能看出华美精致的包装。

纪预这样的天之骄子，从小到大似乎做什么都不会紧张。

只是，他一贯温和的声音里难得透着一丝不淡定，偏低的嗓音透过耳机响起：“圆圆，我曾经以为再也看不到你，但很幸运，直到今天我还可以陪在你身边。”

纪预的声音里透着几分正式，即使隔着屏幕，他的眼神都温柔得仿佛能溺出水：“能不能，给我个机会，让我做你的男朋友，不是老同学，不是老朋友，而是让我用男朋友的身份继续陪在你身边。”

段圆圆的摄像头开的是后置，纪预看不到段圆圆的表情，他拿着手机的掌心微微发潮，继续说：“这捧花，如果不是意外车祸，在那晚就想送给你。如果你喜欢，现在来找我好吗？”

段圆圆迟迟没有说话，纪预不知道段圆圆现在究竟是如何想的，他压低嗓音道：“当然，如果你不喜欢……”

你可以直接回家。

这句话纪预还没有说完，段圆圆便按下了红色的挂机键。

她看着后备厢里那捧快要枯萎的玫瑰花，泪流满面。

第十九章
许愿瓶的秘密

曾经的段圆圆，以为在回南巷篮球场上见到纪预之后，还能再在江坞一中见到他，那便很好。

以为在江坞一中见到他，又发现他在隔壁班，那便很好。

以为能和他成为同班同学、成为同桌，那便很好。

以为在分开数年后还能再次遇见，那便很好。

直到她看到了这捧已经略微枯萎的玫瑰花，原来很好，还可以像现在这样好。

纪预填满了她完整的高中，填满了她少女心思最隐晦肆意生长的三年青春。

不止三年。

学生时期的她从未想过和纪预在一起。

她不曾亵渎月亮。

但她也未想过，数年后的一天，静夜沉沉，浮光霭霭，月亮的光，只落在她一人的身上。

段圆圆住在十二楼，在电梯间里，她的手指毫不犹豫地按下了十三楼的按键。

十三楼，被挂断电话后，一种名为忐忑的情绪蔓延至纪预的全身。

他在等待属于他的门铃声响起。

等待最是煎熬。

纪预干脆站起身，走到门口。

段圆圆随着电梯的移动缓缓上升，负一层、一层……十三层。

电梯门打开，段圆圆手中捧着花，愣在那里。

纪预家的门大开着，他眉眼舒展，目光深邃，表情有些严肃，像是极力掩饰不自然，身子半倚在门口。

时间仿佛在此刻静止，世界被按下静音键，一片寂静无声。

段圆圆走到纪预面前，两人目光相对，毫无征兆地，他将她一把拥在怀里。

她抱上来的花束跌落在地上，发出闷闷的声响。

段圆圆有些害怕压到他的手臂，身体僵硬着，在他的怀抱里一动未动。

纪预的怀抱是春日山涧的泉水，带着初春的暖意和清新，她心甘情愿沉浸其中。

好不容易压下去的泪意再度涌上。

纪预敏锐地察觉到怀中的她的泪意。

他俯身，轻轻地、极度克制地、像是在捧着绝世珍宝似的，吻了吻段圆圆眼角未干的泪珠。

段圆圆的触觉在此刻变得无比敏锐，她下意识地在他怀中一颤。

擂鼓般的心跳声撞得她耳膜快要刺痛，“怦怦怦——”，心脏像要钻出胸腔。

“进屋吧。”段圆圆还存有一点清醒的意识，记得纪预受伤不能久站。

纪预声音里都是笑意：“你扶我。”

段圆圆像之前在病房里那次一样，将手臂自然地放在纪预身边。

纪预没有犹豫，左手牢牢地握住段圆圆的右手。

十指紧扣。

纪预牵着段圆圆的手走到客厅，一片火红色映入段圆圆的眼中。

那是一捧新鲜的、娇艳欲滴的红玫瑰花束。

他们仍然紧紧地牵着手，段圆圆的掌心是温热的，纪预的手心带着微微凉意。

温热和凉意相交碰撞，周遭的空气里都是甜蜜的气泡。

纪预在给段圆圆的花束里藏了一个红色的小礼盒，段圆圆刚才并没有注意到。

纪预从有些枯萎的花里将礼盒拿出来，是一对小巧精致的钻石耳钉。

段圆圆以为收到花束就足够浪漫，没想到花束里还藏着礼物。

“就像送钱包永远不能送空的，送花的同时也要有礼物。”纪预左手轻轻捻了一下段圆圆的耳垂，又迅速将手指移开。

段圆圆的耳畔瞬间被撩起一片酥麻。

“帮你戴上，可以吗？”纪预轻轻开口。

虽然纪预的右手不太方便，但还是能帮段圆圆戴耳钉的。

他贴着她的耳畔，呢喃着：“喜欢吗？”

段圆圆的心脏漏跳了一拍，今天纪预身上有着她从未见过的浪漫。

段圆圆转过头，想当面对他说一句：喜欢。

但她忘记了两人之间的距离，转身时，嘴唇擦过纪预的脸颊。

两个人都愣在那里。

还是纪预先反应过来，手指微微扣住段圆圆的后脑，眼眸深邃，声音低沉：“可以吗？”

段圆圆没有说话，两人之间距离近得能感受到彼此温热的呼吸。

她眼眸半垂，纪预能看到她的睫毛微微地发颤。

扣住她后脑的手指略微用力，她的嘴唇上一片温热，纪预身上的味道瞬间充斥着段圆圆的鼻腔。

两个人生涩地探索着，时间的秒针在此刻静止，一切的一切都不复存在，世间万物在此刻都不重要了。

他们是彼此秩序的唯一法则。

她的呼吸被淹没。

午后的阳光透过窗牖洒入客厅，她耳上的钻石耳钉在阳光的折射下闪烁着亮晶晶的光，纪预的衣角被段圆圆不知不觉地攥得皱巴巴的，这一切无一不在彰显着她刚才有多沉浸其中。

十一月中旬，许净欢和林晨安订婚，段圆圆和纪预都去了。

宴席上多喝了几杯，从卫生间出来时，段圆圆在走廊上刚好听到林晨安扶着纪预说话，两个人背对着她站着，谁也没有注意到她。

“预哥，你知道吗，我真的，当年好几次都忍不住了……”林晨安的声音不如平时清楚，听起来像真的喝醉了，“差点儿就告诉她了……”

“看到你们在一起我真的高兴，真怕你们从此错过……”后面林晨安和纪预又说了些什么，段圆圆已经听不清了。

林晨安说的是纪预和她！

段圆圆僵硬地转身，离开卫生间门口的走廊，纪预和林晨安自始至终没有发现她来过又离开。

直觉告诉段圆圆，林晨安说的，一定和纪预当年不告而别有关。

宴席结束后，纪预和段圆圆手牵手散步回家。

这一路上段圆圆都在想，要不要问纪预。可她还是忍住了。

她想，纪预不说，一定有他的理由。或许是还没到时机，等时间到了，纪预一定会告诉她。

她决定和纪预在一起时，就想好了不问过去。

今天只是喝了几杯酒，听到了林晨安的话，就又开始乱想了。

纪预也发现段圆圆今天的状态有些不对，段圆圆水汪汪的眼中带着迷茫：“怎么了？”

“上来，我背你回家。”纪预捏了捏段圆圆的脸颊，“难受就说，在我面前别硬撑着。”

纪预趁段圆圆笑着，让她趴到了自己的后背上。

纪预的肩膀很宽，抱着她的手臂很有力，她完全不担心会从他的身上滑下去。

纪预把段圆圆背到了她家沙发上，段圆圆脸颊透着一丝粉色，心脏还在加速跳动着。

反观纪预，坐在她身边，面不改色心不跳，负重行走这么久，一点都看不出他会累。

“不累吗？”段圆圆起身给他倒了一杯水，“喝点水，口渴了吧。”

段圆圆把水杯给纪预，想要再去厨房拿几个橘子，转身的那一瞬间听到了纪预的声音，声音很低很小，小到段圆圆听不清，那是四个字——

“嫁给我吧。”

其实，这不是段圆圆第一次听纪预这么说了。

前不久剧本完工，段圆圆和纪预去游乐场庆祝。

那是一家很刺激的大型游乐园，就连海盗船、大摆锤这些相比较过山车和跳楼机而言没有那么刺激的项目，都把段圆圆吓得不行。

从大摆锤上下来的段圆圆，双腿打软，一下子跌进了纪预的怀里。

那一瞬间，她仿佛听到纪预贴着她的耳边说话：“嫁给我吧。”

段圆圆的心脏“扑通扑通”飞速跳个不停，跳得比在大摆锤上还要厉害。

可是，哪里有人求婚这么草率的？

是幻听吗？

段圆圆在纪预怀里，不好意思抬头看纪预，她在等着他说下一句话，可是迟迟没有等到。只是等到纪预拧开了一瓶矿泉水放在她的口边。

刚刚那是幻觉吧。

段圆圆想，这大摆锤的后遗症可真是让人意想不到啊。

时间转眼来到年尾，十二月了，平安夜、圣诞节快要到了。这是她和纪预在一起后的第一个平安夜，段圆圆触景生情，总是忍不住回想起高中三年。

那些由苹果串联起的三年平安夜的回忆，段圆圆永远也忘不掉。

思及此，她笑着把货架上新鲜的苹果放进推车里。

今年的平安夜，十二月二十四日，对他们两个人来说，还多了一份特殊的意义——

到这一天为止，他们在一起已经两个月了。

两个月的交往，让段圆圆甚至产生了一种念头：以后一辈子都能这样相处，谦虚点说，感觉还挺不错的。

当意识到自己产生这个念头后，她吓了一跳。

即使段圆圆喜欢了他许多年，可真的交往也不过才两个月而已，六十天而已，她就已经很相信，纪预，是对的人。

段圆圆不想出去过，她提议在家吃火锅。

是在段圆圆的家里。

他们仍然各自住在十二层和十三层。

纪预唯一一次在她家里过夜，还是因为不久前段圆圆痛经到快要虚脱，他留下来照顾了她一整晚。

她还记得那晚靠在他的怀里，纪预的手掌很温暖，贴在她的小腹上，帮她轻轻地按摩，缓解生理期的疼痛。

纪预身上的味道，像春日里棉花和紫苏混合过后产生的暖洋洋的味道。

段圆圆觉得心安。

平安夜这天，江坞下了今年最大的一场雪。

他们的高中同学会定在了元旦假期，段圆圆在班级群里看到了班长正在统计去的人数。

散步时，段圆圆问他："你今年去咱们班的同学会吗？"

他们晚上有时间基本都会一起出来散步，对段圆圆来说，一起散步是一件非常亲密的事情，他们没有既定的目的地，而是任性地、漫无目的地走着，去哪里不重要，重要的是身边的人，是你就好。

他们从来不用绞尽脑汁地去想应该说什么话题，即使两个人什么都不说，只听静谧的晚风，就算安静不语，也觉得生活值得，人间值得。

更何况他们在一起，总有说不完的话题，路边的樱桃树结了果子，段圆圆都会兴奋地指给纪预一起看。

他们在一起，分享了生活里所有大大小小的美好和烦恼。

他们分享喜悦，分享困惑，分享碎片，分享美好，分享规划，分享未来。

他们在散步时聊的那些细小的话题在反复确认着他们就是彼此要找的人。

冬天，天气冷，每次出门前，纪预都要叮嘱段圆圆多穿点，只不过段圆圆总是要"风度"不要"温度"。

所以当段圆圆见到纪预时，他的手里通常会多一条围巾，然后温柔地系在她的脖子上。

段圆圆喜欢纪预帮她系围巾，她总笑得像得逞了的偷吃到糖果的小孩子。

"下周我可能要出差。今年同学会参加不了了。"

"这样啊。"段圆圆听起来有点遗憾，"你还不知道吧，今年同学会要把咱们高中埋的许愿瓶挖出来呢。"

纪预的记忆力好得惊人："我记得老胡不是说要十年后才能挖出来吗？"

“去年同学会，大家喝多了，嚷嚷着要去挖，就是太晚了没去成，左右大家的愿望都和高考有关，所以就干脆今年一起挖出来。”

纪预：“那就辛苦小段同学了，把我的也一起带回来吧。”

散步很惬意，段圆圆的思绪都放松了，不假思索地说：“你当年，第二个愿望也和高考有关吗？”

说完她就呆住了，这不摆明了说纪预当年第一个愿望她知道吗！

“你怎么知道我许了两个愿望？”纪预眯了眯眼睛，“原来，有些人当年就这么关注我了呀。”

段圆圆闹了个脸红，她和纪预在一起后，默契得谁也没有提过当年。

纪预口风很严实，就是不告诉段圆圆当年他的第二个愿望是什么。

纪预年底出差，跨年两个人都没有见到面。

他们互相微信视频，一起隔空倒数，共同走到了新的一年。

这是什么概念呢。

从段圆圆第一次见到纪预，再到今天，已经快十年了。

这是他们认识的第十个年头。

如果当年有人对段圆圆讲，这个她第一眼就喜欢上的男人，十年之后会是她的男朋友，那她一定不敢相信，她一定会笑骂对方是疯了吧。

同学会那天段圆圆临时有事，迟到了差不多一个小时。

这一个小时，班里同学就已经把当年的许愿瓶挖出来了。

他们可是期待了整整一年呢。

要不然今年同学会的时间也不会特意从往年的过年改到元旦。

许净欢见到段圆圆来了，把已经挖出来的两个许愿瓶交给段圆圆，还故意坏笑着问她：“圆圆，你好不好奇你男朋友当年许了什么愿？”

段圆圆手中攥着两个许愿瓶，一个是她的，一个是纪预的。

玻璃在她手心，凉凉的。

那天晚上散步的时候，纪预让段圆圆帮忙取他的许愿瓶，段圆圆还开玩笑似的问过他，她可不可以看一看他的愿望。

纪预轻轻吻了吻段圆圆的唇，没有说可以，也没有说不可以。

权当纪预是默认了。

她特意找了个没人的地方，十八岁那年的好奇心重新回到二十四岁的她身上。

段圆圆打开封存完好的许愿瓶，倒扣出里面的纸条。

段圆圆纤细的手指捏着那卷成一团的纸条，缓缓展开。

那是一个她从未、从未想过的愿望。

纸条上的字迹没有因为时间的流逝而变淡变浅，那两句话的笔迹依然锋利——

愿我们的祖国永远天蓝海澈，昌盛繁荣。

愿我所爱之人在这片土地上永远欣欣向荣。

一月的寒风从她的耳畔呼啸而过，风干了她脸颊上的两道泪痕。

第二十章
写给 TA 的一封信

段圆圆的愿望她记得清楚——

父母、成绩和……他。

三个愿望，关乎当年她最在乎的三个人或三件事，一一成真。

只是纪预的愿望，段圆圆当年无意间瞥到的第一个愿望，她也记得清楚——愿我们的祖国永远天蓝海澈，昌盛繁荣。

十几岁的少年许下如此庄严的愿望，她很难忘记。

她想象不出纪预的另一个愿望会是什么。

直到今天，直到现在。

直到她拆开了当年的许愿瓶中的纸条。

一月的寒风呼啸而过，段圆圆愣愣地站在走廊上，手中紧紧地攥着那张越过数年的纸条。

脸上的泪痕已经消失，段圆圆还是回到洗手间重新补了妆，看不出一丝哭过的痕迹。

她和离开包厢前没有任何区别。

“嘿嘿，看到你家纪预的愿望了？”许净欢笑着说，“想不到咱们的许愿瓶，真灵验啊。”

段圆圆有些心不在焉，但还是接了一句：“怎么？”

许净欢说了许多她和林晨安的许愿瓶内容，段圆圆只听了个大概。

段圆圆像是忽然想到了什么似的，很多蛛丝马迹一下子被串联，有迹可循起来。

找了个间隙，段圆圆走到林晨安身边，很自然地和他碰了碰酒杯：“咱们喝一个。”

段圆圆晃着酒杯，很平静地说：“我都知道了，这些年……谢谢你啊。”

“预哥都跟你说了？”林晨安见状一下子明白了，怪不得段圆圆会特意来找他喝一杯，他微微摇了摇头，“我早就劝过他，让他告诉你，可是他不肯，这么多年，不容易啊……不过还好，你们现在终于走到一起了。”

“唉。”段圆圆微微叹了口气，“他早点告诉我，也不会到现在才……”

“话也不是这么说。”林晨安像是回忆着什么似的说着。

段圆圆指尖握着酒杯，侧耳倾听。

她不想让林晨安看出她其实是在套话，故而表情一直很镇定。

直到……直到段圆圆听到林晨安说的那些话，她的心脏还是骤然紧缩成一团。一月的寒气全部朝她一人袭来，她的手指紧紧地抠着掌心，她用力地维持着面部的平静。

即使她的内心已经卷起波澜，掀起狂风骤雨。

她快要达到崩溃的边缘，再多待一分钟，她都怕她的眼泪不受控制。

段圆圆都没有等到同学聚会结束，中途找了个借口便匆匆离开。

她要见到纪预。

就现在。

开车的这一路，无数的画面在段圆圆的脑海里闪过。

她想抓住，又抓不住。

太多太多的画面一闪而过。

她和纪预的家里都互相存了对方的指纹，段圆圆顺利地开门。

纪预听到了门口的声响，看向门口处站着的段圆圆：“同学会这么早就结束了？”

段圆圆没有说话，只是红着眼眸，泪水在眼眶里打转。

她眼睛一直看着纪预，就像是要把他看穿一样。

段圆圆这眼神看得纪预心疼，想把她搂进怀里，问一问这是怎么了。

遇到什么不开心的事了吗？

还没来得及开口问，段圆圆便大步向前，随后她拽住纪预的领口，踮起脚尖，唇严丝合缝地贴在纪预的唇上。

她和他的牙齿猝不及防地碰撞到一起，磕到疼痛肆无忌惮地蔓延。

突如其来的身体重量带来的惯性让纪预下意识地退后两步，靠在了身后的柜子上。

他们依然没有分开。

段圆圆第一次这么主动。

在她见到纪预的许愿瓶后，在她听到林晨安的话后，她迫不及待地想见到纪预。

她有许多许多的话想对他说，可真的见到纪预的那一瞬间，她却什么也说不出来了。
她抱着他的脖子，搂着他的肩膀。
她的脖颈微微颤抖着，分不清是因为吻得呼吸急促，还是因为不停地哭泣。
少年的字迹工整有力，他说，愿我所爱之人在这片土地上永远欣欣向荣。
段圆圆想，她这辈子也不会忘记她最初见到这张纸条时的心情。
段圆圆轻颤着把唇从纪预的唇边移开，她的脸埋在纪预的肩窝，无声地啜泣着。
直到她再也忍不住，哭声和颤抖越发明显，与此同时，带着浓浓哭腔的声音在纪预耳畔响起："为什么，你为什么不告诉我……"
听到段圆圆这么说，纪预明了了一切。
段圆圆吸了吸鼻子，在他肩窝轻轻蹭了蹭。
他用手轻抚着段圆圆的后背，声音温柔："乖，别哭，都过去了。"
"你应该告诉我的啊……"
纪预细碎的带着安抚意味的吻落在段圆圆的耳后、脖颈、锁骨。
段圆圆的泪水浸湿了他的肩头，洇湿出一片深色的不规则圆形。
这个吻让他们彼此融进对方的血液里。
他们眼中只有彼此。
一种从未有过的感觉让段圆圆溢出泪水。明明看不清楚，可纪预仍然能够准确地吻到段圆圆眼角的泪珠。
屋内安静，寂静无声。
段圆圆心里的空隙不断被填满，身上泛起薄薄的汗，那种感觉是什么呢？
是失而复得，是得偿所愿，是我终于、终于遇见你，拥有你。
"我爱你。"
"我也爱你。"
春风过境，海水漫延，烟花肆意，我也爱你。
她终于明白，爱会让人怯懦，亦会让人勇敢。
横冲直撞，一往无前。

纪预找出了一份报告交给段圆圆，特意翻开其中的一页，是传染病八项的检查结果。
"这是我的体检报告，应该在发生关系前就给你看的。"男女深入交往前看体检报告是对彼此的负责。
段圆圆信任纪预，但信任和看他的体检报告并不冲突。
段圆圆捞起床边的手机，现在竟然已经凌晨一点多了。
她回来时，同学聚会还没结束，还是下午啊！

遇夏

也就是说，他们……

段圆圆顾不得脸红，找到一份电子版本的文件发到纪预的手机里：“我的体检报告。”

“嗯。”纪预捋了捋段圆圆的碎发，并没有着急点开，他的眼里全都是她。

纪预给她的体检报告比一般人的要厚。

段圆圆想看的并不是乙肝这些常规检查，每一页报告她都仔细地翻着，可这些内容犹如天书。

段圆圆现在在想，为什么高中毕业后没有学医呢？

她毫无头绪翻看体检报告的慌乱都被纪预看在眼里。

一只骨节分明的手动作轻柔地抽走了她手中的体检报告，放在一边。

“都过去了。”纪预的声音温和，带着安抚人心的力量。

但段圆圆现在并不会因为他的一句话就放弃她想要看的结果。

即使她看不懂这些体检报告，她也一定要翻看，求个心安。

段圆圆的手指冰冰的，圈住纪预的手心，她的声音微弱：“告诉我，这些年都……都告诉我。”

纪预早就将室温调高，但段圆圆的掌心依旧冰凉，他宽厚的手掌将段圆圆的手掌裹住，轻轻摩挲着，他手心的温度渐渐传递到她的掌心。

高三那年的一次体检，纪预意外查出患有特殊疾病，向来对一切都游刃有余的他，只在一件事上有过不自信。

那便是段圆圆。

现在有了第二件，是他的身体。

父母建议他立刻休学去接受系统的治疗，但纪预在深思熟虑后拒绝了。

他认为他在课外的时间接受治疗也可以，而且距离高考已经没有多少时间了，他不想节外生枝。

他的父母能为他提供最顶尖的医疗环境，纪预在课后、周末去医院或者在家中接受治疗。

在学校里，没有任何一个人知道他的身体状况。

直到高考，医生建议他必须入院治疗，而且他的身体状况比预想的要严重一些，甚至还会产生并发症和后遗症。

医生说得很委婉，他不想留给段圆圆希望又带去失望，与其如此，不如干脆斩断一切希望。

他在段圆圆给他的同学录里写下了真诚又违心的话。他没有勇气亲口告诉她。他做了不告而别的懦夫。

…………

纪预以回忆的口吻平静地叙述着，像是在说旁人的故事。

可段圆圆听不下去了，这样自揭伤疤的描述，她的心都疼到不能自已。

这是在他的伤口上撒盐。

“别说了，别说了。”段圆圆把脸埋在纪预的胸口，带着抽噎的哭腔，有些语无伦次，“我知道了，都过去了，我应该……”

我应该早点去找你，而不是为了什么所谓的面子做毫无意义的坚持。

“别哭，现在都已经没事了。”

纪预在讲述他这些年的经历时并不难受，但他看到段圆圆哭，心却疼得要命。

他可以忍受并发症失明带来的黑暗，但他接受不了没有段圆圆的每一秒。

于是那一年，他提前知道林晨安会去医院，那一天他刻意出现在了同一家医院里，和他装作偶遇的样子。

午饭过后，天空开始下雪。雪花密密麻麻地落在大地上，没多久，世界变成一抹纯白。

段圆圆把许愿瓶交给纪预，眨着眼睛笑着说：“完好无损，原物奉还。”

小小的玻璃瓶躺在纪预的掌心，他倒扣出里面的纸条：“看过了？”

段圆圆垂着眸，不说话。

纪预吻了吻段圆圆的脸颊：“许愿瓶很灵验。”

“你还记得你许的愿望是什么吗？”

纸条还在纪预掌心，没有打开，纪预笑着说：“怎么会忘。”

纪预的声音清澈温和，却又坚定有力：“愿我们的祖国永远天蓝海澈，昌盛繁荣。愿我所爱之人在这片土地上永远欣欣向荣。

“都实现了。

“爱的人现在就在我的身旁。”

纪预清楚地记得，那时候的他已经在晚自习课后和周末于家中和医院往返。

班主任老胡把许愿瓶拿来时说的那些话，他本来是不信的。

但他又想到了他的父母、外公外婆、阿爷阿嬷，因为他的身体，他们去寺庙的次数变得多了些。

神灵会听到虔诚的祷告。

那么他想，他写下的愿望，也一定可以成真。

元旦过后很快就到了新年。

上次纪预复查，段圆圆和他一起去的，回来后，她把自己关在屋子里待了一下午。

其实在陪纪预复查之前，段圆圆已经单独去找过医生咨询，那是她知道

遇夏

纪预生病的第二天，医生告诉她，事实上不像纪预说的那样，他已经痊愈，而是仍有复发的可能。

段圆圆虽然高考成绩不错，但她不喜欢学医，可是就从这天开始，她看了无数文献资料，做了许多笔记，不必等到久病成医，只是这短短几天而已，段圆圆已经对这方面了解得十分充分，如果只提这一部分内容，她甚至比许多医学院的学生还要了解。

了解得越多，她便越恐慌。

这种恐慌不再是初得知纪预生病时的恐慌，而是面对复杂的疾病，人类只是广袤宇宙里渺小的一粒沙，即使有再好的医疗环境，仍然会变得恐慌。

她自认为在纪预面前掩饰得很好，但即使是细小的变化，也逃不过爱的人的眼睛。

减肥的人心里有一个无形的电子秤，可以自动将眼前的食物换算成卡路里。

段圆圆心里的秤会默默地计量食物的营养价值，判断什么对纪预的身体好。

在选饮品时，段圆圆也倾向于鲜榨果汁，而非一些不健康的、勾兑的饮料。

段圆圆也恍然大悟似的后知后觉，为什么很少见到纪预喝酒。

重逢后和纪预的每一次用餐，哪怕他的杯中倒满了红酒，他也只是轻轻地抿一小口而已。

红酒更像是他餐桌上的装饰物，食用价值极低。

曾经的段圆圆把这归结于纪预对自己严格的要求。

直到现在，她才知道，啊，原来不仅如此。

纪预把段圆圆的这一切变化都看在眼里。

他能理解段圆圆得知他生病后的反应，即使他说了许多次他已经痊愈。

段圆圆仍然不敢百分之百地相信。她需要时间去适应，纪预明白。

纪预会在段圆圆没有来他家时把家收拾得一尘不染，会在她来之前提前准备好配菜，只需要简单地烹煮一下就可以直接食用，甚至会表现得十分需要段圆圆。

譬如现在——

纪预看着站在冰箱前思考切什么水果的段圆圆，温和地开口道："圆圆，可以帮我把阳台上的藏蓝色的袋子拿过来吗？"

现在的段圆圆无比喜欢纪预对她提各种各样的要求，她希望纪预只安静地歇着就好。

她到了阳台上，才看到阳台上只有一个藏蓝色的纸袋，纸袋上面印着一串英文以及经典的品牌 LOGO。

那是世界上著名的奢侈珠宝品牌，段圆圆虽然买不起，但对它并不陌生。它们家以婚戒著名，现在许多人在挑选婚戒时会将它们家作为首选。

这里面会是戒指吗？

段圆圆的心脏竟然不受控制地乱跳了两下。

“新年礼物？”

纪预修长的手指拿出袋子里沉甸甸的盒子，打开，盒子里的并不是戒指，而是一条流光溢彩的钻石项链，项链上镶嵌的钻石，不止一颗。

纪预拿起项链，贴在段圆圆的脖颈上，冰凉的钻石项链落在她的锁骨处，纪预的指尖带着温热的触感，将项链扣好。

纪预穿着居家睡衣，少了一分清冷，多了一分温柔，他问道：“喜欢吗？”

段圆圆并没有因为不是戒指而失望，反而很欣喜。

她用手摸了摸那颗让人难以忽略的钻石，很真诚地点了点头：“喜欢。”

“你要相信我，我不会骗你。”纪预吻了吻段圆圆的右手手腕。

段圆圆也发现了，纪预很喜欢吻她，在各种地方，吻遍她的全身，包括她手腕上的伤疤。

“可我咨询过医生了，实际上并没有你说的那么乐观。”

“我没有那么自私。”纪预握住段圆圆的手，十指紧扣，眸光深深，“我不会让我爱的人用未来去赌，去赌我的身体好坏，去赌未知的变数。

“如果未来并不乐观，我不会出现在你面前。”

如果没有完全的把握，他不会再次出现在段圆圆面前。

爱一个人会想一天24个小时、1,440分钟、86,400秒无时无刻不见到对方，但纪预不是。

至少那段时间的他不是。

他不能自私地让段圆圆承担相遇相爱但又要分离的痛苦。

如果注定要以生死横亘在他们之间的悲剧收场，那么他宁愿他们没有在一起过。

纪预的眼眸深沉，握住段圆圆的手指用力，一刻也不想松开她的手。

什么是爱呢？

我相信有人正慢慢地艰难地爱上我。

别的人不会，除非是你。

段圆圆的掌心里是纪预的温度，她曾经以为她在爱这场豪赌里足够勇敢，不断加注，原来不是的。

纪预，才是冒着倾家荡产的风险堆叠着面前的筹码。

“想听睡前故事吗？”纪预随手翻开一页。

“好。”

遇夏

段圆圆不想睡，明天就要和纪预分开，虽然只是一周，但她仍然会觉得漫长。

漫长到还没有分开，她便已经开始为离别而悲伤。

卧室内开着柔和的暖光，这是一片温柔地带，将冬日凛冽的寒风隔绝在屋外。

纪预的声音低沉清澈，朗读的声音更是带着他特有的音色魅力，他的嗓音在深夜多了一分蛊惑。他手里的书，是张爱玲的《倾城之恋》。

“……范柳原在细雨迷蒙的码头上迎接她，他说她的绿色玻璃雨衣，像一只瓶，又注了一句，药瓶。她以为他在那里讽嘲她的孱弱，然而他又附耳加了一句，你就是医我的药。”

纪预读完这一段，停顿了许久都没有读下一句。

段圆圆还有些奇怪：“怎么啦，怎么不读啦？”

纪预看着怀里没有任何反应的段圆圆，又刻意说了一次：“药瓶，绿药瓶。”

段圆圆仍然不解，有些迷茫地开口：“你……要吃药了？”

纪预听闻蓦地笑了笑，又抬手捏了捏段圆圆的脸颊：“算了，忘了就忘了吧。”

纪预的笑让段圆圆一下子想到了高二开学的那一天。

细雨蒙蒙的早晨，她穿着不合身的绿色雨衣，遇见了纪预。

纪预的那一句“绿药瓶”，还让段圆圆难过了好久。

那时候的她不懂张爱玲，不懂纪预。

“原来……”段圆圆愣了愣。

她已经快要记不清这件事了，如果不是纪预刻意提起。

段圆圆的回忆里只有他们相处的快乐，关于那些让她不开心的细节，她都没有放在心上。

这么多年了，哪怕当时“绿药瓶”这件事还被她记录在了日记本上。

原来在她的心里，关于他的回忆一直、一直都是温柔美好的存在。

夜晚静谧，月光流淌。

纪预的语气温柔又郑重：“如果十七岁的纪预因为说了‘绿药瓶’让你不开心，那我代替十七岁的纪预向十七岁的段圆圆同学道歉，他只是想说——

“你，是医我的药。”

今年的冬天并不寒冷，段圆圆睡到自然醒。

卧室空荡荡的，身边的被褥也已经不再温热，没有属于纪预的体温，纪预现在已经准备登机了吧。

在她的手机旁边，一伸手就能碰到的地方，还放着一只藏蓝色的袋子，和昨天纪预送给她的项链出自同一个品牌。

段圆圆好奇地将袋子拿过来，是新年礼物吗？可是昨天不是已经送过她一条钻石项链了吗？

盒子里是一串钻石手链，和昨大的项链出自同一个系列。

手链上的钻石闪烁着耀眼的光。

在藏蓝色包装袋旁边，还放着一个淡蓝色的信封。

段圆圆本以为是保修卡，她打开信封，没想到，这竟然是纪预手写的一封信。

在信息发达、网络发达、人们变得容易提笔忘字的时代，段圆圆收到了一封来自她爱的男人认真手写的信。

常说字如其人，纪预的字舒展遒劲，笔走龙蛇，看见他的字，脑海里便不由自主地浮现出纪预执笔时眼底含笑的模样。

圆圆：

展信舒颜，顺问冬安。

现在是北京时间凌晨六点三十三分，见你在我身边睡得安稳，这一切对我而言，美好得竟然有些不真实。

就在今晚，我得知你并不记得高中那些我令你不愉快的记忆（虽然那并不是我的本意），我很高兴。我不希望自己以不美好的形象出现在你的记忆里。

有些话应该当面告诉你，可我不知道该怎么开口，所以我想通过写信的方式告诉你。

我成长在一个幸福的家庭，父母恩爱，兄妹和睦，从小到大用“顺风顺水”形容也不为过。但上天并不会一直偏爱谁，那一年，我看到体检结果，最初也是不敢相信的。

我从不敢相信到坦然接受，只用了几分钟，在那短暂而又漫长的几分钟里，我最先想到的，竟然是你。

可却多和遗憾挂钩。

遗憾很多话没有亲口告诉你，遗憾也许未来，我再也见不到你。

高中的我可以用“怯懦”去形容，我以一种自以为是的、对你对我都好的告别方式离开，我知道那一年的我让你难过了很久，想和你说一句迟到的“对不起”，从今以后我还有许多许多许多年可以向你弥补，郑重地请你给我弥补的机会。

在达哈卜时，我曾经问过你，去过无数国家就算是旅游吗。

那时候的你说“当然”，其实对我而言，不是的。

那时候的我，从黑暗一片到将将见到微弱的光，我辗转在不同的国度、不同的机场，见不同颜色皮肤的人，听不同种类的语言，然而爱的人不在身边，时间的流逝变得无足轻重，在任何地点看任何美景都显得无意义。是否和爱的人在一起，是我衡量时间仅有的标准。

那不过是换一个地方继续行尸走肉般地走在路上，见不到沿途的风景，只是漫无目的、抽筋拔骨地向前走着罢了。

这是我们在一起的第一个新年，时间过得可真快啊，从高一到现在，不知不觉，已经十年了。

虽然今年我们没法在一起过年，但我期待着明年、后年，以及未来的许多个新年，我们都可以手牵手一起过。从来没有告诉过你，遇见你的每一天我都觉得无比幸运，所有生活给予的质疑和挫折，在遇见你的那一刻，都变得无足轻重。

除了死亡，一切的一切，快乐也罢，幸福也罢，一切皆自由，当我在你身边时，我们十指紧扣时，我们相拥入眠时，灵魂自由。

很长一段时间我的世界晦暗无光，而你是我唯一的光明。

我想对你说无数次，我喜欢你。

其实我已经在心里说过无数次了。

我喜欢你，我很喜欢你。

我喜欢看你在我身边的任何模样，在每一次确认你也喜欢我时，我才不会那么惴惴不安。

无数的喜欢会汇聚成爱。

时光荏苒，对的人总会在重逢后相爱。

爱要当面告诉你。

厨房里煮好了你爱喝的海鲜粥，当你醒来，应该还是温的。

于江坞家中书房

纪预

1 月 31 日

段圆圆手里握着信纸，浑身的皮肤都泛起酥麻，阳光落在她手中的信纸上，覆下淡淡的灰色阴影，她的心脏像是被无数温热的海水灌满。

读完信，她微微仰着头，发现纪预卧室的天花板的设计精巧好看，她告诉自己，新的一年，不可以流泪。

段圆圆来到厨房，纪预提前煮好了海鲜粥，简单地拌了凉菜，还煮了鸡蛋，切好了水果。

这并不是多么复杂的早餐，但段圆圆觉得，这是世界上最温馨的、最有爱的早餐。

如果可以，她好想每天都能吃到纪预做的早餐。

纪预在飞机落地的第一时间收到了段圆圆的微信。

他没有继续打字，而是直接拨打了电话。

“我好想你啊。”段圆圆在接起电话的那一瞬间飞速地开口，“明明几个小时前我们还睡在同一张床上，我们分开还不超过六个小时、一天的四分之一，可是现在，纪预，我好想你。”

那一瞬间纪预是什么感觉呢？他的心被世界上一切美好填满，没有一丝多余的缝隙，他只记得，香港一月末的风都夹杂着温柔的暖意。

年夜饭这天，段圆圆意外得知杜女士和段伟城居然重新谈起了恋爱，而杜女士，在得知段圆圆交了男朋友之后也说让她领回家看看。

屋外已经有人开始放鞭炮庆祝新年了，噼里啪啦的声响预兆着新年顺风顺水、红红火火。新年伊始，段圆圆真的真的很幸福。

她和纪预聊着天，在不知不觉中聊到了将近零点，然后一起倒数，说了新年快乐。

他们彼此互道了新年的第一句问候。

这段时间，窗外的鞭炮声不断，段圆圆问纪预：“听到我这边小区里放鞭炮的声音了吗？你那边今年有烟花吗？”

“听到了，我这边也有放鞭炮的声音，今年没有新年烟花表演，但是可以自己放。”纪预笑着说，“喜欢看烟花？”

段圆圆的声音里带着回忆：“喜欢啊，我还看过香港新年的烟花表演呢。”

段伟城曾经在寒假带着她一路旅游，最后一站在香港，她在维多利亚港旁看了一场盛大璀璨的烟花。

那一年，她后知后觉得知，她和纪预同在香港看了同一场烟花，虽然相隔人海。

纪预的声线里都浸润着笑意：“嗯，我知道，那是我们共同看的烟花。”

有些回忆，他们都没有忘记。

他们都舍不得忘记。

大年初一，按段圆圆老家的习俗是不能睡懒觉的，貌似江坞这边也有这种说法。

她起得很早，起床后和爸妈拜年，还收到了两个大红包。

不论她多大年纪，但在父母面前，她都是小孩子。

杜女士今天忙了一天，说了句太累了要提前休息，就回卧室睡觉了。段圆圆一个人在客厅看今年春晚的重播，但她的大部分注意力都在手机上。

电视上正在重播今年春晚的歌曲表演《这世界那么多人》，歌曲动听悠扬，婉转感人的声音成了今晚流淌着的背景乐。

忽然，她的手机响了。

是纪预。

“睡了吗？”纪预的声线温柔。

段圆圆听到纪预的声音，不由自主地带着笑意：“还没有。”

“还不到零点，大年初一还没有结束，一起放烟花吗，宝贝？”

“现在？我现在在家呢，手边也没有烟花。”

纪预充满磁性的声音透过听筒，一字一句地传到段圆圆的耳中：“你到阳台来看看。”

段圆圆下意识地走到了阳台，这几步路的距离她在想，纪预是找人同城闪送给她买了烟花吗？

可她过年这几天都和杜女士在一起，并不在平时她自己住的家里，纪预该不会留错地址了吧。

然而，到了阳台，段圆圆竟然有些不敢相信自己的眼睛，是因为过度疲惫、过度喜悦、过度思念而出现了幻觉吗？

这幻觉未免太不可思议了，段圆圆像是踩在软绵绵的棉花糖般的梦里。

从他们家的阳台上刚好可以看到单元楼外的路。这条路的绿化做得还可以，即使冬日也有常绿的植物在路旁，看起来不会觉得荒芜，甚至还多了些许温馨。

路旁有一盏路灯，暖黄色的光影伴着静谧的月光，无一不在诉说着今日的温柔宁和。

这些温柔的光毫无保留地落在了男人的身上。

纪预穿着黑色的呢子大衣，恰到好处的裁剪令他的身姿更显挺拔，带着些只在段圆圆面前才会展现的慵懒。他的额前散落着些许碎发，眼眸里浸润着笑意。

段圆圆眼眶酸酸的，她立刻回到客厅，套上羽绒服，迫不及待地想见到纪预。

出门时，电视里还隐隐传来歌声：“晚风中闪过，几帧从前啊……远光中走来，你一身晴朗……”

段圆圆被纪预抱在怀里，纪预的身上还夹杂着淡淡的寒气，像是一路匆匆赶来没有歇息，仍带着冬日奔波的寒意。段圆圆用力地圈住纪预的腰，把头埋进他的胸口，听着他咚咚有力的心跳声，段圆圆想，真好，这世界有那么多人，多幸运，我有个我们。

有人会跨越两千公里，只为和你一起在新年放一场烟花。

这是段圆圆最难忘的烟花。

璀璨的烟花在夜幕上空绽放，画出一道弧线，流光溢彩。

纪预牵着她的手，在她耳畔温柔地说："BB，呢个系我地一齐过的第一个新年（宝贝，这是我们一起过的第一个新年）。新年快乐，我爱你。"

纪预讲粤语的声音和说普通话时的声音有些细微的不同，会偏低且更有磁性。

狂跳的心脏搅乱着无声的夜。

段圆圆偏着头，靠在纪预的肩膀上，她喜欢听他叫她"BB"。

如果不是夜已太深，他们都不想分开。

临别前，段圆圆对纪预挥了挥手，看着纪预转身的背影。

也真奇怪，他们又不是不再见面，可她就是舍不得回家。

纪预走了几步，猛地转身，接着走到段圆圆身边，不由分说地对着她的唇，覆了上去。

纪预捧着段圆圆的脸颊，他的指尖并不冰凉。

纪预俯身吻着段圆圆，他们唇齿相碰，那是一个依依不舍的、不带任何情欲的、想要把她捧在掌心里揉进骨子里的吻。

昏黄的路灯落在两个人的身上，段圆圆觉得时光在此刻变得缱绻隽永。

某天，纪预用很慎重的语气问段圆圆想不想和他一起住。

段圆圆思考了一下，同居能看出一个男人平时生活里不易被人察觉的缺点。

到目前为止，段圆圆没有发现作为男朋友的纪预身上有任何她无法接受的缺点，他们在一起的日子，她都觉得无比的满足。

同居后的某天纪预在公司接到了段圆圆的电话，问他是不是在家里，能不能帮她拍一下她现在需要的一份资料，在书房的书架里。

纪预虽然在公司，但他回家很方便。他在书房里找到了那一份段圆圆需要的资料。

等到拍完发给段圆圆之后，纪预又把资料放回原处，转眸时，他发现书架上摆着两本书，是《怎样按节气种庄稼》和《植物观察笔记》。

这是段圆圆的书房，纪预很少来，也很少注意她的书架上放了什么书。

这两本书纪预并不陌生，这是他高中时送给段圆圆的植树节礼物。

那一年，他们高二。

纪预抚摸着两本书，书有翻看过的痕迹，但仍被保存得很好。八年了，纪预有些好奇，现在的段圆圆知道他送给她这两本书的含义了吗？

那一年的段圆圆一心扎在学习里，应该不会去读太多的课外书。

不如今晚问问她。纪预想。

少年时难以宣之于口的爱慕，现在，纪预仍然想全部毫无保留地告诉她。

抽出两本书后，旁边的一本“书”倒向一旁，纪预伸出手将它扶正，顺便又注意到这本“书”的书脊上并没有印书名。纪预颇有些好奇地将它拿出来，想要拜读一下这本设计富有创意的“书”。

纪预翻开后才发觉这并不是一本书，而是封面精致的笔记本，只不过被段圆圆混在了他送给她的两本书旁边，所以纪预才误会那也是一本书。

正常情况下，纪预应该合上笔记本，将它放回原处。

然而，纪预的手顿在那里，浑身僵住，被誉为天才的大脑像是宕机了似的不再运转，他如黑曜石般的清澈眼眸紧紧地看着笔记本第一页的那几行可以一眼就读完的字。

他默默地在心里一字一句地、一字不落地重复了许多遍。

遇见他的第一年

07/23

辅导班很无聊，但我今天看到了一双好看的眼睛，希望明天还能遇见他。

08/26

今天是开学第一天，我终于又遇见他了，这是我收到的最好的开学礼物，原来他叫纪预。

纪预的手指开始微微颤抖，他想要向后翻一页。

他的心脏开始加速跳动，平稳的呼吸也被这几行字扰乱，他不知道这本日记里还有多少关于他的叙述。

纪预不再站在书架旁，而是拿着日记本，坐在椅子上。

那本日记本被平放在书桌上。

阳光跃进屋内，落在笔记本上，覆上一层淡灰色的阴影。

屋内很安静，安静到纪预能听到的最大分贝的声音，是他自己的心跳声。

他的目光一直定定地落在“纪预”这两个字上。

他回忆了一下时间，那是他们高中开学的第一天，入学考试。

他们在一个考场，他记得。

08/27

他对我说的第一句话是“没关系”，不知道我们以后还有没有说第二句话的机会。

纪预记得那个撞进他怀里的穿军训服的女孩，明明自己担心撞痛了她，而她却在和自己道歉。

08/28

谢谢他今晚一路上的沉默，跳跃的火苗，逼仄黑暗的小巷里那道从天而降的光，是我永生难忘的景色。

纪预的心也跟着这行字回到了那夜的回南巷。

打火机燃烧的火苗，点燃了少男少女无声的情谊，哪怕他们那时并不熟悉。

09/03

眺看世界。

纪预初看到这四个字时是有些迷茫的，他开始不确定这一天的记录是否和他有关，他努力回忆着，直到想起了被他写在地理课本上的那四个字。

段圆圆日记里的“世”，和他写的“世”一样。

他还保留着段圆圆在他地理课本上留下的便利贴。纪预的指腹轻轻摩擦过这四个字，心底涌出一股热流。

09/27

我们穿了同样色系的衣服，有了第一张“合照”，我喜欢“我们”这个称呼。

09/27

他会弹钢琴，他跑步很快，他擅长数独，他的学习成绩很好，他的家教很好，他很优秀，我也想悄悄地向他靠近。

09/27

爱上了草莓味道的糖果。

纪预看着段圆圆的日记，原来关于自己的这些小事，都被她一一记录。

09/27

他分了一只耳机给我，我们第一次用一个耳机听歌，这是我第一次觉得被篮球砸到并不是一件坏事。

09/27

他是夏天的风，他是一道彩虹，他让我明白什么是知足。

高一的运动会，纪预还记得那个篮球砸到段圆圆时，他的心也疼了一下。

为了和他们一同去医务室，他甚至用了一个蹩脚的借口，说他们班主任让他去医务室领葡萄糖口服液，但其实他们班的葡萄糖早就领过了。

还好当时段圆圆、许净欢和林晨安都没注意到。

葡萄糖口服液这样的小借口，纪预到现在还记得，他自嘲地笑了笑。

他们在医务室共享一只耳机，听同一首歌，那是纪预对高一运动会最美好的记忆。

他亦很知足。

12/01

今天是十二月的第一天，很幸运地和他单独吃了饭，也很幸运听到了他的歌声，这是属于我的"浪漫记忆"。

很幸运的是，十二月的我还在继续悄悄喜欢他。

"喜欢他"。

纪预的眼眶酸酸的，心脏疯狂地跳动，好不容易恢复平静的呼吸又彻底紊乱。

他从来没想过，那一年的段圆圆喜欢他。

03/01

今天像走进了一场非现实的梦境，他就在我的身后。

03/21

是他递过来的清洁工具，是他送给了我朱古力牛奶，对我来说一切都是浪漫的巧合。

05/10

他讲题的时候很耐心，很认真，这是我第一次问他题。

真奇怪啊，春天明明已经过了，可我今晚好像又感受到了春天的晚风。

他们在夏天初遇，如果以夏天为时间的分界线，这已经是他们遇见的第二年了。

09/29

他把外套借给我，他帮我擦干净了被弄脏的椅子，他对我说"别哭"，他是世界上最有教养、最温柔、最优秀的男孩子。

我好像更喜欢他了，怎么会不喜欢他呢。

12/06

我的第一个微信好友是他，他的第一个微信好友……也是我。

被他捉弄了，但我一点儿也不生气，我们的距离，好像又近了一点。

12/24

我忍不住贪心地把今夜的平安果算作我们互相交换的礼物，这是我收到的最好的平安夜礼物。

当时他们已经在同一个班级，没多久又成了同桌。

纪预不会忘记当他得知他们在同一个班级时的惊喜，他知道段圆圆的理科成绩并不是特别好，所以竭尽所能地在学习上帮她。

他们朝夕相处，很多类似讲题、送牛奶这样的细枝末节，纪预如果不是刻意回忆，已经记不清楚了。

但他不会忘记段圆圆在他面前落泪，那一年，少女的一滴滴泪珠没有落在地上，而是都落在了他的心里。

其实那一年的纪预，有仪式感，但并没有太多，譬如微信第一个好友是谁这样的细节，他并不会在意。

当他看到段圆圆在日记里把这些他看来很平常的小事记录下来，心底像是落满了快要钻出土壤的种子，种子冒着嫩绿色的芽儿，春意盎然。

纪预从小身边不缺女孩子示好，像是平安夜、圣诞节这样的节日，更是会有许多女生送他礼物，但他向来都是拒绝的，半个苹果也没有收过。

但他却很想收到来自段圆圆的平安夜礼物。

又或者说，比起想收到来自她的礼物，他更想她可以收下自己的礼物。

01/15

今天得知是他扶我的时候，我的心脏控制不住地跳动着。

还有，走廊上的小雪人真是可爱极了。

01/24

收到了纪预送的利是封，谢谢他的新年礼物。

看着这几行字，纪预仿佛回到了那年冬天。

段圆圆生动俏皮的脸颊，水光流转的眼眸，都在纪预的脑海里一一浮现。

02/26

他说“绿药瓶”，或许是无意，但被我听到了。

我好伤心，我再也不要一直喜欢他了。

纪预看到这行字，心里不可控制地疼了一下，自己脱口而出的那句话，竟给她带来了这么大的伤害。

还好那一年的遗憾，那一年在心里解释过无数次的、未能宣之于口的爱恋，终于在时光流转中有了回应，在今年，他们得偿所愿。

05/16

他说，疤痕是独特的特色和完美的个人风格印记。

我想慢慢感受他说的这个世界，我想开始尝试和伤疤和解，开始接纳手腕上从小就有的伤疤。

12/31

在即将结束的这一年，我见到了他拉小提琴的模样，是王子，是绅士，是我今年最后的惊喜。

纪预对段圆圆说的那些话，并不是因为想要安慰她而说的违心的话，他的的确确是这么认为的。

认为手腕上的伤疤并不是丑陋的、需要遮掩的，而是她独特美好的一部分。

他也没有想到，他拉小提琴的样子，她会这么喜欢。

02/13

他很好，只是喜欢的人不是我。

他对我而言是一束光，也只能是一束光。

纪预想，如果可以回到这一年，他会大胆一些，告诉段圆圆，他喜欢的人是她，他是她的光，而她又何尝不是他的光呢。

02/27

去做不被定义的自由蓝海。

03/12

今天不小心看到了他的许愿瓶一角，他说，愿我们的祖国天蓝海澈，昌盛繁荣。

段圆圆的日记到这里戛然而止。

纪预看着日记本上最后的两行字，脑海里浮现出完整的高中时光，和段圆圆有关的高中时光。

段圆圆的日记并不是每天都写，三年也不过二十几条。

但她在高三植树节之后就再也没有记录，尤其是毕业后，纪预能想到她收到同学录时的伤心。

她那时大概再也不想看到这本日记，再也不想见到自己了吧。

纪预的心里翻腾着，无数复杂的情绪在他的心底汇聚着。

他拿起书桌上的一支笔，开始在她的日记本上缓缓地、极为认真地写着。

08/26

今天是开学第一天，我终于又遇见他了，这是我收到的最好的开学礼物，原来他叫纪预。

——你好，段圆圆同学，我叫纪预，很高兴认识你。

08/27

他对我说的第一句话是“没关系”，不知道我们以后还有没有说第二句话的机会。

——我们可以说一辈子的话。

09/27

我们穿了同样色系的衣服，有了第一张“合照”，我喜欢“我们”这个称呼。

——我们，永远是我们。

12/01

今天是十二月的第一天，很幸运地和他单独吃了饭，这是属于我的“浪漫记忆”，也很幸运听到了他的歌声。

很幸运的是，十二月的我还在继续悄悄喜欢他。

——从来没有告诉你，和你单独吃饭很开心，谢谢你还在喜欢我，我也喜欢你。一直都是，从未改变。

…………

纪预在段圆圆的每一条日记后都做了回复。

他很认真地，甚至是小心翼翼地，在段圆圆的日记后面写了回复。

从第一条直到最后一条。

03/12

今天不小心看到了他的许愿瓶一角，他说，愿我们的祖国天蓝海澈，昌盛繁荣。

——你已经知道我许愿瓶的第二个愿望了，见到你的那一瞬我知道我的愿望都实现了。

> 大概能猜到为什么你没有继续写日记。想了想，十八岁的纪预真是个混蛋，十八岁的圆圆不要再因为那个混蛋难过哭泣了好不好。二十五岁的纪预和以后每一年的纪预，都会在你身边。

寥寥几页日记，纪预小心翼翼地翻看了许多遍，看到他的眼眶泛热泛红，看到他的心久久难以平静。

这是承载着三年青春的吉光片羽，他在字里行间又看到了那个穿着校服，在人群中气质出众的段圆圆。

人在回忆时往往会为爱过的人加上雾蒙蒙的粉色滤镜。

在纪预印象里，他们不在一个班的那一个学期，段圆圆话不多，即使说话，也多是和许净欢说，四个人一起出来，他们两个甚至说不上几句话。

甚至有时纪预的目光落在她的身上，她都会在发现他们将要对视的那一瞬间迅速移开。

原来那些避之不及的眼神，名为喜欢。

同桌后，在他面前，段圆圆也总是很拘谨，他曾以为段圆圆只是有些慢热。

原来除慢热之外，还有喜欢。

纪预深吸了一口气，离开书房，径直走向家中的车库。

他迫不及待地想要见到段圆圆，就现在。

他一秒钟也无法忍耐。

四月底的江坞天气已经很暖和了，和煦的有些刺眼的阳光落在室外，纪预眯了眯眼睛，这很像高中的某天落在他和段圆圆课桌上的阳光。

是哪一天呢？

是段圆圆因为体测跑八百米终于及格后气喘吁吁地捧着水杯不停喝水的那天吗？

是段圆圆数学测试进步了二十分抱着试卷笑的那天吗？

是段圆圆上课快要小鸡啄米似的睡着，而他把她叫醒的那天吗？

是段圆圆在自习课和许净欢隔着好多人偷传了好几次小纸条却一句话也不写给他的那天吗？

…………

纪预揉了揉眉心，在他关于高中的记忆里，还有许多个这样的阳光明媚灿烂的一天。

都和段圆圆有关。

纪预开车到了段圆圆今天工作的地方，也许是心有灵犀，段圆圆恰好从公司里出来。

段圆圆看到了纪预，有些不可思议地揉了揉眼睛，小跑到纪预身边，差点撞进他的怀里。

“怎么现在就来了？”段圆圆笑得灿烂，“你今天不忙吗？”

纪预的眼神里尽是缱绻，他双手捧着段圆圆的脸颊，在她的唇上亲了又亲：“怎么办啊，忽然很想你。”

“我们分开才几个小时哎！”

段圆圆发觉纪预现在不对劲，状态不对，行为也不对，她用开玩笑的语气问他：“该不会你做了什么对不起我的事情吧。”

其实纪预觉得，在没有经过对方允许的情况下看了她的日记，也不是正确的做法。

他明知如此，却还是看完了段圆圆少女时期的日记。

看日记就像在看她的心。

纪预不后悔。

他反而很庆幸，高中时期摇摆不定的关于她是否也喜欢自己的疑问，今天终于尘埃落定般地知道了答案。

纪预牵着段圆圆的手，低声说：“侵犯隐私权，也算是你口中的‘对不起你的事情’吧。”

“啊？什么隐私？”

“是你的日记。”纪预声音更温柔了，“在你的书房帮你找资料时不经意间看到了你的日记。”

段圆圆听到纪预的话后，脸颊不受控制地红了起来。

她当然知道纪预说的日记是什么。

段圆圆的声音有些急促：“你都看完了？！”

纪预捏了捏段圆圆的耳垂：“嗯，很抱歉，没有经过主人的允许。”

段圆圆因为日记被当事人阅读，整个人被羞耻感包裹着，回家的这一路话都很少，她没想到纪预会在这样的情况下看了她的日记。

段圆圆不是没有想过这些承载着关于纪预的回忆该如何处理，不只日记，还有他送给她的书、试卷，甚至是打火机等等，她都完好地保存着。她在想，如果有机会，她要当作结婚礼物送给他。

如果未来的结婚对象不是纪预呢？

她从来没有过这种想法。

结婚不是段圆圆人生的必然选择，是因为和纪预在一起，才想到结婚。

而不是因为想结婚，所以才需要找人恋爱。

段圆圆回到家看见了还摆在书桌上的日记本。

这本日记被她保存得很好。她伸出手指翻开日记，翻开她少女时期心底最隐秘的无人知晓的秘密。

微风拂过窗帘，窗帘随风摇曳。

遇夏

段圆圆难以置信地愣在那里。

她高中时期的字迹相对于现在还有些青涩，和成熟的、流畅的、崭新的字迹形成极为突兀鲜明的对比。

她毫无意外地看到了纪预在她日记下的回复。

从遇见他的第一年到今天，那是跨越十年的回复。

指尖滚烫，心底沸腾。

段圆圆红着眼眶读完了每一句话。

高中三年的记忆如同走马灯似的在她脑海里重演了一遍又一遍。

渐渐地这些画面开始模糊，取而代之的是纪预在日记本上的回复。

就在段圆圆盯着日记思绪万千时，她背后一片温热，她被纪预揽入怀中。

她靠在纪预的肩膀上，纪预的唇瓣贴在她的耳畔，低低地说：“二十五岁的纪预和以后每一年的纪预，都会在你身边。”

那是他在日记本上写下的最后一句话。

段圆圆的视线落在那一页上，直至雾气氤氲，泪水模糊了视线。

她有很多很多话想对纪预说，流着泪，泪水打湿了纪预的肩膀，她一个字也说不出来。

没关系，他们还有很久很久的、一直在一起的未来。

番外一

纪预的生日

纪预的生日在七月一日。

段圆圆这段时间总是在想该如何给纪预过生日。

段圆圆曾经问过纪预最喜欢的礼物是什么，纪预给了段圆圆答案：“小时候收到过一个米奇小玩偶挂件，很难忘。”

这么朴实无华、返璞归真的答案是段圆圆万万没想到的。

段圆圆去纪预家的日子定在了六月底，见完家长后再在香港待几天，就当是旅游。

段圆圆童年时和父母去过香港，后来她也独自去过，唯独没有和纪预一起去过。

香港，那是他出生长大的地方。

大学时，段圆圆独自去香港，是因为她喜欢的一位画家在香港办画展，她纠结了很久要不要去。

段圆圆的纠结不是因为这位画家的画展难得在中国举办，更不是因为要独自一人去香港旅行。

她的纠结是因为这是纪预出生的地方，她会不会在这里遇到纪预，或者发现纪预在这里生活过的痕迹。

不过想想又觉得这个想法可笑，香港这么大，人来人往，怎么会遇到纪预。

那时候的她在读大四，大部分时间在准备论文，时间较为充裕。她做了详尽的攻略，旅行行程几乎细致到每个小时做什么。她把自己的行程近乎自虐似的排得满满当当，可她似乎还能在路上看到纪预在她的生活里的痕迹，即使很小很小。

她在便利店看到记忆里熟悉的绿色忌廉汽水会想到纪预，吃到经典的老字号云吞面时会想到纪预，夜晚走在维港的海畔会想到纪预……

那时候，纪预这个名字，已经消失在她的生活里将近四年了。

她明明已经、应该、不得不忘记他了啊。

现在，她要和纪预一起，一起回到他从小长大的这片土地。

段圆圆想逛一逛，今年是香港回归祖国 25 周年，马路上，叮叮车上，到处都挂着国旗和特区区旗以及回归标语，处处洋溢着和谐热闹的喜庆氛围。

“砥砺奋进廿五载，携手再上新征程。”这样的氛围太有感染力了，段圆圆在等红绿灯时读着不远处的横幅标语。

红绿灯在变绿灯时发出了“叮叮叮”的提示音，纪预牵着段圆圆的手一起过了马路。

这是一座快节奏的城市，身边的行人低着头，脚下的步伐匆匆。

他们在车水马龙的城市里，慢慢地十指紧扣地走着，感受着这座城市独特的魅力。

“喜欢这里吗？”纪预在段圆圆读完标语后，忽然开口问她。

“喜欢啊。”

“喜欢的话那结婚以后我们可以来这边小住。”

段圆圆的签注只能停留七天，可是如果和纪预结婚，那就不一样了。

她能听出纪预的弦外之音，莫名地在不算炎热的天气里红了耳尖。

段圆圆在给纪预家里人准备礼物时，可谓是绞尽脑汁。

在江坞就开始准备礼物了，纪预那时候宽慰她说：“你就算从水果店里拎两个西瓜去我家，我爸妈都会高兴得像从没吃过西瓜似的。”

见面时，纪预家里的长辈对段圆圆可以说是各种满意，尤其是纪预的母亲，喜欢得不得了，第二天就要约段圆圆去购物。

段圆圆第一次登门，并没有住在纪预家，而是订了酒店。

其间恰逢纪预生日，段圆圆看着时间，在零点准时对纪预说：“生日快乐。”

段圆圆把礼物拿给他，是一支钢笔。段圆圆还在钢笔上刻了字，是纪预名字的英文缩写。

在一个电子化的时代，纸笔这一类文具逐渐淡出我们的生活，告别学生时代，很多人一个月都碰不了几次笔。

但纪预不是。他保持着手写书摘的习惯，还会时不时地给段圆圆手写一封情书，内容长短不一，但都是他的心意。

这些珍贵的情书，都被段圆圆好好地保存着。

“我很喜欢。”

对他来说，笔是生活中不可或缺的存在。段圆圆注意到，他觉得很幸福。

“还有一个礼物。”段圆圆脸颊微微泛红，拿出了一个熟悉的本子——她的日记本。

段圆圆用手轻轻抚摸着日记本的封面，这么多年了，封面看不出时间流逝的痕迹：“纪预，我把它送给你了。”

纪预的心一颤。他当然知道这是什么。

这是段圆圆那三年里关于他的青春。

“青春”二字，不带任何滤镜去回忆就足够美好。

那是他们相遇相识的三年。

纪预只读过一次，他在上面一一做了回应。

他仍记得，他最初翻开这本日记时心底的震撼和心痛，以及漫天肆虐的酸涩。

现在，这本日记，被她的主人郑重地交到了他的手里。

纪预的眼眶微不可察地泛红，有些哽咽似的说：“谢谢你，圆圆，谢谢你。”

这是他收到过的最难忘的礼物。

这是他过得最难忘的生日。

爱的人就在眼前，他想象不到，世间还会有哪一刻比现在幸福。

七月一日的这一天，香港更是充满了浓厚的氛围感，路上一片喜气洋洋。

他们在人潮人海里庆祝这令人激动又欣喜的一天。

段圆圆和纪预也感受着这喜庆的氛围，他们在路边漫无目的地走着，她在这一路上见到了许多纪预生活过的痕迹。

他不想上学时最爱去的小巷。

他和同伴相约一起爬的山。

他平时最爱吃的云吞面馆。

路过街角的玩具店，他说，曾经把霍喃惹哭了，就来这家玩具店买了一只两米高的玩具熊，没想到又把霍喃吓哭了。

…………

这家玩具店，段圆圆自己来香港时也见过，那时它对于段圆圆来说，只是开在路边的一家店铺，没有其他任何意义。

但听到纪预这么说之后，她对这家店有了不一样的感触，这里有他生活过的点滴。

八月，纪预带领的团队成功研发出深海无人潜水器，下潜深度以及海下作业时间都达到了前所未有的高度，创下了世界新高，在海洋领域迈出了可谓是里程碑式的一大步。

除偏学术类的介绍外，他所带领的团队的新闻采访也上了热搜。

纪预穿着黑色的西装，并没有那么商务，有点像公司老板，也有点像科研人员，更多的是像明星。

他的脸无论出现在哪里，都永远熠熠生辉。

段圆圆特意买了鲜花，在纪预回家时给了他一个大大的拥抱，虽然她在采访结束后第一时间就打过电话了。

有人能够分享喜悦，纪预在打开家门被抱住的这一刻，感到无比幸福。

求婚那天晚上，段圆圆和纪预一夜未睡，他们说了很久很久，说了很多很多话。

夜晚，大海旁，广袤宇宙里，他们是彼此的唯一。

他们见到了夜晚的大海，也见到了日出的第一缕阳光。

纪预这一晚说了一句话，段圆圆记了很多年。

他说："圆圆，你知道吗，我曾经很幼稚地以为，爱情不是我生命中必须的存在。

"遇见你之后，我对'爱情'这种存在于文学作品中的描绘有了切实的、具象的感受。

"我才知道，我生命中必须的存在，是你。"

他们在海岛又玩了几天。恰好纪预的一位朋友要来海岛采风。

段圆圆见到纪预的这位朋友是在一个晚上。

纪预的这位朋友叫 Piete Chung，是一位染了一头金发的华裔德国人。Piete Chung 说他会一点中文，并且跟段圆圆说称呼他的姓，"钟"。

他说的会一点中文，完全是字面意思，一点儿也没有谦虚。

在他问段圆圆，她名字里的"yuan"是"花园"的意思吗时，段圆圆就知道了他的中文水平。

后来段圆圆给他解释，"圆"是"圆圈"的意思，也有"圆满"的意思。

钟当时很认真地点了点头，表示他理解了。

在段圆圆他们离开前，钟悄悄地把段圆圆拉到一边，问她知不知道 kreis 微信号的意思。

段圆圆："他的微信号是英文名和一个我不知道的前缀。"

钟对段圆圆说："在德语中，那是'圆圈'的意思。"

他还说他本来没有想到的，听到段圆圆对他说了她名字的中文含义后才突然联想到的。

段圆圆有些哽咽："纪预，他会说德语？"

"Of course！"钟大声地用不太流畅的中文说，"他的德语说得非常、非常好。”

原来，他不只用了她笔误下的英文名作为自己的名字，连微信号也直白又隐晦地包含了她的名字。

如果不是钟告诉她，段圆圆想，如果纪预不说，她大概永远也不会知道。

九月份，纪预又一次上热搜。

这次是以 P 大教授的身份。

这是他第一学期正式代大课，在主楼的阶梯教室，座无虚席，就连过道里都挤满了没有抢到课的来旁听的学生，以及其他学院慕名来蹭课的人。

纪预只有第一节课点了名，应该不会有人蠢到逃他的课。

纪预讲课的视频被学生偷拍下来发到了网络上，互联网现如今这么发达，他又一次站在了流量风口。

视频里的他穿着白衬衣，袖子挽起，站在大讲台中央，很耐心地和学生们讲着知识点。

热搜评论里说纪预就连手臂上的青筋微微突起都散发着魅力，本身就长得帅气，还有知识滤镜加持。

纪预手指上的戒指特别明显，有学生问他，是普通的装饰戒指吗。

纪预很温和地对提问的学生说：“是和我未婚妻的对戒。”

上次上热搜，纪预用“女朋友”称呼另一半，而现在，已经成了“未婚妻”。

番外二
演唱会

红馆外巨大的陈奕迅海报格外显眼，段圆圆惊讶道：“今天有陈奕迅的演唱会？”

纪预笑着说：“嗯，今天是首场。”

段圆圆一下子想到了她和纪预已经是同班同学的那个夏天，一个普通的晚自习课间，他们几个人一起偷偷地在手机上看陈奕迅要在红馆开演唱会的新闻。

那一年，她没有和纪预一起去陈奕迅的演唱会。

时隔九年，九年前的一个少女的奢望，在今天实现了。

命运是一个环，高中的遗憾在此刻圆满。

首场的所有人都很热情，每一首歌段圆圆都很熟悉，这些歌在她的歌单里被循环播放了许多许多次。

“文明能压碎，情怀不衰，无论枯干山水，旧时年月投入垃圾里，你我一起同居，仍然能送你，儿时玩具，老地方抱着一起安睡……”

段圆圆难以置信地看着舞台，她没想到这次的曲目中竟然有《七百年后》。

高中那年，她听到纪预哼唱了几句，只知道是陈奕迅的歌，却不知道歌名是什么。她回到家后听了无数首陈奕迅的歌，才知道纪预唱的是《七百年后》。

这首歌，对于她而言有不一样的意义。

唱到副歌部分，段圆圆微微转头看向纪预。

毫无预兆地，她和他的视线相撞。

纪预也在看向她。

毋庸置疑，他们都记得那年高中，他们单独在西餐厅用餐的午后。

从红馆出来，段圆圆还有些意犹未尽。

她最近没怎么关注这些讯息，并不知道陈奕迅开演唱会的消息，段圆圆问纪预：“还有几场啊？”

“大概十几场？”纪预也不太确定，“每一场都有票，想听随时都能来。”

段圆圆听到纪预这么说，兴奋地抱着纪预的胳膊摇啊摇。

看完演唱会后兴奋感久久不散，一直持续到他们回到家里，段圆圆对纪预说：“纪预，我想听你唱。”

向来对段圆圆有求必应的纪预，今天难得没有答应，而是对段圆圆说：“我在整理一些旧物，一起看看吗？”

他们现在住的地方充满了纪预生活过的痕迹，段圆圆很高兴进入到她从未参与过的他的生活里。

说是旧物，绝大部分都是书籍，外文的书段圆圆翻了两页就没兴趣了，中文的书段圆圆看了几本，觉得还蛮有趣的，于是问纪预她可不可以借着看，其中有几本已经绝版了。

“这有什么不可以的？”纪预略带疑惑地说，“我人都是你的了，书当然也是你的。”

段圆圆发现已经升级为未婚夫的纪预，在说情话这方面比之前更擅长了。

段圆圆又看到了一个米奇玩偶，是一个小挂饰，虽然保存得很好，但仍然能看出岁月的痕迹。

“是因为所有的米奇长得都差不多吗？”段圆圆喃喃自语道，“我也有个和你这个一样的米奇挂件。”

“哦？”纪预饶有兴趣地问，“你自己买的？”

“小时候来香港迪士尼玩买的纪念品，我小时候特别喜欢，睡觉都要放在枕头边上。”段圆圆捏着米奇玩偶的耳朵，回忆着说，“有一次我妈妈把它洗了没有告诉我，我没在床上找到还以为丢了，还哭了。真的好像啊。”

“那怎么就买了一个？应该买一对儿才对啊。”纪预继续说，还略带引导性地问她，“另一个呢？”

“你这么一说，好像是买了一对，另一个……”段圆圆陷入沉思，“可能丢了吧，我没在家里见过。”

纪预“哦”了一下，表示知道了。

“你的这个也是在香港迪士尼买的吗？”段圆圆没有察觉到纪预语气里的失落，笑着问他。

纪预嘴角轻轻上扬：“不是自己买的，是那年一个女孩子送我的。”

段圆圆听到后，立刻把米奇玩偶塞回纪预手里：“别的女孩子送的，你留了这么多年？还要让我知道？”

虽然从玩偶的年份可以看出那肯定是小时候的事情，但纪预在她面前提其他的女生，段圆圆就是不开心。

段圆圆故意捏着嗓子说："你很喜欢她吧。"

纪预答非所问："她确实是个很可爱的女孩子。"

"纪预！"

纪预笑着说："嗯，我在。"

"你以为你是家居机器人啊，还'我在'。"段圆圆白了他一眼，"你为什么说她可爱？"

"她哭着说自己是大人了要嫁给我，还送给我糖和玩偶……"纪预眼眸里一闪而过戏谑的笑意，"难道你不觉得可爱吗？"

"大人？她几岁啊。"

纪预笑着说："当时是即将上小学一年级的小朋友。"

这比段圆圆想得还要小。

"那后来呢，你们还有联系吗？"她饶有兴趣地问。童年的朋友，如果到现在还保持联系，那么这段友谊弥足珍贵。

纪预很平静地回答："她嫁人了，她的丈夫很优秀，婚姻幸福。"

"哦，这样啊。你会遗憾吗？"

纪预略带深意地看了段圆圆一眼："怎么会，我希望她永远幸福。"

最后纪预把米奇玩偶和书一起放到了书房里。

洗漱时，段圆圆将洗面奶在脸上一圈圈地揉搓出泡沫，脑海里忽然有一个画面一闪而过。

她想抓却没抓住。

她飞快地将洗面奶洗掉，爽肤水都没来得及涂，就拿起电话拨打了杜女士的号码。

她问杜女士她小时候格外喜欢的两个米奇挂件去哪里了。

"你不记得了？当时你在香港认识了一个香港小男孩，另一个送给人家了，还说什么长大了要嫁给他……"杜女士笑着又说，"结果你回家没多久就不记得人家了吧。怎么今天忽然想起来问了？"

怎么会这么巧合呢？

段圆圆来到书房，手里握着米奇玩偶，久久未语。

就在段圆圆问纪预，收到过什么难忘的礼物时，纪预回答，就是眼前的这个米奇玩偶挂件。

可当时的段圆圆什么也没察觉到。

段圆圆声音有些哽咽，直接道："你为什么不直接告诉我？"

原来命运早早就将他们牵到了一起。

她早早地就预言了他们的婚姻。

"想起来了？"纪预将段圆圆抱在自己的腿上。

“嗯。”段圆圆红着脸点点头，毕竟她那么小的时候就说要嫁给他，现在回想起来怪难为情的。

这段往事在段圆圆的脑海里已经很浅很浅，如果不是刻意回想，几乎没什么印象了。

“我当年哭，是因为看日全食哭的！”段圆圆小声说，“你可不要自恋地理解错了……”

纪预吻了吻段圆圆的耳朵：“当时看到一个小女孩，看日全食不戴墨镜不带设备，直接睁着眼看，一边流泪还一边看，确实可爱。”

轻柔的粤语声在段圆圆耳畔响起，是纪预在她耳边温柔地唱着：“文明能压碎，情怀不衰，无论枯干山水，旧时年月投入垃圾里，你我一起同居，仍然能送你，儿时玩具，老地方抱着一起安睡……”

段圆圆这才发现这首歌的歌词与他们眼下的情景有些契合。

他有她儿时送给他的玩具，他们有少时共同的回忆，他们现在相拥入眠。

世界上没有人比他们更相爱。

和爱的人在一起，不快乐的日子会变得快乐，快乐的日子会变得更快乐。

年后，段圆圆去给电影《深海》的一位制片人送请柬。

段圆圆和这位制片人的关系本身就不错，经过《深海》的合作后，她们的关系又近了一步。方伊萌收到请柬，连忙道了恭喜，随后又像是想到了什么似的说：“听说你和纪预是高中同学？”

“是啊。”段圆圆笑了笑，她还以为方伊萌误会他们从高中就早恋，于是解释道，“不过高考完就没联系了，也是这两年才又遇到的。”

方伊萌略有深意地看了她一眼：“是在《深海》筹备前吧。有些事，你该回家问你老公啦。”

和方伊萌告别后，段圆圆回到家，找出在达哈卜旅游时拍的照片，仔细回忆着在达哈卜和纪预相逢时的场景。

当时的她在病房内醒来，对于段圆圆来说，那就是他们时隔六年的久别重逢。

纪预从来没有提过关于《深海》这部电影她能参与，他在背后做了什么。

如果不是方伊萌告诉她，她完全想不到，纪预会在她看不见的地方，为她做了这么多。

段圆圆放空似的看着那一张张的照片，她的目光落在了旁边的一张淡黄色便利贴上。

那是捡到她护照的男士写的一句话——“Everything is good in its season.”

万物逢时皆美好。

便利贴上的字迹是很漂亮的手写体，段圆圆本来只是随意看看，但她盯着看了一会儿后，心里骤然像被灌注了一汪水。

和爱的人生活久了，怎么会认不出对方的笔迹。

她到现在、到此刻才清楚地知道，这张便利贴，上面的字迹，出自自己的丈夫，纪预。

也就是说，那位工作人员口中的“Dashing man”，当时在机场捡到她护照的人，是纪预。

原来他在她看不见的角落里，一直在爱着她。

“晚上想吃什么？高汤鳕鱼怎么样？”纪预打断了段圆圆的回忆，他一边询问她，一边朝着她的方向走来，“在想什么呢？”

纪预说完，才注意到段圆圆盯着那张淡黄色的便利贴。

纪预愣了一秒钟，笑了。

聪明如他，瞬间明白了为什么段圆圆会盯着这张便利贴发呆，他温柔地开口：“我以为你已经随手丢掉了。”

段圆圆的语气里有着不易察觉的愧疚：“我竟然才知道是你……”

才知道是你写的便利贴。

也才知道你为了和我重逢在背后默默付出了什么。

纪预抬起手掌，揉了揉段圆圆的脑袋，轻轻地“嗯”了声，说：“是我。”

筹备婚礼的日子过得很快，不知不觉到了四月。

段圆圆的朋友圈里有几人趁着天气好去了首尔旅游，从江坞飞到首尔很快，只需要两个小时。

飞机落地后，让段圆圆没想到的是，前几日首尔的天气都是晴朗的，现在竟然下起了雨。

“这场雨还要下多久。”段圆圆在等待行李时小声说，“樱花会不会都被雨水打落了。”

因为意料之外的这场雨，段圆圆没有再执着地想要拍樱花。

她和纪预去了许多情侣都会去的景点，南山塔。

情侣们会在南山塔挂上属于他们的爱情锁，锁上写着两人的名字，寓意永结同心，长长久久。

如果是十六岁的段圆圆，一定会认真地相信这所谓的爱情寓意。

但现在二十六岁的段圆圆，她坚信即使没有这把锁，她也一定会和身边的人久久长长，永不分离。

“没必要浪费钱吧，就是景点的噱头罢了。”段圆圆小声地说，“而且一把锁卖大几十块，没必要。”

虽然他们都不缺这几十块钱，但对段圆圆来说，这种可有可无的消费确实没必要。

纪预："你不是常说，'来都来了'，就挂一个吧。"

他们的锁上写的字很简单，没有长篇大论，只有两个人的名字：

段圆圆 & 纪预

他们的名字下面画了一颗爱心。

天还下着蒙蒙细雨，纪预握着段圆圆的手，把锁牢牢地挂在了上面。

婚礼的地点定在了纪家的一处私人海岛。他们邀请的人不多，只有双方的亲人和熟悉的好友。

纪预坐在钢琴前，穿着一身黑色的燕尾服，演奏钢琴曲 *MARIAGE D'AMOUR*。

《梦中的婚礼》算是段圆圆很熟悉的钢琴曲了，但她还是第一次听到纪预演奏，还是在他们的婚礼上。

音符在纪预的指尖下，是浪漫的，轻快的，如宇宙般神圣的。

纪预弹琴时，微微侧头，下颌线清晰利落，温柔的目光落在她的脸颊上，爱意和感动并存。

这是纪预单独献给段圆圆的钢琴曲。

这是他们梦中的婚礼。

他想了许多许多年。

在婚礼上，纪预诚恳且真挚，有些哽咽地对段圆圆说：

"我们是彼此亲自挑选的家人、朋友、战友，以及永远的爱人。

"感谢你，让我成为你永远的倾听者，你生命里的另一半，你最真诚的伴侣，和你共度一生的爱人知己。

"我爱你，不是更爱你，不是最爱你，而是只爱你。"

他深深地爱着她，每一秒都比上一秒更爱她。

婚礼结束后，办了一场 After party。

高中的同学和朋友来了很多，他们像是瞒着段圆圆和纪预似的，不约而同地在 After party 上换上了校服。

同学们起哄："当然也给你们两位新人准备好校服啦。"

段圆圆和纪预穿上了高中的校服。

他们高中毕业好多年，说穿上校服一点也没变，那是不可能的。

但他们的变化体现在哪里呢？

是变得更加成熟了，更加稳重了？

是变得更擅长隐藏自己心底的想法了？

是更随性坦然地做自己想做的任何事情了？

遇夏

…………

还是变得更爱对方了？

时光仿佛回到了高中，他想把她揉进骨子里，这辈子无论发生什么，他们再也不会分开。

有同学眼尖，注意到纪预的目光没有从段圆圆身上挪开："来！让我们的新郎说一说新娘是高中时漂亮还是现在漂亮！"

起哄声接二连三地响起，纪预眼眸里的爱意都要溢出来。

最后，纪预为段圆圆唱了一首很温柔的英文歌。

周围都是欢闹声，纪预的眼中只装得下段圆圆一人。

One, you're like a dream come true.
Two, just wanna be with you.
Three, girl it's plain to see
That you're the only one for me ...

海浪声阵阵袭来，纪预的嗓音清澈，周围渐渐安静下来。

二十六岁的纪预褪去了少年的青涩，但他穿上校服，又像是回到了当年。

段圆圆有些恍惚，海浪声、风声、虫鸣声她全都听不到，只能听到纪预清唱的声音。

她好像在纪预轻声的低唱中回到了高中。

回到了高中某个再平常不过的晚自习。

纪预还在唱着歌。

段圆圆脑海里不受控制地浮现出这样一个画面——

少年手执粉笔，在教室的黑板上耐心地给她讲题。

One, you're like a dream come true.
（一，你就像美梦成真）

段圆圆似乎看到了那个少年在对她说："一，以两小球间的竖线为参考基准……"

已经成为她丈夫的纪预继续为她唱着：

Two, just wanna be with you.
（二，就想和你厮守）

段圆圆脑海里的少年在说："二，动能定理……"

Three,girl it's plain to see

that you're the only one for me.

（三，很明显，女孩，你就是我的唯一）

“三，相对速度V……”

…………

段圆圆的眼眶发热，时空仿佛在此刻交错重叠。

那个嗓音如春日夜晚清爽的风的少年，穿着白色校服短袖的少年，占据她绝大部分青春的少年，出现在了她的生命里，成为她生命中无法缺少的、不可分割的一部分。

纪预在讲着不一样的一、二、三。

两个不同年龄的纪预，在段圆圆的脑海里渐渐重合，重合成眼前心里只装得下她一人的男人。

纪预继续唱着：

It's undeniable that we should be together.

（不可否认，我们将会厮守在一起）

段圆圆紧紧地握住了他的手。

晚风也温柔，海浪也温柔。

他们将一起携手，共度余生。

这场盛大的爱意，永不停歇。

番外三

纪预视角篇：枝繁叶茂的夏天

如果用季节形容青春，那一定是枝繁叶茂的夏天。也许记不清楚当初考试考了多少分，记不清楚课间操怎么做，记不清楚当初的任课老师和同学们的名字，但一定会记得某个平凡的一天，记得阳光落在书桌上，画出的明暗分界线。

很久很久以后，当初的记忆，一如既往地不会被时光湮灭。

纪预忘不了军训的时候，不小心撞入他怀中的段圆圆。

高一那年的夏天很热，如果不是热到胸口有痛意，纪预都要以为那是幻觉。身高的差距让他低头去看眼前的段圆圆，明明痛到眼泪都快出来了，可还是忍住疼，和他说抱歉，就在纪预想要问问她有没有受伤时，她已经红着脸颊走掉了。

不久后，纪预知道了原来段圆圆在他隔壁班，两人之间只有一墙之隔。纪预注意到段圆圆的次数又多了一些。

有时是看到她和朋友在一起笑着打闹，有时是看到她独自一人去老师办公室，再后来，纪预发现，原来段圆圆和自己的同桌是朋友，段圆圆经常到他们班的后门来找他同桌。

偶然的几次交集，让纪预以为他们之间算是朋友。

但好几次课间，纪预发现，目光快要交会时，段圆圆总是挪开她的视线。

她不想见到自己吗？她在假装看不到自己吗？

纪预不知道。

高一一开学就有晚自习，放学后天黑得彻底，纪预忍不住担心，担心段圆圆再像之前他撞见的那样摔在地上。从学校回家的这条路上，他总是默默地跟在她的身后，却不让她察觉。

回南巷的路灯，在深夜并不算明亮。

日复一日的高中生活过得很快，一个学期结束后，纪预回到了老家。按照往年过年的习惯，一家人会在家里的阳台上看维港的烟花，可今年他破天荒地想去室外看烟花，于是一个人来到了尖沙咀。

人潮人海里，原来他和段圆圆看了同一场烟花。

当纪预后知后觉地发现这一点后，他觉得这是新的一年上天给他的最好的开端，以后一定会越来越顺利。

事实也的确如此，开学后，他们居然成了同班同学。

阴错阳差的，又成了同桌。

同桌后，两人的交集难免会变多，纪预会在老师进教室的时候把还趴在桌子上的段圆圆叫醒，也会在老师背对着他们写板书时悄悄分一颗巧克力给段圆圆。

他忘不掉段圆圆眼里的震惊，那模样好像是在说：好学生也会上课吃零食吗？！

纪预只是笑笑，段圆圆不止一次地和许净欢抱怨上课的时候用脑过度肚子好饿，他都听到了。

月考倒数第一给段圆圆带来的打击太大，纪预明显察觉到段圆圆的沮丧。

不过没关系，学习嘛，他最擅长了。

纪预拟订了一份详细的学习计划，针对段圆圆的薄弱项和各科的必考点，甚至就连每科该提多少分都做了规划。

因为不停地帮段圆圆讲题，他们之间的话好像又多了一点。

偶尔纪预也在想，为什么段圆圆和他说话总是不多？

段圆圆和其他朋友在一起时，明显比和他在一起时更自在。

即使他们已经是同桌。

但没关系，只要我多迈一步就好，只要我多说一点就好。

纪预这样想。

高中是一道又一道的练习题，是一张又一张的试卷，是纪预看着段圆圆的成绩越来越好，比他预测的、规划的还要好。

青涩，悸动，懵懂，跌跌撞撞。

拼搏，顽强，充实，奋笔疾书。

这是他的高中三年。

这是他和段圆圆一起度过的高中三年。

当纪预身体彻底痊愈后，便越发想再次见到段圆圆。

但他不知道该如何出现在她的面前。

听林晨安说，她和许净欢去草原了，纪预想，这也许是个重逢的好时机。

但重逢后说什么呢？

“你好，好久不见。”

“好久不见。”

纪预都能猜想到，紧接着他们会继续错身而过，形同陌路。

当年的不告而别，他很有自知之明，她不会轻易原谅他。

他需要一个段圆圆不会拒绝和他往来的时机。

就在他想了无数个计划又否定了无数个计划后，他收到了电影《深海》的邀请，邀请他作为电影的专家顾问。

这部电影的创作团队和背后的投资人都不容小觑，如果换作其他任何一位专家，都会毫不犹豫地答应。

但纪预不在意这些，他本想推掉的。

然而一个想法在他脑海中一闪而过，却深深地留下痕迹。

纪预清了清嗓子，问对方：“电影的制作班底中都有谁？”

“你放心，咱们这么重视这部电影，请的都是业内知名的大佬。”

对方说了好几个名字，还强调编剧是科班出身的，水平有保障。

纪预虽然年轻，但言语间有种不容置喙的影响力：“如果我去剧组，接触最多的就是编剧，其实对我而言科班不科班不重要，倒是有没有专业的海洋知识反倒更重要一点，李局你说是吧？”

对方沉默几秒钟后道：“你说的也不无道理。”

纪预继续道：“算我今天再多说一句，如果《深海》真的要让年轻人也进影院，那编剧团队是不是要有新鲜血液，起码要知道我们年轻人喜欢什么，不是吗？”

纪预这次算是婉拒了《深海》的邀请，对方自然不甘心。

不久后又一次邀请纪预，纪预点开邮件，看到了主创人员的名单，编剧那一栏，新增添了一个让他念了许久的名字。

后记

在某个阳光明丽的午后，我的脑海里忽然多了一对少男少女并肩而行的背影。

穿着白色校服，背景是模糊的教学楼走廊，高高瘦瘦，青春洋溢，女孩低着头不敢看身边的男孩。

就这样，我的脑海里多了一个关于暗恋的故事的雏形。

少女的暗恋毫无章法，如野火燎原，我抱着期待和好奇他们会有怎样的发展的想法在电脑上敲下他们的故事。

这是我同段圆圆、纪预的第一次正式见面。

他们的故事害我流了太多眼泪，写这个故事的时候，我一个人住，有时候凌晨两点多都还在因为圆圆酸涩的暗恋而心疼落泪。

随着故事的徐徐展开，圆圆和纪预仿佛有了自己的独立意志，我更像是以局外人的身份，为他们记录下这一切。

我常常会在备忘录里记录下关于他们的灵感，但渐渐地，有些对话、有些情节更像是他们自己想说的，以及他们自己真实发生过的，甚至和我最初的创作想法已经有所出入。

他们有了自己鲜活的灵魂。

越写到后面越爱他们，爱他们的青春洋溢向阳而生，爱他们的努力拼搏长路当歌，爱他们的为爱担当勇往直前……

写到结局，要和他们告别的时候，我越发不舍，像是要和自己的老朋友说再见。

故事里我写了很多夏天，夏天就好像圆圆和纪预漫长岁月里重要的节点，他们在夏天相识，他们在夏天分开，他们又在夏天重逢。

惊喜的是，我也是在夏天收到了来自编辑的邀约，这个故事才有幸以纸质出版物的形式出现在大家眼前。

在连载收尾期间我飞了一趟香港，喝到了纪预喜欢的忌廉汽水，吃到了他爱吃的云吞面。夜晚在维港旁散步，我想，时光流转交错，圆圆和纪预曾经就在这里，共赏过同一场烟火。

谢谢你喜欢他们的故事。

叶荔枝

某年年尾